U0447643

追梦

——五株科技创业纪实

蔡海光 著

作家出版社

序：五株的"家书"

蔡志浩

我读过很多其他成功企业创业故事的书，很受启发，现在第一次看写自己企业的书，内心的那种触动和感慨真的很难用言语来形容。可以肯定的一点就是，五株企业的成功，不是我个人的成功，而是所有五株人的成功。正如本书的书名《追梦》所蕴含的，每个五株人的创业故事，都是一个追梦的过程，故事里面展示了中国改革开放浪潮中一群人、一个企业发展的缩影。

五株科技从创业至今已走过30年的风雨历程，一路逢山开路，遇水搭桥，很不容易。在这个过程中，有很多值得我们铭记的事件，有很多值得我们感恩的人，也有很多值得我们反思和吸取教训的片段，人生的酸甜苦辣、创业的艰辛尽在其中。我们出版这部《追梦》的目的，就是把我们这本丰富的"家书"内容与帮助过关心过甚至与五株竞争过的朋友共同来分享，同时我想真诚地对他们说声感谢，这就是缘分。我们的追梦过程在《追梦》一书中有非常翔实的记载，值得每一位有梦想的人读一读，可以感悟人生的坎坷和为目标奋斗的过程，体现个人社会价值和人生追求。

长风破浪会有时，直挂云帆济沧海。人生没有一帆风顺，我们每个人都是追梦人，只要不忘初心，砥砺奋进，就一定能够到达梦想的彼岸，书写精彩的人生。

在本书即将付印之际，我还要感谢本书著作者、知名作家、中国作家协会会员蔡海光先生为本书的创作所付出的辛勤劳动和智慧。

是为序。

（蔡志浩系五株科技董事长）

目录

上篇　五株追梦记

第一章

苦难，是男人成长的资本 / 005

年少磨难志不垮 / 009

"猪圈"里成长的企业 / 014

母亲，寒冷中最温暖的名字 / 029

听老父亲讲过去的事情 / 019

五洲的第一个员工 / 036

第一桶金：5000 元 / 041

五洲的"一场运动" / 045

美国兵工厂的启示 / 050

遭遇高管离职之痛 / 055

第二章

二次创业的开篇之作 / 063

一年更换七个厂长 / 068

"梅州五株"诞生记 / 071

温馨的"五洲之家" / 076

"减法战略"和"加法效益" / 079

追梦

做人负责，做事用心 / 082

第三章
生存万岁 / 087

研发中心的"原子能量" / 092

"堵厂"风波 / 095

质量就是良知 / 101

管理思想决定管理成本 / 106

特大喜讯 / 110

演绎"蛇吞象"传奇 / 113

复产之路 / 120

怎一个"快"字了得 / 125

"环保门"事件之后 / 127

年终的"检讨大会" / 130

一篇"救命"文章 / 134

管理十六字方针 / 138

第四章
喜欢看《动物世界》的老板 / 143

大孝子送给父亲的礼物 / 147

小台球大学问 / 152

宰相肚和包公心 / 155

老板是个"急性子" / 159

反躬自省为良药 / 162

现场管理学交警 / 166

管理者就是领跑者 / 169

"零废品"就是硬道理 / 172

"三主一自"有"人味" / 175

像"黄埔军校"一样培养员工 / 179

两支"锦衣卫"部队 / 183

五洲的两个"锦囊" / 187

五洲在画一个"圆" / 190

"蓝海战略"解密 / 194

我的初心 / 198

"智能制造"在路上 / 206

下篇　五株追梦人

蔡　诚：五株"少帅"笃信"道不远人" / 215

温美霞：带着感恩的心去工作 / 222

曾国权：让"方向盘"的价值最大化 / 229

李时宜：从水泥厂业务员到五株财务大臣 / 235

廖　磊：坚守人生的定力就有职场的"铁饭碗" / 240

赵尚萍：选择服务五株只因一句话 / 246

李国超：让五株品牌闪闪发光的策划人 / 251

卢丽霞：从普通文员到高级经理 / 257

李　明：用"工匠精神"在五株安身立命 / 261

刘亚辉：五株让我找到人生的价值 / 266

张满良：梦想之花在五株盛开 / 271

龚少华：用人生姿态实现每一次转型 / 276

赖裕芬：为五株当好人才的"守门员" / 281

徐雨联：点赞五株的本色员工 / 286

王秀忠：五株是我心中的"国企" / 289
曾　志：在我眼里五株是"红色"的 / 293
李元华：把"下课"当成人生最好的一堂课 / 298
陈玉祥：五株是一所成长的大学 / 303
李水根：坚信人品就是产品的道理 / 308
赵承来：我们共同的身份叫五株人 / 314
涂恂恂：不用老板操心的市场老总 / 319
袁成福：在五株把黑夜当白天的人 / 324
王明堂：说五株道五株　道不尽的是爱 / 329
杨东强：今天的销售不以"酒量"论英雄 / 335
古增昌：一位销售精英的成长之路 / 340
戴琴虎：哪里有需要哪里有担当 / 345
林利兰：五株有位"巾帼"不让"须眉" / 350
潘剑锋：屡败屡战仍然云水风度 / 355
宋　胜：从车间工人到工厂总经理 / 360
魏庆梅：五株创业之初的"左膀右臂" / 365
王富纬：没想到梅州的腌面如此好吃 / 370
梁秀平："嫁"给五株终身无悔 / 375
陈　诚：激情有多大潜能就有多大 / 380
王年春：自动化设备专家的五株情 / 385
王小时：希望见证更多的五株奇迹 / 390
吴德和：威力固就是 Very good / 395

上篇 五株追梦记

第一章

蔡志浩的第二故乡梅县松口

苦难，是男人成长的资本

  1958年4月的一天，初春的阳光和煦而温暖。伴随着一声新生儿的啼哭，蔡志浩来到了人世，降生在广东梅县白渡镇沙坪深坑村的一户穷苦人家。

  蔡志浩父亲蔡天宏家境贫寒，而他的母亲曾英招娘家在梅县松口镇小黄沙溪西村，那是个鱼米之乡。她在嫁入蔡家后，丈夫却考上了华南工学院（现华南理工大学），远在广州读书，她则成了农村家庭的主要劳动力之一，田头地尾灶头锅尾，每天忙得团团转，甚至在身怀六甲期间仍然上山干农活。一天，大腹便便的她在挑鲁草的时候不幸摔倒，出现明显的流产迹象，当时的医疗条件相当落后，根本没办法保胎。两天后，尚在腹中的蔡志浩，在母亲撕心裂肺的疼痛中，总算平安降生，但是属于早产儿。

  早产的蔡志浩本就身体羸弱，父亲老家姐妹众多，连一日三餐都成问题，为了让他存活下来，出生不到两个月母亲便带着他回到了娘家松口，靠吃羊奶才勉强活了下来。可一波未平一波又起，命运似乎总爱捉弄幼小的蔡志浩，燥热的羊奶在让他看到生的希望的同时，又让他陷入了中耳炎的病痛之中，直到今天，病根仍然未完全消除；营养不良的小志浩更是"事头多"，还患上了令全家都坐立不安的蛲虫病。成人面临这些病痛已属遭殃，何况幼小的生命？他非常感恩母亲，是他伟大的母亲用她并不宽厚的肩膀呵护他弱小的生命，每日田间劳作，三餐之后都要为蔡志浩清洗中耳炎的耳朵、放药，晚上拔屁股上的蛲虫，让他在苦难的幼年时代能呼吸到母爱的气息，感受到人间的阳光和雨露，让他退却病魔；是母爱的伟大让他从死亡的边缘恢复健康回到人间，让他在以后有机会读书识字，为人处世。

尽管生活一开始并没有给蔡志浩太多的眷顾，从出生起就伴随着艰苦和磨难，但蔡志浩好像生来就是和苦难做斗争的"料"，从来就不曾被苦难压垮和击败。那首耳熟能详的客语金曲《客家人真有料》，唱出了他的心声，"有料"的代价是他能在苦难中磨炼成长，能在风雨中见彩虹！

从小就在母亲的娘家生活的蔡志浩，松口就是他的第二故乡，但是小时候的回忆并不美好。在当时看重父辈身份的梅州农村，居住在母亲娘家的蔡志浩被看作外来者，开始时还是受到了一些世俗的偏见，但他还是深深喜欢上了松口。

对于蔡志浩来说，他是永远不会忘记松口这个地方的，松口，永远是他热恋的第二故乡。因为那里，有疼他的外公外婆；那里，有善良的乡亲；那里，有滋养他的松口山歌；那里，有他面朝黄土背朝天的挥汗身影和励志图强的油灯岁月；那里，有他惦念的松口老街和千年古镇……

读书用功、成绩名列前茅的蔡志浩，因为父亲被错划为"右派"的缘故，在读书时无法如愿以偿地加入少先队、当红卫兵，就连小小的班干部都与他无缘。因中耳炎留下的后遗症而两度让他参军无望，农村户口的他又没机会进城当工人。所以，在蔡志浩高中的时候就开始认真思考自己的人生目标，在"农业学大寨"向山要田的大形势下努力学习几何，希望自己以后能够学有所成，回到老家做一名施工员、技术员。

可在当时"文化大革命"动荡的年代，全国教育水平急剧下降，在父母没有明确表态反对的情况下，蔡志浩毅然选择参加"文革"后的高考，但无奈终日为了所谓的"工分"得耕田种地、养鸡放牛的他，在为了生活而疲于奔命的同时，终因准备不足两次赴考未能获得入学的机会。两个弟弟后来顺利考上大学，而发生在他身上的遭遇，是一种命运的无奈，这种无奈是蔡志浩多年郁积于心的一个心结，让他感叹人间冷暖。但命运似乎也在冥冥当中暗示着，蔡志浩要想获得机会与成功，就必须比别人付出更多的努力；要想获得"真经"，而他的"劫难"还远远没有结束。

无望上大学的蔡志浩只能回到农村，决定踏踏实实地做个农民，但从小就体弱多病的他，身体底子差，根本难以适应农村繁重的劳作，农村完全没有他的用武之地。这时的蔡志浩感到无比彷徨，不知道自己的明天在哪里。但从小就喜爱学习、博览群书的他，想起大作曲家贝多芬在因贫穷没办法念大学、17岁时又患了风寒和天花病、27岁更是不幸失聪，且在爱情上屡遭挫折的情况下，依旧与命运顽强斗争，成就了辉煌的音乐事业。蔡志浩认为自己也应该学习贝多芬在逆境中成长的奋斗精神，"要扼住命运的咽喉"，弹奏出属于自己生命的华章！

生活生活，既然无法选择自己的"生"，但可以创造性地去"活"。蔡志浩心里很明白，一定要扬长避短，利用自己的学习能力，找机会多读书学习，为在以后能够把握住机会做好准备，真正活出个人样来。

终于，作为农村高级知识分子的父亲，有机会带着一家人从农村到了城市，超龄的蔡志浩依旧只能是农村户口，没办法享受城市居民的优厚待遇。离开了面朝黄土背朝天的农村生活，他委屈地在造纸厂的打浆车间做了一名又苦又累的临时工。到了工厂，更多靠的是技术和知识，一直就志气不凡的蔡志浩渴望能够学到更多的技术，以摆脱自己贫寒的身世和卑微的处境。

"天将降大任于斯人也，必先苦其心志，劳其筋骨，饿其体肤，空乏其身，行拂乱其所为，所以动心忍性，曾益其所不能。"从娘胎就开始经受多番挫折磨难之后，命运并没有及时给这位奋发努力的青年该有的机会，依然选择继续用重重困境来磨炼他的意志，似乎有意让他自觉地为自己的成长、成熟打下更为坚实的基础。

在造纸厂，三班制的工作艰辛程度可想而知，但蔡志浩没有放过任何的业余时间。他学习明朝开国皇帝朱元璋在放牛时依旧不忘学习的奋发向上精神。他知晓了"凿壁偷光"的道理，他悟懂了勾践卧薪尝胆的启迪，他理解了战国的苏秦成就张仪的苦心……他利用繁重的工余时间自学电工相关知识，用知识技术武装自己。功夫不负有心人，他终于无师自通，学会了简单的电工知识，并在造纸厂有了施展自己能力的机会。

后来，他在电工领班的岗位上一干就是三年。其间，他虚心请教师傅，学会有线电之后，又自学了无线电，还利用业余时间上电大。

这时的蔡志浩虽然有了一定的技术，在电工这个岗位上也颇受好评，但是看到父亲在造纸厂依然受人排挤后，他明白自己留在这个小造纸厂根本不会有光明的发展前途，这让蔡志浩渴望有机会飞向更广阔的天空。

"如果有人错过机会，多半不是机会没有到来，而是因为等待机会者没有看见机会到来，而且机会过来时，没有一伸手就抓住它。"当命运终于听到了蔡志浩的呼喊，一个业务员的职位向蔡志浩招手了，他不愿做罗曼·罗兰口中那个机会来时没有抓住的失败者。他紧紧地抓住了这次改变一生的转折机会。不顾父母的极力反对，义无反顾地选择做了当时梅县嘉宝电路板厂的一名业务员，背井离乡，到深圳开拓业务市场。没想到的是，命运又给了蔡志浩当头一棒，当时他在乘车前往汕头参加报关员资格证考试时半路遭遇抢劫，差点送命。

从未接触过业务的蔡志浩，虽名为业务员，在深圳却身兼多职：报关员、送货员、伙夫、业务员。每天的工作量压得蔡志浩快透不过气，可是，深知要想成功，要想有所成就，要想证明自己，就必须吃得苦中苦，蔡志浩咬牙坚持了下来。他每天起早贪黑，早上骑自行车去车站接货，上午送产品到客户手中。突遇下雨之时，为了保护好产品不受雨淋，便脱下衣服遮盖，宁可自己被雨淋成"落汤鸡"也要保护电路板不受损坏。可以说，在深圳开拓市场的那些日子，他是在玩命。

广东梅县白渡镇一景

年少磨难志不垮

蔡志浩近照

　　姓名，是一个人的符号，在绝大部分情况下，它不代表其他意义。正如蔡志浩，志为志向、浩即远大，志浩就是志存高远。一直在被动适应农村生活的蔡志浩从小就明白，他不可能像农村的其他健壮小伙一样凭力气干活，凭着力气去多挣工分改善生活，他没有这个优势。他知道，唯一有可能拯救自己命运的就是知识和技能。所以，他随母亲住在松口的外婆家时，一方面竭尽全力帮母亲（父亲大学毕业后在梅县造纸厂工作，他没有非农户口进城做不了工只能在农村务农）做力所能及的农活，如耕田种地、开山种果、养鸡放牛、插秧收割，每天起早贪黑没有睡过一天懒觉，之后他的父母都为了生活而奔波，他4岁时就要帮忙照顾刚出生的妹妹。

　　那时，蔡志浩读书的松口农村还没有电灯，用的都是煤油灯。读书时煤油灯调亮点还会被家长训斥。他曾经感叹说，当时平日里的生活是见不到肉的，看得见肉的时候只有两种情况，一是父亲回来会有一点肉吃，另外就是客人来的时候。有时候还不是肉，只是煎蛋、咸鱼。咸鱼吃到剩下鱼头鱼尾的时候还要加点调料、姜丝继续做成一道菜。但也有最开心的时候，那就是一年一度杀猪的时候，连续几天都有肉吃。

　　贫苦的农村生活没有打断蔡志浩对知识的求索。一方面他利用空闲时间把头埋在书本里，勤奋认真地学习。高中的时候他为自己树立了明确的奋斗目标：一定要用功学习，特别是要学好数学和几何，希望将来回到老家白渡做一名施工员、技术员，靠技能而非靠体力来生活，以摆脱自己贫困的家庭命运。

天行健，君子以自强不息。高中时候的蔡志浩已渐渐明晰了自己未来的人生方向。高中毕业后，他让自己的语文老师为自己抄写了两句自拟的诗句以表其当时的心境。

拟诗励志表心境

"寒梅傲雪群山慕，鹤立鸡群白云愁"，这两句蔡志浩作的现在依旧留存在松口农村旧书橱中的诗句，反映了他年少时不甘平庸、志存高远的心境。

蔡志浩深知"人不能有傲气，但不能没有傲骨"的道理。打小博览群书的他，非常欣赏梅花的气节，明白人生的道路是坎坷不平的，失败和挫折随时都有可能出现，但"寒梅傲雪"，预示他一定会像寒梅一样在苦寒的逆境中依旧奋发向上，有志气有气节，绝不能被挫折打败。"群山慕"，就是他要让别人像百花羡慕梅花"凌寒独自开"那样钦佩自己的作为，他有这样的自信，相信自己可以比别人做得更好，他是这么想也是一直这么做的。

当时生活在梅州偏远小山村里的蔡志浩，看似只是村里所有青少年中普普通通的一员，没有大的力气却有大的志气，没有健硕的身子骨却有梅花般的傲骨。他身上透出的大志气注定让他与别人会有不同的人生取向和不同的命运归宿。蔡志浩觉得自己一定可以鹤立鸡群，因为他从不像其他同龄人那般甘于现状和易于满足。他给自己设定目标，始终认定只要自己付出艰辛努力，一定可以做一个不同于他人的有为青年。

蔡志浩以白鹤自比，白鹤从来都是与白云相伴的，白鹤如今还在成长尚未起飞，那么"白云愁"也只是暂时的。尽管高中毕业后留在农村务农的蔡志浩很迷茫，不知道自己要往哪方面发展，可他一直相信，自己终会如白鹤飞向蓝天与白云相伴，现在的苦闷只是因为真正属于自己的大好时机还未到来。

的确，苦闷和彷徨都是短暂的，高中毕业后的蔡志浩渐渐走出了茫然的沼泽地，他毅然参加了"文革"后的两次高考。虽然未能像后来的两个弟弟一样考上大学，但人们常说，上帝为你关上一扇门，就会为你打开另外一扇窗。实践证明，蔡志浩没能考上大学，但他后来成功地通过了社会这所大学的毕业考试。

命运掌握在手中

  入学无望的蔡志浩并没有气馁。他乐观且自信地认为，自己虽未能走进大学校园，但备战高考的奋斗史让他更加懂得"一分耕耘，一分收获"的道理。

  1978年，已经20岁的蔡志浩，带着还没有抖落的农村尘土，来到父亲工作的梅县造纸厂做了一名临时工。身为造纸厂副厂长的父亲一直都希望蔡志浩能够全心全力地学习造纸技术，安安分分地在造纸厂工作，成家立业养家糊口。可是，蔡志浩的兴趣不在造纸方面，所以他更不想根据父亲的意愿来规划自己的未来人生。他认为自己身体健全、勤学向上且不比别人笨，更重要的是，自己有志向，他相信只要一个人能够敢想并努力付诸行动，就一定会成功的。他的这些想法，在当时被父亲看作是幼稚叛逆的。

  其实在蔡志浩看来，出身农村的高级知识分子的父亲，对仅是高中毕业的自己没有抱太大的期望，很多时候都希望他本分地过日子，为了证明父亲的观点是错误的，蔡志浩一直暗下决心，一定要做出一番成绩给父亲看。蔡志浩曾说过，"人最怕的是没有志气，而不是困难"。立志要闯出属于自己一片天的蔡志浩，在做临时工的时候就视时间为生命，克服种种困难，自学了自己最感兴趣的电工学。

  兴趣就是最好的老师，自学电工学的蔡志浩勤奋刻苦且相当有天赋，无师自通地掌握了相关的电工知识，并且能够学以致用。这时的父亲似乎看到了蔡志浩的进步，主动把他调到了电工班做车间领班。

  尽管这样，父亲对蔡志浩的"不听话"行为还是不太认可的。在某次事故处理问题的时候，父亲没有细加分析就对蔡志浩的工作能力提出了质疑，让蔡志浩感到委屈。不久后，蔡志浩赌气出走，一个人骑了五天自行车找到广东英德的舅舅家，想在英德闯出自己的一片天。

正是这次的负气出走改变了蔡志浩的工作命运，跟父亲的关系有所缓和。由于造纸厂领导的亲自出面，蔡志浩从英德回到了造纸厂，并基于车间全体同事的帮助，蔡志浩从车间调到了电工班做技术工。至此，他从一名业余学电器的普通车间员工变成了专业的电工。

　　1983年，蔡志浩离开梅县造纸厂自己闯荡世界。第一站去了海南，以梅县糖厂技术电工的名义去支援海南的白砂糖厂。蔡志浩很喜欢海南的创业环境，但因为那边没有指标而最终没有留下来。其间他还邂逅了一段小小的爱情插曲，在海南工作期间，他与一个在饭堂工作的漂亮女工认识了，在女孩邀约下，他还去了她家做客，不过由于当时思想比较封建而且女孩的父母也觉得两个人距离较远而没有同意他们交往，并且那个女孩也属于比较胆小的那种，看父母不同意也就没有下文了。后来蔡志浩支援海南工作结束后回到梅州，也没有再和那个女孩联系，但那是一段没人知道的美好记忆。

父亲的良苦用心

　　蔡志浩明白自己高中的教育程度不及两个弟弟，是因为环境造成的，并非自己没有学习能力和上进心。在蔡志浩婚后第一年回家过年时，父亲在三叔和亲戚朋友面前无意说起三个儿子的作为，让他感觉没面子。因为这件事，蔡志浩还与父亲发生了"口舌"。他回忆当时气愤地对父亲说："您现在40岁做副厂长，我到您那时候说不定当厂长呢。我父亲连说不可能。现在想起来，我37岁就自己做老板了，比厂长还大的位置呢。"俗话说："人要人打落，火要人烧着。"可以说，是父亲当年的"激将法"让本就胸有大志的蔡志浩更加奋发图强。

　　有个蔡志浩熟悉的历史故事让他若有所思，苏秦和张仪的故事蔡志浩一直熟读于心，并加以自勉。这个故事说的是，战国时期，苏秦和张仪是好朋友，同受业于当时的名师鬼谷子的门下，苏秦出道较早，在赵国当宰相，而张仪当时刚出道，郁郁不得志，看到苏秦已成大事，便想投身门下，找到一条晋升的捷径。张仪投奔苏秦，却被拒之门外。后来虽安排其住下却让张仪吃粗饭并用话语来羞辱他。张仪的自尊心受到极大的伤害，他自信自己的才能绝不比苏秦差，便投奔了赵国的敌对国秦国，并献连横大计受到秦惠王赏识做了秦国宰相。后来的张仪才知道，苏秦是为了唤醒自己的自尊和自信，故意采取激怒的办法，盼望他能够在秦国掌权。知道真相后的张仪发誓不让苏秦失望，终于成了战国的风云人物。

可见，要想成就一番伟大的事业，真的需要像苏秦这样的诤友，毕竟人在最不被他人看好之时，也是创造奇迹的最佳时机。

对于日后的蔡志浩而言，他的父亲就是他的"诤友"，就是为他提供创造奇迹条件的默默支持者。

1993年用"猪圈"搭建的五洲工厂

"猪圈"里成长的企业

他山之石：马云创设阿里巴巴，带领最初仅有18名员工的创业团队，把自己的套房当作公司办公室，芝麻开门，缔造了中国互联网史上的奇迹；任正非，租用深圳破旧的厂房，率领50多名员工，熬过华为艰难而未知的创业岁月，改写了中国乃至世界通信制造业的历史；张瑞敏，接手濒临破产的集体小厂，把海尔发展为享誉海内外的跨国大集团；李书福，白手起家，经过几次起起落落，创立吉利播音汽车制造公司，成为一位汽车大亨……

可见，每个成功人士在创业之初都经历了一番挫折，五株科技的成长也是夹杂着坎坷与艰辛的。集团CEO蔡志浩面对今天的成功就曾笑言，五洲就是从"猪圈"里成长起来的企业。

一次"触电"一生缘

1988年，蔡志浩到了梅县嘉宝电路板厂做临时工，这是他生命中的第一次"触电"，他与电路板一生的不解之缘也从这里开始。他从丝印工、质检员等最基层工作做起，开始全面接触了解电路板的知识，为后来创业打下基础。在造纸厂做过电工，并自学电工学、无线电技术的他，受到了领导的赏识，争取到了成为业务员的机会。可以说，正是这一次难得的机遇，影响了蔡志浩的职业生涯，让他认识到了电路板、熟悉了电路板、爱上了电路板。

这是蔡志浩第一次接触业务员工作，亦是他真正接触电路板市场。他紧紧抓住了这个改变他命运的机会，说服家人，毅然背井离乡，只身到深圳去接触电路板市场，也从此开始了一段艰辛的跑业务的岁月。

通过自己慢慢摸索工作的窍门，蔡志浩学会了与客户沟通交流，拓宽了眼界，熟悉了电路板行业的发展规律和市场运营法则。

在多番努力以及当初积累的电工经验和无线电知识的"辅助"下，蔡志浩逐渐褪去了初到深圳时的青涩和懵懂，蜕变为一名精通电路板业务的好手，为后来合作的梅县嘉宝电路板厂争取到了不少业务大单，也逐渐摆脱了经济上的拮据。

敢字当头挑大梁

正在这个时候，蔡志浩凭借着对市场商机的敏锐嗅觉，以及自己从小到大就不甘平庸的奋进精神，面对电路板市场巨大的发展潜力，做出了一个改变他一生的重要决定——独自创业。

"敢"字当头的蔡志浩在萌生创业的想法之后，一直想着要如何说服父亲同意自己的想法。正在蔡志浩绞尽脑汁的时候，当时刚好兴起了一项"鼓励政府部门办实业"的新政策，他顿时有了主意。

蔡志浩首先跟父亲畅谈了他在深圳跑业务的见解，让父亲了解并认同电路板市场的巨大发展前景，同时，与父亲聊起了政府的新政策。接着，蔡志浩向父亲表达自己想独自创业的想法，让当时作为梅江区科委干部的父亲主动询问领导是否有意愿趁着新政策办实业开厂。在父亲与科委领导商量沟通之后，双方一拍即合，科委方面同意由蔡天宏负责筹备开办电路板厂的事宜。

目标确立下之后，就是找厂址的问题了。这期间，他们找过几个地方，不是因为地方太小就是涉及环保问题而主动放弃。机遇来临的一天到了，一天，蔡天宏和蔡志浩以及科委的几名干部开着车在梅城转悠寻找着适合的厂址目标，当车子来到江北的梅江区城北五里亭粮管所大门口时，蔡天宏遇到一个老熟人——城北粮管所所长。他们寒暄了起来，当听到科委在寻找地方办电路板厂的时候，便主动向蔡天宏提起他们粮管所有闲置的地方，大家可以联手合作。大家一听都乐了，随即马上到现场看厂址，因为当时的粮管所位于梅城江北的五里亭，闲置地方实际就是破旧的猪圈和旧仓库，但可以改建。于是，一次巧遇，就解决了选定厂址的问题。

解决了办厂最实际的厂址问题之后，就该考虑办厂的必要条件——资金问题。看在蔡天宏的办厂经验的基础上，都有意创办实业的梅江区科委、城北粮管所通过认真商讨，决定由梅江区科委、梅江区城北粮管所和蔡天宏分别出资20万元，共合股60万元组成三股东，梅江区科委和城北粮管所本意都是让蔡天宏担任厂长一职，但在蔡天宏的力荐下，说服了两家股东，由儿子蔡志浩出任企业法人，在1993年成立了梅县科发联营有限公司，也就是梅州五洲电路板厂的前身。蔡志浩曾多次深情回忆道："当时多亏了一帮'老革命'，他们年纪较大，但思想不保守，把经营大权交到了我手上，这给了我极大的操作空间，他们这种开明的思想在当时是相当难得的。"

老前辈的信任给了蔡志浩创业的巨大动力。但与此同时，他也承受着不小的压力，因为按照协议，经营方必须每年上交每个股东各7.5万元的分红款，也即是说，蔡志浩每年必须给各股东赚取7.5万元的利润分红，共21.5万元。在信任与压力之下，蔡志浩果敢地迈出了坚实的创业之路。第一年承包下来，他就实现了预期目标。

用心经营赢口碑

初步创立的梅县科发联营有限公司只是当时梅州一家不起眼的小公司，厂房非常简陋，一部分是粮管所提供的废旧粮仓，还有一部分是由猪圈改建而成的，工作环境之差可想而知。同时，公司起步阶段，流动资金的筹集相当不容易，蔡志浩用向梅江区政府暂借的35万集资款，盘活了企业的运作。他把每一笔资金都用在刀刃上，掌管着财务收支的蔡志浩的妻子张晓华更是巴不得一块钱能掰成两半用。在艰难的创业条件下，1993年下半年退休后的蔡天宏马上投入到公司的管理之中，给了蔡志浩强有力的支持。蔡天宏曾笑言："我虽然已经退休，但是办工厂感觉创业才刚刚开始。"蔡天宏运用他20年在梅县造纸厂的管理经验，发挥了独特的传帮带作用，一方面他亲自参与厂房的改建和规划，使生产流程与布局科学有效；一方面勤俭办厂，经常通过去废品店淘宝，利用废物或者进行生产设备零件的再加工或二次维护，以减少经费的支出。不少老员工都记得，工厂创办初期，为了节省电费，一般白天都不开灯。就是在这样艰难的情况下，蔡志浩还是带领第一批工人克服了重重困难，让工厂正常运作起来，并在一年之内信守承诺归还了政府的全部集资款。

一直负责深圳市场业务的蔡志浩为了给初生的小厂争取到更多的订单，既当业务员又当送货员，每天穿街走巷，风雨兼程，一个人跑单、接单、签单、送单、接货、送货，度过了创业最难熬的初期。为争取订单，创下半年走破三双鞋的纪录……

正当蔡志浩努力在深圳跑单、接单的时候，一次一个客户找到了他，希望他可以解决当时三家电路板工厂都无法解决的键盘准确对位的问题，并说如果能够在三天内交出学习机键盘的样板，对方承诺以后就把此类业务都给他做。面对如此紧迫的时间和必须克服的技术问题，蔡志浩利用他扎实的解析几何的能力，采用X、Y定位的方法解决难题，并通宵达旦地加班，终于如期交出了成功的样品。

凭借过人的技术、高效的工作和敬业的精神，蔡志浩感动了这位潮州的赵老板，争取到了这家公司的学习机键盘电路板的稳定大单，同时也在潮州商圈中赢得了信誉。随后整个深圳宝安仿制电器的制造商都主动找到了蔡志浩。至此，梅县科发联营有限公司的运作渐入佳境。

"三股归一"当老板

一年后，在公司正常运营、蔡志浩准备大展拳脚的时候，梅江区科委由于换了领导，新领导觉得合股蔡志浩这家公司不怎么靠谱，毅然退股。只剩两股东的公司在退回股东款后，蔡志浩感到了更大的压力，但他还是坦然接受。可在办厂三年后的1996年，城北粮管所所长更换，同样要求退股，别无选择的蔡志浩顶着巨大的压力，完成了城北粮管所的退股手续。至此，三股合一，梅县科发联营有限公司不复存在，粤港合资梅州五洲电路板有限公司横空出世！这是真正属于蔡志浩自己的公司，他为公司取了一个特别大气的名字——五洲，借此表明自己必将不断奋斗，让公司走出大山，走向五洲，也让自己成了最初的老板。

　　有志者，事竟成。在当初不足20位老员工的共同奋战下，尽管工厂的设施相当简陋，但是交货准时，且制造出来的产品质量有保障。更为重要的是，蔡志浩在面对客户的时候非常有诚心有信誉，工厂还是迎来了一批又一批的客户，一些供应商被蔡志浩的坦诚打动，表示愿意支持蔡志浩的公司，给予他几百万的货款周转。这无疑是雪中送炭，让蔡志浩终于挺过了工厂发展最艰难的时期，克服了流动资金紧张问题，五洲出品的产品在业界渐渐闯出了一番名堂。

为母亲赠书

母亲，寒冷中最温暖的名字

蔡志浩的母亲曾英招，是一名传统的客家女性，她的身上除了有千千万万客家母亲勤劳善良、勤俭持家的共性，还有面对生活磨难始终保持乐观向上的秉性。她是蔡志浩幼年到青少年时期的"守护神"。她用她并不宽厚的肩膀，照看着他，呵护着他。

坚强与平凡的女性

通往南洋的老渡口，沉淀历史记载的千年古镇，还有那飞往山外的一曲曲动人山歌……在松口的小黄沙溪西村，那里是土肥水美的鱼米之乡，也是蔡志浩的母亲曾英招的娘家，蔡志浩的第二故乡。

曾英招与丈夫蔡天宏是在学校读书时认识的，是师兄妹关系，蔡天宏高中毕业后，他们确立了恋爱关系。1956年他们喜结连理，并且很快有了爱情的结晶。当他们沉浸在新婚愉悦时，有一个让曾英招欢喜又让她愁的消息传来了，1957年，蔡天宏通过努力，考上了华南工学院造纸系，成为二十世纪五十年代农村罕见的大学生。欢喜是丈夫终于摆脱农村，几年后即将成为吃皇粮的国家干部；愁的是，自己已经怀有身孕，而偏偏在这时候，丈夫要远赴广州读大学，自己要承担的离愁和孤寂以及将来对孩子的照顾，这种滋味确实不好受。蔡天宏也同样处在思想斗争中，但深明大义的曾英招毅然支持丈夫，劝他认真求学不要有后顾之忧。也是从那时开始，蔡天宏不舍地离开怀有身孕的妻子曾英招，踏上了求学的征途，夫妻暂时分别，直到蔡志浩4岁时才全家团圆。

　　丈夫外出求学，曾英招肩负起蔡家媳妇的担子，尽管怀有身孕，却始终不忘自己的责任，替丈夫照顾一帮弟弟妹妹，每天还要跟着家婆到山上砍柴种菜，耕田种地，样样都做，把家里的农活打理得井井有条，根本就没有把自己当成怀有身孕的人……婆家的环境比较艰苦，家中米少人多，跟稍微宽裕的娘家相比还是有些差距，但她无怨无悔。因为体力劳动太重加上营养不良，曾英招经常饿得头晕眼花，但是她始终体谅着婆家，就是饿了也不敢要求多吃一碗饭。婆婆看着她挺着大肚子又那么操劳，实在不忍心，但是家里又拿不出更多的米饭，便悄悄地跟她说："英招，家里兄弟姐妹多，你身子要紧，你就每天在开饭前多留开一碗饭给自己吧……""我何曾不想悄悄地留开一碗饭，可是看着一帮面黄肌瘦的弟弟妹妹，我又怎么能这么自私，要是我多留一碗饭的话，全家就有人要挨饿，我怎么能忍心这样做，所以尽管婆婆对我这么说，但我就是饿得站不稳时也从没有这么做过……"说到这些刻骨铭心的往事，曾英招不禁泪流满面，泣不成声。

　　曾英招嫁到夫家所过的艰苦生活，她从没有跟娘家说起过。因为她一想起自己的身世，就会让她心如刀绞。原来松口的娘家父母，也并非是她的生身父母，而是她的养父养母，而她的生身父母当时都在南洋谋生，生下她时被算命先生说要卖掉，生身父母又有不舍，但是最终还是把襁褓中的她送到生母的娘家松口，交由好心的邻居抚养，而她也只是在二十世纪八十年代见过自己的生母一面，生父却从来没有见过。她虽然命中注定就缺失父爱与母爱，但好在养父养母视她为亲生，给了她同样的爱，让她幼小的心灵没有留下更多伤痕的记忆。

坚强与善良的母亲

　　饥饿、劳作、孤独、贫寒，这些是当时曾英招怀着身孕在夫家白渡镇沙坪深坑村的真实写照。

　　刚生下来的蔡志浩体质非常不好，这让刚刚当上母亲的曾英招捏了一把汗。

在当时困难的环境下,生下来的蔡志浩,生命脆弱得就像一根微弱的小蜡烛,好像随时都可能熄灭。面对此景,曾英招看在眼里痛在心里,由于小志浩的身体虚弱,根本就没有力气去吮吸母亲甘甜的乳汁,如此一来,志浩变得更加瘦弱。丈夫离家在外,孩子又在襁褓中,曾英招心想养活孩子要紧,既然孩子没法吮吸她的乳汁,她就想办法把自己不多的乳汁一点点挤出来,把瘦得皮包骨的小生命抱在怀里,用汤匙一口一口地喂。但因为自己的奶水也不多,于是几天后小志浩就改吃上了粗糙的米羹,因为夫家穷,连婴儿的羹煲都没有,每次煮米羹都在大锅里煮,煮得黑乎乎的一片一点口感都没有,看着这样的食物,大人都难以下咽,何况出生不久的婴儿?每次给小志浩喂食,已经很饿的他却极力抵抗这种食物,看在眼里,曾英招的心在流泪。

小志浩刚过满月,曾英招发现,孩子的体重不但没有增加,反而瘦了不少,这让她担心不已。她感到孩子若不改变目前的情况,怕是养不活了。深思之后,她跟家公家婆说明了情况,说为了保留蔡家的香火,为了让孩子活下来,她只有回到自己的娘家,不然在这里粮食紧张,自己的奶水又无法喂养志浩,待在这里孩子会活不下去的。家公家婆商量后同意了她的决定。

也正是她这个正确无比的决定,让一个不平凡的生命在历经一系列的苦难坎坷后终于事业有成,让他后来成为五洲事业的缔造者。

在小志浩出生35天后,曾英招用一副"箩担"作为行囊,箩担的一头放着襁褓中的志浩,另一头则放上母子俩的简单衣物,独自踏上了回娘家的路。

就这样,曾英招把小志浩带回自己的娘家松口,小志浩从此在那里度过了童年、少年和青年的时光。

回到娘家安顿下来,曾英招的养父母看到小外孙非常高兴,可是看到瘦得不成样子的小外孙又犯了愁。紧接着,父母忙着杀鸡给曾英招补身子,在他们的照顾下,曾英招身体逐渐恢复了,奶水也变得充足起来,可是小志浩幼小的身体则没有明显改观,他还是无力吮吸到母亲的乳汁。曾英招为了让小志浩吮吸到更多奶水,每次喂食的时候,她就找来一个邻居家比志浩大几个月的小孩先来吮吸自己的乳汁,待那个小孩把奶头吮吸变松软时,再让志浩吮吸。为了让小外孙的身体快点长好，心细的外公专门找人买了一头母羊，每天用羊奶去喂养瘦小的小外孙。在外公外婆和母亲的悉心呵护下，喝着羊奶的小志浩一天天长大。这时，曾英招感到一种久违的欣慰。

可好景不长，也许是由于羊奶燥热的原因，小志浩不幸得了中耳炎，整日耳朵都在流脓，这让曾英招很是痛心。为了减轻儿子的疼痛，她不管有多累，每天起码三次为小志浩仔细清洗耳朵，为他涂上药水，以减轻他的痛苦。不管是酷暑还是在寒风凛冽的冬夜，她照样抱着闹腾的孩子，唱着摇篮曲或者客家的《月光光》，轻轻地哄着他入睡，然后又小心翼翼地呵护儿子的耳朵，希望不会给他带来后遗症。

谁知一波未平一波又起，小志浩又不幸患上了令全家坐立不安的蛲虫病，面对如此多"事头"，曾英招用母爱和耐心照顾着儿子，在每晚睡觉时都要帮他清理钻出屁股的蛲虫。因为担心蛲虫对孩子的伤害，她不知为此度过了多少个不眠之夜……同样心疼他的外公外婆更是为此事操碎了心，因为所用之药效果都不是很好，两位年迈的老人每天也在为小外孙轮流"除虫"。庆幸的是，曾英招通过广州的一位亲戚买回专门治疗蛲虫的药，最终治好了这个折磨一家人近两年的"祸害"。

正是有了外公外婆和母亲最无私的爱，才有了今天健康的蔡志浩。事业有成之后的蔡志浩十分孝顺父母和外公外婆，对特别疼他的外婆更是照顾入微，前几年外婆还在人世时，他经常把外婆接到梅城安享晚年，给她买好吃的好穿的，还给外婆很多花不完的零用钱，让老人家很是欣慰。想当年，外婆带着已经学会走路的他，每天一边在公社大队忙活，一边还要看护他，到吃饭时宁可自己饿肚子或吃粗糙的糠饭也要省出口粮给他吃，而她自己却因此患上了水肿病。当时，新中国正值国内困难时期，粮食紧张。国家那时要求每个生产队各家都要交出全部粮食，但那时候正是志浩需要长身体的关键时候，疼爱他的外婆不惜冒着风险，偷偷把一部分粮食藏了起来，只为了她的小外孙不至于挨饿受苦。每次一说到这些，总会让蔡志浩流泪。

"志浩"男儿当自强

一个嫁出去的女儿带着儿子常住在娘家,村里人开始有了异样的眼光。那时候的曾英招已经感受到了这一点,但为了孩子也为了给自己和娘家争口气,她展示了自己的聪明才干,先是被招聘为当地农村的一名小学教师,后来教育裁员后她靠着才干又成为生产队的妇女主任。那时生产队实行"记工分",为了能多拿工分改善生活,曾英招没日没夜地干活,计划着家庭的一日三餐,同时想方设法让年幼的儿子"加入"生产队。因为家里没有壮年劳动力,曾英招给家里争取到比其他家庭更多的"软门"农活,比如替生产队养猪、放牛等,因此小志浩读小学时也就帮着妈妈开始做这些农活,7岁时就学会每天挑水给全家用,虽然辛劳,但懂事的志浩也渐渐理解了母亲的用意,因为母亲所做的一切都是为了他,多一点工分就可以多分一些粮食,这样家里就有更多的粮食,才能让正在长身体的他不至于挨饿!因此,身体虽比不上村中其他年轻小伙的他,仍然在松口农村度过了最为难忘的"耕读"岁月。

如果说蔡志浩从一出生就遭遇了人生的不幸,但是他又是幸运的。因为在他终生难忘的第二故乡,他得到了爱与温暖。

转眼间,志浩已成为一个大人了,18岁的他从松口中学毕业后,两次参加了"文革"后的高考而落榜。当时他对自己的前途充满了困惑,但母亲总是耐心地开导他,告诉他人这一辈子总有适合自己干的事情。

这时,志浩的父亲大学毕业之后回到家乡,经过一番努力后,成为梅县造纸厂的生产副厂长、技改专家。蔡天宏想好好培养蔡志浩,希望他能有一番出息,在他的努力下,蔡志浩进城在造纸厂里做了一名临时工。一开始,蔡志浩能按着父亲的意愿去做,但就是对造纸技术不感兴趣,再加上每天在厂里上三班倒,还要业余跟老师傅学技术,这让志浩心生怨气和不满……此时曾英招看在眼里,语重心长地对他说:"浩儿,像我们这样的家庭,不可能给你找到什么好工作,你没有读大学但你还有唯一一条路可以走,那就是要有志气,要真正学到一门技术,才能在这个社会上出人头地!"母亲的一席话,犹如一剂强心针,唤醒了蔡志浩沉睡的斗志。

相濡以沫

　　事实胜于雄辩，蔡志浩用行动回报了母亲当年的这句话，学电工、自学无线电、做业务员、初次办厂、创业深圳、创办梅州工业园、开拓东莞……他用自己精通的电路板行业技术，创出了一条"出人头地"的五洲之路！回想当年，母亲的话不多，也没有什么大道理，却总是在蔡志浩人生最为迷茫之时，给予他默默的支持，给予他如春雨般的润泽，让他在人生的道路上坚定勇敢地前行。

反哺之义感动母亲

　　曾英招不会忘记一件事：1993年，她和丈夫商量，想用节衣缩食节省下来的16万元买一栋房子让一家人得以真正安家，并跟卖家谈好了价钱。而正在此时，在深圳开拓电路板市场的蔡志浩跟父亲谈了一个想法，说电路板市场潜力大，想创办一家电路板厂，让父母先别买房，把这笔钱借给他创业。当时听到儿子的诉求，她和丈夫失眠了，第一这笔钱是他们毕生的积蓄，辛辛苦苦打拼了大半辈子，早就梦想自己能有一所房子；现在儿子要创业，若不支持他又怎么忍心？但要创办一家工厂谈何容易，市场风险是多么的大；家里就这么点积蓄，万一搞砸了怎么办？实在是输不起啊！

　　蔡志浩也看出了父母的"心病"，便向父母许下诺言："请爸妈把钱借给我，我以后一定会买一栋别墅给你们！相信我！"夫妇俩看到儿子如此坚定的创业信心，终于答应了儿子的请求，把本用来买房的全部身家都"借"给了儿子。蔡志浩也体会到父母亲对他的信任和期望，为了让父母省心，他主动写下"借条"交给父母后并承诺一定会兑现诺言。

2000年冬的一天上午，蔡志浩开车载着父母来到梅县华侨城的别墅区开发用地旁，停下车来打开车门请父母下车，纳闷的双亲正要问来这里干什么，蔡志浩笑眯眯地对父母说："爸妈，今天我是来兑现承诺的！我没有事先告诉你们，我买了一块别墅用地，要建造一栋别墅给你们住，让你们二老好好享享福！"喜从天降的曾英招和蔡天宏夫妇，一时激动得说不出话来。儿子志浩争气啊，这么多年来，自己的苦熬和苦盼终于得到回报了！那一晚，难掩喜悦之情的曾英招失眠了。她回忆往事，感慨良多。她感叹所有的付出都是值得的，因为"望子成龙"终于成"龙"。

儿行千里母担忧。这些年来，随着蔡志浩的事业越做越大，业务遍及世界各国，成了日理万机的五洲电路板集团的董事长。相对来说，在父母身边的时间比以前少多了，但蔡志浩的孝心却越来越重。如今，已是古稀之年满头白发的曾英招向我们幸福地讲述了母子同心的故事："虽然现在志浩几乎都在深圳，但他每天不管工作有多忙有多累，都要打电话问候我和他爸爸，嘘寒问暖，真的很孝顺。除此，每逢母亲节父亲节还有我们的生日，他一定会抽空回来，送上自己的心意和祝福！有时回梅州处理公事，回到梅州虽然晚了，但只要我们没有休息，他一定会到华侨城我们的住所看望我们，和我们聊聊天，然后才到工厂住下。第二天一大早，他又会到家里，陪我们一起吃早餐，聊聊家常，我真的很开心很欣慰……

"志浩说他现在不会睡懒觉了，因为以前还小时，每天天刚蒙蒙亮就被我叫醒去喂鸡，已经养成习惯了，没法睡懒觉了，这个习惯一直保持到现在。说得我和他父亲心里酸酸的。我看到他那么忙，很心疼他，有时会'不合时务'地劝他，企业发展大了，也可以歇歇了，别太辛苦！而他总是笑着对我说：'妈，你不用担心，你就好好享福吧！'……"

母亲，永远是儿子寒冷中最温暖的名字。

梅县白渡祖屋

听老父亲讲过去的事情

人生是一本与苦难斗争的书,这本书记载着酸甜苦辣的味道,也记载着风雨人生的汗水与收获……

也许有很多的为什么会立刻摆在我们面前,当一段段经历在回首之间,总能让人无限感叹。感叹人生好似一列开往远方的列车,没有回头路,只有藏于心中那些最动人心弦的风景;又好似一盘倒放的录像带,悠悠再现那些足以感动自己又能激励他人的一幕幕。

逃荒路上泪汪汪

他,是一位饱经风雨历尽沧桑的老人;他,是二十世纪五十年代为数不多考上大学的农家子弟,寥寥无几的造纸专家,高级工程师;他,是五株事业的引路人;他,是蔡志浩最尊敬的父亲。

蔡天宏

"我的父母都是典型的旧时代客家农民，父母生下我们九兄妹，三男六女，我排行老大，生活得极度艰辛，让我从小就尝到了颠沛流离的生活滋味。那是在我10岁那年，父母由于无法在当地农村生活，拖上比我小两岁的妹妹勤凤过上了逃荒的生活，一路乞讨度日，后逃荒到蕉岭新铺镇，我可怜的母亲由于逃荒路上的劳累和饥寒交迫，染上了重病，躺在大路上，奄奄一息，看着父亲绝望的神情和母亲因为重病那张苍白而毫无血色的脸庞，我和妹妹用无助的眼神看着从我们身边走过的人，希望他们能施舍我们，救救我可怜的母亲。天色渐渐暗下来，我们又饿又怕，费尽力气把母亲拖到路旁的牛栏边，此时的我们已经一天没吃饭，我和妹妹饿得眼冒金星，我们不知道明天会发生什么，只有等待命运的安排。

"也许是上天怜悯我们这个无助的家，一个算不上救命稻草的'稻草'出现了。在牛栏旁，天已经很黑了，这时有一对70岁左右的老夫妇从我们身旁走过，父亲也许想再做一番努力，便向这对老人苦苦哀求给点吃的。也许是他们真的看到我们一家的困境而起了同情心，他们给我们端来一些稀饭，虽然吃不饱但总算有了说话的力气。我们一家就在牛栏旁度过了一个永生难忘的不眠之夜。"

卖掉妹妹救母亲

"第二天，父亲拖着我们再次在老人夫妇的门口乞讨，这时的老人嘴角似乎露出一丝笑容，跟我父亲做了一个'交易'。因为这对老夫妇的儿子去了南洋，留下一对孙子，眼看年岁已大，又要照看两个孙子，膝下无孙女做家务，便和我父亲商量把我的妹妹卖给他们换些钱以便给我母亲治病，并答应可以让我们全家暂住他们家，妹妹听到要卖掉她，号啕大哭。但生活的艰辛和无奈，最终还是让父母忍痛卖掉了妹妹，父亲用换来的几块银圆去给我母亲抓药治病，而我可怜的勤凤妹妹从此也走上了她命运多舛的人生道路。

"后来，母亲的病渐渐好了起来，我们离开了他们家，住在一个简陋的猪栏围成的家，并在附近的一个盐务处干起了搬运工的活，每天搬运那些成袋成袋的盐和大米。而妹妹被卖后，并没有像我们想象的那样过上好日子，老夫妇每天让年仅8岁的妹妹不停地干粗活干重活，稍有不从便又打又骂，让妹妹受尽了折磨，身上经常青一块紫一块，过着不如婢女的日子。三年后，妹妹的遭遇让盐务处干活的职员实在看不下去了，他们同情地把我妹妹赎了出来，送回我父母面前，让我父母答应不要再卖掉我妹妹。面对妹妹哀求的眼神，我父母无奈而痛苦地低下了头，他们何尝不想留下妹妹，可是当时尚且吃不饱穿不暖，居无定所，加上我的身边又多了两个妹妹。无奈之下，父母再次把勤凤妹妹送给了当时盐务处的一个主任干部，但也是过着和婢女无异的生活。直到抗战结束后，这个主任带走了妹妹，从此杳无音讯，生死不明。新中国成立后，家里突然收到一张军属证，诧异之下的父母辗转时日，最终联系到仍然'健在'的妹妹，从她口中得知她'被参军'的离奇经历——

"原来，妹妹随着那位主任搬家后，那位主任再次将她卖给一户人家，这户人家对妹妹更是冷酷相向，此时已经16岁的她依然每天默默忍受着孤独和缺乏温暖的生活，虽然她被卖了一次又一次，但她依然不会忘记自己的出生地和自己的父母。有一天，她在街上看到有报名参军的宣传点，想到自己的身世和处境，便来到征兵点要求报名参军，但是工作人员在了解到她只有16岁时，因不符合参军条件而拒绝了她，妹妹于是含着眼泪一五一十地向一位女干部讲述了自己悲惨的身世与经历。听完妹妹的倾诉，女干部很是同情，于是答应并带妹妹去见了一位部队的团长，团长在简单了解了妹妹的情况后，当时适逢团长的妻子刚生完小孩坐月子，正需要人照顾，于是便把妹妹留在了他身边，成了部队的人，也算参了军。随着年龄增长，后来在团长的介绍下，妹妹嫁给了一位部队的指导员，定居武汉，育有三儿一女。不幸的是，十几年来，患有脑瘤的妹妹一直被误诊当作感冒医治，发现后已经延误了病情而撒手人寰。"

蔡天宏老人说，他最痛心也是最内疚的就是这个妹妹。他们兄妹九人，只有这位命运令人唏嘘的妹妹早逝，但也是这个妹妹，成家后联系上父母，在困难时期仍不忘月月从武汉寄钱和粮票给父母，以尽孝心，给父母莫大的安慰。

人生无常。有句话说得在理儿，人生充满意外，意外充斥人生，人生的意外丰富人生，没有意外的人生绝对是一个意外。

考上大学圆梦想

"话说回来,那时自己还小,每天父母去做搬运工,自己还带着一个6岁的妹妹去扫地上漏出的盐和米拿回家以帮补家庭,其间也断断续续在念小学。新中国成立前夕,搬运的收入已经无法再维持家庭生计,父母于是带着我们几个兄妹回到家乡帮人挖煤,然后把煤用船运到汕头卖了再换取家用。家则安在离煤窑不远的一处茅寮里,生活依然过得清苦。""我记得有一次,父亲让我去蕉岭长潭取工钱,我天还没有亮便从白渡出发,直到走到天黑走过摇摇晃晃的长潭上的木桥才找到工头家,第二天怀兜着工钱又徒步走了一天回到白渡,当时,已经16岁的自己,深深体会到做人的艰难和生活的艰辛。在这样的背景下我立志要继续读书,同时也在父亲的告诫下希望通过读书来改变命运。"

1957年,注定是改变蔡天宏人生命运的一年。这一年,25岁的他,可以说是成家又立业。成家是他找到了和他以后相濡以沫一辈子的好妻子曾英招,立业是他在这一年通过努力,考上了华南工学院(现华南理工大学)造纸系造纸专业,成了当时响当当的大学生,在老家农村引来不少称许的赞叹。进入大学,蔡天宏非常珍惜这来之不易的学习机会,专业学得特别好。入学的第二年,即1958年4月,他和妻子的爱情结晶降生了,他就是蔡志浩。由于家境苦,志浩出生不到两个月就去了松口生活,蔡志浩在松口度过了自己的童年时光,并在松口完成了他小学到高中的学业。细心的人会发现,今天事业成功的蔡志浩,依然满口松口乡音,不了解他的人,以为他是松口人。

错划"右派"就业难

当时只身一人在广州读大学的蔡天宏,举目无亲,什么事情都要由自己决定。但是他的内心还是充满着青春的激情的,毕竟,能从一个山旮旯的乡村来到大城市念大学,是相当不易的。在第一天独自坐车去往广州的路上,他的内心就萌生了一种走出围龙的感觉,于是也暗暗下定决心,一定要学有所成,报效家乡梅县,待来日为振兴家乡的工业贡献自己的力量。

蔡天宏是这样想的,也是这样做的。他抓住一切学习机会认真钻研专业知

梅州五株厂内的天宏楼

识，节假日一心泡在图书馆、实验室学习。幸运的是，当时他偶然通过同学联系上在新加坡的大伯，大伯的女儿得知蔡天宏在读大学，于是生活较为宽裕的大伯女儿在蔡天宏读大学期间每月资助一定的生活费，解了他的燃眉之急。

正当蔡天宏踌躇满志准备施展自己的人生抱负时，命运跟他开了个"大玩笑"。1960年，蔡天宏正上大三，当时学校刮起一股"帮党整风""反右运动"的思潮，一时间人人自危，但自认"根正苗红"的蔡天宏觉得这场运动与自己不会扯上什么关系，自己只是看客罢了。但是一场人生的意外出现了。当时一位被要求"自我批评"的老乡同学在贴出去的大字报上虚构事实并违心地写上了蔡天宏的名字，后来这张大字报被红卫兵撕去，一口咬定蔡天宏与他的这位同学是"同类"，结果蔡天宏和这位差点耽误了他人生命运的老乡同学双双被划为"右派"，被抓去交代问题，挨批斗，受尽苦头。还好，时间来到1961年，临近大学毕业的他，头上的"右派"帽子被摘去，蔡天宏感受到了重获自由的畅快。1961年7月，毕业后的蔡天宏，以为一切都会顺其自然如己所愿了。于是拿着广东省轻工厅的介绍信回到梅县造纸厂报到，但没想到当时的造纸厂正在大裁员，无法接纳他，随后又被介绍到平远县长田造纸厂，但当他来到长田造纸厂时，实际情形让他内心凉了半截，原来长田造纸厂由于经营不善，已经准备下马了，怎么还会有他的容身之地？

面对刚毕业就遭遇就业难题，着实对蔡天宏打击不小。心灰意冷的他无奈之下，再次回到广东省轻工厅，把就业遭遇向工作人员倾诉，要求妥善解决他的工作问题。因为在家乡时两次到工厂报到遭拒，也有组织部门的同志告诉他如果转行做老师便可以解决他的就业问题。当时一心想早点就业以便减轻家庭负担的蔡天宏，虽然当教师不是自己的第一理想，但一想到就业不易，也向广东省轻工厅的同志表达了自己愿意去平远东石中学当教师的意愿，省轻工厅同意了他的请求。

1961年11月，毕业后的第四个月，在历经了几次就业难题后，蔡天宏才开始正式踏上自己的工作岗位，脱离自己的专业转行在平远东石中学当了一名化学教师。工作稳定后，蔡天宏开始把精力投向家庭，周末和节假日便辗转到松口看望年幼的儿子蔡志浩和当时已在松口农村当代课教师的妻子，一家人得以定期团聚。

造纸专家落"心病"

生活刚刚稳定下来，没想到又赶上教育压缩，蔡天宏又被迫离开学校，由组织部门安排到平远县一个偏远的银行网点工作，这时，回家的路途更远了。1964年，国家提出了"技术归队"的号召，像蔡天宏当时这些专业和就业不对口的大学生陆续重新做了工作调整。他被调回曾拒绝他的梅县造纸厂工作，终于学有所用。他凭着扎实的专业知识在梅县造纸厂很快崭露头角，从技术员一步步做到生产副厂长，其时，他的女儿慧莲和两个小儿子志平、志国相继出生，而后两个儿子分别考上大学，毕业后都有不错的工作，其中志平在美国发展。

当上副厂长的蔡天宏，一套套技术改革取得圆满成功，为梅县造纸厂创造了显著的经济效益，赢得了良好的社会影响，成了当地行业中知名的造纸专家和技改专家。虽然头上有了光环，但他心里一点都高兴不起来，而且还为此落下一块"心病"。那就是当时尚在松口农村的蔡志浩和妹妹蔡慧莲已经年龄不小，不仅是农村户口，而且还没有什么工作，特别是蔡志浩，高中毕业后一直在松口农村耕山种田，未能进城，让他内心很是焦急。为了解决志浩兄妹的就业问题，他跟厂里的书记提出能否解决他的后顾之忧，让志浩兄妹进厂做工，但领导许诺说让他完成手头最新的技改方案后再考虑。以为得到定心丸的蔡天宏于是把全部心血倾注到造纸厂的技改方案实施中，后来技改取得圆满成功。但当他再次和厂里书记提出解决志浩兄妹进厂做工的请求时，却被告知政策有变化，说志浩兄妹是农村户口，不能进厂工作。得知结果的蔡天宏失望极了，他没有想到自己作为一个技术专家，一个基本的愿望也无法实现。为此事，他甚至和厂里的书记别扭了好几年。

1978年，因为厂里书记调走，新书记很同情蔡天宏的家庭情况，于是先让志浩兄妹进厂做了一份临时工的工作，志浩进厂后在厂里做了一名电工，虽然收入不高，但他还是很珍惜这第一份有薪水的工作。虽然经过多方努力，但解决志浩兄妹转为正式工人的事情仍然遥遥无期。时间就这样拖到1982年，年过半百的蔡天宏一想到已经20多岁的志浩还没有转正就寝食不安，工作也渐渐提不起积极性。

名声在外的蔡天宏一直是同行业中的明星人物，在他手上，前前后后挽救了十几个濒临倒闭的造纸厂，帮他们搞技术改革而重焕生机。一次偶然的机会，韶关曲江造纸厂向他伸来橄榄枝，除了答应让他过来做厂长，还承诺解决家属的就业问题，为了让蔡天宏相信他们的诚意，曲江造纸厂答应可以先安排他的家属工作，他再过来，完全打消了他的顾虑。能解决志浩兄妹的工作，这可是他做梦都在想的问题啊！经过亲自考察并和家人商量后，蔡天宏做出了"背井离乡"的决定。

当他找到当时的梅县市市长杨漾光说明调动理由和情况时，他无比伤感地说："我作为一名年过半百的科技工作者，今天还想着背井离乡出门工作，就是组织没有理解我的心情，没有解决我最基本的后顾之忧，所以我恳请外调。"

当时的杨市长听了蔡天宏的表白，沉思了好一会儿，然后语气坚定地对蔡天宏说："蔡工，你给我一个月时间，如果我不能解决你的实际问题，我再派车把你送到曲江。"面对杨市长的挽留，蔡天宏答应留下来等消息。

果然，不到一个月，好消息来了，在杨市长的直接关心下，蔡志浩被安排进了梅县市电子公司广通电路板厂做了一名技术工人，也为他日后结缘电路板事业拉开了一个伟大的序幕。而到了1985年，蔡天宏被调到梅江区科技咨询服务中心，成了一名科技专家，更令人高兴的是，他还同时在五洲城科技路第一栋为科技人才而建的科技楼分得一套三室两厅的房子，一家人得以安居。此时，蔡天宏正式离开了他为之奋斗了21年的梅县造纸厂。

退而不休"老专家"

1996年，蔡天宏从梅江区科委退休后，变得更忙了。按照他的话说，他觉得他好像刚刚开始工作，因为五洲小厂在成立之初，蔡志浩主要在深圳负责业务和市场这一块，工厂的分工则是蔡天宏主要负责厂里的制度和基建建设以及招聘工作，蔡志浩的妻子张晓华则负责后勤和财务事务具体管理。蔡天宏利用自己二十多年的企业管理经验，每天骑着一辆旧自行车，早上7点多就到了厂里，跟工人同吃同劳动，为厂里制订了一系列的生产管理制度、考勤制度、奖惩制度、事故分析制度等等，并亲力亲为，直接参与工厂的生产流程布局和平面规划、车间改造。在蔡天宏的直接管理下，五洲小厂经营得井井有条，工厂生意逐年有发展，工人无不佩服他的能力和精神，打心眼里敬佩这位尊敬的长者。

随着儿子志浩事业的做强做大，这时的蔡天宏老人更忙了！忙得像一头不知疲倦的"老黄牛"，从2002年开始，已经步入古稀之年的他，全身上下仍然迸发出不输于年轻人的干事精神，无论刮风下雨还是烈日当空，他每天必定雷打不动地来工厂"上班"，坐在他陈设简单的"基建办"进行办公。他还是做自己熟悉和在行的企业管理，帮助梅州的两个工厂进行厂房的改建设计和上产流程布局。由于早年患上糖尿病，他的视力衰退严重，每天在他的基建办公室里，他借助一把放大镜，专心致志地进行绘图和规划，至2012年，经过他亲自规划设计的扩建厂房超过3万平方米。他曾笑着对儿子志浩说："我替你省了一大笔的土建设计费啊。"除此，他还经常发现并纠正工厂管理上的一些漏洞，为工厂挽回不少可能带来的损失。

有意思的是，被员工称作"蔡伯"的他，一开始有很多员工心里还真"不欢迎"他到厂里，因为这些员工"怕"他挑毛病，一旦被他发现问题，他总是很严厉地批评他们并要求他们立即纠正，为此他们很不情愿被蔡伯"找茬儿"。于是有些员工便"好心地"在蔡志浩董事长面前言说，蔡伯年纪大了，不能让他天天来工厂上班，要让他注意休息保重身体。"不明真相"的蔡总乍一听也觉得言之有理，于是也委婉地劝告父亲为了身体不要再天天到厂里上班。这一说，没想到让老父亲"倔强"了起来。他对儿子说："谁说我老了，如果让我在家里待，我会待出病来的，我去工厂帮忙让我觉得很充实，同时又可以发现工厂的一些问题，不会给你添乱的。你同意我也管，你不同意我也要管！"

面对牛劲冲天的父亲，蔡志浩没有说什么，只能够由着父亲。因为这么多年来，他是很了解自己的父亲的，从为了解决自己的工作，到扶助他办起第一间小厂再到自己有今天的成绩，每一步都凝聚了父亲的辛劳与汗水。已经80多岁仍然还在为自己的事业添砖加瓦的父亲，自己有何理由为难他？作为他的儿子，自己已经是个很幸福很幸运的人了。

全家福

在工厂，员工们依然能看到"蔡伯"天天操劳的身影，他们渐渐理解了这位可敬可亲的老人，他的敬业和精业，让很多员工都深受感动和教育。不少主管人员都能主动请教他，请他传道授业解惑，而他总是能有问必答，言传身教。有时"蔡伯"偶因身体不适没有去工厂，员工总会惦记着他，打电话问候他，从一开始的"不欢迎"到备受欢迎。

这位一生为人正直谦逊的老人，欣慰地在总结儿子蔡志浩的创业成功经验时，精辟简洁地说了三点：一是他胸怀大志，敢拼敢闯，管理超前；二是他交朋结友，讲义气；三是他妻子作为贤内助的支持。然而，当说到自己对儿子的支持和奉献时，他却淡淡地笑了笑没有说话，但我们能感知的是，一份伟大而深沉的浓浓父爱已经化作一种无声的表达，这种人间大爱，相信也必将伴随儿子蔡志浩事业的脚步，坚定前行，风雨无阻。

2021年6月，对蔡志浩来说，是痛心的六月，他内心深爱的母亲和父亲相继因病离世。两位老人一生相濡以沫，一起伴随着他的成长和创业，直到辅佐他事业取得辉煌的成功。亲恩难忘，山高水长，蔡志浩在母亲的追悼会上，声泪俱下地念起他年少时母亲教的两首儿歌，让闻者无不动容落泪……父亲蔡天宏是他事业的引路人，对89岁高龄父亲的去世，难掩悲痛之情的他写下了一首短诗纪念"永不退休"的父亲——

悼念父亲蔡天宏
生信共产党，
死惦台湾岛；
高级工程师，
芒秆造纸人；
协办电路板，
儿孙齐奋发；
家国天下事，
无忘家祭时。
……

追梦

五洲的第一个员工

蔡志浩夫妇

在五株二十年的流金岁月中,有这么一个人,一直深受广大员工的尊敬与爱戴;在五株二十年的风雨兼程里,她靠着自己的言传身教成为五洲的精神楷模。

这个人是五株的第一个员工,在二十年前筹建五洲小厂之时,她就参与其中,从公司最底层的仓库管理员做起,任劳任怨,陪伴着五洲一天天成长……

不一样的"相夫教子"

她是一位典型的客家女性,但却拥有独特的气质和非凡的魄力。几十年来,她不同于一般意义上的相夫教子,作为一名客家妇女,她近乎完美地扮演着"妻子"与"母亲"这两个在家庭中极为重要的角色。

作为一位母亲,她悉心照顾、用心教育孩子。在孩子成长的道路上,尽力为孩子提供最佳的学习和生活条件,让孩子能够成人成才。对儿子有较高要求且望子成龙的她,总是希望儿子能够克服年轻人普遍存在的浮躁心态,激发出他对事业的激情,磨砺自己的意志,有朝一日真正挑起大梁,有所作为。由此,她把儿子安排在自家企业中工作,从基层岗位做起,就是想让儿子能够接受挑战和磨炼,承担起应有的责任。

作为一位妻子,她把"相夫"的内涵延伸为在事业上"辅佐"丈夫,是丈夫事业上的高参。她用心照顾家庭，为丈夫免去前进道路上的后顾之忧，让丈夫在商海中得以大展拳脚。

二十世纪九十年代初，丈夫萌生了去外面闯荡的想法，她以客家妇女难得的胸怀和魄力，毅然支持丈夫的决定，承诺会好好照料家里人，并鼓励丈夫趁着年轻，放心勇敢地去闯、去拼。她的果敢反倒让丈夫不安，她开朗地开脱丈夫：你不用担心我一个人带一个小孩，想起我们的父辈，在艰难困苦中不也把几个小孩都拉扯大了？他们行，我也能行！

在她的心目中，一直坚信别人能够做到的事情，自己同样可以做到。因此，在丈夫外出后，丈夫少得可怜的工资并不足以养活一家老小的情况下，她主动担起养家重任，在国营企业中拼命工作以赚取家用，独自一人抚养年幼的孩子，伺候公公婆婆。虽然辛苦但却无怨无悔，默默地尽自己所能，做丈夫事业的坚强后盾。

值得一提的是1999年，善于思考且不安于现状的丈夫毅然提出了想到深圳进行二次创业的计划。作为妻子，她眼看着丈夫的事业在梅州逐渐站稳脚跟，深知去外面再创业承受的压力与风险是非常大的。她有些担忧，但当丈夫说了自己的创业设想后，她还是站在了丈夫的一边，帮助丈夫一起说服双方父母。此时的她虽然从未踏出远门，但却有着一般客家女性难有的超前眼光：她坚信年轻就是资本，好男儿不应该有小富即安的思想，丈夫有到外面拼搏闯荡的想法是值得高兴的事情，男人趁年轻就要敢去赌一把。

正是她耐心地帮忙说服家人，才让丈夫最终能够得到家人的支持，毫无顾虑地去实现他的创业梦想。所以，现在的不少员工常感叹，如若没有老板娘的"硬顶"，五洲的历史就要改写。

其实，丈夫对于她的付出亦是看在眼里，感动在心里。在这二十年的"同事"中，她，俨然是企业中不可多得的一名员工，是丈夫不可或缺的得力助手。尽管夫妻俩在公司经营管理上分管着不同的领域，是企业的"半边天"，但是，每当丈夫进行重大决策的时候，总不会忘记征询她的意见。男人的心思有时不如女人细腻，在一些细节方面，她会为丈夫出谋献策，"枕边风"吹的也是工作上的"温馨提示"。她自嘲自己是个"管家婆"，对内对外都有她的份儿，虽然酸甜苦辣五味杂陈，但她乐于做这样的"管家婆"。

稳定"军心"有绝招

当然，在丈夫的心目中，她不仅是得力助手，工作中的同事，更是有着几十年深厚感情的妻子。她和丈夫1985年结婚，想当年在同一间造纸厂的打浆车间上班，她是正式工，丈夫是临时工，丈夫追求她时，还真是"高攀"了她。但她看中他的上进和工作的认真，于是也在婚姻道路上"赌博"了一把，现在看来，是赌赢了。每次说起这样的家常，她总是会开心地朗笑起来。

在企业内部，几乎所有的员工都清楚他们的伉俪情深，工作上默契互助，工作之余也是谈笑风生羡煞旁人。正是如此，他们夫妻之间的和谐和恩爱，也在无形中影响着公司的每一位员工。而作为一名优秀的母亲、称职的妻子、出色的员工，她更成了公司上下女员工、女干部的形象楷模、道德典范。

她说，夫妻之间最重要的就是互相信任，而夫妻关系也只有建立在互相信任的基础上才会更加和谐美好。这种信任，在她偶尔笑谈中说起的一件事情就足以充分体现：丈夫最初到深圳跑业务之时，由于生活比较辛苦，他和几位男女员工混住在一套租住的套房里，有知情者会跟她开玩笑说要看紧点丈夫。但是她听后总是一笑了之。因为她相信自己的丈夫，相信丈夫的品质，因此她从不在丈夫面前过问此事，这也是他们相濡以沫多年的感情基础。因此，她常以此来开导和教育女员工，培养她们对家庭的信任感，并由此提升员工对家的幸福感。

除了彼此的信任之外，她跟丈夫几十年的携手相伴也培养了一些让人惊叹又羡慕的小默契。例如，在他们的日常生活中就有这么个小插曲，如果不是特别重要的客户，从来没有人能在中午请到他们夫妇吃饭。这是为什么呢？莫非丈夫在中午只钟情于妻子的家常小菜？不，这个答案肯定会让大家跌破眼镜。原来啊，作为妻子的她一直以来坚持着这样一种"独特"的生活理念——吃肉不如养肉。她非常注重自己的午间作息时间，她觉得有质量保证的午睡才能让人在下午保持精力充沛，这是吃再多的营养品都补不回来的。在她的带动与感染下，丈夫也逐渐养成了不在外面吃午饭的习惯。因此，他人不论用何种借口想在中午请他们吃饭，夫妇俩都是不约而同地婉言拒绝，这已成了他们圈中的朋友熟知的"潜规则"。

她和丈夫和谐的婚姻生活，还发挥了一个特别的作用，在她的言传身教影响下，公司的女员工都有一种敬业爱家的思想。她通过调查总结后透露了一个秘密，五洲的女员工离婚率远远低于同行的企业，这是一件让她感到相当开心的事情。能如此有效地稳定"军心"，不能不说是他们夫妻在员工面前的一言一行起了"春风化雨"的作用。

对父母"孝为先"

她成功地扮演着妻子、母亲、员工这三种角色，而对于公公婆婆来说，她更是一位好媳妇。不仅是因为她能够辅佐丈夫、倾注对家庭的负责，更让老人欣慰的是她对于父母的责任担当。

自从嫁入夫家，她就深得公公婆婆的喜爱。公公常说，她这个媳妇非常精明能干，在丈夫外出闯荡时，以一人之力撑起了整个家；在丈夫事业道路上，帮助丈夫掌管着企业的财政大权，从来没有出现大的纰漏。婆婆亦常言，她这个媳妇非常明事理，那么多年来一直好生照顾着他们这对老人。她从来不会在意自己付出了多少，不论是刚嫁过去的时候还是几十年后的今天，都一如既往地孝顺，平时嘘寒问暖，生病的时候更是在身旁细心照料。婆婆甚至常跟亲朋好友说，她不像媳妇，更像自家女儿。

她曾经说过，"对父母的责任是不可分摊的"。她从不认为家里还有其他弟妹，对父母的照顾责任也应该分摊。一直以来，她都践行着这么一种信念，"只要自己有的就要给父母"，她从不计较自己付出的是否会多一点。她摒弃了现今社会上一些兄弟、妯娌之间偶有存在的互相推卸对父母的责任的不良观念，真正把"孝为先"的传统美德践行在自己的日常生活中。

用人崇尚家庭责任

正是基于她这种对家庭意识和孝顺观念持重的客家女性，在企业需要大量人才的今天，她会把应聘者对家庭的态度作为其中一项重要的考评依据。

她曾说，如果应聘者是一位对家庭不负责的人，即使再有才华，她都不会重用的。很浅显，做人最重要的是责任心，如果一个人连对家庭都没有一份责任感的话，又怎么会对他的工作有责任心呢？又如何能把事情做好呢？

因此，她在用人的时候是相当看重对方的家庭责任感的。她认为，家庭是我们生活的港湾，家人就是我们在这世界上最亲的人。如果员工对自己最亲的家人都没有一份应有的责任心，承担起自己在家中的职责的话，又怎么可能对公司忠诚呢？

多年的实践证明，她这种"另类"却是合情合理的用人理念，成为检验员工责任心的重要标准。

自我完善无止境

面对这样一位集四重角色于一身的她，有同事经常用"完美"来赞誉她，而她却谦虚地说自己只能得70分，而她认为丈夫比她出色，她也只打了80分。

究其原因，她给我们讲了《西游记》中的这么一个情节：当师徒四人终于取得真经驾着祥云返回大唐时，如来佛祖算出师徒四人九九八十一难中，他们还差一难，便嘱咐观音作法让师徒和真经不幸落水，唐僧后来试图把打湿的真经放在石头上晾晒，猪八戒则不小心把一些湿润的经书给撕破了，当唐僧正准备责怪八戒之时，孙悟空说了句很有哲理的话："天地尚且不完全，何况经书！"

是啊，天地万物都有不完美之处，作为人也存有不足，所谓"人无完人"。她认为给自己打70分，给丈夫打80分，就是要时刻提醒自己切勿停止前进的步伐，不要甘于现状，要不断地去创新、自我完善。

一个集睿智和聪慧于一身的她，就是五洲电路集团董事长蔡志浩深爱的妻子，极具魄力与魅力的CFO——张晓华。

为优秀员工颁奖

当年在五里亭的五洲厂大门

第一桶金：5000元

每一位成功企业家的背后都蕴藏着精彩绝伦的创业故事，当他们回顾过去艰苦奋斗的岁月时，总会感叹人生第一桶金的来之不易，甚至充满传奇色彩。

曾宪梓，1963年举家迁居香港开始了"金利来"领带生意，他重视广告作用，提高金利来知名度，终于掘到了他的第一桶金：3万港币；

任正非，1987年创立华为技术有限公司，作为一家生产用户交换机（PBX）的香港公司的销售代理，获得了企业的第一桶金：8000万元；

……

事实上，我们没有准确的尺度去衡量，究竟赚到多少钱才算是攫取了第一桶金。毕竟，对于不同的年代、不同的行业，第一桶金的数额大小也是各不相同的。相对于其他成功企业家所攫取的第一桶金数目之庞大，蔡志浩曾笑言："我的第一桶金仅仅只有5000元！"

二十多年前的蔡志浩是个充满激情与冲劲的年轻小伙，他从农村进城到了梅州是想学技术、当工人，当了工人之后想做干部，但干部没做成却做了市场营销人员，从而为他挖掘到人生的第一桶金创设了必不可少的条件。

1991年，蔡志浩所在的梅县嘉宝电子公司已经承包给私人老板，那个老板本身对蔡志浩的为人比较了解，知道他务实能干、有活力，也知道他办事灵活可靠，便把他派到深圳从事负责报关、送货和跟进客户的市场前端的工作。

当时的蔡志浩深知自己作为农村青年，能够到深圳特区工作是非常难得的。深圳是冒险家的乐园，早期改革开放大潮中，不少人已经在这里发家致富，可见，在深圳获得成功的机会是比较多的。所以，从小就志向远大的蔡志浩同样希望自己能凭感觉在深圳特区找到自己发展的方向，站稳自己的脚跟。

成功不是等待，而是从决定去做的那一刻起，持续累积而成。蔡志浩依靠内心的信念，凭着吃苦耐劳的精神，凭借年轻人特有的激情和干劲，拼命地工作：每天工作时间超过15个小时，起早贪黑，日子过得十分忙碌劳累。蔡志浩曾经总结那段艰苦岁月叫"两头黑"，即每天天没亮就出门了，每天深夜才回到住所。但他深深知道"人生难得几回搏"的道理，他在深圳为公司努力的同时，也积极利用时间广泛挖掘客户，主动结识一些电子厂家的工程师和采购圈的朋友，逐渐熟悉了电路板的行情和市场发展方向。

正是这一段咬牙坚持下来的生活经历，为蔡志浩以后广泛的人脉关系打下了深厚基础，为他第一桶金的到来埋下了伏笔。

蔡志浩在深圳跑业务的过程中，一次偶然机会接触到一家做防盗系统的内资企业需要一批双面板产品，但当时蔡志浩所在的梅县嘉宝电子公司是专门做单面板产品的，根本不可能满足这家企业的需求。本想放弃这个订单的蔡志浩，在了解到这是一家新创办的企业，他们所能够得到的采购信息并不灵通，而且需求量也比较小之后，蔡志浩觉得如果自己能够利用这个机会进行一次小型的贸易活动，或许也不失为一种赚钱的好办法。因此，他暗下决心要拿下这一订单。

在双方沟通交流后，这家内资企业认为蔡志浩对电路板行业比较熟悉，在深圳能够获得更可靠、快捷的消息。加之他们也很欣赏蔡志浩娴熟的电路板技术，还经常请他帮忙解决公司的技术问题，于是便依托他帮忙寻找双面板产品的供应商。

初步获得内资企业信任的蔡志浩，通过广泛的朋友圈找到了一家质量不错且价格比较便宜能够生产双面板的电路板厂。利用这个不可多得的机会，蔡志浩成功进行了他人生中的首次经济贸易活动。

第一桶金：5000元

他先找到朋友的电路板厂把所需要的双面板产品购买过来，再采用贸易的方法，把产品转卖给委托他的内资企业。尽管那家内资企业也明白蔡志浩是采用贸易的方法与他们做生意的，但是，毕竟那家企业的消息和技术还未打开局面，仍需要他人的帮忙。因此，对于蔡志浩从中赚取些许合理商业利润的行为，他们也表示理解和认同。

但任何一件事情的成功都不是轻而易举的。蔡志浩尽管明确了自己的行动目标，也策划好了相关的计划，但是，在订购过程当中还是遇到了资金方面的棘手问题。

当时他在梅县嘉宝电子公司一个月的工资仅有300多元，而那家内资企业一次性需要的产品的购买资金将近一万元。面对较大的资金缺口，不愿错失良机的蔡志浩在多番考量后，采用向家人借钱的方式，同时加上自己多年来的少许积蓄，终于顺利解决了资金方面的燃眉之急。在这一次小型的商业贸易活动中，蔡志浩投入了几千元，最终产品卖得一万元，他从中成功赚取了一半利润，攫取了他人生当中的第一桶金——5000元。

让蔡志浩喜出望外的是，经过这第一笔交易他也获得了这家内资企业的信任，在当时电路板厂相对较少的情况下，与此家企业建立了良好的合作关系，一年内蔡志浩获得了这家企业几十万的订单，自己的效益也得到了大幅度增长。

时隔二十多年后的今天，蔡志浩回想起当年从这家公司的第一笔订单中赚取的第一桶金，尽管与很多人想象中的第一桶金的数目有距离，但是对于他来说，却感触良多。

蔡志浩说，我赚到的第一桶金，不单单是简单的5000元的金钱价值，更重要的是，这第一桶金让我认识到了做生意的本质意义。在现代商业社会中，做生意其实就是不同老板间的互相帮助和彼此合作，我们需要考虑的是，在整个产业链中，如何在为客人服务的同时实现自我增值。另外，做生意，争取到客人的信任是一件不容忽视的事情。我之所以能掘得第一桶金，最主要的是我获得了防盗系统内资企业对我的信任，我才能够有机会为他提供服务、解决问题，同时体现我自己的价值，以此分享到合理的商业利益。

追梦

梅州五株工厂环境优美

时至今日,他做生意坚持的就是以信任为合作桥梁,争取达到帮助客人解决问题,帮助客人实现升值、增值的目的,然后再与客人一起分享价值、共享价值。第一桶金所赋予的正能量,引领着蔡志浩日后的事业道路越走越宽广。

五洲的"一场运动"

1998年,是梅州五洲电路板厂的一个历史纪年。这一年,工厂发生了一件震动行业内外的大事,就是那场五洲掀起的"一场运动"。这场运动过后,五洲企业掀起了一系列的变革。他是蔡志浩对五洲企业的首次人事大改革,在五洲的发展历史中值得大书特书。

困境中寻求突破

对于五洲的这场运动,仁者见仁,智者见智,每个经历过此事的五洲员工都有着自己的看法。但不可否认的是,这场运动不同于历史,它的发生挽救了五洲,对五洲进行了有力的改革,解决了企业管理层存在的不良作风问题和企业管理方面的一些问题。

这场运动老板是动"真格"的不少当年事件的亲历者都感叹。

自改革开放以来,中国经济便进入一个高速发展的时期,各种企业如同雨后春笋般叠涌而出。市场竞争变得越来越激烈,开始进入白热化状态,每天都有新的企业出现,同时有旧的企业被淘汰。

就是在这么一个充满机遇的同时又伴随无数挑战的背景下,五洲企业各种大大小小的问题也接踵而现,对企业的发展造成了巨大的影响,企业的发展一时间陷入了停滞的状态。

　　首先，由于企业管理人员大多来自农村地区，本身素质参差不齐，水平也高下不一，个人能力也不尽相同。一些个人综合素质较低的管理人员的威严开始不断地受到质疑和挑战，普通员工对于管理层的信服度也每况愈下，企业的管理陷入一片迷茫混乱的局面。

　　当时的梅州五洲厂还存在一个不容忽视的现象，就是企业的管理理念落后，无法及时应对市场挑战，很多机会由于管理人员的不得力而白白错失，对事情的处理也缺乏科学的方法，管理理念和模式已经难以适应企业的发展速度，企业已经到了一个发展的"瓶颈期"。

　　眼见着工厂漏洞一天天增加，问题越来越多，蔡志浩心想当初自己为企业起名为"五洲"就是希望它能走向五洲，而现在感觉自己还未长大的企业，好像随时都有可能在风雨飘摇中倒下，从而使多年的努力毁于一旦。

　　面对这种情况，蔡志浩看在眼里，急在心里。他在思考诸多为什么的同时，也在秘密酝酿着一个大动作。

工厂早期的车间

经过几个昼夜的思索，蔡志浩决定对公司的管理层进行一次大规模的整顿。可是，他苦于还没有找到合适的"下手"时机。

"五洲运动"始末

1998年8月，由于工厂管理层的疏忽大意，梅州五洲（后更名为五株）厂发生了一起极其严重的质量事件。五洲厂生产的一批电路板由于质量严重不符合客户的要求，合作方通过诉讼要求五洲厂进行巨额赔偿。由于这是五洲厂自身疏忽所致，五洲厂不得不做出妥协，答应了客户的一切合理要求。这次质量事件不仅让五洲在这次交易中毫无利益可言，损失人力物力不说，还要赔上原料的成本及加工费用，同时在业内也产生了不良影响，五洲的声誉也受到严重损害。

这件事在五洲厂内部产生了巨大的冲击波，直接惊动了企业的最高层。在深圳开拓市场的蔡志浩接到电话后，急匆匆地连夜赶了回来，亲自处理事件纠纷。一方面对索赔公司进行赔礼道歉，付清了全部赔偿款项，一方面决定对涉及这起责任事故的企业管理人员进行追责。

待到事情平息下来，蔡志浩开始了对事件的调查处理工作。他对事件进行了全方位的调查、分析和研究，结果令他大吃一惊，企业的管理层之间协作混乱、管理不善、政令不畅的"乱象"简直到了他无法忍受的局面。面对如此情景，痛定思痛后，蔡志浩决定发起一场突袭行动，对五洲厂进行一次"大手术"，他要亲自"主刀"。

那天，天空灰蒙蒙的一片，天气比往常闷热很多，感觉好像一场暴风雨即将来临，空气说不出地烦闷，仿佛要窒息人的呼吸。五洲厂内部的气氛自质量事故以后，往日大家开心的说话声逐渐消失了，每个人都机械地在自己的岗位上忙着，氛围压抑到了极点。五洲厂的行政经理王明堂回忆当初的情景说，他对那件事记忆犹新，那天一上班右眼皮就开始跳到下班，这是他母亲小时候就告诉他的预兆，左眼跳，跳的是财；右眼跳，跳的是火。所以他那天从上班开始就隐隐约约感觉到会发生什么不好的事情，心神一直不宁。

就在这时，厂房的大门开了，几辆汽车鱼贯驶进厂房。为首的和后面的汽车依次停了下来，几个人从车上陆续走出。其中一个男人走在最前面，表情威严而摄人，嘴角紧紧地抿着，隐约可见其怒气，他便是五洲厂的董事长蔡志浩。他的后面跟着七八个年纪不一的男女，个个神态不一，总之让人捉摸不透，让人突然感觉有种来者不善的意味。

蔡志浩的面色阴沉着，黑得仿佛能挤出墨汁来。他气势汹汹地走在最前面，背着双手，一声不吭，身体紧紧地绷着，犹如上弦的劲弩，积蓄着惊人的力量，只待命令一下便会择人而噬。

他开口说的第一句话便是下达召集令。很快，整个工厂的全体员工都停下工作，被召集了起来，站在厂房里的空地中央。然后，他清点了工厂的高层管理人员，并命令他们一个个走上公司平时举办活动和会议用的简易舞台。然后他效仿"文革"时期的批斗，列举着他们的工作过失，依次对他们展开了毫不留情的口头批评，直将各个管理人员批得面无血色，个个羞愧难当。

训斥结束，蔡志浩亲自宣布了一项行政命令，宣布将台上的这些管理层全部就地免职，留厂察看，择优录用，并用身后那七八个从其他公司高薪聘来的管理人员分别替代这些被罢免的管理层。同时还要求这些被留用的免职人员必须尽心尽力地协助这些新任管理人员的工作，保证工作顺利展开，不耽误工厂生产，争取"戴罪立功"。

当时的那些五洲管理层一听都"傻眼"了。他们压根儿没有想到老板会"动真格"，管理层个个都倒吸了一口冷气。王明堂回忆，那天他们七八个被免职的管理层会后都一声不吭，耷拉着脑袋。那天他大脑一片空白，骑着单车连平日里回家的路都走错了。

这次的"大洗牌"可以说是蔡志浩的无奈之举。事后，据有些被免职的管理层回忆，这次免职给了他们深刻的教训，明白了企业的效益与口碑才是最重要的，就是你为企业创造了价值你自身才有价值。

这次"大洗牌"，去芜存菁，淘汰了一部分人，留下了一部分人。有人欢喜有人忧，一些管理层凭着自身的努力，通过了老板的考核，很快便恢复原职。也有一些人因为自身能力有限或者不满公司的制度，从管理层中被清除了出来或者

工人在上板生产

自愿离职，离开了五洲。留下的管理层以后都慢慢成长为五洲工作岗位上的管理能手，成为和五洲一路风雨同舟的忠诚伙伴。

在五洲的创业史上，通过这次的企业"整风运动"，使五洲管理层整体素质得到了提升，加快了企业发展的脚步，使五洲的步子迈得更加稳健。

美国兵工厂的启示

五洲对企业的管理层进行了一次"洗脑",经过这次大动作,五洲的发展开始呈现一种勃发的状态。正是在这么一个背景下,蔡志浩决定趁热打铁,再次掀起了另一场轰轰烈烈的大运动——ISO质量管理体系运动。

美国兵工厂的启示

众所周知,美国"二战"时大发战争财,从军备及物资交易中取得了丰厚的利润,大大扩充了其军事和经济实力,趁着世界各大资本主义国家被无限削弱的时机,一举发力,从而奠定了其世界霸主的地位。但是却很少有人知道,美国的兵工厂是如何从臭名昭著的"哑弹"生产基地,一跃成为产品合格率最高的军工厂的。

"二战"之初,美国兵工厂生产的炮弹经常出现问题,时常发生"哑弹"的现象。为此美国军方甚为苦恼。你可以想象一下,两个人在战场上持枪对峙着,双方同时扣动扳机,可是当你扣动扳机的那一刻却愕然发现你打出的是哑弹,结果可想而知,丢掉性命不算,而且还是死得不明不白。

这种情况对美国发展军事实力、提高对外军备交易是一个巨大的阻碍,为此,美国军方通过多方调查研究,在民间发现了行之有效的"质量生产体系"。

美国政府花费大力气从民间引进了"质量生产体系",并对其中的合理成分进行吸收改造,创造了闻名于世的"ISO质量管理体系",并将之推广到全国军事生产的各个部门和基地。从此,美国的枪弹生产合格率高达99%以上。也正是因为如此,美国的军备大受欢迎,世界各国争相采购,美国由此大发战争横财,最终成为世界霸主。

当熟读历史的蔡志浩无意间看到这个故事时,一番思索之后,他顿时眼前一亮,一个困扰他许久的问题似乎有了答案。

他马上派人收集了有关"质量管理体系"的资料,进行了深入的研究和分析。他经过一番深思熟虑后,召开了企业的高层会议。在会议上,他兴奋地跟各位高层谈了他的看法。他本以为这一定会遭到一些人的反驳,甚至连如何应对、说服他们的想法都已经构思好了。可出乎意料的是,他的想法竟得到了高层的一致认可。蔡志浩对此非常高兴,与各位企业高层做了详细的布置和安排,决定着手实施这个全新的企业管理计划,并安排董事办的王明堂第一个去参加ISO质量管理体系的培训学习。

推行改革困难不小

本以为,在五洲推行"ISO质量管理体系"得到了企业高层的同意后,这次改革会很顺利。可是,现实还是给蔡志浩泼了一盆冷水。在"ISO质量管理体系"的实际推行改革过程中,遭到了相当一部分员工的消极对待,员工对看似烦琐的管理体系不屑一顾,感到厌烦,喜欢按照老办法执行生产任务,出了问题也总会敷衍地用一句"下次我会注意"来搪塞。因此,推行ISO的开始执行效果很不理想。

这让对这次改革满怀信心的蔡志浩感到意外。

对此,蔡志浩召开了高层紧急会议。在会议中,他与企业各位管理层做了仔细分析和讨论,最终得出一个结论,质量管理体系的推进不是一朝一夕的事情,需要循序渐进。更为重要的是要让员工接受新的管理理念和方法,需要他们打破守旧落后的理念,摒弃不好的习惯,这是一个时间问题。

首先，五洲聘请了经验丰富的专业培训团队，先行对企业的决策层——总经理、厂长，进行了系统而专业的培训，然后又对各工厂部门经理、主管以及领班人员进行更为详细的培训。通过对ISO针对性的大培训，使五洲的骨干系统全面了解了ISO质量体系的来源、发展、好处，并掌握了ISO质量管理体系具体运作。继而，再通过他们对普通员工进行"传帮带"，从而使得集团上下形成统一认识，一场声势浩大的ISO质量管理体系运动便在五洲各个工厂热火朝天地开展起来。

五洲根据自身的实际情况，成立了质量体系管理部门，对各个职能部门的质量管理体系改革工作的推进和落实情况进行监督、控制。根据各职能部门的分工明确质量体系要素的责任单位，例如，"产品生产"由生产部负责，"设计控制"一般应由设计部门负责，"采购"由物资采购部门负责，把每一项工作从开始到完成的每一道工序和完成标准都用文字详尽地罗列出来，让每一个岗位的员工都明白自己该做什么，如何去做，怎样才能做好。ISO的推行，员工也从开始的消极对待到尝试接受到愉快适应到积极实行，做到了分工更有序，岗位更科学，操作更规范，考核更细化，大大提高了工作效率和产品的优质率。

ISO质量管理体系在五洲的推行初见成效。

质量管理体系在五洲各个工厂全面推行后，蔡志浩感到高兴的同时，高屋建瓴，又提出了自己的思考：推行ISO，企业必须制定好质量方针，确定质量目标。质量方针体现了一个企业对质量的追求，对顾客的承诺，是员工质量行为的准则和质量工作的方向，对企业的发展有着重要作用。

为此，他强调五洲在制定推行ISO方针的时候必须坚持从自身实际情况出发，坚持做到：一、质量方针必须与企业发展的总方针相适应，只有如此，才能真正发挥质量管理体系的作用，并对企业的发展起到积极作用；二、制定质量方针的目的无非是为了实现质量目标，因此，制定质量方针的时候应考虑到质量目标，包含质量目标；三、每个企业的文化理念、发展状况、组织特点都会有所不同，因此，制定质量方针之时必须充分考虑和结合到五洲的特点；四、质量管理体系运动的开展需要整个企业的齐心合力才能完成，因此必须做好员工的思想工作，

美国兵工厂的启示

工厂一角

确保各级人员都能理解和坚持执行。在蔡志浩这位五洲"掌舵人"的引领下，五洲的ISO质量体系改革开始深入到五洲的各个部门，一举改变了企业以前管理上的"顽疾"，使企业进入一个新的健康有序的发展阶段。

改革结出质量之"果"

经过质量管理体系的改革，逐渐改变了旧貌绽出了新颜。

通过贯彻质量管理体系标准，不仅增强了企业全体员工的质量意识与管理意识，明确了各项管理职责和工作程序，五洲的管理工作由"人治"转向"法治"，真正做到了凡事有人负责、凡事有章可循、凡事有据可查、凡事有人监督。

而且，这次改革也规范了企业的作业程序，明确了各部门和全体员工的职责和权限，预防并控制了不合格现象的发生，降低了企业质量管理成本。企业通过定期组织质量检查、质量审核活动，及时发现和找出经营管理活动、服务质量方面存在的问题和薄弱环节，并进行有效纠正，提高了企业整体经营管理水平和质量监控能力，为企业实施全面的科学管理奠定了基础，提升了企业的社会形象和市场竞争力。通过这次深刻的变革，五洲的市场竞争力大大提高，品牌得到社会的普遍承认，获得包括三星、华为、创力仕、长城、创盟、致伸等国内外知名企业的认可，先后与华南、华东、香港、台湾，以及欧美日等地的电子厂家建立了长期广泛的业务合作关系。

  春华秋实。五株先后获得中国"优秀民族知名品牌企业""深圳知名品牌""中国电子电路百强企业"等殊荣。2006年度和2008年度皆荣获华为公司供应商质量优秀奖。

  目前，五株技术中心拥有实用新型专利8项、发明专利6项、软件著作权登记3项。集团公司先后通过了ISO9001国际质量体系认证，美国UL公司的安全认证以及中国CQC认证，国际质量体系QS9000认证，ISO14001环境管理体系认证及韩国三星电子所授予的绿色伙伴证书。同时五株科技还是美国IPC会员单位，深圳、梅州两地工厂均被认定为省级高新技术企业，董事长蔡志浩先生更是获得CPCA理事的殊荣。

  ISO质量管理体系运动是五株发展史上一次深刻的变革。此次变革，让五株收获了沉甸甸的质量之"果"，每个五株人都分享到了这个果实带来的甜蜜。

五洲当年的"伙伴"

遭遇高管离职之痛

蔡志浩曾在不同的场合公开表示过：五洲能取得今天的成绩，让他深感高兴，而更让他感到欣慰的是，铁打的营盘流水的兵，多年来曾为五洲辛勤工作而后因为种种原因又相继离开五洲独自创业的管理层员工，至少有50个已经自己办厂当上了老板，很了不起。

可以说，五洲作为他们最初的摇篮，为这些优秀的人才提供了施展抱负的平台，而他们也为五洲的发展立下了赫赫战功。但是，当蔡志浩回想起当初一批高管离去时的情景，那种如同"斩臂"的疼痛感和内心满满的不舍之情却依旧那么清晰，仿若昨日。

蔡志浩明白这些高管的离开，于公于私都难以让他取舍。从"公"的方面说，十年前的企业仍处于发展期，正是用人之际，这些高管的作用是毋庸置疑的，毫无疑问是五洲的一大损失。并且，五洲有可能因他们的离去而在行业内产生负面影响，并且引起厂内人心不稳造成不必要的内乱。

于"私"而言，蔡志浩也舍不得这些企业高层离开。毕竟，在这些高管当中，不少是1993年蔡志浩创业伊始便陪伴在他左右一起闯荡，共同拼搏的资深员工。十米年的时间，与其说蔡志浩跟他们是上下属之间的关系，倒不如说他们是情同手足的难兄难弟，是朋友、是家人。在五洲最困难的时刻，是他们毫不动摇地跟五洲站在同一战线，共同经历了创业的艰辛岁月。

俗话说，怕什么来什么。2002年和2006年，一批跟蔡志浩一起打拼的元老级高管相继提出了离开五洲的想法，这一度让蔡志浩感到心痛和焦虑。因为这些都是五洲的精英、将才啊，他甚至怀疑：是不是自己亏待了他们或者他做错了什么？

纵然于公于私，蔡志浩都极不情愿这些高管离开，但是，蔡志浩也深知"不想当将军的士兵不是好士兵"的道理。在过去的时间里，这批企业高层就好比蔡志浩的左膀右臂。蔡志浩看重他们、器重他们的同时，心里也明白，手下这些"哥们"有权利去追寻、谋求更适合自己发展的天空和舞台，只要他们有飞翔的愿望，他就不应该束缚他们。因此，尽管高管先后选择离开，一开始让蔡志浩感到了难过和不舍，但想通后，蔡志浩对这些离去的高管给予的更多是祝福和支持。

当然，以上只是蔡志浩个人的看法，记者辗转联系到了当年离开五洲的两位"重量级"高管，他们虽然人在他乡，却都很爽快地接受了记者的采访，并在电话中畅谈和吐露了当年在五株的点点滴滴，以及他们今天的状况——

魏庆梅，原五里亭梅州五洲电路板厂执行副总，现在深圳一家外资中型电路板企业任副总。他自称除去老板家人不算，他是五洲的"第一个员工"。他和蔡志浩认识于深圳，当时两人都在外面跑业务，由于互相赏识，在蔡志浩的邀请下，自1993年蔡志浩筹建梅州五洲电路板厂伊始，就一直跟随在蔡志浩的左右，甚至当初电路板厂所需要的设备都是他一手去采购的。可以说，魏庆梅是五洲集团当之无愧的"创办者之一"，被蔡志浩称为"为五洲的发展立下汗马功劳的人"。

在五洲工作的日子里，魏庆梅作为五洲电路板厂的执行副总，专门负责生产管理方面的工作。他在五洲兢兢业业、全力以赴，这些蔡志浩都是看在眼里，记在心上。然而，2002年3月，他的一纸辞呈放在了蔡志浩的办公室，离开这个他生活工作了9个年头的家。个中缘由，让人不禁要问好多个为什么。

两次预约，都因为魏庆梅的工作忙，2012年11月11日上午，记者和在深圳工作的魏庆梅在电话中长谈了近一个小时，他回忆起当年和蔡志浩一起"打江山"艰苦创业的日子，每天早上不到7点就到了厂里，晚上不到9点是不会离开工厂的。环境艰苦，人手紧缺，设备简陋，工资不高，这些词语就是当时他在五洲工作的缩写。尽管如此，他觉得很开心。同时坦言当年自己离开五洲是有一些原因的，这主要是因为当时在工作过程中与蔡志浩出现了一些误会。

那是2001年11月底，魏庆梅认识了某中国电子电路行业的一位经理，经过一番洽谈，该经理打算把有关电路板的订单都交给五洲厂做。这家公司的产品都是出口面向国外的订单，很有市场前景，作为执行副总的魏庆梅，觉得这是一个难得的商机，认为这对于拓宽五洲的市场是个不错的机遇，订单的产品要求虽然样式比较多样复杂，相对不好处理，但他还是决定揽下这一订单，让手下的一名业务员负责跟进。但是，也许是因为外国订单的原因，也许是因为样式复杂的原因，也许是因为业务员跟货不够用心，该订单出现了交货不准时的情况。

蔡志浩知悉这一情况后，进行查问时，该业务员便"趁机挑拨""添油加醋"地说，"这个外国订单是魏总接的，样品多而复杂，实在是没办法一时间做到。跟魏总说减少该订单量的话，又没得商量，现在都已经是魏总压着我们做这份订单的。"

未经细查的蔡志浩当时偏听偏信了该业务员的"谗言"，流露出不悦的情绪，对魏庆梅的做法表示不满。魏庆梅知道此事后内心觉得极度窝火。毕竟，他跟蔡志浩早在梅县嘉宝电路板厂共事时就已经熟识了，他宁愿蔡志浩相信业务员的片面之词也不愿他怀疑自己的为人，毕竟他们是患难与共过的"兄弟"，为此魏庆梅觉得很委屈。与此同时，又因为一些其他福利上的小事与蔡志浩产生了一些分歧，多件事的相继发生，最终让魏庆梅负气离开了五洲。

魏庆梅感慨地说："我并不介意把这段鲜为人知的事情原委说出来，虽然时过境迁，今年我已经60岁了，比蔡董大，离开五洲已经11年，最近也准备回梅州办理退休社保。有些事情我不想憋一辈子，说出来就觉得很轻松，相信蔡董看到这些，不会不高兴的，毕竟我离开五洲，也没影响我们之间仍是好朋友的关系。"

在魏庆梅的眼中，他一直觉得蔡志浩拥有较好的超前意识，这与自己相对保守的观念存在一定的差距。也正是有蔡志浩这样有胆量、有超前意识的领导者，五洲才能够创造今日的成功，这也是让魏庆梅最为佩服之处。谈起蔡志浩的为人，魏庆梅说了三个字：够意思。确实，虽然创业之初的五洲还很艰辛，资金也不充裕，但蔡志浩对魏庆梅的贡献是很认可的。魏庆梅说："当年我和蔡总创业五洲，我是拼了命的。蔡总当年曾经对我说了一句让我感动至今的话，他说'五洲的江山是我们俩共同打下的，以后我有什么，你就会有什么！'"

的确如此。1994年，大哥大还是刚刚兴起的时候，蔡志浩自己买了一部后，主动掏了2万多元也买了一部给他；紧接着，摩托车在梅城兴起不久，蔡志浩也替魏庆梅买了一辆。更让魏庆梅感动的是，在1997年，蔡志浩还投资70万元送了一栋别墅给他，每次想起蔡志浩对自己的"够意思"，魏庆梅都很念旧和感恩，甚至还说："如果不是2001年的一些工作小误会，我可能现在还在五洲呢。"

古云生，梅州市中联精密电子有限公司的董事长。这位原五洲电路集团的高管说，自己当初选择离开五洲，是因为与蔡志浩董事长在工作方面有些看法和设想不同，加上自己在积累了多年经验后也想出来创业。离开五洲，并不存在与老板之间出现矛盾。

同样作为五洲的前老员工，古云生在1994年即进入了五里亭的梅州五洲电路板厂，几乎在五洲电路集团多个工厂的各个部门任过职：担任过总经理、制造副总、厂长、生产部经理、工程部经理等，是五洲难得的将才。在五洲不同岗位上的锻炼，为古云生积累了相当丰富的行业知识和管理经验。这也让古云生在发现自己与蔡志浩在企业运营方面存在某些不同的看法之时，能够有勇气、有能力选择离开五洲，独自创业，以寻求更适合自己的发展空间。

在获悉古云生打算离开的想法之后，蔡志浩并没有强加挽留，他也明白让古云生自己创业，对于古云生来说或许能够创造更多的个人价值。2007年8月，古云生创办的梅州市中联精密电子有限公司正式投产，为表达对昔日爱将的支持和鼓励，蔡志浩毅然参股30%以表示对他的支持。仅这一点，就让古云生很是感激。

凑巧的是，梅州市中联精密电子有限公司和梅州五株电路板有限公司同是位于梅江区东升工业园。现今的中联公司占地10多亩，拥有300多名员工，主要生产双面板、多层板等高端电路板产品，年产值已超亿元。同时，古云生于2012年与朋友合伙在江西赣州买下了一块30多亩的地皮，准备创办新的电路板厂，在2013年冬正式投产。

说起自己现在所拥有的成绩，古云生很坦诚地说："我非常感谢蔡志浩董事长当初对我的支持和鼓励！没有五洲的锻炼平台我也不可能有今天的水平，没有蔡总当年给我的壮胆和支持，我自主创业的道路也许没有那么顺利。"

谈到对蔡志浩的评价，古云生毫不掩饰自己的溢美之词。他说："我一直觉得蔡总是个特别敬业的老板，一心一意都扑在工作上，对工作认真负责，极少讲人情，但对员工体恤入微，是个难得的好老板。我为今天五洲能成为行业的杰出代表感到高兴，我真心地祝福五洲能够越来越强大，早日实现上市。"

看到那些昔日离去的高管的作为与成就，蔡志浩表述了自己的内心感受：痛并快乐着。

第二章

二次创业的开篇之作
——深圳五洲制品厂诞生记

1999年，对于中国人来说是意义非凡的一年，新中国迎来50周年华诞，澳门顺利回归祖国怀抱。而对于五洲人来说，1999年也绝对是难忘的一年。因为在1999年的7月，位于深圳宝安区西乡街道黄田钟屋工业区的深圳五洲制品厂成立了，这是蔡志浩第二次成功创业的开篇之作。

1993年3月，蔡志浩开始走上自主创业之路，创办了梅州五洲电路板有限公司，六年过去了，蔡志浩凭借商人特有的嗅觉，善于把握最佳商机，与五洲员工们同心协力，为梅州五洲公司积累了不少资本，使五洲企业逐渐进入稳步发展的轨道。蔡志浩也由当年的打工仔一跃成为拥有千万身家的老板，这样的角色转换并没有让他沾沾自喜而止步不前，一直希望自己比别人做得更好的他，一如既往地努力着。

如果你让五洲老员工回想当初跟蔡志浩在五里亭奋斗的情景，总有那么一幕让他们觉得仿若昨日：蔡老板经常自己一个人静静地站立在公司门口，偶尔回头看看五里亭这个简陋的工厂，然后又目不转睛盯着公司前方的某一点，一站就是几十分钟，甚至有时候员工小声喊他都没有反应。虽然这只是一件再平常不过的事情，但是，老员工们总会不约而同地回忆起这个场景，想起那时蔡老板脸上的渴望与憧憬。时至今日，老员工们说起这事还是印象颇深。

当年深圳五洲工厂

的确，正是蔡志浩不服输的性格让他不甘于平庸，不满足于小富即安，这也成了蔡志浩决定第二次创业的源动力之一。而让他真正决定走出围龙冲向深圳的原因则是他对商业的敏感和当时的趋势所迫。

梅州五洲电路板有限公司发展到1999年虽然已经完成了第一阶段创业，但是五洲的客户端结构依旧停留在中低端。当五洲试图与大型企业、台资企业合作的时候，得到的结果却是被人家婉言拒绝，个中滋味只有蔡志浩最清楚。究竟如何才能打破这种僵局呢？这时，与蔡志浩关系比较好的中高端企业的朋友的忠告让他恍然大悟：原来，要想跟大型企业、外资企业合作，一个重要的先决条件就是自家公司与他们公司的距离一般不能超过50公里，这样才能够实现大企业所要的快速响应度的基本要求。

而当时五洲的工厂处在偏远的粤北山区梅州，在尚无高速公路等先进设施情况下,不论通往何处都起码需要六七个小时,使得五洲公司未能紧跟PCB行业最新形势和基本市场的快速响应,路途偏远交通不便运输成本偏高的情况一直制约着五洲的对外发展,也渐渐不能满足不同客户的各种需求。在未能达到响应度要求的情况下,一些大企业就算答应合作,也只是小规模的合作,且五洲必须承担运输费用的成本,为此,五洲错失了许多大好的合作机会,严重影响了公司的长远发展。

一个公司想要健康发展、想要更上一层楼,就必须有技术人才,但是,不少外面的人才对于梅州都是相当陌生的,在他们的概念中梅州是偏远山区、经济落后,他们根本不愿意到梅州工作。在缺乏人才的情况下,五洲与一流企业的目标相差甚远,管理方面也达不到现代企业应有的要求。同时,位于山区的五洲,获取信息的条件较其他公司落后,价格、业务量各方面都存在差距。

有一个不能忽视的情况是,当时蔡志浩在深圳辛苦跑下的订单,大多都是深圳、东莞这些一线工业城市的企业不愿意做的低端订单才流到梅州的五洲厂。可见,区域差异、人才差距、业务量的差别都深深制约着五洲公司的发展。这些发展瓶颈如果不能尽快打破,梅州的五洲电路板厂将逐渐进入发展的"冰河时期"。

因此,为了打破发展僵局,蔡志浩想到了民营企业正办得如日中天的深圳,这座神奇和魔幻般的城市在过去20年的改革浪潮中创造了数之不尽的财富传奇,蔡志浩也希望在深圳能够谋求属于自己的一亩三分地,把五洲企业发展壮大。

古语曰:"临渊羡鱼,不如退而结网。"蔡志浩于是下定决心扬起梦想的风帆,去实现自己的"野心"——到深圳开办工厂。

但是,当蔡志浩把这一想法告诉家人的时候,却遭到了家人的强烈反对,首先站出来反对他的人是他的父亲。蔡志浩的父亲作为传统的老一辈,认为蔡志浩的财产积聚是全家的付出所得,他有责任为蔡志浩看管好这一切。如果到深圳发展的话,深圳人生地不熟,办厂成本很高,稍有不慎就有可能前功尽弃。虽然蔡志浩说有在深圳闯荡过,但还是有许多未知的危险。把所有的资金投入到深圳的话,必然是一次难以预料结果的赌博。

父亲甚至语重心长地跟他说:"现在梅州的公司已经运转正常,在梅州PCB行业中有一席之地，家里也已经过上了好日子，何必再冒着未知的风险到人生地不熟的深圳去瞎折腾！况且在深圳已经有个办事处了，基本上能够满足当前公司需求，你还是安安稳稳地留在梅州发展更好。"五洲的同事听到蔡志浩想要去深圳办厂的消息也在一旁帮忙劝说，他们一致认为"稳定压倒一切"，还是先发展好梅州的公司更为保险妥当。

此时，蔡志浩已有的资金和深圳办厂所需的资金相差十万八千里，梅州五洲电路板有限公司虽然资产上千万，但毕竟还属于小企业，在银行能够贷到的款少之又少，想要把厂办成着实不易。并且，蔡志浩的一些朋友还语带嘲讽地对他说："外面的世界很精彩但也很无奈喔！你想到外面开厂啊，可别最后得不偿失，深圳那边别没有搞成，把梅州现有的公司给拖垮了，那就太不值了！"

若不给自己设限，则人生中就没有限制你发挥的藩篱。面对家人的反对和资金严重不足的重重困难，面对同事真诚的劝告和朋友的"冷嘲热讽"，蔡志浩没有选择放弃，没有因此而限制自己想要冲出大山的想法。他乐观地想：每个人的人生道路中都会遇到障碍物，没有障碍，人生何其成为人生呢？

因此，蔡志浩还是说服了家人，让家人同意把住着的别墅、所用的汽车、现有的厂房等一并抵押给银行，为蔡志浩在深圳办厂提供必要的物质支持，让他人生中的第二次创业成为可能。最终，蔡志浩毅然向深圳迈出了坚定的一小步：在满足梅州工厂正常运作的前提下，把剩余的资金全部投入到深圳，终于于1999年7月在深圳成立了五洲制品厂，专门生产单面板产品。

其实，蔡志浩很明白，如果自己第二次创业失败的话，有可能会失去所有。但是，不服输的性格并不允许他却步，如果不抓住机遇到外面闯一闯的话，他是不会安于现状的，他不想让自己的人生留下遗憾。

可以说，蔡志浩到深圳办厂就是一场自己与自己的较量，在五里亭创业办厂的经历让他知道，自己这一次拼尽所有奔赴深圳，无异于破釜沉舟。并且，这一次的创业将面临更多未知的困难：毫无依靠的深圳、激烈的PCB行业竞争等都让他承受着比首次创业时更大的心理压力。但是，从来都不愿被压力打败、被挫折吓倒的蔡志浩，为了心中的梦想，还是义无反顾，把一切都赌给了"五洲"的未来。

1999年7月的明媚夏天，克服内外阻力的蔡志浩在深圳宝安区西乡街道黄田钟屋工业区举行了隆重的挂牌剪彩仪式，深圳五洲电路板制品厂成功诞生，宣告五洲企业真正走出围龙、冲出了大山。深圳五洲制品厂在建厂当年即投入使用，生产单面板，月产能达1万平方米，有效解决了五洲公司快速响应的问题，变梅州生产为深圳生产，如此一来，双面板的订单也大量增加。通过深圳这一"窗口"效应，有效带动了梅州厂区的发展，为企业赢得了更为广阔的发展空间。

作为五洲电路集团的一个重要生产基地，深圳五洲制品厂依然发挥着它不可或缺的重要作用。到2013年，它已经实现了产量和质量大飞跃，月产能达到7万平方米以上，成为五洲电路集团中专门生产高频特种板的事业部，专业制作电脑电源板、显示器板，充分满足高端客户的需求。经过14年的发展，深圳五洲制品厂，作为蔡志浩二次创业的开篇之作，今天依然精彩动人。

东莞五株电子科技有限公司

一年更换七个厂长

在五洲的发展历程中，曾经发生过这样一次"地震"，那就是：一年之内更换了七个厂长！究竟是什么原因让掌门人蔡志浩痛下"生杀大权"？

1999年，蔡志浩在深圳建立五洲制品厂，一炮打响了五洲品牌，为响应市场对双面板产品的需求，2000年6月，他一鼓作气，在深圳成立了深圳市五株电路板有限公司（现五株科技股份前身），专门生产双面板。蔡志浩接连在深圳创办两家工厂，虽然企业得到了扩容，发展步子也提速了，但是五洲也遭遇了前所未有的管理挑战。

单面板技术较之于双面板简单易学，在管理方面也容易协调，基本不会出现大问题。但是，2000年在深圳创办的双面板厂采用的是较为高端的双面板技术，甚至开始接触多层板，这就使得深圳的五株厂生产出来的产品与原有的产品质量差距过大，在员工管理方面也陆续出现不协调的声音。

当初创办深圳的双面板厂之时，聘用的都是一些中低级的管理人才，根本无法满足深圳五株厂产品的档次要求和客户所需的管理水平要求。不少客户在经过一次合作之后便发现蔡志浩的双面板厂内部存在许多问题。与此同时，五洲也开始接到不少客户的投诉，比如不能准时交货、提供的产品有质量问题等等。甚至，深圳的五株厂刚成立之时，很多高端客户、大企业，包括华为公司都有意向与五洲合作，但是，在对五洲进行考察后，都觉得五洲企业的管理未能达到他们所需的水平和要求而打消合作念头。这让蔡志浩非常苦恼。

在梅州五洲电路板厂发展的早期，面对的都是一些中低端的客户，总体素质比较低，这种凭感觉的简单管理方式是基本可以满足公司发展需要的。随着五洲的发展，必不可少要与外资企业打交道，若按照原有的管理方式是完全行不通的。毕竟，在与外资企业合作过程中，如果产品出了问题，客户首先要求的是查出原因，然后讨论怎么去弥补和改善。而梅州五洲当时是没有这种思维的，出了问题除了会口头说"下次一定注意"外，并没有具体的措施去规范和防患于未然。

时间来到2002年，随着工厂订单的猛增，客户的信息量也急速扩大，客户结构和产品结构也已经发生巨大改变，如果依照以前的管理模式的话，根本没办法满足客户的需要和五洲自身发展的需求。面对深圳越来越多大客户对高品质产品的要求和呼声，蔡志浩意识到，必须对工厂的管理层再动动"刀子"。他明白，对管理者的遴选和调整，关键是选好工厂的"班长"：厂长。

可理想与现实总有差异。正当蔡志浩下决心要对深圳的五株厂进行"手术"时，他还是遇到了重重困难。

首先，作为蔡志浩自己，刚从梅州这个小山城踏入大城市深圳，对于深圳现代化企业的管理理念尚处于似懂非懂阶段，工厂内采用的仍是最原始的、粗糙的、游击队方式的管理。这种管理方式导致五洲员工的随意性过大，不能很好地快速进行团队组建，形成有效的合力及战斗力。因此，想要进行大刀阔斧的改革，首要的便是蔡志浩本人需要改变原有的管理思维方式。

其次，蔡志浩虽懂得要满足客户要求的道理，但对企业管理干部的选择毕竟缺乏经验，在用人方面仍处于自我摸索阶段。当时深圳的五株厂在进行大规模的招聘活动时，只要有人来应聘，承诺自己能够胜任厂长职务，蔡志浩就会考虑让他来入职。因为当时五洲企业的知名度、品牌效应并不明显，应聘者的档次、素质难以达成自己的意愿，基于这些原因，蔡志浩这种未经详细考查而略显草率的用人方法，还是让企业付出了代价。一些应聘者被录用到厂长岗位之后不久，便暴露出与五洲所需要的管理人才不相符合的弱点，始终没办法达到蔡志浩"满足客户满意自己"的要求，无奈的蔡志浩只能凭感觉不断更换。

蔡志浩声称，就算再艰难，他都一定要找到一个真正能"胜任"的厂长。由此，蔡志浩一边自我摸索一边不断更换厂长，2002年临近年末，直至第八任厂长的出现，才达到了蔡志浩心目中所想要的厂长人选。至此，深圳五株厂的管理才渐趋稳定。

当然，对于蔡志浩一年接连更换七个厂长的行为，当时不少员工甚至是五洲的一些高层都表示难以理解。一年更换的七个厂长，任职最短的不过个把月，这种看似"疯狂"的行为，其实也是蔡志浩的无奈之举。如果我们把自己置于蔡志浩的位置，似乎就能够明白他这种"疯狂"行为背后的苦心。

蔡志浩在回忆这段往事的时候说："其实，对于那些被我火速撤换掉的厂长，并不是说完全没有管理能力，只是作为五洲的领导者，我有责任为工厂寻找能够为五洲赢取最佳利益的管理者。如果你没办法达到我的要求，为我的团队创造价值，而我又包容你的话，会造成公司各方面的损耗，对于我的公司来说是很不负责任的。"

"梅州五株"诞生记

2002年,五里亭的梅州五洲电路板有限公司创业即将迈入十个年头的门槛。这年可谓是五洲的红火年,不仅深圳厂区实现了新的突破,开始投产双面多层板;梅州老厂区也由城北五里亭的旧址搬到了新的东升工业园,这意味着企业进入了一个全新的发展阶段。然而,当初从决定选择新工业园地址,到最后成功买下,整个过程可谓是艰辛曲折。

进退两难的纠结

五洲创业以后,随着几年的稳步发展,在市场占有的份额也逐渐提高。一个发展中的企业,公司形象很重要。然而,梅州五里亭生产区,由"猪圈"和旧粮仓建立起来的厂房——环境简陋,厂房破旧,一点"门面"都没有。这个问题一直困扰着蔡志浩。除此之外,企业的设备严重缺乏、人才不足、技术落后等问题也严重制约着五洲的发展。

于是,蔡志浩带领班子人员开始四处寻找新的生产厂区。然而,经过多方努力,辗转梅州各地,他所寻之处不是价格太贵,就是地方太小或其他原因不适用。

这时候,深圳的一些老板也开始劝说蔡志浩:"蔡总,梅州地处山区,各种条件相对不足，你已经一只脚踩出深圳来了，为什么不考虑把梅州的厂区都移到深圳呢？深圳人才充足，市场前景广阔，运输成本更不在话下。"

的确，当时深圳生产基地在经过三年的打拼积累之后，已经逐步成熟，市场知名度开始逐渐显现，而梅州五里亭的生产环境和模式已经难以适应市场的发展了，把五里亭的生产都搬到深圳去，确实也是一种选择。蔡志浩为此也苦恼了一番，他想如果真的在梅州找不到适合搬迁的地方，他也只能把梅州的五洲厂搬到深圳去了。但这也意味着从这以后，他在自己热爱的家乡梅州，就可能再无自己的企业了。当时，周围人的一些不同建议，确实让蔡志浩无比纠结。

区委书记的挽留

然而就在这时候，时任梅江区委书记的黄开龙在一次税收检查工作中，了解到梅州的五洲电路板厂不大，却每年上缴税收超过100万元，还听到了"蔡志浩打算把企业搬离梅州"的消息，当即联系到了蔡志浩，约他到办公室坐坐。

这是一次让蔡志浩终生难忘的会面。在区委书记的办公室，黄开龙倒了一杯茶端到有点忐忑的蔡志浩面前，开门见山地对他说："蔡总啊，五洲公司发展至今，你很不容易啊，对家乡也做出了很大的贡献。我听说你正在找新的厂址，是我们没有替企业的困难考虑周全，目前没有合适的地方可以慢慢找，我也会替你留意一下，但你要答应我把五洲留在梅州啊。"

黄开龙书记的一番劝说，让蔡志浩感到一股久违的温暖袭上心头，蔡志浩沉默了。他自己又何尝不想把企业留在梅州呢，那是他的根啊。

"你尽管去找地方吧，有困难政府会替你想办法。"仿佛看出蔡志浩的犹豫，黄开龙继续劝说。

就这样，在黄开龙的劝说和鼓励下，蔡志浩再次开始四处找寻新的厂址，希望能找到合适的地方，也不辜负政府对企业的挽留和厚爱。

不可能的可能

这时候，上天给了五洲一次华丽转身的机会。也正是这个机会，成功地为五洲企业的发展之路掀开了新的一页。

那是一次偶然的机会，位于梅江区东升工业园的梅州港龙制衣厂里的一名员工遇到五洲电路板厂的一名熟识员工，他们闲聊起来。

"你们厂现在发展得怎样啊？"五洲的员工问道。

"唉，港龙制衣厂已经倒闭了，现准备拍卖了。"港龙制衣厂的员工答道。

然而就是这样一个回答，让五洲的那位员工想到老板正在四处寻找新的厂址，他仔细想想说不定港龙制衣厂也合适呢，于是立即就把这件事报告给了蔡志

梅州五株厂外景和车间一角

浩。蔡志浩听了很高兴，在证实了这个消息的真实性后，立即邀请父亲和几位高管前去考察，看后蔡志浩很是满意。当时港龙制衣厂占地达到39亩，10多栋宽敞的厂房、办公楼，梅江环绕，环境怡人，如果给五洲做电路板厂，厂房也只需稍加改造，各方面都很适合五洲新厂的标准，最重要的是厂房扩大了好几倍。就像遇到一见钟情的女孩，蔡志浩立马找到参与拍卖的梅州市拍卖行。

然而到拍卖行了解情况后，蔡志浩又喜又忧。喜的是虽然目前港龙制衣厂已有一位香港老板看中，但没有下单；忧的是拍卖行亮出的标的最低是500万元！而蔡志浩认真"盘点"了一下自己的身家，七拼八凑最多也只能拿出250万，还差一半，这可怎么办？

买下资金缺口太大，不买又弃之可惜。进退两难的蔡志浩顿时陷入困惑中。蔡志浩的父亲前思后想最终也劝蔡志浩放弃这个拍卖，即使再想要，可因为资金实在缺口太大，扛不动，待以后从长计议。

然而蔡志浩却不甘心啊，他好不容易寻到各方面都满意的地方，机遇是稍纵即逝的，买下就能把企业留在梅州，他怎么能眼睁睁地舍弃？

而且，蔡志浩还从拍卖行的朋友那里得知，那个同样看中港龙制衣厂的香港老板也打着自己的"算盘"。他想等拍卖行流拍一次，把标的降到400万元再出手，而拍卖行执意不肯，于是双方都在等待最后属于它的主人。

回去的路上，蔡志浩是既兴奋又苦恼。这时，他想到了黄开龙书记对他说的话，深思熟虑之后他还是拨通了黄书记的电话。电话中他跟黄书记说明了情况。

"黄书记，我已经找到一个满意的地方，是正在接受拍卖的港龙制衣厂，但拍卖行标的要500万，我买不起啊……"电话中，蔡志浩如实说道。

黄书记听后，问道："你能拿出多少钱？"

"最多一半。"蔡志浩应声答道。

"你真的很想要那块地方吗？"黄书记再问。

"是的。"蔡志浩肯定地说。

听了蔡志浩的回答，电话那头，黄开龙书记只停留了几秒钟，他说："满意就好，这样，你先去竞拍，不够的钱政府借给你，支持你。"

黄开龙的一席话，让蔡志浩如沐春风。就这样，在黄书记的支持下，蔡志浩当机立断，壮胆以500万元的标的拍下了破产的港龙制衣厂。

而那个香港老板也及时听到了港龙制衣厂被蔡志浩买下的消息，第二天急匆匆地从香港赶来见蔡志浩，说他愿意用500万元从蔡志浩手中转买，希望蔡志浩能同意。可是已经于事无补，终究让蔡志浩抢先了一步。

"先下手为强"，真是活脱脱地印证了这个道理。

老父亲蔡天宏听到买下港龙制衣厂的消息之后，连说了几句：蔡志浩胆子够大的啊！假如是我，我肯定不敢用250万去买500万的厂，风险太大了。好样的！

买下港龙制衣厂，虽然剩下的一半资金缺口最终没有向梅江区政府借，而是蔡志浩向一家银行贷的款。虽然最终还清了贷款，但他经常怀着感恩之情说："我很感谢当时的梅江区委书记黄开龙对五洲的鼓励和支持，若没有他给我的底气，我不可能买下港龙制衣厂，五洲也不会有今天。"

绿叶对根的情意

紧接着的几个月里，蔡天宏老人开始忙碌起来。他每天都往工地上跑，亲自画图，开始对旧的厂房进行全面改造，重新规划。2002年5月，梅州五洲电路板厂在雁南飞举办隆重的搬迁庆典，五洲工业园正式建成投产。

现在，该工业园占地面积扩建到40亩，建筑面积3万多平方米。其中，标准厂房两座，面积1.7万平方米。园区内办公大楼、员工活动室、饭堂等生产生活设施一应俱全。这，让五洲人彻底告别了过去简陋而"没有门面"的旧厂房历史。新的五洲工业园以高起点、高标准、高要求为新的发展要求，开始进入多层电路板市场，为五洲事业的腾飞插上了一对有力的翅膀。

都说好马不吃回头草。当初那么多人都劝说蔡志浩把企业搬到深圳去发展，但蔡志浩用心中的那份执着，还是把企业的根留在了梅州，不免让人感叹。这种"根"的情结，是他对家乡难舍的情怀。梅州五洲工业园现拥有员工上千人，这么多年来，公司解决了众多梅州百姓的就业问题，而且，梅州五株厂每年向梅州财政上缴税收超过千万元，为家乡的工业发展做出了一份贡献。

羊有跪乳之恩，鸦有反哺之义。蔡志浩常说，他特别珍惜今天来之不易的幸福，他要用绿叶对根的情意，尽最大能力反哺社会，回报家乡，能把企业留在家乡，是他这辈子做得最让他感到幸福的事情。

追梦

温馨的"五洲之家"

厂报《五洲人》

家,是什么?

在董事长蔡志浩心目中,经常想到的"家"却是"五洲"(创业初的公司名字),想到的"亲人"就是"五洲人",为什么?因为五洲这个大家庭由来自五湖四海的兄弟姐妹组成,他们在各自的岗位上为五洲的事业发光发热,彼此相助。如何用一根红线把大家的心"牵"起来一直是他考虑最多的一件事。

2002年初的一天,在办公室阅读文件的蔡志浩,突然有了灵感。他想到的这根"红线"就是在企业内部创办一份刊物,让这份刊物成为员工的心灵家园,一方面可以让企业的声音及时传递到员工,也可以让员工有一个倾诉自己心声的平台,尽可能缩短企业和员工内心的距离。想到这一点后,蔡志浩在一次管理人员会上,提出了自己的想法。他的想法得到大家的热烈响应,在大家的要求下,他亲自为即将诞生的企业报取了一个很温馨的名字《五洲人》。他希望所有五洲人能心牵《五洲人》,让《五洲人》既成为企业文化的精神载体,又能真正成为五洲人心中温馨的心灵之家。

经过与会人员的一番商讨之后,蔡志浩宣布《五洲人》具体办报事宜主要由董事办负责(后由企宣部负责),并定为一月一期。揽下任务的董事办在筹备之初,首先想到了"借脑",因为办企业和办报是两个行当,两码事。于是时任董事办主任王明堂首先想到的第一个"借脑"就是把编辑部设在梅州,向《梅州日报》的专业记者和编辑请教办报经验。五洲在创业之中,有着丰富的"业务外发"经验,这办报业务不也可以"外发"吗?王明堂在向蔡志浩董事长汇报了自己的想法后,得到了蔡董的认可。在他的授意下,编辑部的"借脑"行动正式开始,由集团出面,聘请了一位《梅州日报》的资深编辑担任主编,并且由专业的排版设计人员进行排版,由公司负责组稿。如此一来,《五洲人》还没出生就注定"贵气十足"。2002年3月,散发着油墨色彩和香味的五洲电路集团企业报《五洲人》正式创刊发行。

如今,随手翻开任意一期《五洲人》,我们都可以感受到五洲扑面而来的企业文化和企业风采。一个个小栏目,体现着五洲人力量的汇聚和思想的交融。

《五洲人》,这一份小小的企业报,多年来一直以灵活多变的栏目、精彩实在的内容,畅谈着五洲人的心声,传扬着五洲的特有文化。它的存在,有着非同一般的作用。每一期《五洲人》发刊之时,五洲的员工都争相传阅,在阅报栏面前,总能围聚很多员工一睹为快,并交流自己的阅读心得。有员工一旦看到自己的文

员工在阅读《五洲人》厂报

章被采用，那种喜悦的心情一点都不亚于每月的"出粮日"。

而蔡志浩也曾在不同场合多次提到，"办一份企业报纸是件很小的事情，但是它的意义却是不小的，我们要把这项小事情做好，那它就是一件具有大意义的工作。"的确如此，《五洲人》在创办之初，作为五洲电路集团的内刊，如同那过江之鲫，只是浩如烟海的企业刊物中的一员。但是，五洲电路集团却用心地经营着这一份小报，就像当年在五里亭开始创业一样，不离不弃，一办就是十年，让它真正存活在五洲人的内心，成为属于五洲人的精神家园、企业的文化支柱。

十年来，《五洲人》出版了100多期，每一期蔡志浩都会认真地阅读，甚至到工厂检查工作之时，偶尔还会跟身边的员工聊起报中的内容。十年来，《五洲人》成为一个让所有五洲人畅所欲言的平台，一个能充分传递五洲电路集团企业文化的外在载体，一座广大员工思想沟通交流的精神桥梁。

与此同时，对于其他五洲的客户来说，《五洲人》亦是他们认识五株科技的一个窗口。透过这扇窗，他们能更好地认识五洲这位真诚守信的"朋友"！《五洲人》，这条充满魔力般的红线，化无形为有形，构筑了一座温馨的五洲大家。

电测车间

"减法战略"和"加法效益"

"9-9=0、9-8=1、9-7=2、9-6=3……"2005年9月的某一天,乡村的一间小学,传来了孩子们背诵减法口诀的琅琅书声,刚好途经此校的董事长蔡志浩听着这耳熟能详的口诀,不禁陷入了沉思:"两数相减难道一定是小于被减数的吗?一减一永远都是等于零吗?有没有办法让五洲在合理相减一些东西后,获得的仍是更大数呢?"

其实,蔡志浩的思考并不是一时心血来潮,他很多管理上的决策,都是来自对生活的思考。他懂得抓住生活中的小细节,进而揣摩出属于五洲特有的管理理念和管理战略。这次,他又有了灵感,他想到了这么个词——舍弃。

究竟该如何"舍弃"呢?

2005年,在五洲召开的关于市场结构调整的会议中,蔡志浩对心中所想的"舍弃"有了明确的解释:"工厂生产能力就好像一杯水,你不倒掉一部分,想加进水是永远不可能的。必须学会适当'舍弃',把不适合继续合作的客户淘汰,让优质客户进来!"

蔡志浩言简意赅的几句话,极好地阐释了在后来被人家广泛认可的"减法战略"的含义,可就是这么几句话,它好比投向水中的石头,还是在当时的五洲荡起了一圈圈不小的涟漪。毕竟,在大家的印象当中,作为生意人,从来都是希望自家的企业能够拥有越来越多的客户，希望公司能够拿到越来越多的产品订单，五洲又怎么会背道而驰，选择放弃正在进行合作的客户呢？不少五洲员工在获悉这一消息后甚至小声嘀咕："老板是不是犯糊涂了，怎么会做出这么不明智的决定啊……"

如果说在会议上提出这一管理想法如水中荡起的涟漪，那么，接下来各个部门按照蔡志浩的指示所做出的"清理大行动"，则可以说是一声巨雷，不仅在五洲内部炸开了锅，而且在同行业中也引起了不小的反应。大家对蔡志浩这一惊人的"舍弃"行为都抱着不同程度的怀疑。

那么，正当众多民营企业家在战略方面一致奉行扩张战略之时，蔡志浩新锐地提出的这一让人大吃一惊的管理战略——减法战略，是不是真如五洲员工们想的那样，老板犯糊涂了呢？

接下来所发生的一切，给了所有心存疑虑的员工一颗定心丸，更让业界的朋友们不禁在内心为蔡志浩拍手叫好！

在蔡志浩召开市场结构调整会议之后的半年内，五洲集团主动"清理"了正在合作当中的20多个客户，如蔡志浩所言：果敢地倒掉了杯中的一部分水。

眼见五洲的客户数量"瞬间"锐减，员工都替蔡志浩暗捏一把汗，担心会影响企业的整体效益。

不过，员工们的担心是多余的。根据五洲自身的工艺技术、产品档次、生产规模的提升变化情况，实行"减法战略"，不断调整产品结构和市场结构后，2005年年底的利润报表显示，五洲在2005年的产值非但没有减退，反而出现了预想不到的结果：集团的整体效益大增，奇迹般获得了"加法效益"。

另外，从行业的评议而言，五洲的市场影响力得到一定的加强，不少大企业对五洲提供的产品都竖起了大拇指，而产品质量提升的同时也提升了企业的核心竞争力，为五洲赢取了更多的高端产品订单。业界也开始研究这种特殊的"五洲现象"。

当然，蔡志浩这种主动"自我砍伐"的行为并不是随意的，更不是盲目的，他清楚地知道自己想要达到的目标——实施"减法战略"，优化和净化了客户

"减法战略"和"加法效益"

队伍,把和优质客户的合作从简单的合作转为纵深合作,提升了合作的档次和层次,转变了现有的市场方向,以品牌带动了品牌,因此获得"加法效益"。这也是当初他想要利用"舍弃"实现的最佳效果。

老子曾说:"曲则全,枉则直,洼则盈,敝则新,少则得,多则惑。"老子的辩证思想,对于五洲的启示在于,"加"和"减"是对立而又统一的两个方面,重要的是如何去转化两者。减会带来加,减少低端客户才能加入高端客户;加会导致减,过多的低端客户会使得五洲的效益减少;没有减就没有加,没有少就没有多,不能够适时减少不适合企业发展的因素,五洲企业就不能够获得更多更好的发展机会。

事实证明,蔡志浩提出"减法战略"并不是一时的"犯糊涂",而是深思熟虑之后高明和深邃的管理艺术。

梅州五株厂刚建成的"天宏楼"

做人负责，做事用心

俗话说：小胜靠智，大胜靠德。想要大成功，必须大德行。企业想要生存，必然离不开人才，而人才不是仅仅靠高待遇、高薪金就能留得住的，德行是留住人才的唯一有效的手段。因此，得人心者，方能得"天下"。

选择人才的第一标准

有个著名的企业把人才分成四大类：有德有才者、有德无才者、无德有才者、无德无才者。并运用心理学的手段对这四种人做了分析和研究，最终得出以下结论：有德有才重用，有德无才慎用，无德无才弃用，无德有才坚决不用。

有鉴于此，蔡志浩结合自己的创业经历，提出了他独特的企业经营管理理念——优质高效，团结敬业，做人负责，做事用心。其中"做人负责，做事用心"这八个字可谓是字字珠玑，融入了现代企业管理的大智慧。

老板的"人才观"

在五株，每个新来的员工，来到公司听到最多的一句话便是：做人负责，做事用心。公司的管理者都明白，一个素质良好的员工，只有先学会对自己负责，才可能真正对工作负责，对企业负责。

蔡志浩董事长曾在不同场合阐述自己的"人才观"：公司选择入职人员的时候都会把"做人负责，做事用心"作为对员工的重要考量标准。对人员的选拔、培训、培养，每一步都贯彻这个信念。从平时的为人处世，对工作的态度，对责任的担当，从做事用心的员工中选拔人才，提拔重用，而对于"漏网"进入公司的"镀金"而非"真金"人才，当他入职后出现懈怠消极的状态，无论他的职位多高，公司也会坚决辞退这样的员工。企业宁可招到"无才"的员工，也不选择"无德"的员工。因为"才"可以通过后天去改变，而"德"是本性，"德行"有问题，就是大问题。

诚然，一个企业的壮大和发展不是靠个人的力量可以达到的，但是只要人人心中都有"对自己负责，对工作负责"的念头，那么这股分散的力量便能拧成一股巨大无比的力，支撑企业走向未来。蔡志浩不仅如此要求公司员工，对自己要求更是苛刻。他几乎每天都在工厂度过，以致几乎每一个员工都见过他，这对于中国的老板而言是不可思议的。主管以上的员工更是几乎都亲耳聆听过他的教诲，这和一些大企业的老板，常年连个踪影都不见，甚至老板是男是女员工都弄不清楚有很大的不同。蔡志浩是这样想的，老板和员工之间的距离不能太远，自己是老板，更是榜样，自己提出的理念，不是针对员工的，每一个五洲人都是这个理念的践行者。

而这一理念，也得到了同行企业的认可，有些企业甚至直接把"优质高效，团结敬业，做人负责，做事用心"的五株理念"克隆"到自己的企业中，只字不改，五株的企业精神得到了最好的褒扬。

做人第一，做事第二

蔡志浩经常说："人品决定产品。一个懂得做人的人，工作能力即使不强，也必是企业的宝，因为只要有这些人存在，企业的凝聚力便能不断加强，工作效率、团队精神也能够得到充分发挥，企业也将充满勃勃生机，这样的企业想不进步都难啊。付出努力，让自己成为一个可靠的人，这是踏上人生进取路途首先要做的事，而且要永远做好，因为这是个人发展的基本条件，也是起码的人格品质。谁会使用一个不可靠的人呢？

"俗话说得好，勿以善小而不为，勿以恶小而为之。做一个可靠的人，要从大处着眼，小处着手。比如：从遵守厂规厂矩做起，从按照要求做好生产每一道工序始。又如：对公司忠诚，对老板忠诚，对客户忠诚，对同事忠诚，信守诺言，答应的事，就一定做到，哪怕自己已经陷入不利，也应履行，决不在道德上取巧。现在满大街都是有文凭的人，但是可靠的人却不易得。就像有些人，书读了不少，自以为了不得，一旦谋个职位，就急于发达，总怕自己吃亏，找出种种理由说服自己和告诉别人，是某某对不起我，然后就开始做出有违忠诚的事，一点也不自责。这种人，几乎每个公司都会遇到。所以，现在很多公司选择人才的首要标准，就是看这个人可不可靠，然后再看这个人做事认不认真。所以说'做人负责，做事用心'提倡的理念永远都是做人第一，做事第二。"

可以说，这是蔡志浩一直秉承的做人、用人与经营之道。

蔡志浩的"管理金句"

第三章

生存万岁

2008年和2009年，对于许多PCB行业来说，是沉重的黑色之年。继1997年亚洲金融危机之后，又一场金融海啸以迅雷不及掩耳之势席卷全球，给世界经济带来了灾难性的冲击，各行各业都面临着生死存亡的考验，一些电路板行业被这突如其来的海啸所吞噬。然而，令行业瞩目的是五洲在这次"大海啸"中，却化危为机，实现逆市发展。有人不禁要问，五洲有什么独善其身的办法，或者有什么抗击"海啸"的利器吗？

答案是肯定的。

诚然，危机中承受最大压力和挑战的是企业的决策人——老板。虽然有一些企业老板以各种消极措施应对金融风暴，甚至有些卷款潜逃，走上绝路。但更多的企业老板还是选择积极面对，即使困境重重，他们也未曾想过放弃。因为，有这种想法的企业老板，他们已把个人得失放在其次，把身后一群不离不弃的员工利益放在了首位。

五洲的员工来自五湖四海。他们中的很多人是陪同董事长蔡志浩一起"打江山"的子弟兵，有些人把选择五洲当作他人生的第一份工作，有些更是一家多口人在五洲工作。他们用青春和汗水为五洲创造着价值，把最大的信任托付给五洲，五洲就是他们的依靠和后盾啊！

为了员工赖以生存、养家糊口的企业，为了能唤醒员工的忧患意识，激发员工的斗志，共同面对困难，蔡志浩觉得，应该首先让员工在思想和意志上武装起来，在精神状态上形成一种合力。他通过一段时间的思索，先后亲自撰写了《生存万岁》《众志成城战海啸　全力以赴冲十亿》两篇文章刊发在《五洲人》上，激励全体员工以生存为根本目标，齐心协力、积极应对金融海啸，与企业一起同呼吸共命运，给予员工强大的精神支撑。就在内外形势极其恶劣的情况下，绝大部分员工依然坚守五洲。他们认为，选择五洲有奔头。

由于蔡志浩三年前就对市场结构做了果断的调整，深圳区域才有相对较好的局面，订单也稍微稳定，而梅州区域订单明显萎缩，特别是梅州五洲厂的单面板订单只有生产能力的三分之一，员工只好轮休、放假，订单大幅减少、货款回收缓慢，问题客户、问题货款增多，流动资金周转不灵。面对一系列挫折和打击，蔡志浩并没有气馁，而是充满信心地对大家说："五洲将全力抵御金融风暴的影响，希望全体员工，特别是管理人员应全力以赴、共渡难关。"

据悉，在此次金融海啸中，新加坡总理带头并发起全国公务员降薪20%；美国新任总统奥巴马要求金融业高管全体降薪；国内企业蒙牛集团整体降薪10%～20%，上市企业"亿阳信通"高层降薪20%、员工减薪10%……还有

共谋规划，共渡难关

许多企业管理人员主动申请降薪与企业共度寒冬,这已成为千百万企业员工的共识。

面对萎缩的市场、停止转动的机器,老板紧锁眉头,当时五洲的2300位员工发挥了主人翁精神,立即行动起来,主动分担企业困难,自觉从我做起、从小事做起、开源节流、降低成本。五洲员工用行动表达了一致的心声:"金融风暴不能只让老板着急!"

奋战"海啸"

"生存万岁"是动物世界物竞天择的一大法则,在百年一遇的华尔街金融海啸中,蔡志浩同样以"生存万岁"勉励同仁,告诫大家只有"有生存"才能"有发展",提醒员工在困境中要先求生存,再求发展,共同抗击"海啸"。

提升市场竞争力,是五洲奋战"海啸"亮出的"第一剑"。因为企业要在经济萎缩的市场中屹立不倒,抢占一块生存"蛋糕",提升市场竞争力便刻不容缓。

在"海啸"来临之际,蔡志浩还提出五洲应大幅提高市场的灵敏度、亲和力、决策力,市场人员应有狼的特性,以灵敏的市场嗅觉、迅速的行动、果断的决策、周到的服务,满足客户的需求。其实,"这一剑"堪称"高招",赢得了喝彩。蔡志浩是抓准了客户的消费心理,一旦金钱变得更加珍贵,人们就会更加关注它的消费方式,他们会思考这样花费究竟值不值得。因此,在同样恶劣的经济环境中,哪家企业始终不改迅速高效的服务,哪家企业就更能虏获客户的芳心,哪家企业就有资本继续抵抗风暴,就会增加生存下去的希望。除了要求企业人员参与"狼性竞争"以外,为提高市场接单能力、拓展市场空间,五洲电路集团组建了强大的工艺、技术研发班底,使公司的工艺技术能力保持在行业领先水平,始终秉承着"客户就是上帝"的理念,与主力客户建立紧密合作的工艺技术交流平台,同高端客户一起提升电路板制造技术,与高端客户共同发展。此外,蔡志浩还在工厂内部掀起成本革命,他推行"精细管理",从人工、水电、物料到每一个细节都细化分析,尽最大可能降低成本,严格管控制造成本,提升市场竞争力。

可以说,暴风雨下,剑气闪光,五洲的"这一剑"舞得相当精彩。

面对金融海啸冲击，一个企业如果仅仅依靠常规的经营服务，而没有高效稳定的快速应对系统，那它的抗风险能力还不够强大。因此，蔡志浩把大幅提高工厂的快速响应度，提高准时交货的能力作为五洲企业赢得市场，奋战"海啸"的有力一剑，在工厂用细化工作流程实施时效考核来提高各部门的工作效率，从每一个细节出发，将各个工作流程规定在最短的合理时效内完成。

有一句话说得好：今天你不认真工作，明天你就得认真地找工作。为此，培养员工的责任心，是奋战"海啸"的重要之举。每一个部门、每一个员工都应清楚意识到每一个人的工作效率都会直接关系到工厂的订单，关系到工厂的生存，关系到明天是否依然上班。因此，员工必须对企业的生产负责，为了达到这一目标，五洲推行以总经理、厂长为首的管理团队为责任制绩效考核的激励政策，充分授权、充分发挥各职能部门的管理才能，培养员工的责任心。对有目标、有行动、有号召力、有协调能力、有配合精神，能创造业绩、创造利润的部门，公司及时给予奖励；对麻木不仁、拖各部门后腿、配合不上公司发展的人员和部门，及时整改撤换和处罚。这样一来，一个"优化"过的企业团队便呼之欲出，企业上下齐心协力奋战金融海啸，员工认真贯彻落实蔡志浩董事长的倡议，思想上形成的共鸣，为企业产生了巨大的推动力。

稍纵即逝的生机，只留给有准备的人。在金融海啸的危机中，五洲众志成城、积极应对、主动出击，落实执行措施，使企业化危为机，实现逆市发展——2009年产值不仅没有减少，反而增长了10%！

"海啸"退去

我们都知道，鱼如果没有鱼鳔，就难以在海中生存。因为，鱼的身体比重大于水，鱼一旦停下来，它就会沉入海底，沉到一定深度，就会被水的压力压死。因此所有的鱼都有鱼鳔。但让人不解的是，鲨鱼没有鱼鳔却成为威猛强壮的海中霸王。

原来，因为没有鱼鳔，鲨鱼无时无刻不面对压力，因为没有鱼鳔，它们就一刻也不能停止游动，否则就会沉入海底，死无葬身之地。所以，亿万年来，鲨鱼从未停止过游动，没有停止过抗争——这就是鲨鱼的生存方式。

对于五洲来说，金融海啸的冲击无异于鲨鱼没有鱼鳔。面对金融海啸的巨大冲击，五洲人精诚团结，一刻也没有停止过有力的抗争，就像鲨鱼遨游大海，化弱势为优势，最终成就自己的地位。海啸虽然退去，但是这份空前压力所带来的成长——逆市发展，却永远铭记于五洲人心中。这是金融界一场没有硝烟的"世界大战"，亲历或者见证过的五洲人都是这场战争的无名英雄，他们的辛劳付出已化作暴风雨后的绚丽彩虹。

蔡志浩曾经感叹说：俗话说坏事也会变好事，金融海啸虽然影响了我们，但也锻炼了我们的企业，锻炼了我们的队伍。我们的"幸存"，是因为我们没有在大海啸中丧失信心，迷失方向，我们用一种信念让五洲找到了曙光和出路。

研发中心一角

研发中心的"原子能量"

很多时候，蔡志浩会一个人静静地思考这样一个问题：企业要持续健康地发展，究竟要靠什么？2009年1月11日，时任中共中央政治局委员、广东省委书记汪洋到五洲威力固设备（梅州）有限公司参观考察时对五洲的表扬和鼓励，让蔡志浩清楚地意识到：人才，才是企业发展的根本。重视人才的培养和使用，走自主创新的科技道路，五洲才能够真正实现腾飞。

改革开放的总设计师邓小平同志曾经说过，科学技术是第一生产力。而科技进步需要的是人才，五洲能够得到省委书记汪洋的表扬，正是因为蔡志浩在五洲稳步发展之后不急于追求眼前的商业利益，而是高瞻远瞩地选择走科技创新的道路，加大技术开发研究力度，积极吸纳PCB行业人才，善于挖掘和引导公司内部的能人。基于这样的理念，五洲自2009年起先后在梅州、深圳、东莞三个区创建研发中心。

五洲的"研发中心"是什么样的机构呢？研发中心，其实就是五洲储备人才和积累技术的地方，它是一个理论和实际相结合的产物。在五洲，研发中心的任务就是当公司决定研发新产品时，研发人员先进行各方面的技术调研，然后记录下一步研发进程并且写好所有的新技术进行存档。同时把每家工厂所拥有的技术系统化、文件化，整理成一个具体、完整的资料信息库，让五洲上至管理层、下至普通员工都不会重复走弯路，实现五洲集团投资利益的最大化。

可以用具体的例子来简单说明一下：假设五洲在研发中心已经研制出了成熟的HDI技术，如若五洲准备再开一家厂的话，将不必再费时费力地重新研发HDI技术，只要从研发中心把储存的HDI工艺流程资料调出来，便可以直接按照技术资料去培训新工厂的一切流程。

可见，五洲企业的研发中心一方面是沉淀现有的比较成熟的管理技术和经验，另一方面是对PCB行业内的高端先进技术进行适度的超前研究，包括相关的技术设置和对PCB行业内时常探讨的课题，都要做一些投入，甚至实现技术的突破。

作为理论和实际相结合的产物，五洲的研发中心是由董事长蔡志浩直接管理和掌控的，秉承着"创新中超越，稳健中发展"的宗旨，拥有不容忽视的强大的"原子能量"。而这些"原子能量"又代表着什么呢？让我们来看一组五洲集团的特殊数据：

2009年，深圳市五株电路板有限公司荣获"华为质量进步奖"；

2010年6月，深圳市五株电路板有限公司被授予"深圳市高新技术企业"称号；

2010年，深圳市五株电路板有限公司通过"国家级高新技术企业"认定；

2011年3月，深圳市五株电路板有限公司被评为"中国印刷电路行业第二届优秀民族品牌企业"；

2011年7月，深圳市五株电路板有限公司成为"央视网黄金展位合作伙伴"；

2012年1月，梅州市志浩科技有限公司被授予"优秀供应商"称号；

2012年，东莞五株电子科技有限公司被授予"民营科技企业"称号……

截至今天，五株科技共取得专利344项，其中发明专利82项，实用新型专利260项，外观设计专利2项，另有计算机软件著作权10项。

从以上荣誉的取得和斐然的成绩我们可以大胆地猜想，五株能够取得这些骄人成绩，是离不开集团内各研发中心"原子能量"的支持的。那么，研发中心的"原子能量"实际为何物呢？

其实，研发中心作为技术含量最高的部门，如果失去人才力量的话，将是寸步难行的。因此，作为研发中心正常运作的支撑点——专业研发人才，就成了五株极具杀伤力的"秘密武器"，被称为研发中心的"原子能量"。

毕竟，作为专业技术研究工作，只有喜欢钻研才会激发出自己的潜能，从而带着兴趣用心去克服研究过程中的重重困难，实现技术的飞跃。按照蔡志浩董事长的比喻，研发中心的人才选拔就好比进行写作活动，必须是自己喜欢而进行创作，对外界事物有一定的敏感度才能够写出感人肺腑的好文章。当然，除了自身的兴趣爱好之外，对于研发人员，公司会相对地给他们进行领域定位，并且根据公司的需求设定一些任务要求他们进行技术突破，这就要求他们必须对电路板技术非常熟悉，才能够在最短时间内摸索出新技术的方向。

作为企业的发展是分阶段的，五株在发展前期靠的是管理者的感觉，中期靠的是管理体系和管理团队，当企业发展规模强大之后靠的便是企业文化和一大群的行业精英。蔡志浩曾形象地说，企业就如同一个人拥有五脏六腑、四肢、脑袋，在内部有着大大小小的分支，例如营销系统、生产系统、质量系统、设备系统等，它们共同发挥着不同的机体作用。而每一个系统都有其内在的规律，相当于专业的学科，每一门学科有其在行业中多年沉淀下来的专业人才。

目前，五株在梅州、深圳、东莞的研发中心和研发部共拥有将近600名专业研发人才，在全体员工中所占比例高达7%以上。这种高份额的技术研发人才投入，在整个PCB行业内实属罕见。可见，蔡志浩在科技研究方面是极为重视的，他是在用实际行动来坚定五洲走自主创新科技道路。所以，每年五株都要在研发中心这一方面投入巨额资金招纳和培养人才，以适应五株不断发展壮大的需要。

当年"堵厂"风波中
渡船送货的码头

"堵厂"风波

回顾五株二十多年的风雨历程,曾因梅州五株工厂土地边界纠纷而起的"堵厂"风波,可以说是五株发展史上的一个"劫"。

2009年3月,梅州五株电路板有限公司因当地村民对土地政策的一些误解,第三次围堵工厂而蒙上了一层阴影。难忘的两天两夜,惊心动魄的两天两夜,"堵厂"风波的阴霾笼罩在工厂的上空,忧愁写在每个员工的脸上。

而正在这个节骨眼上,董事长蔡志浩却远在国外出差。在群龙无首的情况下,五株人充分发挥了团队精神,冷静应对,在当时的梅州市、梅江区和三角镇各级领导的关心、帮助和协调下,终于平息了这场让人心有余悸的"堵厂"风波。

进退两难的时刻

时间回放到2009年2月25日7时25分。此时正是五株员工集中上下班的时间,梅州五株电路板有限公司的大门口却失去了平日里的热闹,多了一种不寻常的气息。往日畅通无阻的大门,如今却寸步难行,究竟发生了什么事呢?

原来,近段时间,由于政府土地政策的调整,梅州五株电路板有限公司厂区涉及土地边界的历史遗留问题引起了当地村民的一些误解,出现了负面情绪。虽经五株相关负责人多次沟通协调,依旧没有消除。

当天，当地村民带着误解情绪，第三次围堵在梅州五株工厂门口，让准备上班的员工无法进厂，试图以此种方式让企业做出符合他们想法的解释。

8时许，工厂上晚班的员工纷纷拥出厂门，可是厂门依旧被村民围堵着，根本无法踏出半步。面对进退两难的境况，工厂保安意识到了事态的严重性，担心出现难以控制的场面，便立马向工厂的管理人员汇报。

"老臣子"临危受命

接到消息的集团董事办主任王明堂，马上驱车赶到梅州五株厂了解相关情况。他大老远便看见围堵在厂门口的一大群村民，不禁皱起了眉头。在历经前两次围堵之后，王明堂一直担心。前两次发生的围堵事件对梅州五株厂的影响还没有完全退去，现在又来了新的一波。

透过车窗望着厂门口的村民，王明堂考虑到远在国外的蔡志浩董事长，深刻意识到此次事件自己应当亲自牵头处理了。王明堂心里也很明白，百姓利益无小事，如若不能顺利排除村民内心的疑虑并协调好关系，工厂的正常生产活动势必会受到难以预料的影响，如何才能最迅速地解决这一问题呢？

厂门口的一阵骚动打断了王明堂的思考，车子根本无法前进，连进厂大门的半坡都上不去。王明堂只得下车上前询问，并表明自己的身份，耐心地与围堵的村民沟通，希望村民能够先让上下班的员工进出厂门，然后大家心平气和地坐下来共同商讨问题的解决办法。

可村民情绪都相当激动，根本听不进王明堂说的任何话，坚持堵在厂门口。王明堂只得向当地领导汇报情况，不一会儿，梅江区和三角镇的相关领导都到了现场，派出所民警也在公路两边指挥交通秩序。事情一直僵持到上午11点多，经过反复沟通，村民才愿意让王明堂随同其他领导一同进厂了解情况。

"跋山涉水"进厂赶货

相关部门领导的到来，依旧未使事件得到有效解决，而当下五株厂生产任务相当紧急。怎么办？怎么办？大大的问号在王明堂脑中不停地闪现。

在这一紧急时刻，梅州五株厂的员工们顾全大局，充分发扬了蔡志浩董事长一直强调的"责任感"。他们心头此时都有一个信念，不能让工厂停止生产。不少熟悉工厂四周地形的员工，自发地从工厂后面的山坡一个接一个地爬下来，有些人甚至从河边石坎上小心翼翼地爬上去，可以说是"跋山涉水"了。正是员工们克服重重困难，坚持上班，才让五株厂的急货能够按时赶完。据统计，当天因事件无法进入工厂上班的员工中，单面厂40多人，双面厂70人左右，虽然人手不足，但是工厂员工还是发扬互助精神，如期生产，如期交货，五株人"做人负责，做事用心"的企业精神在此时展露无遗。

紧急会议明方向

下午6时，距堵厂事件发生已将近10个小时了，面对仍被封堵的厂门，五株管理人员心急如焚：不少客户的产品必须在今天内运送出去。例如，长城、三星等大公司的货物，如若不能在今晚及时出货，对公司的损失和信誉是难以用金钱来衡量的。

在这十万火急的时刻，临危受命的王明堂主持召开了以厂长、制造副总等主要管理人员参加的紧急会议，根据蔡志浩董事长的电话指示，做出一系列决定：

1.照顾好员工情绪，尽量不要再与村民发生新矛盾，让他们相信公司和政府很快会处理好这件事。

2.如果员工下班出不去，安排好员工吃、住，把会议室腾出来让员工休息。

3.饭堂要保证员工伙食，用船把米、菜运过来，想尽一切办法保证员工不饿肚子。

4.急货一定要按时出。因此，会后大家分头行动，联系好游船，当天20时准时出发，21时到达厂后河边。厂内准备好急货，组织人员装运到东山大桥头接驳到长途货车上。

渡江送货，游船驳货

紧急会议结束后，五株厂管理层军心大振，员工们井然有序地坚守在各自的岗位上，紧锣密鼓地准备着，"一场没有硝烟的战斗"即将打响。

晚上9时20分，两条游艇准时到达了工厂的后门，在王明堂的指挥下，为了不惊扰依旧围堵在厂门口的村民，让计划顺利进行，30多名员工开始静悄悄地装运货物。

据知情者说，那时候，从工厂碧水楼门牌至抽水房，河边维修水泵铁架梯子只能容纳一人，甚至，两米高的直下距离没有任何扶手，员工只能克服自己内心的恐惧，抱着成箱的货物小心谨慎地

当年"堵厂"风波时渡江送货搬货用的垂直楼梯

上下。从抽水房至船上20多人排成一行，一箱箱产品在他们手中艰难传递。

一个小时后，在岸上紧张指挥的王明堂看到游船仍有运载能力，又赶紧叫人去再拉一卡板产品过去装运。最后，终于将全部货物装载完毕。

正当装载好货物的游船火速把货物运送到目的地，要卸货时，却发现湖岸栏杆太高不能卸货，只能将船开到东山桥头。已等候在码头的志浩科技和威力固的十多位员工火速将货物下船装车，12点半，装车完毕，长途货车开往深圳。这时，在场所有的人提到嗓子眼上的心才放了下来。

据统计，当晚共运出比较急的产品280多箱，基本满足了市场部和客户次日的需求，有效地维护了五株的商业信誉。初战告捷。

"堵厂"风波

一波未平一波又起

这一夜,大家都忐忑不安,担惊受怕,特别是王明堂,更是一夜无眠。当太阳升起的时候,他和所有五株员工一样都希望事态尽快平息。

2月26日早晨7时许,一通电话彻底打破了王明堂的美好设想:"昨晚半夜1时许,村民运来10多车泥土,倒在厂道门口,把厂门严严实实堵死了。"面对这样棘手的情况,到底该怎么办呢?王明堂大脑瞬间一片空白。

今天再不将道路疏通,工厂将因进出困难而物料接不上,员工亦无法解决吃的问题,工厂正常运转将受到严重的影响,更有可能导致工厂全面停产,后果不堪设想。

风波终于平息

上午10点,回到工厂的王明堂继续尝试跟村民们沟通,试图获得村民的谅解和合作,但未果。众人商讨后决定直接向市政府反映。

据王明堂回忆说,26号上午区领导单独把他叫到办公室,承诺政府会尽快帮忙妥善处理好该事件。王明堂也表示,必要时他会顾全大局,息事宁人,代表梅州五株厂向村民赔礼道歉,并承担损失。

接着,各级领导和相关人士在上午11时30分,召开了梅州五株厂被堵问题解决会议。会议结束后,各领导分头行动,经过和村民代表讨论,晚上7时30分,关于土地补偿款问题的协商终于达成一致。

晚上8时,由村支书主持,各级领导及村民约40人、梅州五株厂管理干部10多人参加的协调会在工厂的大门口举行。由村支书介绍事件经过和上级对事件的态度和要求,并对村民做了劝解工作。区政府承诺在3月15日前把土地边界问题处理清楚。

会议结束后,村民逐渐散去,接着铲车、泥头车前来拉走堵在厂门口的泥土。直至22时,厂道基本疏通,公司保安协助清扫,工厂生产恢复正常。一场历时两天两夜让人惊心动魄的"堵厂风波",在各级领导的关心帮助和五株员工的共同努力下,终于平息。

集体的一次成长

五株的"堵厂"风波可以说是五株这二十年来最为严重的挫折之一。参与事件处理全过程的王明堂表示,此次的"堵厂"风波真正让五株经受了"突发事件"的考验。正是管理人员和员工们在危急关头热爱公司,团结一心,共同接受考验,共渡难关的行为,让他看到五株这个团队的未来和希望。这是集体的一次成长。

当百感交集的王明堂在电话中哽咽着向远在国外的老板夫妇报告"堵厂风波"的事件经过时,蔡志浩激动地对王明堂说:"我为五株有像你这样的一大批员工感到骄傲和自豪!"

质量就是良知

质量是企业的生命线，一直以"品质、品牌、专业、敬业"为最高标准赢得客户信任的五株，2009年初夏，却因一次重要客户的现场稽查，换来一纸限期整改的通知，在五株上下引起一场轩然大波。

一次突击的现场稽查

2009年6月19日上午，深圳五株电路板有限公司内，一如既往一片繁忙的景象，大部分员工紧张地在各自的岗位上进行着产品的每一道工序，倒是有少数员工和管理人员显得有些懒散，离开岗位在闲谈说笑。这种周而复始的场面已经存在好久了，大家都有点见怪不怪。就在这时，一场始料未及的突击检查发生了。

厂门口，一辆黑色轿车疾驰而来，车子刚停，立即下来几个表情严肃的行家模样的人，手拿文件夹提着锃亮的手提箱，关上车门便火速前往工厂重地。一进门，刚刚还在闲谈嬉笑的工人立马止住脸，看到这副行当的不速之客，知道情况不妙，埋下头假装干活。其他串岗的员工看到这架势，一时间手足无措。

工厂接待员一脸忐忑地迎上去，原来，这些人是五株一个重要客户的质量专家组。他们不请自来，是因为他们近来通过检查发现五株交付的产品质量大幅下降，上层特命成立质量专家组，对五株工厂的生产程序进行一次现场稽查，以

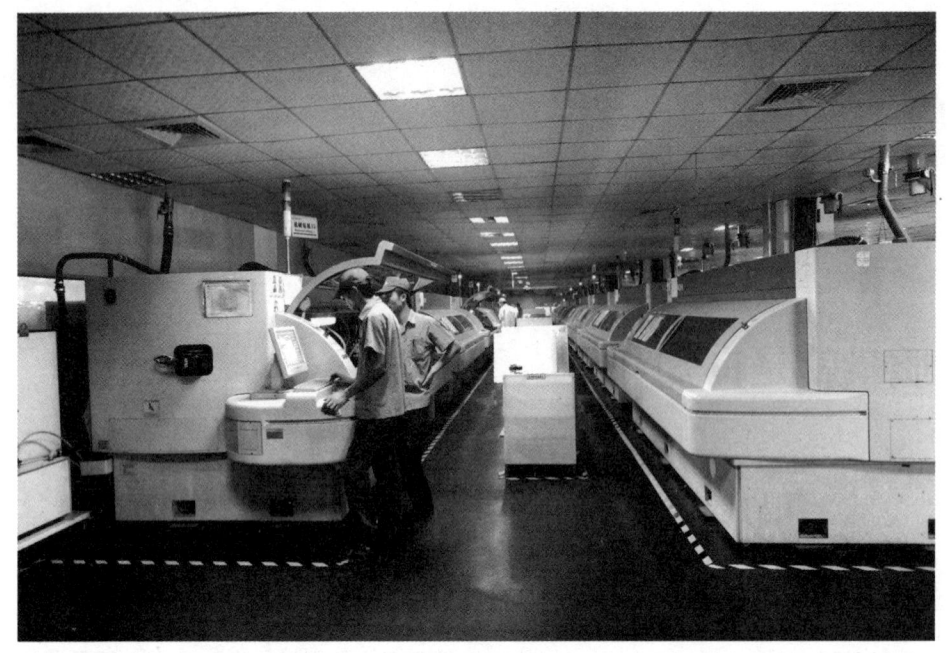

PCB 行业已进入"机器换人"时代

便了解真实情况。见此情形，接待员只好暂且先陪同专家组并做一些解答，一边示意其他同事迅速上报管理层。工厂管理层闻讯马上赶到厂区，提出到办公室接待，却被专家组谢绝。工厂的管理层只好诚惶诚恐地陪同在一边，专家组的成员一改往日见面谈笑风生的态度，一声不吭地对工厂的生产程序进行严格的制度、业务检查，一边听取现场汇报一边记录相关信息，核查其产品质量下降的原因。这场稽查经过漫长的几个小时后终于结束了，专家组一边收拾工具，一边整理材料，一言不发。五株工厂几位一直陪同左右的管理层心知事情不妙，只好在一旁忐忑不安地站着。

"自己看吧！"质量专家组拿出了检测报告，"质量事故会让每个公司在濒临破产的时候才明白它得付出的代价！"一份检测报告递到了五株厂一位项目经理颤抖的手中，那种情形就像他的手捧着一颗定时炸弹。令专家组失望的是：深圳五株电路板厂现场管理失控、设备保养未按规定执行、员工操作不规范、部分管理人员责任心不强、综合管理水平全面下降，这些都是导致品质问题的根本原因。

产品质量和市场信誉就是企业生存发展的王道，质量下降意味着企业信誉的下滑。长此以往，将会对工厂造成无法估算的损失。

一纸文书从集团董事办送到了蔡志浩董事长的办公室。他正在办公桌前聚精会神地批阅公司文件。

"蔡……蔡董，这是大客户送过来的文件，请……请您过目。"如此简单的一句话从平日精干的王明堂嘴里说出来，却显得结结巴巴。

蔡志浩抬头看了王明堂一眼，觉得奇怪："什么事紧张成这样？"

"这……"王明堂支吾着。蔡志浩接过准备随手翻阅，一看到"整改通知"几个大字，紧闭嘴唇，目光随之变得锐利，一路看下，完毕轻呼一口气："通知厂里主管以上的人速到会议室开会！"语调不高却坚决得吓人。

原来，大客户公司发出了限期整改通知，如果短时间内没有根本改善，将减少五株的订单，甚至取消合作。

如果这是真的，对五株的打击将是致命的。

很多电路板企业还在经受2008年金融海啸的巨大影响，订单严重不足，都在竭力拼抢市场，力求生存。这家公司作为五株最大的客户，一旦失去合作，企业将面临更加严重的危机，后果不堪设想。

有鉴于此，蔡志浩再次痛下决心，针对深圳区域近期客户投诉增加、管理松散、团队面临重新整合整顿的情况，决定对深圳区域进行为期三个月的全面整改。一场史无前例的质量整改风潮随即全面拉开。

改革风潮全面掀起

大客户公司的一纸整改通知，唤醒了五株的危机意识。质量就是良知的号角吹响了，一场质量改革风潮由深圳五株电路板厂率先开始。

集团公司针对深圳区域近期客户投诉情况，迅速采取应对措施。先是动起来，让员工有危机意识；再是改起来，通过召开三次整改会议，分析出存在问题，与会人员逐步从管理层到参改人员再到全体员工，以"葫芦形"模式把整改落实到位；最后是严起来，用详细的计划把整改落实。

首先是"动起来"，集团公司发出蔡志浩亲自签署的《告深圳区域全体管理人员、员工书》。让全体员工都知道当前工厂的管理状况和危机，号召全体管理人员和员工迅速行动起来。

每个人都是公司的一分子，公司兴亡，匹夫有责。唤醒员工的危机意识，从本部门做起、从自身做起、从细节做起、规范操作、严格把关，迅速改变工艺、品质管理失控局面，对自己、对公司负责，才能齐心协力共同挑起公司大梁，为公司重新获得客户的信心和信任贡献一份力量。

其次是值得一提的"三次整改会议"，由蔡志浩先后主持召开深圳区域领班以上管理人员会议、参改人员会议、全体员工大会三次会议。这三次会议，联系实际，实事求是地提出了整改要求和措施，颇有"整风"的味道。

第一次是深圳区域领班以上管理人员会议，与会人员以发表意见、讨论和提问的方式，在对曾创造辉煌的深圳工厂倒退的根本原因进行分析后，提出抽调、聘请高级管理人才，对深圳区域进行为期三个月的整改。

从管理班子上整合，从问题的根源上切入，从基层开始抓起，从历史的教训中得出经验，在反思中针对问题提出意见和建议，查漏补缺，制订了切实可行的计划和措施。

第二次是品质部、工艺部所有人员参加的整改会议，蔡志浩以"呼唤良知"为题做了讲话，在分析产品质量下降与工艺、品质部门的直接关系和管理责任后指出，员工要坚守自己的岗位，履行好自己的职责。全面掀起整改热潮、人人参与，每个人都要写一份心得感想，结合实际，分析存在问题、提出改善措施。并特别强调：公司的运作就像众人划龙船，需要每个人同心协力、步调一致、劲往一处使，才能夺取胜利。

第三次是在厂区篮球场上召开的深圳区域全体员工大会，蔡志浩就大客户因质量问题下达整改通知，公司面临严重危机，提出了改善要求和措施。

三次会议，层层递进、环环相扣，以"呼唤良知"为主题，唤醒员工对公司的忠诚、对产品的负责及对自我的反思，告诫员工，产品就是人品，产品质量就是企业的尊严，维护企业的产品质量就是维护自己的尊严。三次整改会议意义非凡，让员工们得到了一次彻底的"洗脑"。

质量就是良知

整个整改的进程按照要求一切在紧张而有序中进行着。人力资源部针对工厂71名管理人员递交的整改心得体会，进行评估，仔细分析、认真归纳总结了具有共性的问题和改善方向。

蔡志浩最后就"改善心得体会"评估总结说："通过人力资源部门对你们写的'心得体会'的总结报告可见，连续几场的整改会议'整出了'成效，已经唤醒了大部分管理人员的良知、责任。"他说："当前，应尽快解决信息传递简单化问题，相互之间沟通不能再以'说了、通知了、告诉他们了'，而应该落到实处、沉下去检查改善结果。反对官僚作风、听之任之的不作为行为。只要大家同心协力，没有解决不了的事情。工厂的改善需要的是务实的作风。"

董事长的一番话令与会的管理人员低下了头。

如果说产品的质量是金字塔的顶端，那一层层支撑着的就是员工的良知和有序的管理，只有在良知觉醒的前提下，才能发挥出每个员工最大的工作潜能，为公司创造最大的价值。

众所周知，德国人以严谨和一丝不苟的工作态度著称于世，正因如此，德国产的宝马、奔驰成为世界品牌的代名词。德国人凭借着对产品精益求精近乎痴狂的追求，造就了德国工业产品无可挑剔的技术。究竟是什么造就了德国人的这些品质呢？追根究底，就是员工视产品的质量为自己的良知！

管理思想决定管理成本

对一份文件的大讨论

2010年6月25日下午，五株深圳总部的办公室里，一场讨论热烈的会议正在进行。

参加会议的是五株深圳区域主管以上管理人员，他们的桌上都放着一份复印的文件，与会人员正对着文件的条文各抒己见。这份文件是深圳市政府出台的关于关外企业实施最低工资标准的实施意见。文件规定：从2010年7月1日起，关外企业最低工资标准提高至每月1100元，这是深圳迄今为止单次上调最低工资标准幅度最大的一次。为此，根据企业实际以及如何更好地体现对劳动者的关怀，蔡志浩董事长在获悉文件的第一时间召集了深圳区域主管以上干部进行了深入讨论。

会上有不少主管提出，五株已经于2009年起，从计件工资改为了计时工资，已增加工资成本20%，若按照深圳市政府即将出台的最低工资标准，至少要增加劳动力成本20%，当前电路板行业实际上已进入微利阶段，这样大幅度增加工资成本，对企业生存是个严峻的考验。

还有不少主管认为，政府、企业、员工在实施最低工资标准过程中或许还有商榷的余地或者折中的办法。由于讨论热烈，大家意见不同，会议一直持续到晚

作者采访蔡志浩（右）

饭时间，还没有达成一致看法。

眼看时间不早了，最后轮到蔡志浩董事长做总结发言。他语重心长地对大家说："大家的看法和观点都是从企业的利益出发，我很感谢大家。但是五株企业是个守法经营尊崇良知的企业，既然政府有规定，我们首先要求大家不折不扣地响应和执行，并且把落实意见传达到工厂的每一个员工；其次，在企业力所能及的基础上，根据文件精神和企业的实际情况，逐步增加一线员工的工资待遇，保证不违背文件精神，同时保证员工有充足的休息时间（保证每周休息一天），维护好员工的正当权益，真正体现五株大家庭的温暖。"

董事长真挚的话语刚落，会场响起了长时间的掌声……

管理思想决定管理成本

然而，随着PCB行业竞争日益激烈，劳动力成本不断升高，原材料价格上涨，企业已经进入微利经营时代。俗话说："再大的骆驼都是死在最后一根稻草上。"因此，蔡志浩告诫集团管理层，一定要清醒地认识自身的生存风险，采取有效的措施，降低成本、化解风险，才能让企业走得更好、更远。他号召五洲集团管理团队必须"提升待遇、提升技能、提升品质、提升效率"，在最短的时间内全面实现人力资源的优化。

因为有一个事实现状已经摆在面前，国内的电路板企业人均产值是欧美、日本企业的三分之一，台湾地区企业的二分之一。提高最低工资标准必然会大幅度增加企业成本，微利企业如果不进行人力资源优化，就必然会走向消亡破产。

人力资源的优化程度，离不开管理思想，而管理思想恰恰决定着管理成本。在五株，每个管理层都知道这一点，因为这是董事长蔡志浩经常给他们讲的道理。

基于此，首先，五株把致力于培养多专多能的员工作为一项重要举措，改变职能部门各自为政的状态，培养员工跨部门协调和工作习惯，优化工艺流程、提高品质直通率、提升生产自动化能力。在提高员工待遇的同时，提高员工为企业分忧解难的自觉性，确保公司的劳动力成本控制在合理的状态。

其次，五株把提升一线员工待遇作为一项重要的工作内容来实施，通过以实行部门考核和个人考核相结合的办法逐步实施，推行工时过板量考核、班组过板量考核，考核达标的部门和个人经批准后可以实施新的工资标准。为了让此项"民心工程"落到实处，深圳区域工厂做出了切实可行的工作计划和考核标准，并且分部门逐步实施。最后决定，把电脑钻孔车间作为先行试点部门，考核部门以数字为依据，进行优化前后的人员产值、产量的比较。此项工作措施的实施，出色的员工更加出色，付出更多的员工拿到了更多的报酬，激励了更多的员工，一场悄无声息的劳动大竞赛场面在各个车间精彩上演……

预防重于治疗

五株的管理层都不会忘记2009年3月15日，是消费者权益保护日，"我们可以做得更好"的管理会议在深圳区域工厂热烈召开。蔡志浩董事长在会上给大家讲了一个让人深受启发的故事。

讲故事之前，蔡志浩先是分析了存在于五株的一个很久都没有解决的问题：擦花问题。

擦花问题在电路板行业由来已久，是各个PCB企业的棘手问题，也是五株长期存在的产品生产安全问题，也可以说是蔡志浩的一个心结。

电子产品报废杀手——开路短路，其重要原因之一就是制程中由于擦花造成。虽然钻孔、电镀、图转等重点工序部门开始重视这个问题，严格规范制作过程，以减少报废率，但擦花问题始终没有得到彻底解决。这究竟是为什么呢？

产品是企业的生命线，产品有任何瑕疵，企业效益就会受影响。蔡志浩董事长接着开始讲故事——

有位客人应邀到某人家里做客，看见主人家的灶上烟囱是直的，旁边又放了很多木材。客人告诉主人说，烟囱要改曲，木材须移去，否则将来可能引发火灾，主人听了没有做任何表示。

不久主人家里果然失火，四周的邻居赶紧跑来救火，最后火被扑灭了。于是主人烹羊宰牛，宴请四邻，以酬谢他们救火的功劳。但并没有请当初建议他将木材移走、烟囱改曲的人。

有人对主人说："如果当初听了那位先生的话，今天也不用破费准备筵席，更没有火灾的损失。"主人顿时省悟，赶紧去邀请当初给予建议的那位客人来吃酒。

"这个故事告诉我们，其实，各工序部门在出现擦花问题后开始整顿制作过程，这无异于邻居们扑灭火灾。而提醒各部门预防擦花问题的'客人'却在哪里呢？"蔡志浩意味深长地将目光投向在场的管理人员。

是的，擦花问题的发生，正是由于在场所有的"客人"疏忽防患，没有人预防产品生产可能发生的意外。他们过于注重解决问题却忘记了预防问题，这就是管理者管理思想高低的表现。所以将风险意识贯穿于生产的每一个环节，做好每一块产品，是管理者和员工共同的责任。

蔡志浩继续说："2008年，韩国三星数码相机天津事业部在加工我司提供的电路板时，发现有万分之一的产品掉铜皮，就要求我司派专员去讨论如何防范，可见他们对于事前防范是多么重视。他们的管理者用这种管理思想控制了可能造成后果的管理成本，间接为企业挽回了损失，这是一个优秀管理者应该具备的思想和品质。"

诚然，"预防重于治疗"，能防患于未然之前，更胜于治乱于已成之后。在"我们可以做得更好"的培训演讲中，蔡志浩始终心潮澎湃，规划现在，展望未来。俗话说得好："兵熊熊一个，将熊熊一窝。"他希望，全体管理干部都要提升自己的精神和思想境界，时时刻刻想着自己可以做得更好，并经常充满自信地对自己说：我能！我也能！我一定能！

追梦

> **特大喜讯**
>
> **五洲电路集团8月份产值首次突破亿元大关**
>
> 五洲电路集团经18年滚动发展，在全体五洲人的共同努力下，8月份总产值首次突破亿元大关(10433万元)。标志着五洲电路已经成为电路板产业大型企业之一。
>
> 蔡志浩董事长早在三年前就作出产品结构的调整规划：投资5亿多元建设的梅州志浩科技产能逐月上升，已成为生产HDI高端电路板的旗舰工厂。其他工厂扩产和产品升级改造也在不断推进，并产生明显的经济效益。市场结构和产品结构调整，为实现今年初蔡志浩董事长提出的年产值10亿元的目标奠定了坚实的基础。
>
> 五洲电路能在诸多困难面前取得快速发展，月产值首次超过亿元大关，令全体员工欢欣鼓舞，这骄人成绩的取得是4500名五洲人做人负责、做事用心、敬业实干的结果。在此，特向奋战在生产第一线、市场第一线的全体管理人员、员工们致以崇高的敬意和衷心的感谢！
>
> 当前市场形势大好，希望全体员工在2010年最后的四个月时间里，抓住机遇、扩大生产、保证品质、满足客户、再接再厉、扎实工作，为圆满和超额完成2010年的经营目标而共同奋斗。
>
> 五洲电路集团有限公司
> 2010年9月1日

特大喜讯

　　2010年的8月，五株创造了创业以来的一个新纪录——单月产值过亿元。这可是一项了不起的纪录。

　　这项纪录，五株人等了18年。

　　正如一个人，到了18岁就是成年，就是到了干事创业、独步社会舞台的时节；18岁的五株，终于在自己的"成年"阶段，书写了浓墨重彩的一页。当蔡志浩第一时间从财务的报表上看到这个好消息时，他的脸上扬起了动人的微笑，而后眼眶湿润，欣慰之情溢于言表。

　　诚然，这是五株经历18年的风风雨雨后获得的一个沉甸甸的丰收季节。他的笑和泪，仿若是一对父母看到自己的孩子长大后的最真切的感受。

　　2010年9月1日上午，五株在深圳总部召开了主管以上会议。这场会议来得很突兀，是临时通知的，大家都不知道发生了什么。大家都在交头接耳，旁边为首的几个企业高层，个个都缄口不言，个别索性就闭目养神去了。好在他们脸上偶尔会流露出狡黠的一丝笑容。一些主管则好像心里提着十五个水桶，七上八下的，不知老板今天又要找他们什么茬儿。

　　过了一阵子，眼尖的透过玻璃窗看到蔡志浩董事长的汽车停在了会议中心门外。等车子停下来，蔡志浩董事长带头，身后跟着几个核心高层，向会场走来。

一下子，刚刚还显得喧闹的会场立马静了下来。

没有平时开会的主持人，没有在会场挂上横幅，没有任何会议主题的透露，和往常不一样的是，蔡志浩径自一人朝讲台走去。这让与会员工惊讶不已。因为以往的会议都是先由主持人发言，然后才是由老板讲话。而这次却出乎意料，也许要讲的事也是出乎意料的。

果然，只见蔡志浩在讲台边站立了几秒钟，然后扫视了一遍全场，接着便调整话筒准备开始发言。台下的员工随着他的眼光的扫视，个个都显得有点纳闷。

不料，蔡志浩开口的第一句话是："今天，我非常高兴！"接着嘴角扬起了灿烂的笑容，这笑充满着喜悦，令人如沐春风，这在一贯严肃的他身上是不多见的。他的一句话顿时把所有参会者的眼光吸引住了，原来老板今天是分享什么喜事来了！

他接着说："18年了，整整18年了！今天，我们终于实现了我们多年的梦想——单月产值破亿元，就在刚刚过去的8月份！这是了不起的成绩，我代表五株感谢大家！"随后，掌声如雷，蔡志浩向大家深深鞠了一躬。这下子，与会者个个都笑逐颜开，热烈鼓掌，有些老员工甚至热泪盈眶，互相握手祝贺，甚至兴奋地拥抱在一起。为了这一天，他们都等待了很久很久……

后来据董事办公室主任王明堂回忆，当他于8月30日下午从财务那里拿到每月的财务报表中产值数据时，眼前一亮的他，一路小跑闯进蔡志浩董事长的办公室，连平时的敲门汇报的规矩都因为高兴而忘记了。

正在办公室批阅文件的蔡志浩董事长见到满脸堆笑的王明堂，正要发问为何如此匆忙。王明堂赶紧递上报表站立一旁。蔡志浩接过报表，定睛一看，先是一怔，又用手搓了一下眼睛，生怕看错，看的同时还不忘问身旁的王明堂，接连问了几个这是真的吗？在得到确定的回答后，蔡志浩的眼眶马上湿润了。他站起身，缓缓走到窗台旁，拉开窗帘，窗外的阳光灿烂和煦，厂外绿色的植物一片葱茏。只听见他感叹了一句："不容易啊！我等这一天已经整整18年了！"听闻这话，王明堂知趣地暂时离开了，他不想打搅董事长的情绪，想让董事长好好享受内心的喜悦。

半个小时后王明堂再次回到董事长办公室时，蔡志浩已经将情绪平复下来。先是让董事办着手拟写一个《特大喜讯》，在9月1日向全体员工发布，告知这一属于五株人的共同喜事。另外，准备在9月1日早上先召开一个主管以上会议，当场通报喜讯，并马上着手召开庆功会。在会议上他强调几位高层暂时不能透露这个好消息，他决定给大家一个大大的惊喜。于是便有了本文开头的那一幕。

第二天，五株单月产值过亿元的《特大喜讯》被张贴在深圳、东莞、梅州工厂的多个宣传橱窗，获知消息的员工无不喜笑颜开，奔走相告，整个五洲电路集团像节日一样洋溢着欢笑和喜气。

东莞五株工厂外景

演绎"蛇吞象"传奇
——五洲成功收购东莞雅新资产纪实

"蛇吞象"的故事,从宋仁宗年间便流传下来。这个民间传说就是要告诉人们不要过于贪心,要学会克制欲望,因为"小蛇吞下大象"是不可能实现的事情。但是,今天我们所要讲述的"蛇吞象"故事,把这种不可能变成了可能,并且演绎成一个传奇。

舍弃之间的智慧

2010年10月14日,五株以1.82亿元成功竞拍从法院处理的拥有一万多人的最大台资企业——原台湾上市公司"东莞雅新电子"的土地、厂房、设备全部不动产,引起PCB行业的极大关注。这是五株发展史上的辉煌一刻。然而,有谁会想到,五株曾差点与这一辉煌擦肩而过呢?

原来,在五株决定购买雅新电子的资产之前,本就有意拓展五株疆域的蔡志浩经朋友介绍,了解到杭州某破产企业需要进行拍卖,最低拍卖价为1.2亿元。一心想让五株扩容提速的蔡志浩到杭州考察后,萌生出买下此破产企业资产的念头,并多次派人到杭州协调,甚至已经预付了部分委托费给一家公司负责竞拍此项目的事宜。

既然蔡志浩已经做好了在杭州大展身手的准备,为何又最终放弃自己精心策划的"临门一脚"呢？

时任集团董事办主任王明堂回忆，蔡志浩董事长开始筹备杭州的拍卖事宜之时，老板娘张晓华一直就未表示绝对的赞同，理由是毕竟杭州距离广东较远，将五株的战线拉得过长的话，并不十分利于五株以后的健康发展。同时，张晓华和王明堂都有一致的意见，就是此破产企业的资产不值其给出的起拍价。因此，他们俩合力劝告蔡董要慎重考虑。终于，多番思考后，在预定签名打款的前几分钟，蔡志浩选择了放弃杭州这个项目。

也许是一种天意，或者说是一种机缘。舍与得，有时就在一念之间。

可以说，如果蔡志浩没有放弃原定计划的话，或许五株已把资金都投入到杭州的项目中了。就算以后他对"雅新"再怎么心动，五株也心有余而力不足，也不可能在本书写上"蛇吞象"的传奇一笔。也许，五株的格局亦将全然不同。

当然，这些都是假设的也许。在某种抉择的意念中，蔡志浩"先舍后得"，精彩得让人瞠目结舌。

果敢的放弃，让五株拥有了意想不到的收获：成功收购雅新，实现了五株的"小上市"。

激动人心的一分钟

在2010年八九月份，五株才获得东莞雅新要进行拍卖的消息，即刻动身前往东莞考察的蔡志浩意外发现，自己所了解的只是东莞雅新旗下的一家小厂，要进行拍卖的实际是一个非常棒的大型厂区，厂区不仅占地达200亩之多，而且工厂分为生产区和生活区，仅生活区就可以容下一万多名员工，功能齐全、地势优越、环境优美，同时，还拥有相当一部分的设备。面对这样让人眼前一亮的厂区境况，蔡志浩深深感觉到如果能够把它竞拍下来，对五株以后的发展将是个千载难逢的大好机会。

于是，蔡志浩紧锣密鼓地请业界朋友帮忙向东莞法院了解拍卖的相关情况：2010年10月14日将在东莞市拍卖行进行拍卖，10月11日至13日必须支付竞拍保证金，如若无人竞拍的话，将进行第二次拍卖，起拍价将减少20%。当时的竞拍价为1.82亿元，五株到底要不要在此次倾尽全力争取，还是等它流拍一次后再来争夺呢？这个问题一时困扰着蔡志浩，让他寝食难安。

经过一番讨论后，蔡志浩决定大胆往前冲，但此时的蔡志浩立即发现自己其实"囊中羞涩"，首先要交的3800万元保证金他最多能拿出1800万元。为解燃眉之急，他向朋友借了2000万元，于2010年10月12日下午4点前把七拼八凑的3800万保证金打入了东莞法院指定的银行账户。

蔡志浩（左二）与管理人员一起谋划

等待的日子是煎熬的。10月13日，忐忑不安的蔡志浩经询问知悉只有五株一家企业交了保证金，心头的大石才稍微没有那么沉重了，但还是不敢掉以轻心。毕竟，如若出现其他的竞争对手的话，拍卖价势必会以无可预料的程度增长，五株将难以成功竞拍。

时间来到2010年10月14日上午，蔡志浩董事长和夫人张晓华以及董事办主任王明堂一同来到了东莞市拍卖行的拍卖现场，看到座无虚席的拍卖现场，蔡志浩还是感到了些许的担忧，就怕有自己不知道的"半路程咬金"闯出来。

9点30分，拍卖会正式开始，拍卖师宣读了拍卖规则和拍卖物的相关介绍，并宣布东莞雅新电子的起拍价为1.82亿元。

"拍卖现在正式开始，有意者请举牌。"拍卖师话音一落，蔡志浩便坚定地举起了牌子——018号！

"1.82亿，一次。"全场鸦雀无声。

"1.82亿，二次。"大家依旧屏气凝神地等待着。

竞拍成功后的喜悦

　　拍卖师环顾了一下会场四周，犹豫了一下。他试图在寻找其他举牌者，甚至在侧耳倾听有没有委托拍卖的电话响起。

　　但是，没有任何意外发生。

　　"1.82亿，三次。"场内人士开始小声议论并举头向四周张望，他们仿佛也在寻找。

　　"1.82亿，成交！""叮"的一声，一锤定音，蔡志浩成功拍下了东莞雅新电子的全部资产，用时不过1分钟！

　　全场沸腾了，爆发出一阵阵热烈的掌声，蔡志浩等人更是激动地从座位上"腾"的一下站了起来。

　　这真的是太激动人心了！现已成为五株"文物"的"018"号牌为五株带来了好运气。难以抑制内心兴奋的蔡志浩，在到前台办理相关手续之际，拿起手机颤抖着给老父亲蔡天宏打电话，告知这一大好消息。得知喜讯的蔡天宏老人同样激动不已，马上让人买了一大串鞭炮在梅州五株厂区燃放以庆祝这一大好事！老人激动地说："长江后浪推前浪，浩儿胆大有为，这真的是天大的喜事啊……"

成功竞拍后的小插曲

在蔡志浩以1.82亿元成功竞拍下雅新全部资产后的第三天，便有一位获知情况的外省房地产老板主动联系蔡志浩，愿意出4亿元从他手中转买雅新全部土地，雅新厂房内的所有能用的设备都可归五株。

4亿元啊，再加上各种设备高达近5亿元，如蔡志浩答应的话，五株顷刻之间便能净赚近3亿元！这是一笔多么诱人的交易！

但是，深思后的蔡志浩还是婉言拒绝了。他清楚地知道，这座大型厂房经过整改、复产之后对于五株的意义，这就相当于五株的一次小上市，为把五株科技股份做强做大，争取早日实现在国内IPO上市，迈进了关键的一大步。

另外，在蔡志浩拍下雅新资产后，某次与东莞市石碣镇领导聊天时获悉，内蒙古的一位房地产老板早就对雅新很感兴趣，但这位老板打了一个小算盘，希望等雅新在第二次流拍后，让拍卖底价降低20%后再一举买下，未承想被五株捷足先登了。

这两个小小的插曲，或许冥冥之中注定五株已经到演绎"蛇吞象"传奇的时候了。

遭遇"资金危机"

从东莞拍卖行出来的蔡志浩久久难以平复内心的激动，直到三天后冷静下来开始思考如何处置该资产问题时才惊觉，"危机"已经迎面而来：东莞法院要求五株7天内要交齐1.82亿元，否则五株将不能拥有雅新的资产。这时，连当初大部分保证金都是向朋友借的蔡志浩，面对如此巨款需要在如此紧迫的时间内交清，不得不让他焦虑不已。

钱，从何而来？

深知无力在一周内交清全部款项的蔡志浩只能通过关系找到东莞市法院，请求法院答应让五株延期交款。经过协商，五株赢得了两个月宝贵的筹款时间，但是，到了12月初，五株包括保证金在内也仅仅上交了5000多万元，这与1.82亿元的数字还相差甚远。如何才能解决五株的资金危机？蔡志浩和集团高层反复商讨后，提出了如下三个筹款方案：

　　1.动员员工集资。但律师认为，不可能让所有的员工都成为公司的持股人，这一方案被否定。

　　2.等房产证拿到手后去银行贷款。经论证，这一方案也行不通，毕竟在1.82亿元未交清前，法院是不可能给五株办理房产证的，就连裁决书都不可能拿到，谈何去银行贷款，这个方案仍然行不通。

　　3.引入风险投资。这一方案最终得到大家认可，并切实可行。11月18日，五株成功引进6家风投公司，卖出15%的虚拟股权，成功融资到1.776亿元。

　　通过第三个方案的成功操作，五株在12月底基本解决了资金危机，但是由于未全部交清款项，东莞雅新的资产未真正归到五株名下，而是由法院的资产管理人代为掌管，五株也只能简单地进行外围基础设施建设，却不能随意进入厂区和动用厂内的任何设备。

危机已破，快速复产

　　时间来到2011年1月1日，新年新气象，五株终于交清全部拖欠款项，随即进入了紧张有序的规划和复产筹建工作。

　　蔡志浩立即建立了筹建小组，调集梅州和深圳各工厂的人力、物力、资金等资源，以高起点、高定位、高标准、高规格将东莞市五株电子科技有限公司定位为以HDI为主兼顾高多层、软板以及软硬结合板的产品结构，以世界电路板同行业最先进的流程和设备做参考。

　　目标规划出来后，大规模的复产改造工作随即展开。从1月份开始，将电脑钻孔车间统一规划在B栋一楼，将电镀车间统一规划在A栋一楼，使原来混杂的工站变得顺畅有序，避免互相干扰。将许多基础设施修复，特别是将原来几十台先进的自动曝光机、自动测试机、电压机等关键设备进行检修恢复，将老旧的电镀线进行改造，将达不到要求的AOI等老旧设备进行更换，在短短的三个月内基本完成了第一期整改。2011年4月初，整条流水线开始试运行测试。

引以为豪的五洲盛典

在紧锣密鼓进行有序整改的同时，复产工作也得到东莞当地政府的大力扶持。在政府主要领导关心下，东莞五株顺利办理了营业执照、环保审批手续、房产过户手续，以及许多需要政府部门帮助解决的水电恢复、工厂大门整改等重大事项。

2011年4月29日，历史将铭记这一天！

这一天，东莞市石碣镇彩旗飘展，锣鼓喧天，热闹非凡，蔡志浩从拍下雅新的资产，到艰难筹款，到对厂区进行全面改造复产，仅用了半年时间。今天，它正以东莞市五株电子科技有限公司的全新身份在这里举行隆重的开业投产庆典。

东莞市各级领导都到场庆贺，蔡天宏老人也从梅州被接到了庆典现场，一同见证这一五株盛典……蔡志浩在主席台上激动而隆重地宣布："东莞五株正式投产！"顿时，礼花满天，这是多么激动人心的一刻啊！这是让蔡志浩和所有五株人引以为豪的一天！至此，五株精彩演绎的"蛇吞象"传奇画上一个圆满的句号。一个把"不可能"变成了"可能"的事实，成为PCB行业的一段传世佳话。

东莞五株实现"涅槃重生"

复产之路

但是,鲜花背后的艰辛又有多少人知道呢?从拍下雅新到今日的投产仪式,短短的半年,在完成PCB行业漂亮的"蛇吞象"后,五株又是如何把这头吞下去的象"消化"掉的呢?这条堪称"深圳速度"的复产之路背后到底发生了什么?

复产第一枪:打赢信心仗

买下雅新资产的高兴对于蔡志浩来说只是暂时的。除了资金周转面临很大的困难之外,另一个问题就是他还没来得及仔细考虑200亩的厂房土地将如何变为己用,变为企业的效益所在,不然,它始终是个死物,甚至企业会被资金链拖垮。

在交办完手续后,蔡志浩带领一帮工程技术人员仔细考察工厂情况。发现有些情况比早先预测的要坏很多。其中之一就是厂内许多的设备设施被人拆得七零八落、满目疮痍,让人感到惋惜和痛心。当然,也让完美导演"蛇吞象"的蔡志浩眉头紧锁,陷入了思考:"蛇吞象传奇固然辉煌,可已是代表过去,当务之急是吞下的这头株'大象'该如何才能够顺利消化?如何才能够让五株再造一个奇迹?"

蔡志浩清楚,在市场前景不明朗的形势下,要起动这个庞大的破旧工厂风险非常大，弄不好会成为大黑洞，将五株拖入深渊。但是，从来都不打无把握仗的蔡志浩在认真思考后，依然坚信自己手下的五株人能打好这场五株创业史上规模最大、难度最高、兵团作战最多的复产攻坚战。

蔡志浩号召说："对于我们五株人来说，东莞五株既是个机会也是个挑战，我们五株要实现跨越式发展，为上市创造更大的规模效益和经济效益，就必须抓住这个机会，接受挑战，让我们一同努力吧！"

蔡志浩的激情呼吁，不仅稳定了五株集团的军心，而且树立了五株人必胜的信心。蔡志浩以自己为首，几乎全身心扎在五株，吃住在厂内，一场紧张有序的复产攻坚战在五株全面打响。

复产第二枪：找准产品定位

正所谓，"每一条河流都有自己的方向"，每一家公司在迈步前进之始都要做好预备的动作姿势，东莞五株究竟该以如何的方向投入五株的怀抱呢？

蔡志浩经过与公司高层的讨论以及自我慎重考虑，决定以高起点、高定位的标准把东莞五株定为HDI为主，兼顾高多层、软板以及软硬结合板的产品结构，把当前电路板产业高端、高科技产品作为主力产品。

可以说，东莞五株的这一定位是蔡志浩站在国际视角、品牌角度下做出的正确判断，如若能够在这样的高起点顺利起跑，东莞五株在五洲集团的地位将不容小觑，更有可能再造一个五洲电路集团。

复产第三枪：检修设施大会战

但理想与现实之间总是有一定的差距。因为原东莞雅新电子主要生产的电路板产品是单层板，与东莞五株定位下的高多层板、软硬板的产品要求相差甚远。在拍卖之时乐观估计的价值几个亿的大批生产设备和设施，真正使用时才发现大部分都不适应更高层次的产品生产。同时，由丁东莞雅新在拍卖之前已经废置多年，根本没有进行该有的保管处理，不少设备和设施或已老化或已坏损，甚至一些产品设备的重要组成部分因为无人看管被人偷掉；要把这些适用的设备检修好都需要花费较大的人力和财力。在这种情况下，东莞五株根本没办法在短时间内正常投入使用，这也完全超出了蔡志浩和复产队伍预想的整改难度。

那么，就这样知难而退吗？

"不！"无论是蔡志浩抑或是五株的复产参战队伍，都给出了坚定而强烈的否定声。"做人负责，做事用心"的企业精神不允许他们半途而废。

在如此坚定的信念支撑下，蔡志浩紧锣密鼓地从梅州、深圳两个生产基地和多个工厂中抽调精兵强将，由蔡志浩亲任总组长，一同商讨制定东莞五株设备设施的检修和筹建计划。

在检修和筹建计划的指导下，东莞五株复产筹建小组充分发挥五株主人翁的精神，日夜奋战在与机器设备和基础设施的斗争中，目的就是让东莞五株尽快恢复生产。

首先，大家齐心协力认真地对电路板设备进行全面检修，清除完全不能投入使用的报废设施，发挥集体的聪明才智，改造一些经抢修或合理修改后能够重新循环使用的设施，对原东莞雅新保留的一些较为先进的设备进行技术升级和更新，努力减少复产设备投资。

其次，为了缩短筹建时间，对于厂房和宿舍内的各项设施，充分利用原东莞雅新的环保设施和供水、供电、制冷等基础设施，能够抢修补救的都采用最合理可靠的改造方案，避免因重新建造而费时费力。但是，对于实在无法修复的基础设施也绝不马虎，一概投入重建。

据当时初步统计，投入到东莞五株的资金达到6亿元之多，其中大部分用于复产过程中设备的购买和更新以及基础设施建设。

复产第四枪：精心进行生产布局

在短短的三个月内，蔡志浩和筹建小组成员经过紧张艰辛的劳作，在相关政府部门的帮助下，终于基本完成了东莞五株的第一期整改。2011年1月，蔡志浩开始了对原车间的调整和改造，遵循现代化工厂管理理念，重新对生产车间和设备设施进行布局。目前东莞五株只使用了原厂房、设备设施的70%，还有相当大的发展空间。蔡志浩也希望，若把剩下的30%产能都发挥出来，五株的产值将一年上一个新台阶。

几个月的检修、布局工作，五株人日夜奋战在复产工作的不同岗位。此次复产的总规划师蔡志浩，可以说是把近90%的精力都放在东莞五株身上，和大家并肩作战，为复产的早日到来废寝忘食地工作。

员工们回忆他们很难忘记的那些日子：在东莞五株我们能经常看到一个忙碌的身影——戴着安全头盔与员工们一起工作、一起吃盒饭，或拿着设计图纸做指导，或一个人站在厂房的某个角落静静地思考，或与复产小组成员在认真讨论。这个人就是他们尊敬的董事长蔡志浩。

复产第五枪：人员组合和试产

蔡志浩以身作则、奋战前线的身影如同员工们的强心剂，激励着五株员工。从各厂抽调的检修、布局人员经过上百个日日夜夜的奋战后，东莞五株各条生产线的设施设备已基本达到使用标准。由此，蔡志浩又开始了新一轮的"战役"：东莞五株全体工作人员的构成。

东莞五株作为五株科技的第三个生产基地，基于它特殊的战略地位，对于公司的构成人员也提出了较高的要求。首先，蔡志浩从梅州、深圳各厂抽调各个岗

东莞五株压合车间

位的精英组成东莞五株运作的基本人员；其次，东莞五株在社会上广泛招聘PCB行业的精英充实到队伍中，助推东莞五株走品牌化、国际化的道路。

一番紧锣密鼓的人员招聘和整合之后，东莞五株已有员工2000多人，完善了正常运作所必备的软硬件，可谓是"万事俱备，只欠东风"，这东风就是——订单！

尽管东莞五株的市场部已经率先开始了运作，但是市场客户还对尚未投产的东莞五株保持观望，订单很不理想。对此，蔡志浩并不气馁，他从另外两个生产基地拿来订单到东莞五株进行试产。

终于，东莞五株迎来了试产的日子！当产品设施设备、生产的各条流水线都显示一切正常的时候，东莞五株员工爆发出一阵开心而热烈的掌声！这是献给所有努力过的五株人的掌声，这是为东莞五株喝彩的掌声，这是为五株科技自豪的掌声。

复产第六枪：正式投产

东莞五株试产成功的消息传出后，订单量与日俱增。2011年4月29日，通过半年的不断完善和整改，五株人迎来了振奋人心的一天，在载歌载舞中拉开了东莞五株隆重开业庆典的帷幕，伴着蔡志浩"东莞五株正式投产"的大声宣告，东莞五株成功地打响了第一炮，实现当年投入、当年见效益，在PCB行业创造了又一个奇迹。

东莞五株打出的复产"六枪"，"枪枪"奏效，打开了顺利投产的大门，并于2012年7月以后飞速增长，五株科技股份真正实现了重组改制，成为集科研与生产（产品、设备）于一身的综合性大型PCB龙头企业。半年艰难困苦的复产之路终于胜利收官。

如今，踏入东莞市石碣镇的科技路，一眼就能望到"五株科技股份"显眼的企业标志。走进五株科技的大门，映入眼帘的是哗哗的五株喷泉，错落有致的水柱在阳光下闪耀，宽敞明亮的办公区、整洁漂亮的厂道绿树成荫，鸟语花香，功能各异的厂房井然有序地排列着，再看看五株员工们，个个都精神饱满地奋战在各自的岗位上……

朝气满满的五株人

怎一个"快"字了得

每一家成功的企业都有其独特的经营之道。五株得以发展壮大，面对客户的各种要求能够做到快速响应，赢得客户的信任，离不开董事长蔡志浩在管理上的战略部署，离不开五株各个部门之间的协同配合，更离不开好的商业合作伙伴。

快速响应事件回放

"咚咚咚……" 2010年10月31日下午4时许，五株采购中心办公室响起了一阵急促的敲门声，当时正在值班的采购部经理感到一阵疑惑，莫非公司又有什么十万火急的大事了，敲得这么急？抬头一看，来者是市场部的陈经理，心中的疑虑就更深了：今天可是星期六，按理说市场部不会在周末过来讨论对外采购的相关要求的啊，但看到陈经理一脸焦虑的神情，采购部经理一时没来得及细想。

开了门之后，只见陈经理火急火燎地说："刚才有位重要客户下了一张批量订单，材料必须使用广东生益科技股份有限公司的产品——阻燃型环氧玻璃布覆铜板（FR-4）。这次的规格要求很特殊，数量也比较大，对方要求一定要用FR-4 1.1mm H/H，黄料有水印含铜基板，订单量为500张。"

采购部经理一听，不禁也着急起来：据客户要求，需在下周五交第一批产品，而要准时交货的话，生益公司的这批材料最迟必须在11月2号到货。可问题是，按照生益公司的惯例，周六是不接单的，并且这批材料是特殊规格和要求的薄板料，两天时间让生益公司交货500张的可能性并不大。但是不打电话咨询的话，五株铁定不能准时交货。如此一来，不单是这个订单将被转给别家公司生产，而且还会影响五株与该客户的后续合作，影响到五株集团的声誉。

因此，尽管采购部经理心里觉得此次胜算不大，但看着陈经理焦急与渴望的神情，想到这笔订单的重要性，还是怀着试一试的心态打通了广东生益科技股份有限公司市场部林经理的电话。

"嘟……嘟……"电话尚未接通，两位经理一阵紧张，不知道林经理肯不肯帮忙，陈经理内心的忐忑更是难以用言语来形容。

"你好……"电话通了，不出所料，林经理告诉他们今天没有上班，在家休息。可让他们感动的是，当林经理在电话里听完五株两位经理的诚恳诉求后，非但没有推托，反倒耐心安慰坐立不安的两人，劝导他们不要着急，并承诺他会尽量协调安排，尽快帮五株解决材料问题……

"呼……"听到林经理愿意尽力帮忙，站在一旁倾听的陈经理暂时松了一口气，毕竟，没有被婉言拒绝就有一线希望，剩下的只能是耐心等待。终于，如坐针毡般待了半个小时后，林经理回电话说生益公司的生产部门知道这个情况后，已经安排员工明天（即周日）加班，11月2日下午便可以交货！

这是个多么令人兴奋的消息啊！陈经理闻言，紧锁的眉头也慢慢打开了。正在这时，一阵急促的脚步声从二楼向三楼传来，难道又有什么新情况？两位经理赶忙跑到门口一瞧，原来是业务员老李也在焦急地等待物料供应的消息。当听到生益公司已答应准时交货时，老李紧紧拉住采购部经理的手说："采购中心真是帮了我们的大忙了！你们是一支快速反应部队啊！谢谢，谢谢啊……"想想，如果没有采购中心的快速协调和衔接，五株极有可能失去一位信任自己的客户。

象征飞翔与创新的工厂雕塑

"环保门"事件之后

人在顺利的时候往往容易放松警觉，企业也不例外。伴随着全体五株人多年的努力，五株一路克难攻坚，稳健发展，一些暂时的危机最后也总能"化危为机"，安然度过，但发生在2010年冬的那场"环保门事件"，还是给五株上了一堂教训深刻的思想政治课。

当头一棒：环保新闻事件

2010年12月31日，五株下属企业梅州市志浩电子科技有限公司委托污水处理的第三方，因为运营不慎，污水处理过程出现疏忽，导致了大面积的污水排放，对环境造成了较大的威胁，遭到央视的曝光，引发了一场震动五株上下的"环保门"事件。

其实，梅州市志浩电子科技有限公司在建厂之初，一直对污水排放问题非常重视。未建厂房便先投入了800多万元建设日处理2000吨高标准设计的污水处理站，并于2008年年初委托有资质的第三方公司负责运营，以确保万无一失。

本以为，只要企业对环保设施投入足够大，把污水处理问题交给有资质的第三方运营便可万事大吉。可是，现实给五株上了一堂教训深刻的课，五株对第三方运营的监管过程出现疏忽，从而造成了此次严重的污水排放事件。

一石激起千层浪。"环保门"事件犹如一次强震，引起了社会对事件的强烈关注，董事长蔡志浩彻夜反思。事件发生后，梅州市政府高度重视，派了相关领导到现场调查询问。经过详细的调查和了解，明确五株与第三方运营公司各自的责任，并对责任方做了巨额的罚款。五株虽然不是事件的直接制造者，但也因为监管不善负有不可推卸的责任，同样受到了处罚，并被责令限期整改，由梅州市环保局负责验收。

"环保门"事件彻底唤醒了五株高层的危机意识，让企业的高层意识到：企业要健康发展，一定要有健全的法规体制，一定要重视环保的投入和管理。

痛定思痛：从跌倒之处爬起

"环保门"事件发生后，蔡志浩多次召开事件的分析检讨会，反躬自省查漏补缺，公司高层没有过多地抱怨和强调客观原因，痛定思痛之后，有了更多的批评与自我批评。这次环保事件就是最好的反面教材，企业环保设施重视投入固然重要，但环保运营的监督管理更加重要。特别是交由第三方运营的风险控制，是行业中许多企业都会碰到的问题，但五株应当引以为戒。最后集团形成统一的认识，呼吁大家从哪里跌倒就要从哪里爬起来，以"环保门"事件为契机，以"有则改之，无则加勉"的指导思想全面执行政府整改要求。

一是加强对第三方运营商的监督管理和沟通，进一步加强监管，明确责任，保证污水处理达标排放；二是工厂成立清洁生产专项小组，环保工作专人专职负责，从污水分质分类、中水循环使用、节水减排等工作责任到工序，强化对员工环保节水意识的培训；三是投入130多万元对环保设施进行升级改造，提高废水处理能力，对所有生产设备增加节水感应装置，对污水处理站环境进行重新规划改造；四是投资日处理1000m³的中水回用系统；五是在产生污水工序，推行使用环保新设备、新技术、新物料，减少COD及重金属等污染物的使用和排放。

至此，梅州市志浩电子科技有限公司环保提升工作完成，废水处理完全按照国家标准达标排放，整改项目得到梅州市政府和相关部门的认可，通过了梅州市环保局的全面验收。经过这次环保项目的整改，五株企业的环保管理水平有了全面的提升，做到了从哪里跌倒就从哪里爬起来。

俗话说有失必有得。"环保门"事件风暴平息之后，蔡志浩经常在思考一个问题：企业的最终目的不是为了赚多少经济效益，而是看这个企业创造了多少社会效益，承担了多少社会责任，履行了多少社会义务。

年终的"检讨大会"

管理层分析会

无论是政府部门还是企事业单位,年终总结大会是跨年必不可少的环节。规定动作的主题一般不外乎年终总结、表彰先进、派发奖金,但五株2011年召开的年终总结大会却开得有点特别,或者说别出心裁。特别在哪里?

是因为那一年的年终,五洲电路集团郑重其事地召开了一场"年终检讨大会"。

喜忧参半的年终

时间迈着一如既往的步伐喜气洋洋地走向2012年的春节,家家户户开始紧锣密鼓地采购、置办年货。企业员工也在内心期盼着新春快点降临,因为年终,该是老板给他们发工资奖金的时候了。

可是在五株,有细心的员工发现,今年年终大会的会场有点神秘。

尽管员工们还在努力完成全年工作的最后任务,为即将来临的春节长假而忙碌,但是今年与他们的意愿相比,还是有点喜忧参半。

年终大会的召开跟往年的时间差不多。但2011年的年终总结大会,在大伙诧异的眼神下,已经变成了"年终检讨大会"。

蔡志浩首先在年终检讨大会上面对所有参会代表做了批评与自我批评,对集团存在的问题做了深刻的剖析。他认为，2011年五洲在市场开发和品牌影响力方面喜忧参半，一方面订单相对充足，另一方面工厂品质全面下降，影响了整体效益，产生有市场、有订单却没有效益的状况。面对这样令人痛心、劳而无功的结果，全场鸦雀无声，与会的集团公司管理层都脸色凝重地低下了头。

蔡志浩顿了顿继续说："这样的结果，在座身为集团公司各级管理人员，特别是总经理、厂长、经理和主管，必须对这样的结果承担一定的责任，必须认真反思！我们究竟哪里出了问题？我们在哪些地方有失误？有失策？有失职？我们首先要自我检讨，如何面对，如何改善，我们还行吗？我们还有激情吗？我们还有价值吗？我们能否从中吸取教训、能否反思、能否正视我们自己的缺点和问题？这是关系到集团日后发展的关键，也是我们这次年终总结的核心议题。这次会议我们为改善而来，好的不用多讲，只把影响公司发展的关键问题摆出来，将公司的病灶挖出来，治疗好，改善好，只有这样，五洲才有希望！"

董事长一连串的反问说得众人把头压得更低了，但其诚恳的讲话，更引起了大家的反思和检讨。

接着，熟读古书的蔡志浩给大家讲了一个发人深省的故事。我国古代有一位名医扁鹊，他的医术非常精湛，但是有一天，魏文王问他说："你们家兄弟三人，都精于医术，到底哪一位最好呢？"扁鹊答："长兄最好，中兄次之，我最差。"文王再问："那么为什么你最出名呢？"扁鹊答："长兄治病，是治病于病情发作之前。由于一般人不知道他事先能铲除病因，所以他的名气无法传出去。中兄治病，是治病于病情初起时。一般人以为他只能治轻微的小病，所以他的名气只及本乡里。而我是治病于病情严重之时。一般人都看到我在经脉上穿针管放血、在皮肤上敷药等大手术，所以以为我的医术高明，名气因此响遍全国。"从这个故事我们可以看到，扁鹊的两个哥哥，一个是防患于未然，一个是把病根扼杀在萌芽状态，扁鹊只是事后控制，所以他会说大哥的医术最好、二哥次之。从管理的角度上来说也一样，只有把公司的问题及时扼杀在萌芽状态，把存在问题及时在公司内部消化掉，才能避免问题大了而引发重大损失，若到了最后再寻求弥补，往往已经病入膏肓，于事无补了。

挖病灶，开药方

听完蔡志浩的讲话，大家开始针对本部门在一年内出现的漏洞和问题进行热烈讨论，谈了不少真知灼见，别出心裁地把年终总结大会变成年终检讨大会，五洲的年终会场也由沉寂变得热闹起来，不少主管以上员工积极主动自我检讨，主动承担责任，主动自我反省，找出了问题的关键点。"挖病灶，开药方"成了此次会议的议题。

后来综合各项报表的结果，经过归纳分析，此次问题的根源也渐渐浮出了水面。

首先是管理成本、品质成本、人力资源成本，三大成本严重困扰公司各工厂业绩。管理成本方面，管理人员臃肿和官僚、不作为，许多部门实际上是员工在做事，干部在办公室遥控指挥，甚至乱指挥，根本没有到问题点静下心来花时间认真寻找解决的途径，造成效率低、成本重。品质成本高主要是因为公司的产品合格率比起同行偏低，导致品质成本升高，大幅增加了公司的物料成本、返工成本、客诉成本、索赔成本。人力资源成本已经导致公司与去年同期业绩相比大幅提升，特别是加班工资，已经导致工厂难以承受。

由于没有合理规划和有效组织，"冗官"、次品返工、人员编制不当这三大成本的增加，增加了企业的负担，最好的方法就是在管理方面让部门相关人员与一线班组的效率挂钩，一旦出现异常，相关责任人必须到现场跟进解决。在品质方面，尽快建立品质追溯到个人、问题跟进到关闭，各工站工艺技术能力尽快提高到行业同等水平，减少在线返工、报废是当务之急。而人力资源方面则需要压缩人员编制、控制加班，这已经成为工厂是否能盈利的关键。

其次是集团职能部门没有实现系统化运作。有些部门还停留在以自我为中心，监管多于服务，协调不力，运作不规范，没有工作细化项目和考核项目，没有考核标准，导致做好没做好纯粹凭感觉。

为此，只有将工作细化，各部门之间加强联系，明确各部门的职责和任务，设立考核的标准，用事实和数据说话才是有分量的。因此，当务之急必须尽快建立人力资源、行政办、营运办、仓库、市场管理部的工作职责、工作项目、工作实效等，用量化和考核的方式把工作细分到位。

最后是市场营销人员良莠不齐。随着集团公司各工厂产能提升、档次提升，集团公司的客户结构也发生了重大变化，基本上都是中大型企业，管理人员的素质要求也比较高。许多客户信息没有专门收集和消化、跟进。客户需求和心理期待与公司高层、与工厂配合出现偏差，导致客户的不必要流失，这是一个不可小视的危机警讯。

找到问题的根源是改善的前提，只有对症下药，才会药到病除。这三大问题的症结，就是2011年公司业绩喜忧参半原因的梗概，也是年终检讨大会的一大"收获"！因为找到了病灶，也就好开药方了。

立下"军令状"

"军令状"原为戏曲和旧小说中所说接受军令后写的保证书，表示如不能完成任务，愿依军法受惩。顾名思义，"军令状"的目的是为了加强指挥官的责任感，确保战斗的胜利。立军令状，贵在自我加压，不留后路。为了提升团队的执行力和战斗力，蔡志浩通过高层管理会议，决定效仿签"军令状"的方式，要求各区域各工厂以总经理、厂长为核心的团队，必须尽快优化调整，确立攻关目标。除此以外，集团各职能部门也应进行工作项目细化和目标军令状制，争取打个漂亮的"企业经营战"。

在签军令状之前，集团鼓励每个团队先进行讨论，对自己工厂的设备产能、客户结构、市场定位、业务拓展等情况进行综合分析，找准切入点。要求工厂负责人首先千万别乱拍胸脯，说了做不到；第二，也不能过于保守和浪费公司的资源，将目标定位得太低、脱离工厂实际产能和工厂应有的投资价值；第三，针对自己工厂特点和市场定位，必须尽快招兵买马，针对自己的弱项进行强化，对关键人才进行培训和引进，为实现集团公司的战略目标出谋划策、用心用力。集团各职能部门则需尽快建立本部门的工作项目、工作流程和架构，使本部门运作有条有理，有协调服务、有数据分析、有监管核查、有培训帮助、有奖励处罚，在集团整体中发挥应有的价值。

事实强有力地证明，一纸"军令状"，无疑让公司的管理者和员工有了更大的约束力、更强的责任意识。

有时，不给自己留后路，就是最好的出路。

工厂曝光房车间

一篇"救命"文章

2010年，东莞五株电子科技有限公司成立，进入全面的复产工作。自此以后，蔡志浩几乎将所有心思都花在对东莞五株这个新的生产基地的管理完善中，高多层、HDI硬板、FPC软板也都顺利投产。但与此同时，他却不自觉中疏忽了对梅州、深圳两个生产基地的生产管理，带来的后果是造成产品质量问题频发，引起了不少高端客户的接连投诉，一度军心大乱。

经历了2009年质量改革风潮后的五株，质量投诉问题仍没有得到根本控制，一次又一次的产品质量问题，就像大自然中一次又一次翻涌而来的小洪流，终有一日会汇聚成为大洪流冲破防护大堤坝，酿成企业大祸。

2011年下半年产品质量危机的最终爆发，是让蔡志浩措手不及的。在这期间，五株的几个重要客户接连投诉产品的质量问题。这可不是小事，大客户对五洲的重要性不言自明，现在大客户的频频投诉，暴露出五株的生产和品质管理环节已经开始亮红灯了。因此，蔡志浩一想到由于自己的疏忽失察，差点造成大灾难，不由得手心冒汗，心里打了个哆嗦。他知道，企业的发展又"卡壳"了。

2012年春节，就在这万家团圆的节日里，蔡志浩显得心事重重。他在苦苦思考破解"卡壳"问题的出路。为了解决五洲梅州、深圳厂有产量而没有质量，有订单而没有效益的不正常状况，蔡志浩和往年不一样，减少了应酬，通过几天的思索，决定先召开一个管理沙龙会议。

春节后的2月25日和26日，蔡志浩在东莞五株举行了部分中高层管理人员共计80多人参加的推动落实"精兵简政、多岗多能、细化考核、量化到人"管理沙龙（会议），各分公司工厂的主要部门经理、正副厂长、总经理及市场副总等48人分别发言；蔡志浩做了点评和总结讲话。会议过程中，与会者都感受到了企业面临着外部市场疲软和内部品质、成本管控的双重压力；因此，虽然是管理沙龙（会议），但会场气氛却显得凝重。发言的管理干部大部分能结合部门实际，按照要求，对照寻找差距、制定改善措施和完成目标。

会后，蔡志浩觉得应该把会议的内容写成一篇经验文章，于是，很久没有亲自动笔的他写了一篇题为《精兵简政、多岗多能、细化考核、量化到人》的文章，并于3月1日正式印发给广大员工，希望文章能够对自己和全体员工起到激励作用。蔡志浩观察员工的反应，但让人遗憾的是，这一篇文章并没有起到很好的改进成效，企业品质继续走着滑坡路。

如何才能解救五株于水深火热当中呢？蔡志浩失眠了。就在这个企业发展迫在眉睫的时刻，蔡志浩痛定思痛，再次提笔，将连日来苦思冥想的成果以白纸黑字的形式一吐为快，一蹴而就写下了第二篇文章——《标准化运作，关注项考核》。

蔡志浩认为还是要将自己的想法和对员工的要求规范成文，才能够让员工明确"我要做什么，我该如何做好"。与上一篇文章不同的是，这篇文章起了"救命"作用。

这究竟是一篇怎么样的文章，能起到救命的作用？

《标准化运作，关注项考核》这篇文章虽短小却精悍。首先，蔡志浩提出并详细分析了产品质量问题产生的原因。他认为许多品质不良的返工产品，其实都是生产线某一台设备参数不精准，某一个员工操作不当或某些工具非标准化所造成。接着，他便针对这两方面的缺漏，提出了两条新规则，即"标准化运作""关注项考核"。

所谓"标准化运作"，就是针对工厂每一个工站、每一个班组、每一位员工、每一个岗位、每一台设备、每一个时段进行合格标准和运行参数确定。也就是说每一个员工都要清楚自己的工作是什么，怎么操作生产工具才能达到标准，只有一切程序都按照标准化运行，才能真正提高产品合格率。此外，员工还需要确定各类设备是否保养好，自己的操作过程是否精确无误。比如，对曝光机光能量范围、台面无尘、菲林型号、曝光时间、每小时过板等系列问题的精准确认；对蚀刻机则要清楚喷嘴是否全部畅通，压力、药水浓度温度是否正常，传动速度是否适当，蚀刻效果是否最佳等；磨板机的磨刷磨痕是否适当，油墨调开油水是否合适，是否经常一小时以上地搅拌；显影机中显影药水是否有效，显影速度、温度是否合适，显影效果是否有确认……正是让每个员工都明确了自己的生产任务，并且清清楚楚地按规范标准操作生产工具，才能切实有效地提升企业产品合格率。

而"关注项考核"则是对各产品生产者进行追根溯源，运用产品代码的形式，轻而易举地就能找出不合格产品的生产者。这样一来，每一件产品哪里出了问题，就可以找到制造它的员工，就是这件产品到了客户手中，客户通过产品代码也可以知道是谁的错。这种产品与生产者挂钩的制度，无形中使员工提高了警惕性，责任心得到大大提高。而"关注项考核"中这个"项"指对每个员工指定考核的项目，规定了员工考核指标，考核员工是否达到生产指标，没达到指标，就是没有完成任务，就没有奖金。这样，便促使员工认真工作，争取达标。指标性考核的内容繁多，主要是根据员工生产内容而定。比如，钻孔要考核到是谁生产的，孔数、产值为多少；电镀则考核平方米的铜消耗量、电镀均镀性、小时过板量；内层、次外层考核AOI直通率、开断路合格率；字符、绿油考核返工率，锣房考核行程和品质；FQ考核抽查合格率，小时过板量。

通过这种关注项目的考核，让每个工站、每个岗位、每个员工都清楚自己所负责的设备、工艺、品质等标准化参数以及每人每小时过板数，使每个员工，特别是操作工、品质和工艺技术员、设备保全工都对自己的生产项目负责，保证了工作质量和效果。

要让员工切实关注自己的考核项目和指标，工厂的品质和效率才能大幅度提升。那么，如何使员工对这两项新规则"重视"起来呢？蔡志浩动了一番脑筋，推出关注项目考核奖罚制度，实施"福利考核政策"，既不违反原有政策又起到激励作用。

蔡志浩提出一个看似通俗却很实用的口号："老板很大方，做好工作，老板请吃饭；老板很小气，没做好工作，老板不请吃饭。"就是这简单易懂的奖惩口号让员工对关注项考核着实"重视"起来。

因为大家都知道，五株所有的员工伙食费住宿费全免，但除此之外，每个员工每个月还有300元的伙食补助费。《标准化运作，关注项考核》这篇救命文章出台以后，员工是否能按照标准化操作，产品质量是否达标便决定了这300元的去留。有了这个"福利考核政策"，员工们变了个样，不再是老板要求干的才干，不要求干的就不干，而是根据考核的项目认真完成指标。毕竟，民以食为天，有哪个员工不想老板请吃饭呢！

一篇文章，使得五株产品报废率由原来的5%降低到2%以下，直通率、合格率大幅度提升，标准化运行成为常态，工厂再次步入平稳发展阶段。这能不说它是"救命文章"吗？

管理十六字方针

2020年的初夏，新冠肺炎疫情在国内已逐步趋稳向好，经济复苏正呈现新的生机，在江西志浩董事长的私人接待室里，他向记者讲述了他认为自己创业以来，根据五株实际，总结出来的最让自己满意的"管理十六字方针"。当时记者很好奇，连忙问是哪16个字，董事长脱口而出：培训立德，检查立威，考核立镜，奖惩扬鞭。虽然这16字管理方针董事长并没有字字都给记者解释，但是透过这16个字，记者还是能够强烈地感受到董事长的管理思想的光芒，他的管理经验深刻融合到中国博大精深的国学文化之中，通过他几十年的工作实践，在问题中发现问题解决问题，在管理中逐渐形成一套他的"蔡氏管理思想"。

据记者了解，蔡志浩董事长不仅口才好，给管理层的开会几乎都是脱稿，而且他是一个很善于总结管理经验的人，虽然每天工作事务非常多，但他总会在百忙之中挤出时间亲自撰写管理经验文章，通过企业的报纸、多媒体和企业内部电视台传达到每一位员工。更让行内人士赞叹的是他还在2018年出版了他的管理经验文集《激情无限，潜能无限》，书中收录了他近年来撰写的数十篇重要的管理经验文章，这本书也被五株的高管们称为线路板行业的教科书，具有非常好的指导性和实操性。面对"管理十六字方针"的提出，记者认为，它不是偶然的。作为一个线路板行业的掌门人，他一刻也没有停止过思考和总结。结合他的创业历程，我们不难看出，五株发展壮大的过程，其实也是蔡志浩一次次超越自己的过程，而他的管理思想和管理格局以及他的管理战略，也随着其企业的发展壮大而得以更完美地沉淀和呈现。他在人生的60岁，从年龄上说已属花甲之年，但是他一点都不老。对于内心从未停止过奋斗的蔡志浩来说，他的梦想正在把五株推向一个空前的发展高度：斥资30亿元打造江西志浩，打造线路板行业的百亿航母，成就国内最大的线路板产业园，成功实现IPO的上市伟业。

回到前面所讲的"管理十六字方针"，就不难得出一个结论，这代表着真知灼见的管理思想，其实是蔡志浩董事长管理艺术的臻美体现。

培训立德。晋朝的思想家傅玄曾有一句名言："立德之本，莫尚乎正心，心正则后身正。"毕竟人的成长过程，其实就是不断学习不断接受教育的过程，也是一个在学习和培训中不断自我完善的过程。蔡志浩深谙这个道理，对于进来的员工，他为他们提供了良好的学习和培训机会，让他们了解五洲历史，了解五洲文化，了解自己的岗位职责，而这个过程就是立德的过程。如果一个人有才华而德行欠缺，那么他就不是一个真正的人才，即使一些下课再经过培训重新上岗的管理层，他们在重新的学习过程中会重新正视自己，反躬自省，让自己在企业的德行率先垂范，摆正心态，心正身正。同样，明朝思想家王夫之也有关于"立德"方面的名句："好学，力行，知耻，皆秉此以为德。"这句话明确地启迪我们，一个人的德行和修为是通过学习，然后通过身体力行的实践，再有就是要常怀反躬自省之心、荣辱知耻之心，具备这些就可以说是一个"立德"之人。"培训立德"的含义与王夫之的立德名句堪称异曲同工。员工通过培训再培训，通过学习再学习，在获得技能的同时，思想和品德得到提升，磨刀不误砍柴工，这是员工在五株从业的第一要务，蔡志浩董事长把培训立德摆在首要位置，可见他对立德的重视。试想，心正身正且有德行的团队，在工作中所爆发出来的能量、所创造的价值会带给企业怎样的惊喜和奇迹？！

检查立威。俗话说，公生明，廉生威。这句话的本意是用在为官一任上，对于企业一样可以借用。大家都知道线路板有几十道生产工艺，每一道工艺都环环相扣，不允许出现丝毫差错，任何的差错，就会造成线路板的报废、延误交期，给客户带来损失，失去客户的信任，甚至丢掉市场。如果每一位管理人员能够在自己管理的范围内恪尽职守，检查有可能出现疏忽的地方，杜绝问题的产生，把生产的效能提上去，完成工厂下达的任务，管理者的威望无形中就树立起来了。

考核立镜。为什么说是考核立镜？我们每个人都知道镜子的作用。在生产过程中考核是重要的一环，是检验学习和培训效果的一个体现，这个时候镜子的作用就展示出来了。每一个管理人员都可以把考核当作一面"镜子"，在自己的管理范围内看是否把董事长的管理理念、管理思想、管理方法贯彻到位落实到位，也可以用镜子照一照自己的言行，照一照自己的担当，把自己身上的美展示出来，也可以通过镜子把自己不足的一面暴露出来，所谓正衣冠照镜子，以此来促进方法的改进，推动工作的进程，实现工作的突破。考核只是一个手段，但镜子却可以高悬于心，让每一位五株的管理人员时时刻刻都做到心明如镜。

奖惩扬鞭。在这句管理金句中，体现了五株科技一贯的激励机制，对于敬业的员工、有创造力的员工、贡献大的员工，蔡志浩董事长从来都是宠爱有加，不仅给他们提供良好的福利待遇和发展平台，而且让他们找到事业的归属感荣誉感。五株的数百位管理层人员，几乎都是跟随蔡志浩董事长十几年甚至20年，与五株一同成长。他们的贡献也得到了五株的肯定，在行业内的名气也得到褒扬，获得了一定的江湖地位。相反，一些在岗位中玩忽职守给企业带来伤害和损失的员工，轻者则下课反省，给予鞭策给予警示，重者则直接丢掉饭碗并追究其责任。在一些五株高管的描述中，蔡志浩董事长对于五株的激励机制有非常独特的一套，就是奖也奖得重，惩也惩得重，可谓赏罚分明，功过分明。

蔡志浩董事长这16个字的管理思想，堪称线路板行业的管理金句，字字珠玑，不仅透射出国学文化的思想光芒，而且是长期管理工作的独特心经。说白了，如果每一位五株的管理人员，甚至其他行业的管理人员能够念好这个管理经，那么企业在高速发展中就是一种自动驾驶模式，一切都处在良性的运行之中。

第四章

喜欢看《动物世界》的老板

"在非洲一望无际的草原上,有两种动物,羚羊和猎豹。当曙光刚刚划破夜空,羚羊就会从睡梦中猛然惊醒,它想到的第一个问题就是必须跑得更快,否则就会被猎豹吃掉。与此同时,猎豹也从睡梦中醒来,首先在脑海里闪现的第一个念头就是必须跑得更快才能追上更多的羚羊,否则就会被饿死。"这是动物世界的生存之道,看似残酷,但却真实,这种弱肉强食的法则在人类社会同样存在,对于企业在市场竞争中的生存发展亦如此。

业余爱好可以折射一个人的个性,而拥有不同爱好的企业家,会把其中蕴含的哲理融合到企业经营或者自我修行之中,这样,通过自己的爱好来升华自己,丰富经营等诸多方面的思路。跟其他成功企业家的业余爱好不同的是,驰骋商海、整日忙碌的蔡志浩,他的业余爱好让人意外——他喜欢看央视的王牌节目《动物世界》。他觉得,通过看《动物世界》,能启发并得到"个人和企业如何在市场竞争中定位自己"的关键要素。在他看来,动物世界的生存之道就是人类最直接、最本位的生存方式,所谓"物竞天择,适者生存",对于企业的生存发展同样适用。

生存之道：竞争

　　动物世界中，竞争无处不在。动物与动物之间弱肉强食，生命朝不保夕，同类之间为食物、为配偶相互厮杀，逐出族群，胜者为王、败者为寇，虎狼争吃、蛇蝎横行，这些都是血淋淋的场面，每一天都上演着赤裸裸的杀与被杀的"惨剧"。不论在北极的严寒之中还是在沙漠的酷热之上，许许多多知名或不知名的生物、生命，都在这种艰难险恶的环境中生活、生存，正是因为这样残酷的竞争，所有的物种都在有序地进化，一年又一年，一代又一代，其中也包括人类自身。

　　个人、企业的发展中，竞争同样无处不在。只不过人类的竞争更加文明而已。而在蔡志浩看来，一个逃避竞争的人，肯定会被社会所淘汰；一个没有核心竞争力的企业，也很快会被市场淘汰。希腊的船业大亨欧纳西斯就曾经说过，要想成功，你需要朋友；要想非常成功，你需要的是比你更强大的对手！毋庸置疑，蔡志浩是一个不惧竞争的人，无论是成长道路上还是在五洲的发展道路上，他都有着强烈的竞争意识。他要求市场人员应具备"狼性"，以灵敏的市场嗅觉、迅速的行动、果断的决策、周到的服务，来满足客户的需要。有竞争才能激发动力、增强活力，促使企业不敢有稍许懈怠，始终保持进步的姿态。

发展之道：速度

　　动物世界里，一头狮子以迅雷不及掩耳之势，扑向一头羸弱的羚羊；一只盘旋高空的老鹰，闪电般抓起一只可怜的野兔……没错，这就是动物之间的残忍杀戮。在这一场场博弈之间起决定作用的是速度。想要获得美味的食物，必须分析猎物的"弱、小、病、残"，并在追捕对象还没完全反应过来之前冲过来迅速捕获它。

　　动物捕猎的速度其实就是企业对市场的嗅觉，反应敏捷，才能抓住机遇，而五株发展正印证了这一点。蔡志浩在创业之初，就"嗅出"这是发展电路板的大好时机，详细分析了电路板发展动向之后，他果断采取措施，进军电路板行业，从单面板起家，转而进军双面板和多面板，直至紧随社会发展之需，又果断涉入

HDI手机板，在电路板行业成了一匹"黑马"，有如狮子捕猎的速度在中国电路板行业占据了百强之位；刚步入新时代，国家开始重视新基建行业的时候，蔡志浩又拿出敢为天下先的勇气和速度，挥师江西实现战略大转移，在江西龙南打造线路板行业的百亿航母，令业界惊叹。很多时候，市场的机会就像草原上的猎物，稍纵即逝，速度快人一步你就是猎手，慢人一等你可能就是猎物。瞬息之间就可能黑白颠倒，满盘皆输，蔡志浩深知这一点。五株在发展中的许多惊人之举都是他对市场的良好嗅觉，为五株的发展找寻到最合适的切入点，并且紧紧把握住了机会。他是勇者，更是智者。

壮大之道：力量

动物世界里，狮子之所以能捕获羚羊，是因为狮子有足够的力量，而狮子的力量来源于学习。狮子从小就通过游戏、捕猎的观摩，一次次失败的体验，尝试让自己成长，激发自身的捕猎本能和基因，最后成为动物界的捕猎高手。

力量的法则告诉我们，企业要想生存乃至壮大，必须让自己变得强大，而强大的秘诀就是学习、创新，让自己始终强于竞争对手。蔡志浩在成长之路上通过不断增强自己的知识和技能，使自己变得更加强大，而在五株创立之后，如何更有力量面对残酷的竞争，更是他经常思考的问题。蔡志浩曾经说过，"订单是一个企业生存和发展的灵魂和龙头"，没有订单就没有生存，可是即使有再多的订单，倘若企业没有足够的实力去应对，一切皆是空话。因此在五株发展过程中，不断提高科技实力和研发水平是五株的"强企"手段。他深知科技是第一生产力的真谛所在。公司为提高市场接单能力、拓展市场空间，投入巨资组建了强大的研发中心，并重金聘请科技人才提升产品的科技含量，这招使得五洲电路板始终保持在行业领先水平。而且，生产作业流程、方法、细节等都有一套严格的质量管理制度，大幅度提高了工厂的快速响应度；此外，五株还与主力客户建立了工艺技术交流平台，同高端客户一起提升电路板制造技术。完备的员工招聘、培训和功能强大的自主研发的企业运营系统，以及遍布海内外的营销网络等，都让五洲集团有足够的力量在残酷的竞争中得以生存，即使在2008年金融风暴"严冬"中，也能扎稳脚跟不被吹倒，并在逆势中得以锻炼和壮大。

崛起之道：团队

　　动物世界里，有一种让所有动物都生畏的动物，那就是狼。狼一般不会单独捕捉体型比它大的动物，狼最优秀的素质就体现在它的团队协作精神。寻找食物时，当一只狼发现目标时，它不会去做寡不敌众的无用功，而是会第一时间向狼群发出信号，狼群听到信号后，一呼百应，一时间从四面八方赶来的狼群，在短时间就能形成一个战斗集体，少则几十只，多则几百上千只，集体向目标猎物发起攻击。当头狼认为时机成熟，攻击信号发出，所有狼会奋不顾身一起扑向猎物，直到把猎物变成白骨一堆；但是当猎物足够强大时，狼群也会狂啸后集体而退，无一伤亡，给对手以足够的震慑。

　　同样的道理，在一个发展良好的企业，没有成功的个人，只有成功的团队。蔡志浩很清楚这一点。他认为，团队的目标，就是要创造出比单个人所能创造出的总和更多的价值。任何一个企业的成功，都依赖所有员工的成功，只有把企业所有员工的力量汇成一根绳子，才能发挥出团队的最大能量。

　　竞争、速度、力量、合作，这是动物世界的生存法则，也是五株一次次走向成功的密码。

寿宴情景

大孝子送给父亲的礼物

时间：公元2012年6月30日上午

地点：梅州客都大酒店一楼宴会大厅

人物：蔡天宏所有的亲朋好友

事件：蔡府天宏先生八十大寿庆典喜宴

"莲沼鸳鸯歌福禄，椿庭鹤鹿祝年龄。"这一天，在客都大酒店的宴会大厅，张灯结彩，喜气洋洋，80台铺满大红喜布的生日宴席一列列整齐排开，主席台红色的地毯格外醒目，鲜花映照着嘉宾们脸上的笑容，硕大的背板标语"蔡府天宏先生八十大寿庆典喜宴"告诉大家今天非同寻常的主题。

一位历经几十年风霜雨雪的老人，在自己耄耋之年的生日能拥有如此隆重如此温馨的场面，相信任何一位父亲都会感到无比幸福。蔡天宏老人，他等来了这幸福的一天。

这一天，离宴会开始还有一个小时，蔡志浩夫妇和儿子以及亲戚亲自做迎宾，他们以一种最虔诚的方式表达了作为晚辈的最大孝心。蔡天宏以前梅县造纸厂的老同事来了，梅江区科委的老友来了，被卖掉的几个妹妹都来了，梅县白渡镇的父老乡亲来了，松口娘家的亲戚来了，五里亭时五洲电路板厂一起打江山的员工来了，蔡氏宗亲联谊会的宗亲代表来了……他们带着祝福，带着微笑步入宴会大厅，整个宴会厅喜气洋洋，欢歌笑语一片。面对此情此景，与其说是蔡天宏老人的生日宴会，不如说是蔡天宏与久未谋面的亲朋好友的重逢盛会。

这不是一场普通的宴会，而是老父亲重温过去、回忆过去的精神宴会，是满溢着子女孝心的亲情宴会。

这天，作为大寿星的蔡天宏与妻子曾英招身穿具有传统风格的大红色唐装上衣，精神矍铄地坐在宴会厅的中央，老两口脸上挂着开心和幸福的微笑，面对盛大的场景，看得出他们的内心很不平静。宴会厅里受邀而来的梅县造纸厂共事的退休老员工、梅江区科委的退休老领导，这一群人基本都是白发斑斑的老人了，不少已经是20年未曾谋面，此番的相见大家都感触颇深，纷纷回忆着过去共事时的难忘情景。而让蔡天宏老人最为感动的是，蔡志浩找到了老人当年为救母亲被无奈卖掉的命运多舛的妹妹勤凤的女儿，她代表母亲一家专门从武汉赶来，离散多年的亲人在此重聚，一直就对妹妹心怀愧疚的老人见到外甥女已经长大成人，感到非常欣慰，其他当年被卖掉的妹妹们相聚一堂，有说不完的话叙不完的情。贤孝的儿孙们一一上前拜寿，送上最真诚的祝福，让两位老人乐得合不拢嘴。

在欢呼声中，虽已八十高龄但依旧神采奕奕的蔡天宏老人发表自己的生日致辞，没有准备讲稿的他，也许有感而发，也许难掩内心之情，他的讲话其实是人生历程的分享，是五株创业史的记载。他动情地说："今天我能过这般隆重的生日盛宴，我做梦也没有想到！我还小时父母流离失所，过着逃荒和乞讨的生活，连命都难保……今天，800位亲朋好友都来为我祝寿，我十分感动和激动……志浩这孩子我没有想到他能这么争气，把五株事业从一个猪圈和旧粮仓改建的小厂发展成为今天全国电路板行业的知名的大型品牌企业……我没有想到，我真的没有想到！……"

老人的讲述引起了在场很多人的共鸣。有些是亲历者，有些是知情者，他们和老人共同回忆那些已经过去却又未能淡忘的事。老人有太多的回忆，回想起了当年的艰辛与磨难。其实，人生最美好的事，莫过于时光流过之后，你珍爱的旧人、旧物甚至旧时的感觉都还在。抬头看着宴会厅中那些久违的面孔，老人的思绪泉涌，30分钟是老人对自己过去80年人生风雨历程的深情回望……

听着老人的讲述，有位老村民不禁感叹说："天宏小时候真的相当不容易，白渡深坑本就是个贫困村，他家里9个孩子，作为长子的他，经历也十分坎坷，但生活再艰辛他也没放弃学习。当年他还是我们村里少有的响当当的大学生呢，后来却被误打成'右派'遭遇种种不公，现在总算是苦尽甘来，子女个个都那么有出息。特别是志浩这么争气又这么孝顺，今天这个生日宴会我们好羡慕啊。"

宴会在欢快喜庆的旋律中拉开了帷幕。宴会演出的节目中有专门为老寿星创作的山歌五句板，山歌唱出了老寿星童年的艰辛，求学的艰难，协助儿子创业的艰苦，让在场的老寿星边听边轻轻点头。一群天真烂漫的小朋友带着对寿星爷爷的祝福，舞动着欢快的身影，看得老寿星笑眯眯的……整场宴会欢声笑语不断，其乐融融，让人难忘。更为喜庆的场面出现了，蔡天宏夫妇的儿女和自己的爱人一齐来到舞台中央，向他们最尊敬的父亲呈上寿桃，送上祝寿词，同时不忘给最慈祥的母亲献上鲜花，感谢母亲的养育之恩；随后晚辈们也纷纷走上舞台，为爷爷奶奶送上最贴心的祝福。

此情此景，羡煞旁人。

巧合的是，2010年6月30日，广东省把这一天设为"扶贫济困日"，而这一天恰好是蔡天宏老人的生日。而从那年的生日过后，蔡天宏老人便把子女给他的生日礼金3万元捐给了梅州市红十字会。同时，蔡天宏老人不仅自己身体力行，还带动自己的子女、身边的人一起积极参与公益事业。在他的带动下，子女也拿出了4万元，妻子拿出了1万元，连家里的保姆都深受感动，主动捐出100元，为弱者送去帮助。2011年生日那天，蔡天宏老人与妻子曾英招一起来到梅州市红十字会，将儿子给的生日礼金和自己的积蓄共7万元，捐献出来，扶贫助困，为慈善事业贡献自己的绵薄之力。老人的义举让红十字会的工作人员深受感动。

儿女对老父亲的举动也深表理解和支持。对此，深感欣慰的蔡天宏老人说："以前生活苦没有这个能力帮助别人，现在生活好了，以后每年生日，我都会动员全家捐款，用自己的一份力去帮助有困难的人，我觉得这是一件很开心的事。"这几年来，蔡天宏老人省吃俭用，充分发挥客家人勤俭、乐于助人的美德，扶贫助学，以个人名义热心捐助公益事业的善款达数十万元。平时，蔡天宏老人也总

寿宴来张全家福

是教育子女说，生日不用办什么华丽的宴会，拿出钱来支持公益事业，就是给父亲最好的生日礼物，这样的生日才是更有意义的。但是，2012年的生日盛宴，却办到了蔡天宏老人的心坎里，让老人感动至极。的确，这不是一个简单的生日宴会，很多参加宴会的宾客都说，这是他们见过的最为隆重的为老人祝寿的盛典了。

这场80席的生日盛宴，凝聚着儿女们对父亲深深的敬意，更承载着蔡志浩对父母养育之恩的浓浓谢意。父爱如山，作为三兄弟中唯一一个没有念过大学的蔡志浩来说，他觉得有今日的成就，除了自己的努力外，更离不开父亲对自己的教导、支持与帮助。这是他特意送给父亲的"生日惊喜"。

值得一提的是，在蔡志浩的支持下，2012年又完成了老父亲蔡天宏多年未了的一个心愿。那就是蔡天宏一直想重修父母年久失修的墓地，无奈由于多方原因一直未能如愿。年初，事情被蔡志浩提上议事日程，由他出资修缮祖坟，经过数月的奔忙，2012年10月，经过重新修缮的祖坟焕然一新，并在梅县白渡祖居举行了圆坟仪式。倍感欣慰的蔡天宏热泪盈眶，激动地写下了一副长联贴在祖居表达自己的心情，儿孙都不由自主地跟着他诵读起来：

念先祖披荆斩棘历尽艰辛创基业，
促儿孙奋发图强为祖争光树丰碑
……

还有值得一提的感人一幕，2019年的6月30日，是蔡天宏老人88岁生日，那年的生日寿宴，虽然不像往年那样隆重，寿宴的嘉宾都是自家的至亲，一如往年的温馨。人病初愈的老寿星在亲人的搀扶下缓步走上主席台，说了几句感言之后停了一下，郑重地表示自己也有一件礼物要送给儿子蔡志浩。听到这里众人用满是期待的眼神望着老寿星。蔡志浩更是从座位上站起来深情地望着自己的父亲。老寿星说：当年蔡志浩创业时，向我借了20万，那时我准备用这笔钱买一栋别墅，后来蔡志浩言而有信创业致富，为我重新建了一栋别墅，我非常感动，感动他的孝心感动他的志气，今天是我88岁生日，我要把这栋当年他给我建的别墅重新送还给他……

如今，蔡志浩的严父慈母都已驾鹤西游，但亲恩难忘，山高水长……

蔡志浩打台球

小台球大学问

生命在于运动。的确，不少企业家业余都喜欢运动，只是有人喜动，有人好静，有人喜欢新潮运动，有人偏爱传统项目。不论动与静，不论方式如何，只要沉浸在自己所喜爱的运动中，自能感悟到运动本身的乐趣和意境。

而蔡志浩，他的业余生活同样是多姿多彩而又不落俗套的。让人诧异的是，他，除了喜欢看央视的《动物世界》节目，还对打台球情有独钟，这其中又蕴藏着怎样的缘由呢？

有人会认为，蔡志浩爱打台球只是为了锻炼身体，为了丰富自己的业余生活而已。而作为企业家的蔡志浩，之所以爱打台球，除了一般人所认为的理由外，更重要的是，他在进行台球运动的过程中，喜欢以商人的敏锐嗅觉，把台球的方方面面延伸到自己的商业活动中，用心去发现、去感悟，进而悟出一套不一般的五株商战秘诀。

我们都知道，台球是一种用球杆在台上击球、依靠计算得分确定比赛胜负的室内娱乐体育项目。简单地说，台球就是用母球把别的球撞进洞，这里面包含着布局、进攻、防守、借力等智慧，是一种很费脑力的体育活动。而在蔡志浩看来，在台球比赛中，小台球蕴含了大学问。

我们观看台球比赛时，常会有这样的疑问：为什么有些人能够一杆到底，越战越勇，而有些人只能蹩脚地打一个球是一个球呢？这就涉及了打球的布局问题。开球之时一杆下去，球四分五散，可以下洞的机会也很多，这时是看到容易进洞的球就挥杆直下吗？不，聪明的球手总会比对众多的机会，思考再三，进而抓住最重要的机会，一杆出手之后，再赢得更多的战机，不给对手留下机会。甚至当眼前的出击会给对手创造机会时，智慧型球手会放弃攻击，退而选择防守而不被对手反击。

蔡志浩就是拥有这种智慧的球手。几十年打台球的爱好，球技虽不敢说已达专业水平，打球也都是锻炼和娱乐，但蔡志浩总能把每一场比赛当成一种思想的锻炼。他在打球时，首先认识到布局的重要性，而十几年前蔡志浩就把台球的这一战术漂亮地运用在五株的事业发展中。

1993年，蔡志浩在成功创办了梅州五洲电路板有限公司之后，突破小富即安的思想，以商人的嗅觉，不局限于眼前的利益，勇敢地踏出梅州，走向新的天地，把五洲带到了深圳，成立深圳五洲制品厂、深圳双面板厂。这是台球比赛中"舍近求远"的战略布局，这样可以为自己赢得更多更大的机遇。

2010年10月以1.82亿元拍下台资雅新厂区全部资产后，面临严峻的资金危机，后来蔡志浩悟出台球比赛中的学问，借球打球，果敢地引进六家风投公司，用"借力"的智者思维解决了这一难题，效果之好让人不禁叫绝。

诚然，打台球就是利用母球把别的球打进洞。在蔡志浩的眼中，五株就好比台球桌上的各个球，纵然数量众多，纵然所拥有绝佳的位置，如若没有重要的母球帮助，这场台球比赛就没办法进行。所以，蔡志浩每次在与朋友同事打球的时候，总是会情不自禁地在内心感叹，选择好的合作伙伴对于企业的发展是多么关键啊。

在蔡志浩"借力"的智者思维统筹下，五洲集团与华南、华东、香港、台湾，以及欧美日等地的多家大型电子厂家建立了长期广泛的业务合作关系，其中包括三星、华为、创力仕、长城、创盟、致伸等国内外知名企业，为客户提供具有强大竞争优势的电路板产品，赢得了行业内的一致好评。

再者，几十年打台球的经验让蔡志浩明白了商场上亦如台球比赛，也要善于

"攻"和"防"。

台球桌上，攻和防无非都是为了最后的胜利。蔡志浩为了五株能够最终在PCB行业中站稳脚跟并且有较好的发展前景，审时度势地利用攻和防的技巧，为五株赢取翻倍的效益。

2005年，面对低端客户占据五株资源的60%，造成生产效率低下，客户维护成本高的现象，蔡志浩主动发起"进攻"，推行客户优化计划，在半年内清退了20多家低端小客户，为五株节省了不少人力物力，赢得了更好的市场发展空间。

2008年的金融海啸，蔡志浩的"防守"战术做得相当精彩。他通过一系列的质量改革"组合拳"，强化管理，注重考核，提出"生存万岁"口号，通过对"攻"与"守"技巧的完美转换运用，在同行业大幅衰退的情境下，使五株取得逆势发展。

几十年打台球的经验让蔡志浩充分认识到何为"专注"，明白企业只有专注于某一方面，专业、敬业和精业，才能获得长远的发展。

一直以来蔡志浩都明白，台球比赛技术固然重要，但是人在对战之时的心理素质对比赛结果的影响也是不容忽视的，如何排除一切干扰呢？靠的就是专注精神，也可以说是一种比赛状态，只要你用这种专注打好球，外界的一切干扰和威胁对于你来说都是不足为虑的。

蔡志浩对事业的专注，除了对电路板行业二十多年的执着追求外，还表现在他对科技投入的持续上。一方面是硬件的投入，蔡志浩懂得"一杆到底"的不寻常意义，迄今，五株投入的各种高科技生产设备价值超过10亿元，坚决走科技强企的发展思路。二是软件的投入方面，蔡志浩把打台球中的专注力倾注到对产品的科技研发中，建立了拥有超过500人的研发队伍，为五株产品走向世界保驾护航。

蔡志浩喜欢打台球。现在的他，只要有时间，就会在自己的居所找手下人对决几局。兴致来时，他索性赤膊上阵，挥杆拼杀，汗流浃背，不亦乐乎。这种运动令他感受到运动乐趣的同时，也让他领悟到了台球背后的无穷奥妙。

小台球大学问，的确如此。

宰相肚和包公心

"坚苦坚韧坚信心，亲客亲商亲同仁，开明开怀宰相肚，公平公正包公心。"

这首诗对于大部分人来说是陌生的，但对于五株的管理人员来说，却不陌生。

自我剖析并共勉

人无完人。蔡志浩坦言，"我做老板二十多年，在早期我的涵养、素质、高度都很不够，说直接一点就是比较小气、自私，视野、胸怀和格局都远远不如现在。"尽管早期的蔡志浩更多地只关注工厂的利益而忽略了个人底蕴、专业素质以及人生高度的重要性，但他还是懂得自我反思的。

毕竟，企业在发展壮大后与小企业时的运作模式是完全不相同的。小企业发展为集团企业的同时，必然会涉及员工与员工之间、员工与上司之间的沟通和问题处理。这就涉及个人的肚量、管理人员的综合素质、修养和觉悟方面。因此，随着五株的逐步壮大，蔡志浩慢慢意识到团队的发展是离不开他人的支持与帮助的，同时，也意识到无论是自己、管理层还是普通员工之间，都要学会沟通、配合以及互相尊重，因此，企业在发展，他也在慢慢地完善自己。

蔡志浩介绍说："写这首打油诗是有一个背景的。是我在一次会议上批评了某些高管之后有感而发的。我当时发现一些五株的高层肚量不够，对自己的责权认识不清，本应积极配合下属认真完成工作的，他不但没有用心去做，反而责骂员工，这就使得企业的运作出现配合上的问题。同时，有些经理因与某业务员关系较融洽而出现不同业务员之间货物跟进和进出货极度不均衡的问题，这对于员工来说是相当不公平的。我写这首诗就是希望我的高管们能够以此互相勉励，做一个有着'宰相肚和包公心'的人。"

开明开怀宰相肚

宰相肚，就是宽容之心。一个企业的领导者，只有拥有宽容的胸襟，才能获得员工的尊敬与爱戴，才能够凝结人心，积聚力量。

诚然，蔡志浩很清楚宽容的真谛。"开明开怀宰相肚"，在处理员工的内部矛盾问题之时，蔡志浩要求自己和公司管理层都要在"情"字上下功夫，他提倡不是原则问题要注意尊重员工自尊心、不过分地批评和指责员工，不伤害他们的人格，而且能够原谅员工所犯的非原则性错误，不要把他们"一棍子打死"。

毕竟，"人非圣贤孰能无过"。作为企业的员工，在每日的工作生活当中不可能一点小错都不出现。犯一些小错误并不可怕，蔡志浩认为只要拥有宽广的胸怀，善意地指出员工的过错，用宽容之心给予他们改正错误的机会，员工必能感受到公司、老板对自己的关心与照顾，从而更加努力地弥补不足，使得他们懂得感恩，懂得用心完善自己，积极对待工作。

梅州五株电子科技有限公司生产部的经理黎安平，就是五株几千名兢兢业业的员工中的一员。在十多年的工作中，也曾因过错被蔡志浩告知"放假一个星期"，正当他以为自己与五株的缘分就此终结之时，一个星期以后，蔡志浩却主动找他谈话，帮他分析缺点，重新给他机会，并告诉他"放假"只是为了让他能够好好反省，而不是"放弃"他这个人。

黎安平经历的"放假事件"，仅仅是蔡志浩倡导的"宰相肚"式的教育艺术的一个缩影。他在实际生活中，经常用这种理念去教育和感染其他管理人员，也用爱心、宽容感染了公司许许多多曾经犯错的"黎安平"，让他们主动认识到自身的错误与不足，并努力改正，在今后的工作中发挥更大的正能量。

公平公正包公心

"宰相肚里好撑船"有时可以用情处事，但"包公铁面无私"有时又要用理处事。在情和理之间，什么时候用情什么时候用理，做到情理分明，合情合理，可不是一门简单的学问。

诚然，"宰相肚"式的管理就是提倡包容，但是，仅仅靠包容来维系一个企业正常、和谐的运作是远远不够的。毕竟，"无规矩不成方圆"，小至家庭，大至国家，都离不开相关的规章制度，这是保证和维护大家利益的一种手段和方法。在五株，蔡志浩推崇爱心、宽容管理的同时，也一直奉行"公平、公正"的处事原则。他要求下属要学包拯那样大公无私，有一颗"包公心"，在一些规章制度的执行上要按章办事，凡事以理服人。

由此，蔡志浩在各种形式的内部会议上，为五株的员工和自己定了一些制度，要求员工遵守制度章程，做到公平公正。

比如，当有新员工加入五株的保安队伍时，必须签署一份"队员行为规范自律承诺书"。承诺书不仅很好地提高了保安人员对自身职权的正确认识，而且相当于保安人员的心声和保证，而且为建立起一支积极向上的五株保卫队提供了行为依据。

为了规范和树立五株对外窗口廉洁、自律、公正的形象，蔡志浩要求自身和下属在与其他公司合作的时候，要真诚地与对方公司交流，主动附上"五株公平、诚信合作承诺书"或者"关于公平交易合作承诺函"，显示了一个诚信企业的态度和胸怀。

蔡志浩提出五株上下要拥有一颗"包公心"，除了对一些能够预见的不公平现象做出防范措施之外，在原则问题出现的时候，蔡志浩也是秉公处理的。

比如2011年，五株某跟单员在五株工作期间私吞公款，把公款用于个人支付信用卡透支款和日常花销，之后长期请假直至自动离职，给公司对外业务造成不良影响。这一事件发生后，五株公正公平地对待此事，首先仍是本着教育人、挽救人的原则与他沟通联系，在协商无效后才将其移交公安部门处理，并在案情处理清楚之后，在五株内部进行通报批评。

这一事件的处理，起到了很好的震慑和教化作用。蔡志浩告诫所有员工："遵纪守法是每个员工的责任，公司财物不容侵占，'手莫伸、伸手必被捉'。所以，希望所有的员工能够吸取这次事件的教训，引以为戒，严于律己，做一个好员工、好公民。"

"开明开怀宰相肚，公平公正包公心。"蔡志浩用行动践行着这两句简单但不失重量的诗句。"宰相肚"与"包公心"的结合，让我们看到了更真实的企业领导者，让我们看到了更加人性化的五株。

蔡志浩（左）在录制访谈节目

老板是个"急性子"

俗话说：江山易改，本性难移。蔡志浩毫不掩饰自己的性格，认为自己是个急性子的人。但"急性子"的性格有两面性，既可以说是一个优点，也可以说是一个缺点。所谓优点，他做事反应快，对事物比较敏感，决策会比较迅速，效率也会随之升高，但是，也会因为急性子带来决策过于轻率，从而出现一些工作上的失误，造成较大损失。

因为急性子，蔡志浩富有冒险精神，反应快、冲劲强。二十多年来，他勇敢地克服阻碍，冲出围龙，到深圳打拼世界；曾以冒险精神一举买下港龙制衣厂；更以冒险家的胆量成功竞拍东莞雅新电子厂，谱写了五株"蛇吞象"的传奇；后来更是以敢为天下先的豪气挥师江西龙南，打造占地600亩的国内最大最先进的线路板生产工厂——江西志浩；他曾凭借冲劲和对市场灵敏的嗅觉，投资旗舰工厂专业制造HDI高端电路板、电脑主板及高多层板，抢占市场先机。

但事情有它的反面性。同样也因为急性子，蔡志浩坦言自己有时候会偏听偏信，受下属误导，仅仅看到片面从而出现误判或乱批评人，或者造成用人不当、决策失误。二十多年来，他曾因主观臆断的决策失误，造成一些"冤假错案"，有些员工犯的错误原本没么严重，但因错判而被无辜炒掉，尽管他事后觉得相当可惜，但补救为时已晚。在用人方面，有时由于对招进来的人才了解不够全面，只是凭借一时的感觉，有时候会对员工评价过高。比如，一些高管被招进来之时，对其期望值很高，后来发现他的能力并不理想，但却领着高工资，这就让其他员工感到心理不平衡，造成工作开展不顺畅，甚至产生不少负面情绪。员工会抱怨，你没有多大能力，还拿那么高的工资，那工作你去干不就行了。蔡志浩在谈及此类事情时，也显得相当无奈，出现这种情况之后，要不就是找高管谈心，重新给他定岗位定工资，若对方不接受就辞退，这样的处理结果都会造成一定的负面影响。但是也别无他法，毕竟，一个尚不成熟的企业，这样的情况在所难免。但是，企业有过这些经历才会不断地自我完善。当然，作为企业的最高管理者，他是负主要责任的。

所以，每当发现问题的时候，反应快速的他会及时纠正，特别是重大的事件。奖励政策也一样，有时候因为误判而对某些员工做出较大奖励之后，发现事实并非如此，所奖励的员工并不如想象中那样好、那样优秀，那么他就会为此做出一些纠正措施，或者减少奖励或者取消奖励。但由于没有相关的参照，没有比较成熟的管理体系，单凭领导者个人感觉决策，会操之过急，因信息不全片面决策而带来失误、失策。在纠正过程中，就会有一些员工说老板说话不算数，出尔反尔。但是不采取纠正措施大部分员工又有异议，所以他宁可伤害小部分人，也不能打击大部分员工的积极性。

蔡志浩这种采取事后调整措施的情况，也经常会被员工私下议论。每逢这个时候他就会对员工说："在方向上，我们通过主观感觉去评判，当发现自己的错误的时候，我们也要有胆量去纠正它，有错就改。"

蔡志浩坦言，造成这些失误的一部分原因和他的急性子有关。还有一个重要的原因，和他没有较好的参谋团队有关。毕竟，现在的五株今非昔比，再也不是昔日20多号人的家族小企业了。换种说法，现在的他掌握着7000多名员工的温饱问题，稍有差池，不仅让五株走向国际化的目标遥不可及，就连辛苦创业二十多年打下的江山也会受到威胁。

这个问题是严峻的。古往今来，小的成功可以靠个人能力独立完成，但是大的成功，从来就不是单凭个人的力量就可以达到的。像刘邦当年击溃西楚霸王，打下泱泱大汉江山，一个重要的原因是他善于用人。

汉高祖刘邦凭借雄才大略、唯才是举、知人善任，成了战争的赢家，为大汉王朝的兴盛打下了基础，成为历史上可圈可点的一代帝王。

有人曾说过，真正的英雄从来不是凭借一己之力打天下，而是充任一个优秀的领导者，建立一个优秀的团队，借助众人的力量来打天下。个人无论多么聪慧，多么勇敢，智慧、力量毕竟有限，能够放手任用他人，才能成为真正的强者。

读史明鉴。现在，历经商海风云的蔡志浩深谙智囊团的重要性，正走在求贤若渴的路上。他准备拓宽专业职业经理人的招聘路径，让更多优秀的职业经理人加盟五株，为五株把脉诊断，当好自己的参谋，减少自己的直接决策，避免个人意志和主观臆断，依靠团队的力量来运作企业，多一份考虑，多一份谨慎，使企业实现健康和良性发展。对此，蔡志浩已经做好了准备，他又开始为事情"急"了，但是这次的"急"，是为了日后的"不要太急"。

反躬自省为良药

任何一家企业在发展过程当中必不可少会存在一些不足之处，五株也是如此。五株在过去的二十年中，尽管取得了长足的发展，但也存在一些"瑕疵"。追根溯源，除却一些社会和行业大环境的因素外，不少是人为所致。

何谓"人为所致"？其实就是由于决策者的失察和失误而导致的企业挫折，并造成巨大损失。回顾那些不能忘却的挫折，蔡志浩坦率地说，自己作为五株最高决策者，负有不可推卸的责任。下面我们一同来看看五株曾经的挫折，反思过去目的是为了吸取教训。

首先，让我们把目光投向2010年，蔡志浩因决策失误让企业经营出现了本不该有的"瑕疵"。

经过2009年质量改革风潮后的五株，质量问题的投诉并没有偃旗息鼓，还是常有发生，这是为什么呢？蔡志浩分析认为，"之所以一些品质问题还是时有发生，大部分原因出在我自己身上，我要首先反思。"

原来，2010年对于五株来说是关键性的一年。2010年10月蔡志浩成功拍下东莞雅新的资产，易帜为东莞五株科技股份有限公司，打算把它改建为又一大生产基地。拍下雅新后，筹措资金，移交手续，改建工厂，购买设备，复产准备，百废俱兴，蔡志浩投入了90%以上的精力。

毕竟人的精力是有限的。当蔡志浩把自己的精力投入到东莞五株的时候，自然便忽略了其他两大基地的管理问题，从而出现管理上的疏忽。其实，在蔡志浩看来，他的团队是值得信任的，所以他才大胆放权，把梅州、深圳工厂的事务交由两个高管处理。但是，蔡志浩这种过分依赖高管的行为，并没有得到该有的管理成效，致使某些高管的权力过于集中，难以监管到位，团队上下不协调，造成管理上的"官僚主义"，对公司产生了一些不必要的负面影响。

这一问题出现后，蔡志浩才明白，自己对于自家团队的期望过于理想化。一个团队要发挥其最大的影响力，是需要一个领导者统筹规划的，简单地依靠下属对整个团队的统筹管理是大意的。因为权力大量集中于一身的高管并不能够很好地运用手中的权力，而是在利益的诱惑下，做出一些有损集团利益的事情，对公司造成颇大的不良影响。因此，这次事件让蔡志浩很痛心，他本想锻炼一下他的手下，但没想到还是因为自己用人失察，监管不到位，导致顾此失彼。

其次，追溯到更早的2005年，对于蔡志浩来说更是值得反省的一年。

这一年，五株决定重新选用制作产品必备的油墨材料，预计采用一种新的阻焊油墨。而对PCB行业有一定了解的人都清楚，在现代PCB的整个生产制作过程当中，油墨在PCB工艺流程中占据着重要位置，已经成为PCB制作工艺中不可或缺的辅助原料之一。油墨使用的成败，直接关系到PCB产品的品质指标。换言之，如果所采用的油墨的效果达不到该有的标准的话，制作出来的产品就是废品，是完全没有质量保证的。

因此，按照常理而言，对于油墨的选用，五株应该是相当重视的。但是，由于蔡志浩当时缺乏关于材料选用的经验，没有很好地对原料供应商进行多方面的了解，便将油墨重新选用的任务交给了下属，让下属负责选购工作。

在蔡志浩基本放权让下属操作，没有多加强调和跟进相关情况的前提下，公司内部的某些人员基于利益诱惑，对供应商提供的推广产品，公司人员没有尽心尽力做好应有的筛选工作，部分员工甚至与推销人员互相串通，马虎草率地就决定使用一种低于五株参数标准要求的油墨品种。

正是这种未经过统一招标，就通过公司业务员从供应商手中购买的不合标准的油墨，在实际操作的时候无法做到与机器匹配，生产出的大量不达标产品交到客户手中，客户根本不可能对其进行后期制作，连最简单的焊接可能都没办法处理。

于是，客户投诉的质量问题一波接一波。

这样的产品，对于五株来说是相当致命的。当时，五株在梅州、深圳两大基地的所有工厂都基本采用这种不达标的油墨，所有生产出来的产品只能推向"报废品"的行列。这样一来，不仅让五株付出了惨重的人力、物力代价，而且严重影响了企业在PCB行业中的声誉，让不少客户对五株产品的总体质量和供应能力打了个问号。对于五株来说，这是一个灾难性的问题。

蔡志浩事后分析说，"油墨这个问题反映了公司内部存在的一些腐败现象。当然，这很大一部分原因是我本人用人上的失误，早期的我在用人方面太过草率了。作为一家企业，一旦监管力度不够的时候，就极为容易让一些贪图私利的人钻空子，做出有损于企业的行为。"

阻焊油墨这件事使五株危机乍现。在蔡志浩极力"抢救"之后，经过半年之久才算挽回了影响。

蔡志浩一直在反躬自省，也勇于承认自己的不足，并吸取教训：他懂得了选用员工时除了看重专业技能，还要注重人的品质和修养问题。拥有超专业水平但是品行不佳的员工，对企业来说不是福音而是一种祸害，稍有差错就会让公司陷于"万劫不复"之地。

尽管油墨事件警示了蔡志浩要加强五株工作人员的管控力度，蔡志浩也在努力做好，比如，在员工进入企业之初会适当地进行一些障碍设置。但是，所有事物的发展和完善总需要一定时间。时至今日，五株企业的一部分员工和合作已久的供应商之间，依旧会出现一些"猫腻"现象，铜光剂问题又是一次深刻的教训。

事情发生在基本处理好油墨一事后不久。当时，五株用于电镀工序的铜光剂在选择的过程中受人为干扰出现品质问题，但蔡志浩没有及时发现，导致工厂产品再次出现了较大的品质下滑，对五株的影响相当大。

由于"舍我其谁"观念作怪，蔡志浩有些时候会凭主观意志决定员工的发展前景，缺乏听取他人意见的耐心。这样使得以往聘用的一些自己觉得很"放心"的员工陆续出现各种不良问题，例如采购部某员工、威力固设备厂某员工等等，迫不得已只能采取解聘的方式。这些曾经让蔡志浩"放心"的员工搞得他很不"开心"。

　　随着这些大问题的出现，蔡志浩在一些场合也承认自己的不足。他极力思考减少自身失误的方法并取得了可喜的改变。

　　满招损，谦受益。的确，能够反躬自省的人才能够获得更大的进步。在后来的实践中蔡志浩明白了，能够减少在用人、决策方面的失误的有效办法就是，作为老板的自己要学会多方听取意见，制定健全的规章和管理制度，规范操作，让制度去管人，老板来监督执行。这样，方可规避各种风险，把危害降到最低。

员工集训

现场管理学交警

回想一下，五株在开疆辟土的同时，蔡志浩带领着五株人一直在科技的道路上奋发努力，在PCB行业越走越宽广。如今，集团与华南、华东、香港、台湾，以及欧美日等地的电子厂家都建立了长期广泛的业务合作关系。其中包括三星、华为、创力仕、长城、创盟、致伸等国内外知名企业，为客户提供具有强大竞争优势的电路板产品。这些企业，蔡志浩都曾亲自前往考察取经，他知道他山之石可以攻玉的道理，每次考察都让他受益匪浅。

比如深圳华为公司是五株多年的重要客户，彼此保持着长期和紧密的战略合作，是五株企业学习的榜样。上述这些企业都是在国际上享有盛誉的品牌企业，都有一个共性，就是生产设备现代，管理理念先进，管理手段规范，产品享誉世界。特别值得五株效仿的是这些大品牌企业非常尊崇"质量就是王道"的理念，形成了一套值得推广和借鉴的现代企业管理方法。

那是一次去华为公司学习取经的路上，一个意外让蔡志浩悟出了一个企业管理的心得……行驶中的车子缓缓放慢了速度，沉浸在思考中的蔡志浩问司机小曾："怎么了？"

"蔡董，前面应该发生交通事故了，我下去看看。这么长的塞车，应该要等不少时间。"司机小曾边说边解开安全带下车。

只一会儿司机小曾就回来了："蔡董，前面几辆车追尾连环相撞，塞住了道路，交警已经来了，处理得很快，再等会儿就可以通车了。"

"嗯，奇怪，怎么交警执法速度那么快？"

"刚听几个司机说，这附近一带经常有交警巡逻。交警发现问题及时，所以现场指挥的效率就大大提高了。"

"喔，原来是这样。"蔡志浩若有所思地点点头，嘴里轻喃着，"交警现场巡逻，现场指挥。"小曾从后视镜中看到董事长的样子，知道蔡董肯定又在想什么法子了，轻轻一笑。这时，前方的车子已经缓缓前行，道路恢复了正常通行。

此时蔡志浩的思维就像刚启动的马达一样，越转越快，思绪泉涌般流出。正所谓思路决定出路，蔡志浩嘴角勾起淡淡的微笑。他有了新的点子。

考察回到公司的他即刻交代董事办将召开主管以上的会议通知传达下去，然后在办公桌前认真写起要做的发言提纲。

2009年6月6日下午，深圳电镀、绿油、图转三部门领班、主管干部会议如期举行。

蔡志浩从自己的考察体会以及在出差途中所遇塞车事件讲起，"工厂生产流程就像一条通畅的高速公路，每一个员工就像高速路上的每一辆车，必须有序按照交通规则行驶，道路才可能通畅。同理，生产中如果有某些员工违规，就容易出现质量和生产事故，正如高速路上的车辆违章造成交通事故。但是如果真的出现了事故又怎么办？那就要靠交通警察来现场指挥，排查事故，第一时间恢复交通，以减少损失。生产过程同理，若出现生产环节上的问题，作为处在第一线的生产主管该怎么做？这就是我们今天开会的主题。"

蔡志浩的话，引起了台下参会主管的小声议论。

蔡志浩越说越有激情。他继续说："这次我去外地考察学习了深圳华为公司，对我的触动非常大。他们的生产现场管理做得非常漂亮，值得五株学习。在座的都是主管成员，我觉得，一个部门的主管就应该是一个厂长，应增强全面管理能力。在生产现场就是'交通警察'，除了要随时指出员工操作上的错误，还应具备五个'力'：能力、活力、动力、影响力和凝聚力。"

全场鸦雀无声，一脸期待地看着蔡志浩。蔡志浩接着道："能力就是统管全面，就是生产主管要有统筹协调整个生产流程的能力。活力就是要学会制造管理的气氛，管理不是一味死气沉沉地说教和领导，要善于激发下属的积极性，对待工作要注入新活力，让大家在愉悦和快乐的氛围下工作，这样才能有高效率。还有动力，就是说要落实责任，这个责任就是一人一岗，责任到人。每个主管就像交警，无事要学会排查问题，就像交警的"巡逻"，有事要学会第一时间处理问题，就像交警及时处理现场事故。当然要让员工做个合格的员工，规范员工的工作程序，减少他们的违章行为，自己也要先做个合格的管理者。最后是凝聚力和影响力，现在这个社会，不是一个人的时代，任何人妄想仅仅借自己的力量达到成功是不可能的，大家必须要有团队意识，集中力量办大事，用影响力和凝聚力团结同事，把五株产品提高到更高的层次。生产管理的决战在现场，决策在第一线、在基层！"

一席话完毕，掌声雷动。

一次考察，一次路遇，蔡志浩感悟到交警现场指挥跟企业现场管理的共同之处，用一场会议把显而易见的道理传递到主管人员身上，收到了一个很好的效果。不少员工对蔡志浩的这一套管理理念私下里起了个名，叫"蔡氏管理思想"。

管理者就是领跑者

一个合格的管理者应该像指南针，替团队指明方向，带领团队跨越障碍，走向成功，实现自身价值，实现团队价值。

管理者就是领跑者

蔡志浩曾经给自己的管理团队介绍过这样的管理经验：著名的黄埔军校企业培训团队，有一个培训项目，名为"风雨同路，生命之旅"。这是一项针对企业管理层的培训。

教官将队员分成几个小组，每组12个人。除了一个领路者，其余所有人都得蒙上眼睛，在这过程中嘴巴不能发出任何声音，领路者必须带领队员穿越重重障碍，钻树洞，过水沟，爬树枝，越沙地等等；队员轮着做领路者，并且几个队之间进行比赛，输的将面临恐怖的惩罚。这就要求每个领路者以最快的速度，安全高效地带领队员跨越障碍，获得胜利。

作为一个企业，常常也是摸着石头过河，眼前一片黑暗。这时，你作为一个管理者，如何带领你的团队、你的企业，克服一个又一个困难，跨越一个又一个障碍，在激烈的竞争中获得胜利，走向成功，是你不得不考虑的问题。

这个培训的启迪是，首先，一支优秀的团队才能发挥无限的力量。管理者必须致力于打造一个优秀的团队。其次,管理者必须有大局观,面临事情能冷静处理,临危不乱。再次,管理者必须唤起每个队员的责任意识,做好他们的本职工作。最后,一个管理者只有具备充足的信心,树立威信,才能正确领跑,带领团队走向成功。

打造优秀的团队

作为一个管理者,必须懂得个人的力量是有限的,团队的力量是无限的。

当然,这并不意味着个人的力量就不重要了。恰恰相反,个人的力量往往决定了团队所能发挥的力量。这就像数学的N次方,只有基数够大,数的值才可能无限大;如果你的基数只是1,不管是多少次方,其结果也不会改变,只能是1。

所以,优秀的团队是由优秀的个体组成,把每个人的力凝成一股,才可发挥无限的力。 蔡志浩深谙此道,为了优化整个团队,提升五株的凝聚力和战斗力,在严格选拔管理人才的基础上,建立了以厂长为管理核心的管理队伍,层层建立管理核心;培养管理工作圈、信息圈;建立激励机制,分化促进树立团队荣誉感、责任感、使命感;建立互动、讨论问题的风气,建立做实事、做好事的风气。每年的6月份由厂长定时对所有管理人员进行考评,厂长既是考核员,同时也是考官,考评结果全部由厂长负责。考评的结果决定了员工这一年的提职、提薪,奖励由厂长说了算。通过这个手段,厂长树立了自己的威信,有利于更好地带领团队。

为此,管理者可以通过培训和教育达到目的。首先,营造热烈气氛,教育队员要感恩,激励他们要合群、要努力。其次,管理者必须严格要求自己,树立良好的形象。该做的事立马去做,不要一拖再拖;不要乱开空头支票,不要朝令夕改。再次,管理者要学会关心员工,关心员工的切身利益、人身安全,建立"无事不可谈"的良好沟通渠道,竭尽所能帮助下属解决困难,切实做到"爱员工如子,待员工如友"。

深圳模具厂厂长王年春便是其中的代表。他辖下的工厂员工流失率在整个五株集团都是最低的。他备受员工爱戴,是整个五株的模范厂长。他的成功源于他切实做到了关爱员工，尊重员工，尽心竭力为员工着想，既是员工的师傅，又是员工的朋友。所以，在模具厂，员工对他爱戴有加，并打心眼里佩服他，因此，深圳模具厂才能芝麻开花节节高。

管理者要有优秀的习惯

很多时候，当人面对陌生事物之时，习惯于用原有的经验去解决问题，所以都会相对谨慎保守，这源于对未知事物的恐惧。可当你一旦适应了，了解了所面临的事物，往往会发现，事情远比想象的容易得多。

柳宗元的《黔之驴》便是最好的证明。当老虎初见驴之时，出于对未知的恐惧，丝毫不敢侵犯，只敢远远观望，听到驴的叫声都会害怕得后退。可是，当老虎逐渐了解驴的习性、脾气，慢慢地接近时，才发现，驴不过是一个"草包"，不堪一击，最后轻松地吃掉了驴。

蔡志浩常说：优秀是一种习惯！只有习惯优秀，你才能一直保持优秀。

可是，如何才能保持优秀呢？答案是，只有时刻面临压力，人才可能保持住优秀的状态。

众所周知，潜力是压力逼出来的。其实，你不给自己施加压力，你永远不会知道自己有多大的潜能。

这就好比奔驰的汽车，之所以跑得又快又稳，是因为轮胎要有合适的压力。竞争是挖掘潜力最重要的手段，只有不断面临竞争，企业才能不断壮大，走向辉煌。企业管理也一样，只有充满压力，不断面临挑战，员工才能不断成长，不断进步，变得更加优秀，更具竞争力，从而推动企业不断发展，超越一个个对手，获得成功。

蔡志浩认为，人的一生，不管做什么事，机会都是有限的。如何把握好每一次机会，创造更多的机会，将决定着你的成败。机会总是眷顾有准备的人，只有时刻准备着，当机会出现时，你才能把握住。

追梦

"零废品"就是硬道理

众所周知,品质就是企业的口碑和尊严。一个企业的信誉是靠日积月累的品牌效应长久沉淀下来的,口碑就是企业赖以生存发展的前提。五株人用二十多年的努力,树立了客户信任的口碑,同时也打造了五株的知名品牌。

企业在生产环节中,难免会出现次品和废品。倘若这些产品由于检验漏网,交到了客户手中,那么因品质问题被客户投诉,后果是无法估量的——轻则重新生产交货,重则断送了客户对企业的信任。

对五株而言,每一个重要客户都经历了长时间友好真诚的合作。这些大客户中,有些是国外客户。蔡志浩曾经对生产部门的员工教诲道:"大家一定要重视品质,我们的品质关乎我们的民族尊严,我希望大家做到:电路板产品,在中国以五株为荣,在世界以中国为荣。"

对品质严格到近乎苛刻的蔡志浩曾经对不少员工说过一个对他影响深远的事例:

一把普通的大锤能被中国国家博物馆收藏为国家文物,这是文物吗?非也。原因就在于它是1985年时任青岛海尔电冰箱总厂厂长的张瑞敏带头砸毁76台不合格冰箱用的大锤。

海尔集团当时只是一个年亏损100多万元的集体小厂,这一砸,彻底地砸醒

"零废品"就是硬道理

了海尔人的品牌意识，砸出了海尔"要么不干，要干争第一"的精神，也同时改变了这个不知名小厂的命运。凭借着这一股干到底的冲劲，凭借着对品质至高的追求，海尔冰箱赢得了中国电冰箱史上的第一枚金牌。如今，海尔冰箱已经成为世界冰箱行业中销量名列前茅的品牌，已经成长为世界著名家电制造商，为行业树立了典范。所以那把具有代表性的"海尔大锤"能够被收入国家博物馆，成为一件"特殊文物"，对后人启迪很大。

海尔用砸掉不合格冰箱的教训，树立了企业追求品质的权威，

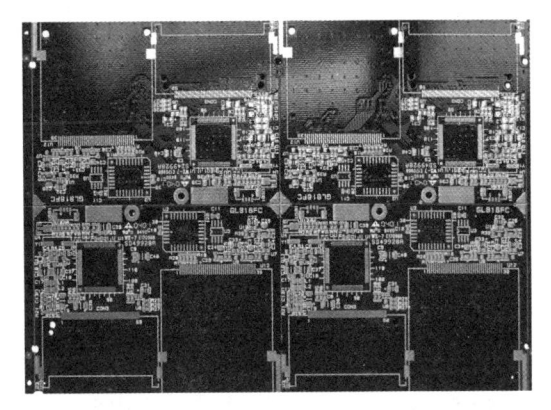

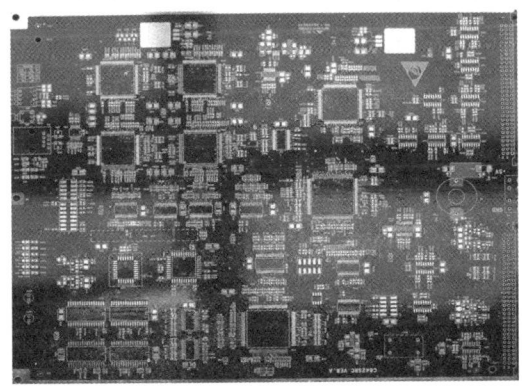

中国一流，五株制造

也将海尔的层次升到另一个高度。企业在生产过程中出现的次品废品，其中的百分比与每家企业员工的专业水准与敬业意识是紧密相连的。正所谓在生产者的双手中，左手是人品，右手是产品。

进一步观察一些在世界上久负盛誉的百年品牌，他们无一不对产品的品质有着精益求精的追求，甚至到了近乎痴迷的地步。在国外奢侈品专柜里，一双Lucchese牌女靴的标价为1500美元，简直令人难以想象。但是当你了解了这么一双皮靴的做工流程，你会惊叹，这才是品牌的实至名归。Lucchese女靴的用料极为考究，全部采用一岁半左右的小牛的肩胛部分，制作一双靴子要消耗掉数张整牛皮，而且整个过程全部采用手工缝制，精细无比。所以每位客户看到这无论是材质、做工还是造型都无可挑剔的作品，简直可以和艺术品相媲美，在盛赞之下，人们会发现，它的价值和品质是可以画等号的。

能够屹立百年而不倒的"老字号",无一不是凭借品质赢得客户信任的。凭着一步一步积累的口碑,以及对品质精益求精的执着,他们经受住了时间老人的考验,铸就了百年品牌。

五株人在蔡志浩的带领下,对品质品牌一直有着深入骨髓的意识,但五洲在追求产品品质的道路上并非一帆风顺。五株曾经爆发过不少质量事件,遭遇过不少客户的投诉,付出过不少经济赔款,给企业造成过不少负面影响,因此带来的质量整顿也曾波及很多管理人员,一些人因此被解雇被处分被降薪。针对这些层出不穷的事件,2006年,蔡志浩在内部大力推行ISO质量体系管理的同时,明确地对员工提出品质方面的要求:真理出自实际中,魔鬼藏在细节中,我们交给客户的产品一定要"零废品"!

不难发现,客户在购买产品的时候,商家都会提供保修服务,若是发现购买的产品质量不过关后,客户可以要求厂家修复处理。但是电路板产品不同,它只有一次生命,没有保修和修补的功能。在电路板产品20多个生产环节中,一旦有哪个环节不过关,那么生产出来的产品就是不合格的产品,也就是报废品,没有任何使用和维修的价值,只能当废铜处理。唯一的办法,就是重新上料,按照生产要求重新生产。所以说,电路板产品,若出现过多的不合格产品,对企业是巨大的损失和浪费,不注意品质的生产企业,长此以往,还有可能被拖垮!

"创新中超越,稳健中发展"一直是五株快速发展的宗旨,管理创新促进五株的团队建设,在提高效率的同时也赢得了市场。近年,五株许多管理人员在生产中脱颖而出,与企业共同进步。管理创新培养和造就了大批实用型、实干型人才,他们以专业技能和敬业精神为五株的快速发展贡献聪明才智,也为五株品质的铸造保驾护航。

2010年年初,五株就提出产值冲10亿元的目标。8月份首次月产值超过亿元大关,2012年产值实现16亿元,到2013年,年产值突破20亿元大关……

交给客户的产品一定要"零废品"。这是一种姿态,也是一种自信,更是五洲的一种品质目标。

"三主一自"有"人味"

蔡志浩认为，就管理的发展而言，可分为三个阶段：经验管理阶段，科学管理阶段，文化管理阶段。这三个阶段与时代的变迁是一致的，体现了人类文明不断进步，人们越来越关注人的自身，满足人的需求。五株的管理也大体经过了这几个阶段：创立之初，纯粹是凭借经验主义；随着企业向前发展，五株在经历了问题和阵痛之后，才觉得应该学习现代企业的管理方式，要用科学规范的制度去管理企业，减少个人的作用，要依靠团队的力量。

"三主一自"，即"主动思维、主动管理、主动改善、自动运作"。这便是五株倡导的文化管理思想方针。它贯彻了五株的人性化管理方针，体现了蔡志浩的管理智慧，很有"人味"。

"三主一自"管理思想的出炉

多年来，五株经历了风风雨雨，收获了许多宝贵的经验，或是成功，或是失败。这些经验是五株的多年总结，是一笔宝贵的财富，而"三主一自"管理思想便是其中的精华。

随着五株规模的扩大，工厂的各项管理工作开始受到重视，管理思想如何适应集团发展的需要，如何落实厂长责任制基础上的"权、责、利"，成了五株管

丰富多彩的文艺演出

理工作的重心。

2005年春节刚过,蔡志浩便召开了董事大会,与各位高层详细地磋商,讨论一个问题。会上蔡志浩第一次提出了"三主一自"管理思想,这个方案得到了董事会的一致通过。第二天,集团公司便宣布将"三主一自"管理思想作为所有管理人员今后一段时间的工作指南。

"三主一自"管理思想,是蔡志浩根据五株的具体实际,结合古今中外许多企业成功与失败、社会的进步与衰退的经验,尝试提出的企业管理理念。

"三主一自"表面看起来平淡无味,但朴素中却包含着深刻的管理辩证法则。它主要体现在"主动"两个字,即让管理人员从以往被动接受行政命令、工作要求,依靠压力、经济利益激励被动做事,变成主动去想、去看、去分析、去做好事情。从以往的你怎么说,我就怎么做,变成主动去寻找新方法,采取新措施,研究新工艺,换角度主动解决问题,创造性地提出好的工作方法和建议,个人能力得到更多的发挥。这是一个管理理念的质的飞跃,是五洲人性化管理思想的显现。

"三主一自"有"人味"

集团化经营管理的企业，往往会随着企业规模扩大，而导致架构庞大，分工过细，带来思想观念的老化和工作冲劲的不足。2006年，五株已进入集团化管理运作的高速发展阶段，但就在此时，也已暴露出阶段性的官僚主义、本位主义、不作为的麻木思想，以及骄傲自满的思想、管理思维惰性等等。长此以往，这些腐朽的、落后的思想不仅会阻滞五株的发展，更会危害五株的根基。因此，"三主一自"管理思想的适时推出，是五株发展的需要，是五株适应市场环境的需要。

"三主一自"管理思想的推行

风吹红旗飘。随着"三主一自"管理思想宣传的加快，力度的加深，整个集团公司全面开展了主题学习。首先，五株成立了集团运作办公室。根据集团公司发展目标和管理要求，结合工厂或部门的实际情况，具体问题具体分析，充分发挥三大职能

丰富多彩的员工文体生活

作用：协调、监督、奖罚。提出了"在工厂高度自行运作的原则上进行协调资源、主动服务、了解信息、分析监督、建立程序、规范运作"的管理原则。并以《管理人员工作日志》的运行为契机，推动工厂管理工作规范化。制定各工厂各部门的班组、人员、设备产能标准、成本标准、工作标准、评价依据，推动工厂的数

据管理、绩效考核、成本控制等各项工作的开展。

其次，按照蔡志浩董事长的指示，将人力资源部与行政办公分开，充分发挥人力资源部的职能作用。建立人员招聘、定岗定员、使用结果、合格考核制度。完善集团公司、工厂、部门、班组四级人员培训制度，生产部门建立编制培养本部门适用人才需要的培训方法和内容，固化培训内容和程序。将行政办作为服务工厂、服务员工的职能部门。开办图书阅览室、卡拉OK，组织文娱体育活动，如组织乒乓球、象棋、羽毛球等比赛，在保障工厂正常运作的同时，充分发挥凝聚人心的作用。

另外，严禁有令不行、有禁不止的歪风，倡导理性管理、民主管理、亲民管理的作风。要求各级干部以真心、热心、关心去用人、育人、留人，保持管理团队的稳定性。

最后，加强生产成本控制，建立成本标准和控制目标，全方位、多渠道控制用水、用电、管理费用、办公费用、物料耗用等，从小事做起，从自我做起。把成本控制目标与每一位员工的收入、奖罚挂起钩来，实现企业经济效益最大化。

蔡志浩明白，"三主一自"管理思想的推行，是一个循序渐进和长期不懈的过程。他指出，"三主一自"，一定要结合个人、部门实际，检查对照，发现不足加以改善：变被动做事为主动做事；主动改善不良的工作作风和习惯，尊重科学，尊重品质，尊重工艺，自觉遵守执行公司的各项制度，做一名合格的员工和管理者。

企业在不断发展，每个五株人都感受到企业承受的压力和他们承担的责任。因此，蔡志浩经常对员工说："你们不是替我打工，你们是替自己打工，我也是在替自己在打工。"所以说，五株人只有通过不断学习，不断充实自己，跟随企业发展的步伐，做好自己的本职工作，方能实现每个人的自我价值。

保安队强化
日常训练

像"黄埔军校"一样培养员工

信念，是激活生命、燃烧人生的火把。

责任，是转动不止、推动人生的车轮。

创新，是引导方向、照亮人生的灯塔。

信念、责任、创新，也是铸就黄埔将帅一往无前、勇于担当、杀敌救国的三大法宝；商海无涯，风云莫测，五株师法黄埔，智取"三大法宝"培养员工，在业界被同行津津乐道。

信念，力量之源

1924年，在黄埔军校开学典礼上，孙中山先生坚定地道出了他的信念："创办黄埔军校，唯一的希望，就是创造革命军，来挽救中国的危亡。"而这一个信念，也早已扎根在每一个参加黄埔军校的考生心中。

所以说，一个人或者一个企业，只有怀揣信念，在漫长的道路上才能坚定自我，面对风雨无常、起伏跌宕的浩瀚商海。没有信念，企业是难以成功抵达彼岸的。熟读历史的蔡志浩在黄埔军校培养人才的故事中看到了信念的力量所在，他也逐渐确立了属于五洲企业的精神信念："优质高效，团结敬业，做人负责，做事用心。"

企业发展到一定阶段，需要用一种精神来维系和号召集体，这种精神就是"信念"。蔡志浩认为，在一个已经形成一定规模的企业中，没有共同信念的约束力是很危险的。当一种企业精神成为企业员工的共同信念，集团上下才会形成一股良好的风尚，员工才会以严格的标准要求自己，自觉地做好每一件事情，才能迸发出发自内心的创业热情，才能让员工感受到"我为企业贡献，企业以我为荣"的归属感。

责任，前进之轮

"革命事业，就是救国救民，我一生革命，便是担负这种责任；诸君到这个学校内来求学，我要求诸君，便从今天起，共同担负这种责任。"孙中山在黄埔军校开学典礼上如是说。

和黄埔军校一样，从一开始便在员工心中植入一种根深蒂固的责任感。蔡志浩则把"做人负责，做事用心"作为选择入职员工的重要考量标准，让每位在职员工都深刻感受到责任的重要性。

员工是否具有责任心，是衡量一个企业信誉度的指标之一，也是企业成功发展的一大因素。蔡志浩曾说，办厂之初，虽然当时员工素质并不高，文化水平参差不齐，但对员工责任心的要求一直没有改变。工作松懈是责任心不强，管理不善是责任心不到位，工厂若在责任心上出问题，就是大问题。

为此，随着企业的发展成熟，蔡志浩的管理理念也酝酿成熟。2009年，他首先提出了"做人负责，做事用心"的企业理念，并以身作则，几乎天天奔忙在企业生产第一线。他是企业老总，但他却经常说自己没有当老板的感觉。蔡志浩的言传身教深深感染着员工，员工们有时也会不解地想，老板为何不图享乐找辛苦呢？企业不是有厂长吗？面对这样的问题，蔡志浩曾经幽默地做了一番解释。他说："自己创办的企业，就像自己生下的孩子，从出生开始你就要对他负责，为了他的健康成长，为了让他少生病，长大一点时让他少走弯路，你时刻都要用满腔的责任心去呵护他、管理他，直到他真正长大，你才可以省心。"当年孙中山先生坚持创办黄埔军校，他深知自己肩负的责任，而更多的热血男儿，也在黄埔的教育中，吼出了"国家兴亡，匹夫有责"的心声。

在五株，对员工责任心的考量，主要看员工对工作、家庭、社会的负责心。蔡志浩认为，黄埔军校为何精英辈出，并且这些从黄埔走出的精英大多都能名噪天下，最主要的因素就是黄埔成功地培养了学生们的责任心。而五株师法黄埔，就是基于这重要的一点。

创新，管理之道

"五株电路集团就要像黄埔军校一样，不断培养出PCB行业的杰出人才，这是五洲的荣耀，也是我的愿望。"在2009年一次管理会议上，蔡志浩直接说出了自己的用人心声，让在场的员工深受启发。

"用一个人打一百人，用一百人打一万人。"在受过军事教育的人看起来，可能是天方夜谭，以为这是古今中外战术中没有的道理，如何可以成功呢？

这便是拘泥于古法"倍则攻之，十则围之"。认为正常的战术都是一个人去打一个人，或者多数打少数，而没有少数打多数的。但是在黄埔军校开学典礼上，孙中山以武昌起义成功"以少战多"为例推翻了一概而论的片面性的传统兵法，阐述了他独特的"以少战多"的军事观。他认为，如果人人都有精良的武器，并且革命党内部的计划周全，"以少战多"的革命也不是绝对没有成功的希望。

在五株，蔡志浩首先在用人管理上做了较大的创新，比如他高薪聘请行业精英，只要他愿意为五株服务，五株也需要这样的高端人才，五株开出的"高薪"是名副其实的。一些在生产或者研发部门的中层管理人员，他们的薪水远远高于高管，他们的丰厚福利让不少人羡慕和眼红。对此，蔡志浩经常说："人才的价值就是他能创造性地为企业服务，而企业回报给他的当然也应该匹配他的价值。而这些高端人才，就是可以担当'以少战多'的角色。"

有了人才，还需要精良的武器。五株企业发展二十多年来，其生存发展的"精良武器"就是大手笔投入的设备。在"科技是第一生产力"的理念指引下，如梅州志浩科技有限公司这几年引进并自制了浅缸自动电镀生产线，拥有全方位的一流生产设备，拥有日本全自动曝光机、激光钻孔机、台湾压合自动线、AOI、飞针测试等大批先进设备，生产自动化程度日益提高，专业生产高精密多层板、高频板及各种金属基板、快板、快样等，月产量达7万平方米以上，为振兴梅州的工业经济做出了贡献。

成立于2010年11月的东莞市五株电子科技有限公司，计划在未来几年斥资10亿元，将其发展为专业生产高多层、HDI电路板、FPC的大型生产基地。目前，东莞五株除了对原有设备进行检修改造外，还增加了数十台每台价值几百万元、先进的日本三菱激光钻孔机，增加了先进的提高均镀性能的环形电镀设备，使它满足HDI产品生产，2013年东莞五株全面达到原设计产能，发挥其最大的市场价值，年产值达10亿元以上，创造了良好的规模效益和经济效益。

志在千里，浩瀚五株。优质的人才加上这些"精良的武器"，蔡志浩师法黄埔，以信心、责任、创新三大法宝武装每一位员工，使五洲一路破浪前行，无往而不胜。

两支"锦衣卫"部队

营运团队

企业规模越做越大,面临的市场风险也就越大,这是各大企业发展过程中必将面临的问题。对此,五株企业防患于未然,以战略性目光,在集团总部组建了两支由董事长蔡志浩亲自指挥和调度的"锦衣卫"部队:一个营运办公室,一个市场风险控制部。

锦衣卫,全称"锦衣亲军都指挥使司",前身为朱元璋设立的"拱卫司",后改称"亲军都尉府",统辖仪鸾司,掌管皇帝仪仗和侍卫。洪武十五年(1382年),裁撤亲军都尉府与仪鸾司,改置锦衣卫。由于锦衣卫是由皇帝直接管辖,朝中的其他官员根本无法对他们进行干扰,因而使得锦衣卫可以处理牵扯朝廷官员的大案,并直接呈送皇帝。所以,朝中官员多畏惧锦衣卫。

同样地,五株的两支"锦衣卫"部队也是蔡志浩的嫡系部队,机构里人员精干,业务能力强。它们的组建,对五洲电路集团有着特殊的意义。实践证明,两个"锦衣卫"部队各司职责,各显其长,各有其用,在五洲的发展中扮演了积极的作用。

营运办公室的成立

随着企业的持续发展,五株的规模不断扩大,子公司越来越多,分散在香港以及全国多地。蔡志浩对各个子公司的运营、发展情况越来越难以全面了解，有的甚至开始陷入被动管理的尴尬境地。有鉴于此，他经过长时间的冥思苦想，又阅读了大量的相关资料，终于因为一本《明朝那些事儿》，由于"锦衣卫"的一些章节，联想到一个逐渐壮大的企业，在内部必须有一两个由总裁垂直管理的部门，而部门的负责人也直接对总裁负责。这样的话，等于老板在企业的每个角落里都安装了监控器，随时掌控着企业的动态。而这样的部门应该是一个什么样的部门呢？

蔡志浩想到，企业的关键环节就是成本控制和绩效考核，能否在这一块先下功夫呢？思路成熟后，他决定成立营运办公室。

营运办公室作为五株一个综合职能部门，直接对董事长蔡志浩负责，是整个公司的营销运作部门，对公司经营管理的全过程进行计划执行和控制，涉及的方面很多，VIP部、企划部、商品部都可以涉及。用简单的一句话说，就是负责具体运作公司，使公司得到好的发展，使公司更好盈利的职能部门。该部门的职责主要是对各工厂的运营效果、运营成本、生产效率、人均产能、人均成本等进行全方位的综合考查，然后将考查结果直接汇报给老板，老板对考查结果进行复核，最后根据复核的结果，该批评的进行批评，该表扬的进行表扬，该奖励的进行奖励，该改进的进行改进，从而达到监控各个子公司发展的目的。主要职能有如下几项：

1.提出具体工作目标（包括公司中、长期发展目标的制订）。

2.制订实现目标的具体手段和办法。

3.明确实现分目标的实施计划。列出目标责任人和实现时间表，明确实施步骤等。

4.实施跟踪。对实施过程中出现的具体问题，应由该分目标的具体负责人提出，交营运部分管人共同商讨，确定最终解决问题的手段。

5.过程监督。营运办可行使其监督权力，指出存在的具体问题，督促并协助解决该项目。

6.总结改进。在计划时间内完成具体目标后，对目标完成情况进行总结，并分析其出现的问题，提出具体的改进建议。

对于营运办公室，蔡志浩花费了很大的心血，对他们寄予厚望的同时，也授予了他们较大的权力，与明朝的"锦衣卫"性质固然有着天壤之别，但是这个部门具有无与伦比的重要性，它使蔡志浩扫除了管理盲点，企业暴露的问题得以及时纠正和处理，实现了老板的政令畅通，措施贯彻到位。在这方面，成立已经近十年的营运办公室也没有辜负他的厚望，为企业的良好、健康、持续发展发挥了积极作用。2012年，随着营运办公室作用的凸显，蔡志浩又把这支"锦衣卫"部队更名为"绩效考核办公室"，在原有的基础上，赋予它负责对员工实施详尽的量化考核功能。作为一个走向现代管理的企业，这无疑又是一个高明的决策。

市场风险控制部的诞生

随着五株规模的不断扩大，与外界客户的交往和联系日益频繁。显而易见，五株面临的市场风险也与日俱增。如何更好地规避风险，成了蔡志浩的一块心病。

2010年，他经过对市场风险问题的详细分析，借鉴当今世界知名企业的经验，决定在五株内部成立一个市场风险控制部。正是这个部门的存在，将五株的市场风险降到了最低点，保证了五株企业健康良性的持续发展。

市场风险是每个大型企业不得不面对的问题，如何降低市场风险，提高企业的免疫力，是一个企业长期面对的课题。只有具备良好的防险应急制度，才能更稳、更好地发展企业。五株的市场风险控制部的诞生，较好地解决了这一问题。

虽然大部分企业

市场风险控制部一角

都有人负责这方面的事务，但特别开设一个部门应对这类事，还是比较少见的。五株的市场风险控制部吸收了知名企业的管理精华，对工作内容做出了明确的规定。五株的市场风险控制部的主要工作是对海外订单进行审查，对价格进行评估，包括客户的引进，合同的研究，对投资方进行资质调查，信用等级评估等。它的根本目的是对海外"陌生客户"进行全面"摸底"，在了解对方的基础上，再谈合作。此举在很大程度上降低了五株企业海外市场的风险系数。

市场风险控制部还针对公司的实际，专门对国内投资和国外投资两种情况进行区分。国内公司的投资，则由市场风险控制部委托香港的一个风险评估公司登记海外客户进行风险评估，对该公司进行全方位的调查、评估，做出合作的方向和可行性报告。至于国外公司的投资则通过国际风险评估公司进行评估以及投保国外订单保险公司，最大程度降低市场风险，确保自己公司的安全发展。

在风险评估过程中，蔡志浩强调，有几个关键的问题需要考虑。首先，要确定保护的对象（或者资产）是什么？它的直接和间接价值如何？其次，资产面临哪些潜在威胁？导致威胁的问题何在？威胁发生的可能性有多大？第三，资产中存在哪些弱点可能会被威胁所利用？利用的容易程度又如何？第四，一旦威胁事件发生，会遭受怎样的损失或者面临怎样的负面影响？最后，应该采取怎样的安全措施才能将风险带来的损失降低到最低程度？解决以上问题的过程，就是风险评估的过程。

另外，由于五株企业的海外订单不断增多，企业面临一个问题：如何在国际交易中确保安全，降低风险？市场风险控制部提出了解决的办法——在海外订单保险公司进行投保。由海外订单保险公司对订单的另一方进行调查，包括对方公司的背景、市场份额，进行信用等级评估，从而让企业做出判断，到底接不接订单，如果保险公司说可以接，可交易过程中出现了问题，则由保险公司负责，五株只需交付一笔保险费就可以，这样就使企业的风险降到了最低，甚至可以说是零风险。

五株的两支"锦衣卫"部队，一支对内、一支对外，双管齐下，墙内墙外都开花。它们在五株的企业发展史上可谓浓墨重彩的一笔。

五洲的两个"锦囊"

当前,中国的经济发展面临重大的转折,生产低成本、市场竞争小、依靠国外技术的现象将发生根本性改变,中国企业将面临巨大的压力,于是制造业转型升级显得尤为重要。如何解决生产成本不断上升、生产产能过剩成了五株急需面对的问题。为此,蔡志浩抖出了两个"锦囊"。

锦囊一:精简机构

在企业界,有一个著名的帕金森定律。它的内容是这样的:雇员的数量和实际工作量之间根本不存在任何联系。工作会自动占满你所有可用的时间,如果你给自己安排了充裕的时间去完成一项工作,你就会放慢节奏或者增加其他项目,以便用掉所有的空余时间。

举个例子来说,一项工作,实际上只需5个人就可以完成,可是管理者出于为员工减压的考虑,硬是安排了8个人去完成该工作,结果便是这项工作完成的进度反而变慢了,效率降低了。因为每个员工有了很多的空余时间,于是他们便会花一部分时间去思考怎么消耗剩余的时间,结果便造成了工作的分心,无法全心全意工作,甚至会形成互相依赖心理,都认为对方应该做更多工作。相反,如果只安排5个人去完成这项工作,他们对工作会更加专心致志,因此结果是工作

员工在认真操作设备

高效地完成。

所以,对于企业而言,精简机构,制定适宜的工作计划,安排合适的人在适当的时间完成适当的工作,指定工作完成的最后期限是非常必要的。

五洲作为一个制造企业,面临的行业形势是非常严峻的。首先是生产成本的上升,人工成本、原材料成本、能源成本、环保成本的普遍上涨,造成了生产成本快速上升,已经到了企业必须高度重视的地步,企业也开始进入微利时代。

对于一个企业而言,利润是生存的根本,一个企业一旦缺乏盈利能力,离倒闭的日子也就不远了。而且,对于五洲而言,非生产人员队伍偏臃肿已经对企业的成本造成了严重的拖累,严重影响到了企业的发展壮大,不利于企业的升级转型。

因此,精简机构,实现企业的转型升级对五洲而言已是迫在眉睫的事。

2012年,蔡志浩大刀阔斧地对五洲的员工队伍进行了调整。针对生产自动化程度的提高,对员工进行了大面积的压缩,尤其是对非生产人员,在一场声势浩大的人员整顿行动中,整个五洲电路集团被整整压缩了1000多名员工。

员工压缩之后,整个五洲电路集团的面貌焕然一新,生产不仅没有因此出现预期的问题,生产效率反而得到进一步提升,整个企业的利润也增加了。另外,尽管压缩了员工,但是在岗员工的工资不降反升,不论是最低工资还是政府调整的加班费都提高了,待遇更好了,员工的精神面貌也有了很大的变化。

其实,对于员工压缩问题蔡志浩显得很冷静。虽然在压缩员工的过程中总会涉及人情世故的问题,但是改革嘛,总会伤害到一些人的利益,这是企业发展所必须面对的,是五洲实现企业转型升级的必经之路。如果不压缩的话,企业生产成本是相当之可怕的,长此以往,企业根本就没有利润可言,五洲便得不到发展,更遑论做强做大,这是蔡志浩和五洲人所不愿见到的。为了妥善处理被裁员工的安抚工作,企业按照国家劳动法对他们做出了一定补偿,以息事宁人。

在精简机构的同时,五洲不断加大对自主创新的投入,对技术、产品、商业模式进行创新,优化人员队伍,五洲的潜在产能正被逐渐挖掘出来。

锦囊二:量化考核

对于企业而言,防范风险是非常重要的。一个风险巨大的企业是难以让员工获得归属感的,更难得到客户和市场的信任。只有将企业的风险降到最低,才能凝聚人心,获得客户的信任。

大规模的机构精简之后,一个往现代化企业迈进的企业该如何进行人员的管理,蔡志浩又抖出了另一个"锦囊"——量化考核。精简机构和量化考核就像两把利剑,护卫着五洲在商海中前进。精简机构就是从大的方面使得企业达到良性运作,避免企业机构臃肿,人员散乱,生产效率低下,同时可以降低生产成本,实现企业的升级转型。量化考核则是一个监督人员、发现漏洞、修复漏洞、维护企业健康运转的重要手段。

综观五洲推行的企业管理模式,可以发现一个从不规范到规范,从不够科学到科学的路径。尽管如此,五洲并没有放弃在这条道路上的探索。

从小作坊、家族化的口头随意化管理,到艰难推行ISO质量管理体系,改革初见成效,企业逐渐步入正规化;因为质量出现严重问题,打出"三主一自"管理思想;由一篇救命文章《标准化运作,关注项考核》出台量化考核制度,弥补了企业改革过程的致命漏洞,堵住了企业的出血点,提高了企业的免疫力和抗风险能力。

精简机构,量化考核,五洲人通过无数的实践,始终把它作为企业发展的"两个锦囊",紧紧背在前行的路上。

五洲企业的高端生产设备车间

五洲在画一个"圆"

众所周知,事物发展的总趋势是前进的,但道路却是曲折的。五株克服种种困难挫折,一步一个脚印,实现一个又一个突破:2011年4月29日,东莞五株顺利投产并逐渐走上正轨;2019年5月28日,随着五株科技子公司江西志浩电子科技有限公司投产庆典的顺利举行,这艘线路板行业的百亿航母正式起航,同时也实现了梅州、东莞、江西三大生产基地的稳健和高质量发展,成功改组为"三足鼎立"的五株科技股份有限公司,朝着上市的目标阔步前进。

2013年,是五株科技发展的关键一年,五株科技正式实施蓝海战略。面对不断发展壮大的五株科技,授权经营、团队建设显得越发重要。作为五株科技领军者的蔡志浩,经常思考的是:"究竟如何才能够确保蓝海战略的成功实施,在2013年实现公司的年度目标呢?"

在一次与弟弟蔡志国闲谈的时候,弟弟的一句无心之语"一语惊醒梦中人"。

蔡志国长期生活在美国,在国外从事商贸工作,长期的国外生活和工作经历让他对于国外企业的相关管理体制有较深的体会。偶然一次兄弟俩在讨论企业管理考核之时,蔡志国提到西欧国家已经普遍采用一种全方位考核的管理模式,这是一种多角度地对员工进行业绩考核的方式,在国外企业运用得还是很成功的。

"全方位?"蔡志浩细细揣摩这三个字后,内心豁然开朗,这不就是自己苦于追求那么久想要的东西吗？满心欢喜的蔡志浩在参考了弟弟提供的一些国外企业相关的管理材料后，决定好好引进和借鉴这个"洋方法"，结合五株科技的实际，来个"拿来主义"，把它转化为适合五株科技的管理方法，并给这个新的管理模式命名为"360°系统考核"。蔡志浩想在五株画一个"圆"，以作为2013年五株科技的重点管理主题。

我们都知道，2012年蔡志浩提出了"授权经营，明确团队目标"的主题，并且在五株科技旗下所有的公司采用标准化团队运作管理模式，制定了适合企业的相关文字化的标准，让各岗位员工能自觉做好本职工作。

在蔡志浩看来，在2012年"授权经营，明确团队目标"的管理主题下，大力开展的企业团队标准化运作模式，能够很好地为2013年新的管理主题的推广做铺垫。毕竟，"360°系统考核个人绩效"是针对个人的具体详细的考核方式，考核把个人与团队、绩效与目标一一对应，能够很好地在2012年的管理主题下过渡、前进，易于被所有五洲员工理解和接纳，进而更好地实施运用。

"5%的改善与改进就是创新"，蔡志浩2013年预计实施的360°系统考核就是对现代管理模式的一种创新，是在标准化管理的基础上做出的改进，以保障五株科技2012年的管理目标——授权经营真正落到实处。

那么，"360°系统考核"究竟是怎样一种管理体系呢？

从理论上而言，360°考核指的是从各种渠道收集被评估者的信息，其渠道包括被评价者的上级、同事、下属和客户等，可分别匿名对被评价者提供反馈信息，以提高其水平和业绩。

通俗地说，360°考核就是纵横兼顾的考核方式，它好比自然界中的生物链，只要有联系的两者就可以互相评价，不论是上下级、同事，还是不同地区的不同工厂，都可以纳入360°考核的范围之内。比如，行政办的绩效如何，与之有接触的员工都可以对这个部门管理者进行评估；采购部门的办事能力和效率怎样，财会部、纪检部这些关联部门可以提供考核结果；甚至，保安人员的工作认真与否，企业的客人对保安工作都可以进行最真实的考核评价。

那么，2013年蔡志浩将如何具体实施他的这个管理模式，使得这个管理模式能够真正发挥效用，为五株授权管理保驾护航呢？

　　蔡志浩介绍说，360°绩效考核系统，能够公正、公平地考核每位员工和管理者的业绩，及时纠正授权经营过程当中出现的偏差，及时发现优秀员工、优秀团队的不足之处，让他们不会因骄傲自满而停止前进的步伐。

　　由于360°绩效考核是五株科技2013年的管理主题，其具体考核内容仍处于完善状态，还没有正式揭开它的庐山真面目。但是，它的实施效果是可以预见的，我们也可以从下面的文字中窥一斑而知全豹。

　　首先，实行360°绩效考核也即全方位实行考核，上至经理下至普通员工的各种能力行为都要平等地进行考核，从生产部门到各辅助部门，也都必须就产量、利润、品质等指标考核工作。

　　在实施的过程当中要重点突出"关注项考核"。这其实是针对工厂各部门关键项目的管控能力和困扰部门的问题点的改善力度的考核。通过关注项考核，能够对改善力度不够的部门和人员起到警示作用，并可以彻底追查和具体分析造成这种情况的原因，从而不断强化工厂的执行力，引导工厂不断改善问题点。

　　其次，在360°绩效管理思想指导下，五株科技将不断完善"个人品质代码

员工在认真检查产品

追溯"。所谓"个人品质代码追溯",即产品在生产过程中每一道工序都附有经手员工的个人代码,当产品出现不良缺陷时,公司能够快速有效地追溯到个人,获知问题根源,进行补救和改进。由此,可以让员工更加明确自己的责任,而且能够激励员工努力改善产品品质,自觉地树立和维护公司品质品牌。

当然,闭门造车,只关注工厂内部的发展而忽略外界的变化,对于自家企业来说仍是危险的。由此,蔡志浩提出"差异化"考核,对集团各分厂进行横向比较,寻找工厂最佳实践,以此为基准与PCB行业先进企业做对比分析,虚心学习,取其精华去其糟粕,创造工厂自身的最佳生产方式,不断缩短与领先者的差距,努力超赶行业先进企业,为公司创造最大价值。

与此同时,五株科技将建立高效的市场激励机制和淘汰机制,调动各业务员和各团队的主动积极性,不断完善"市场绩效考核",做好新老客户的风险评估,降低财务风险,以确保集团正常有序地运行。

最后,五株科技为了能够更好地提升360°绩效考核自动化水平,提高绩效考核的准确性和及时性,2013年规划在企业资源整合管理系统(ERP)现有功能的基础上,开发ERP绩效考核系统,建立ERP个人绩效档案,分析总结个人绩效,为管理层提供准确及时的考核信息。

而管理层将通过这一公平公正的考核程序总结分析结果,正确评估管理干部的业绩,有效清除没有生存竞争意识、不能够积极进取的员工,逐步建立起一支有危机意识、真正有责任感和使命感的五洲团队。

五洲的360°系统考核来了!360°,代表着一个圆,希望它是五洲画出的又一个完美之圆。

"蓝海战略"解密

　　如果把10年当成五株的一个发展阶段,那么前两个阶段五株完成了创业积累,形成了现代企业的管理和规模。但是企业还要发展,还要向着下一个更高更远的目标前进,实现由"浅海"向"深海"推进,这就是摆在所有五株人面前的"蓝海战略"。它的实施,将会是五株下一阶段更为彻底、更为全面、最具深度的发展战略。

"蓝海时代"的到来

　　2005年,一本由W.钱·金和勒妮·莫博涅合力完成的《蓝海战略》在国际商业界掀起轩然大波,引起了企业的普遍关注。在这本书中,作者宣告"红海时代就要结束,蓝海时代即将开始!"

　　红海就是红色的大海,防鲨网的范围之内,水质混浊,营养贫乏,但是人很多,在这个限定的围圈内,人人都激烈竞争;蓝海就是蓝色的大海,防鲨网之外海之深处,水质和营养物都很好很丰富,范围也相当广泛,竞争的人也少,但是蓝海水更深,浪更大,未知的风险也更多。但蓝海竞争,胜者将得到比红海多得多的利益和地盘。

　　红海战略是一个具有一定规律,有着一定共同准则,但却是一个充满弱肉强

"蓝海战略"解密

向着"蓝海战略"目标前进

食的世界,充满残酷的竞争。对于大部分企业而言,"红海"已经快要干涸了。有限的资源已经被那些超大型的国际企业瓜分得差不多了,其他企业很难插足,很难有大的发展空间。而蓝海更多的是创新与创意,是一场差异战。对于企业而言,只有走出"红海",冲入"蓝海",才会有更大的发展空间和更丰富的资源。

当今社会,红海战略仍占市场大部分份额,而以创意为特色的蓝海正在不断成长,并将成为社会的另一个红海。今天,这个预言得到了事实的验证。中国便是最好的例证。

近几年,中国政府也提出了"蓝海战略"。无论是"辽宁号"航空母舰的成功试水,还是"蛟龙号"深潜突破7000米,还是"人造卫星""神舟号"的频频发射,都是中国"蓝海战略"的重要一环。

企业是国家的重要组成部分,是国家政策的践行者和体验者。国家的"蓝海战略",在企业界得到了积极响应,蔡志浩便是其中之一。

五株当前面临的形势是严峻的。一方面是外部激烈的竞争压力,一方面是内部管理和品质的提升问题。虽然五株近几年实现了跨越式发展,但综合比较国际上一流的PCB企业,五株的优势并不明显。

蔡志浩明白,如果再不对企业加以创新,开拓新的"海域",走出"红海"

这个局促的圈子，五株在不久的将来就会陷入发展停滞的危机，不是被其他企业所超越，就是发展进入瓶颈。

可以说，深化改革对于五株已是势在必行！

就在这个背景下，蔡志浩认真分析国内外形势，结合企业自身特点和实际，在2011年9月5日提出了"五洲电路实施蓝海战略、提升品牌价值"的市场战略思想，9月15又召开了"提升自己、提升品质、提升业绩"的动员大会，全面推动落实"精兵简政、多岗多能、细化考核、量化到人"等一系列管理措施。这就是闻名五洲的以创新为基调的蓝海战略。

五株实施"蓝海战略"由此拉开大幕。

"蓝海战略"解密

五株实施蓝海战略的根本目的是将五株建设成一个创新型的大型企业，打破目前窘迫的局面，把五株推上一个更宽广的平台，从而实现企业的腾飞，使五株成为国内知名品牌，争做世界一流。

创新，是五株"蓝海战略"总的指导方针。

五株从生产、管理、运营、市场定位、人才培训、体制改革等方面，拟定了全方位的深化改革方案。

首先，对营销体系进行改革，对业务队伍进行优化。五株目前的销售队伍和销售政策已显老化和过时，以价格竞争为主的营销体系已经不适合"蓝海时代"的需求。另外，由于五株的飞速发展，企业员工来源复杂，素质参差不齐，有些员工的个人发展已经难以跟上企业的发展速度。因此，对员工个人素质和技能的培训，对业务队伍的优化已成必然。企业以人为本，只有做好了"人"的考卷，企业的发展成绩才会保持达标。

为此，五株正逐步建立起有效的报价体系和样品、急单、急样以及小批量定价收费体系，有效建立了业务员、跟单员培训和考核机制，科学建立了集团公司品牌营销推广系统、中小批量及网络营销推广系统、海外营销推广系统，从而使五株形成更强大的竞争力和战斗力。

其次，对企业进行重新定位。

在蔡志浩主抓下，一系列组合拳接连打出，五株大刀阔斧地对各工厂的产品、市场进行了重新定位，优化了产品结构；进行人才储备、技术储备，提高市场适应性和多工艺、多品种能力，提高订单和价格的选择性，从而提升五株的市场适应能力、生存能力。

提升工厂对数据的准确性、时效性和敏感性，重新评估集团公司各职能部门的工作项目、工作价值和影响力。

在团队建设方面，蔡志浩首先对管理层做出了严格要求，加强对总经理、厂长以及各中高层管理人员的管理技能和职业操守的培训；提升总经理、厂长及各中高层管理人员履行职责的能力和敬业精神，以及对企业对老板的服从性和忠诚度，使他们能够将自己的能力和主见融入公司的发展方向，服从公司的发展方向、忠实执行公司决策和老板意志。企业需要的是既有大局观又有执行力的管理者，这也是营造良好的企业氛围的必经之路。

长风破浪会有时，直挂云帆济沧海。我们会看到，在"蓝海战略"引领下的五株，一定可以再创佳绩，早日让这艘"百亿级的超级航母"实现美丽的深蓝之梦！

追梦

我的初心

只要为着心中那份执着而不断追求，就算多么大的愿望都能实现，这份心中的执着和梦想，就是我们今天要讲的初心。

初心就是做强做大五株

可以说，人在不同的阶段，心中的愿望也是不同的。今天，事业有成的蔡志浩依然有一个大大的心愿："我的初心就是把五株科技股份做强做大，争取早日实现国内IPO上市。"可以说，在蔡志浩出来创业之后，在自己的心里就埋下了这样一个愿望。虽然当时说出来可能有点异想天开，但是随着一步步走来，他觉得这个梦想不再那么遥远。

五株的不少管理层都曾听过老板的这番讲话，面对蔡志浩提出的了不起的心愿，许多人惊叹，甚至连蔡志浩本人也曾想过，公司上市可能吗？

他用一个故事告诉了我们答案："林肯家的农场上有许多石头，他父亲认为这些石头是一座座小山头，都与大山连着，是搬不动的。有一年，林肯父亲去城里买马，林肯和母亲决定把那碍事的石头搬走，不长时间，就把它们弄走了，因为它们并不是父亲想象的山头，而是一块块孤零零的石块，只要往下挖一英尺，就可以把它们晃动。有些事情人们之所以不去做，只是他们认为不可能。而许多不可能，只存在于人的想象之中。"

　　这个故事的道理很简单，它启示我们：世上一切皆有可能的真理。蔡志浩说："五株有今天的成绩，或许存在运气的成分，但更多的是靠智慧和努力，我把握住了改革开放这一大好机会。"

　　蔡志浩知道，国内上市并非易事，但他在内心怀抱一种美好愿望。不管能否实现，蔡志浩都尽量把企业做好，对员工负责，抱着上市的期盼，五株将始终按照上市公司所应该具备的素质和条件去经营去管理。诚然，上市使公司的融资更加方便快捷，有利于公司的发展。但五株科技具备这些条件吗？目前五株电路集团已经成功改组为五株科技股份有限公司，在东莞石碣镇科技路的东莞五株科技股份有限公司占地200亩，软件和硬件均达到了"上市"的要求，但让行业人士更为惊叹的，就是位于江西龙南工业园内占地近600亩的江西志浩电子科技有限公司，这是国内民营投资的最大体量的线路板产业园，无论是厂区的规模和设备的先进程度，在国内绝无仅有。蔡志浩这一人生最大的手笔，展现了一个企业家专注于一行、精通于一行、执着于一行的胸襟、胆魄和情怀。

江西志浩是五株新的壮举

　　2020年6月14日，记者专门驱车三个小时从梅州来到江西龙南，江西志浩已于2019年5月28日正式投产，投产的盛况宣传片和画册介绍可以说非常令人震撼。俗话说百闻不如一见，为了真切感受这一线路板行业的"百亿航母"的庐山真面目，同时在董事长蔡志浩的多次邀约之下，记者终于有了江西龙南的采访之行。一路上记者一直都在思考一个问题，其实这个问题就是蔡志浩创业的"路线图"。他从梅州起家，继而走出围龙开辟深圳市场，接着转战东莞，买下雅新厂，转型打造东莞五株。正当企业处于平稳发展之时，"不安分"的他再次做出一个惊人之举，实现五株科技事业发展史上的伟大战略转移，毅然挥师江西龙南打造"百亿航母"江西志浩。首先在记者脑海里跳出来的问题是：五株的战略转移为何选择江西龙南？经过记者和五株多位高管的交流，答案渐渐明晰。原因有三个：一是因为江西龙南同属客家地区，人文底蕴民俗风情极为相似，在这个"江西老表"的地区开辟新战场还是能够找到主场的感觉；第二个原因，是因为江西龙南的区域优势，从五株分布于梅州、东莞、深圳几个生产基地和办事机构来看，龙南都处于它们的中间辐射位置，交通十分便利，驱车前往这几个地方均在两三个小时之内；第三个原因也是一个很重要的原因，就是江西龙南的营商亲商环境相当优越，江西志浩能最终落地，离不开这关键的一点。

随着第一个疑惑在记者脑海中渐渐打开，第二个问题又跳了出来，当蔡志浩董事长刚买下占地200亩的雅新厂，生产的也是线路板的高端产品，为何在顺风顺水之时，要进行战略大转移？这个答案的见解同样来自五株多位高管的分析。结合记者的理解，五株挥师江西龙南，再次展现了蔡志浩超凡的战略眼光和精准把握时代脉搏的能力和胆魄，这其中有一个行业背景非常值得探讨。随着珠三角地区经济社会的发展，对企业自身的考量和准入门槛越来越高，对环评的监测要求也越来越高，由此给企业带来的经营成本和发展压力也会越来越大，深圳生产基地的撤离就是形势发展的一个趋势，虽然东莞尚未对大型线路板行业做出明确的限制要求，但是环评的要求却逐年提高。这是一个微妙的信号，这个微妙信号也让蔡志浩敏感地捕捉到了，东莞五株的发展前景固然不可限量，但是随着东莞作为国内二线城市的发展要求，加上周边房地产的开发和人口密集流通的诸多因素，几年之后，对线路板企业难免也会有更多限制措施，如果不及时做出发展规划和方向调整，真到那一天就会非常被动。为此，蔡志浩在几年前就开始谋划新一轮的发展，这个方向就是真正属于未来的五株站稳脚跟的地方，一个可以让五株精准把握事业未来的"大本营"。经过精细的市场调研，江西龙南无疑是最佳的选择。

第三个问题当然就是已经投产一年的江西志浩，到底是一个什么样的工厂？到底是一个怎样的"巨无霸"？可以说，记者从上车开始就非常期待见到真实的一幕。从梅州到龙南一路高速，在龙南南下高速再走十几分钟就进入了工业园区，让记者惊叹的是，接近江西志浩厂的时候，坐在副驾驶的记者一抬头即望见那条工业园内宽敞的大道被命名为"志浩路"，这让记者直接感受到了江西龙南

江西志浩如电路板行业的"航母"

对重点企业的看重和关切。我们的车子很快进入厂区大门，经过检查进去后，在企宣部总监超哥的引领下，我们见到了正在忙公务的蔡志浩董事长。在堪称高大上的贵宾接待室里，蔡志浩董事长和我们热情寒暄起来……随后的两天时间里面，在江西志浩相关人员的陪同下，我们对这座线路板行业的巨型工厂有了最真切的感受。步入工厂的大堂，感觉像进入一座五星级酒店，大气、端庄，正中墙上镶嵌着"江西志浩"四个大字。在大堂的一侧，首先映入眼帘的是工厂的沙盘模型，可以看到，工厂的外观，直线距离长达600米，一期二期工程占地近600亩，从空中俯瞰，工厂的顶部就像航空母舰的飞行甲板，在工厂的东端还微微翘起。这是一个腾飞的姿势，预示着江西志浩这一国内投资30亿元，体量最大、产品和设备都达到世界一流的"线路板梦工厂"，将向着产值超百亿的宏伟目标迈进。仅仅是外观就让参观者叹为观止，为了更加真切地了解它，记者一行被安排坐上观光车，从工厂的一楼开始参观。在参观通道，透过玻璃窗，一排排摆放整齐的现代化线路板设备呈现在我们眼前，一派现代智能工厂的气息迎面扑来，穿着各种防护服的技术人员在各种设备旁忙碌着。厂区有两层，从一层到二层，观光车沿着特殊的廊桥转到二层，不仅让工厂造型充满曲线，而且显得非常壮观。参观路线一气呵成，我们乘坐观光车，整个参观下来用时20分钟左右，如果步行，那就得两个小时才能看完整个工厂。说明一下，这还只是走马观花。当前，在国家非常重视新基建的今天，江西志浩再次抓住时代机遇，所有线路板产品均面向5G应用，这种定位和前端，无疑又是领跑行业未来的。蔡志浩董事长评价当下的线路板行业是"机器换人"的时代，这一点五株做得淋漓尽致。据介绍，江西志浩的智能化线路板设备，一台少则一两百万，最贵的高达上千万元，而整个江西志浩大小线路板设备有数百台，试问，这样的大手笔投入能不让人惊叹和赞叹吗？

走自主研发的制造之路

在五株，管理层的人都知道董事长蔡志浩对线路板设备的钟爱几乎到了痴迷的地步。他不仅重投入，而且早在1999年就在梅州创办了威力固设备厂。如今这个设备厂已迁至距江西志浩不远的厂区。它如同一个能量强大的加油站，以自主品牌自力更生自己创造的精神，为五株集团提供强劲的后台支持。在江西志浩的所有设备中，有近七成来自威力固设备厂，这在行业中堪称又一个奇迹。蔡志浩在线路板行业，活脱脱就是一个理论家和实践家的结合体。他还自己研制发明了生产环节解决自动化上板问题的"志浩龙"设备，并申请了国家发明专利。在线路板行业，老板亲自研发设备并获得国家专利，试问又有几人能做到？随后，记者又参观了江西龙南的威力固设备厂，机器轰隆的车间，各种设备堆放整齐，井然有序，各种高精尖设备让记者眼花缭乱。而这些设备中绝大部分都是智能化设备，就连一辆在旁人看来普普通通的手推车，经过设备厂的研制，就把千斤顶和升降等功能融为一体，让随同参观的朋友无不叹赞。更多的是整装设备，源源不断地被输送到江西志浩。由此可见，江西志浩打造的不仅仅是一艘足以引领线路板行业三到五年的百亿级航母，它同时展示的强大实力足以构筑起线路板行业前中后端完整的产业链。这些，都让国内同行难以望其项背。蔡志浩曾自信地对一些青睐于威力固设备的客户说：我们可以卖设备，但不是卖单台设备，而是卖线路板的整条生产线，还可以定制。这种豪气，源于底气。

心系员工　大爱无疆

在采访江西志浩的两天时间里，让记者深为感动的是，事务缠身的蔡志浩董事长，不仅专门抽出时间陪记者用餐，还抽出一个晚上专门陪记者到厂区外围散步漫谈。在江西志浩一期厂房后面，预留着二期厂房的建设用地，已平整就序，再后面是郁郁葱葱的小山坡。我们走在空旷的厂道上，几位企业高管随同前行，此时晚风习习，星光闪烁，如黛的青山看起来很有诗意，几栋整齐的员工宿舍和厂区连成一片。宿舍区后面，是一片开阔的空地，不久，这里将建成露天广场和足球场、篮球场。蔡志浩董事长指着不远处那片青翠的小山坡，笑着问记者：你知道我想把它打造成什么吗？我正要思考，身旁的一位高管抢先说了出来：老板要把它打造成情侣公园。一句话把大家逗得哈哈大笑起来。随后董事长解释为什么要打造一个情侣公园，因为工厂年轻人多，这片生活区可以运动可以休闲，情侣公园还可以为年轻人提供一个编织爱情梦想的地方。董事长说完，大家又是一阵会心的笑声。记者心想，这是一个多么充满人文关爱的企业啊！此时董事长的电话响了，原来是远在深圳的小孙子跟他微信视频通话，我们都在静静地听着一个慈爱的爷爷和孙子的温馨对话。此时，他的可敬中又多了一份可亲。我看着这位线路板行业功成名就的大咖，他的内心是那么柔软。感动之余，记者的脑海里闪现出四个字：剑胆琴心。

顺着厂道走到东端的一个角落，这里就是江西志浩投资超过亿元的废水处理厂。至于为什么要如此高规格建设废水处理厂，蔡志浩董事长给记者做了一番推心置腹的交流：作为一位企业家，首先应该有社会责任和社会担当，更要有一种民族情怀。江西志浩按照最严要求高起点建设废水处理厂，这个行为就是对社会负责，也是一个企业良知的表现。他继续自信地介绍说，线路板在生产过程当中会产生一定废水，但是经过废水处理厂处理之后，江西志浩排放的废水基本达标甚至超过地表水。说白一点，能做到这一点，就是一个企业的操守和良知所在。

江西志浩运动场

不忘初心　砥砺前行

随着记者和蔡志浩董事长的交流不断深入，我们谈到了初心。他若有所思地说："刚开始创业，人的想法很简单，只是为了谋生，在这个社会上有生存之地，随着企业一步步发展壮大，企业的员工也越来越多，而这个时候，作为一位企业经营者，考虑更多的是社会担当，从那个时候开始，也就有了真正的初心。这个初心的基本含义就是希望自己把企业做强做大，让更多的志同道合者共享企业发展的成果。同时作为一名企业家，肩扛振兴民族工业之道义，回报社会担当作为，应该成为一位企业家终生具备的民族情怀。

"五株这一路走来，经历过无数风风雨雨，爬过很多坡越过很多坎，但都能逢山开路，遇水架桥，在企业发展的很多阶段，都有绝地逢生的感觉，所冒的险一次比一次大，但总能化险为夷，化危为机，这要感谢自己的团队，当然也要感谢自己不变的初心。近30年来自己一直专注于线路板行业，干一行专一行精一行，也有人说我傻，但是现在看来，我也有傻的'可爱'的地方。俗话说没有国就没有家，对于国来讲，五株就是一个家，江西志浩就是一个家庭成员，只有国泰才能民安，企业才能获得良好的发展。投资30亿元的江西志浩，愿景是打造成国内民营投资最大的线路板产业园，形成共融发展立体多元的新时代格局，单单江西志浩在五年之内产值将达百亿元。同时，五株科技股份将乘着国家助推新基建行业的强劲东风，早日实现IPO上市的宏伟梦想，梅州、东莞、江西将合兵一处，打造五株新的集团军，面向未来5G产业，以世界一流、中国品牌、五株制造的勇气和担当，不忘初心，砥砺奋进，在新时代的大潮中，书写五株人奋斗的壮丽凯歌！"

砥砺奋进，勇毅前行；逢山开路，遇水架桥。这是五株董事长蔡志浩创业以来的胆略和初心，也是江西志浩如今的初心。这份一直秉持的初心，宛若菩提，始得莲花朵朵开。下面这一串喜人的成绩单，正是对这份初心的深情回报。

2021年1月，工业和信息化部公布江西志浩入选"2020年工业互联网网络化改造试点示范项目"；12月，江西志浩荣获2021年江西省"5G+工业互联网应用示范工厂"称号。

我的初心

本书作者（右）和蔡志浩董事长在蔡董当年送给父亲的别墅门口合影

2021年2月以来，国家发改委领导和江西省委主要领导、省政府相关领导以及赣州市、龙南市各级主要领导先后率队到江西志浩参观调研，高度肯定并鼓励江西志浩打造成为五株科技旗舰制造基地，成为全国PCB行业智能制造示范项目，给予殷切关怀和期望。2021年3月，江西志浩因成长快发展好贡献大创新能力强获得龙南市委市政府表彰。同年4月，董事长蔡志浩获"赣州市荣誉市民"称号；江西志浩荣获"赣州市五一劳动奖状"。

东莞、梅州、江西生产基地三"舰"齐发，助推五株科技高速前进，扬帆竞发。2021年7月，五株科技再次上榜中国电子电路行业百强企业，并在内资PCB企业榜单中排行第九位！同时，深圳五株荣获"中国电子电路行业优秀企业"荣誉称号。

新的一天开始了，记者随着上班的员工人流再次走进江西志浩的厂区，走进反映PCB行业发展探索历程的产品展厅，身临其中，让人深切感受到信息产业近百年来的发展变迁，更展示了五株科技从无到有、从小到大、从大到强的奋斗历程。从单层板到二十几层的线路板，从简单化到复杂化到智能化的华丽蝶变。幸福都是奋斗出来的。在这句话里，我找到了一个从猪圈里崛起的小作坊到上市企业的伟大创业故事的注解，我还读懂了蔡志浩从一个普通电工成长为国内线路板行业的翘楚，企业CEO的伟大追梦历程。

追梦

"智能制造"在路上

时间进入2021年。这一年,可以说是蔡志浩董事长最忙最累的一年,也是集团公司面临最大困难的一年。因为疫情的影响,国际芯片市场供应持续恶化,再加上物料价格飞涨,以及江西区域投资成本、团队组建、品质效率等诸多因素的多重叠加,导致集团公司整体业绩不佳,与预期存在较大的差距。这是一个比较严重的警讯。这个"警讯"必须转化为五株新一轮改革发展的"冲锋号"。此刻如何"化危为机",在五株二十多年的创业历程中,各种艰难险阻、风吹雨打都挺过来了,相信这一次也不例外。但改革路在何方?抓手又在哪里?蔡志浩董事长再次站在五株新一轮改革的风口。作为五株的领航者,这是他的使命,也是他的职责。他不会选择退却,更不会畏惧。他要带领所有五株人,冲破黑障,走向新的光明。他高屋建瓴,审时度势,毅然提出"智能制造"的战略构想。这是企业生存和发展的制胜法宝,也是五株实现长效发展的利器,更是五株实现高质量发展的生存之道。

那么,五株的"智能制造"改革之路又将如何进行呢?

企业瘦身,精官简兵

这一年来,有不少细心的管理层干部发现,虽然每个人身上的压力都大了很

"智能制造"在路上

内层前处理线

多，但比起日夜操劳的董事长，这些压力又不值一提。因为工作的奔波和操劳，蔡志浩董事长这一年确实瘦了不少，但他坦言自己瘦没关系。他说，让五株"瘦下来"，让"智能制造"为五株打出一片新天地，那他的瘦，就是值得的。

2022年6月9日上午，江西区域各职能负责人、威力固项目组、集团派驻江西各职能总裁等，接受了蔡志浩董事长关于"精官简兵绩效考核智能制造战略规划"的指导培训。这是一次足以载入五株创业史的又一意义重大的事件，对整个集团公司接下来要进行的智能制造改革之路，指出了明晰的概念和实操路径。

五株的"精官简兵"在此次的改革中，可谓大动作和大手笔。蔡志浩董事长强调，在这个关键时刻，所有人都必须多岗多能，特别是在智能制造的工厂，所有人都必须转岗，重新培训上岗。因为原来的生产模式、管理模式是以人为生产核心，所有管理以干部为核心，而自动化、智能化工厂是以设备的自动化、智能化替代作业员，替代品质检验员，用流程和规则替代管理干部的管理工作和决策工作。工厂生产线完全以自动化的设备，智能化的流程替代许多干部、员工的日常工作，可以不再需要那么多人用体力作业和管理现场，所有管理干部和员工必须转型到设备保养、工艺参数设定、校正、流程规划的管理模式上来。因此，要么干部员工提升为工程师、技术员或者自动化专家，要么转型到其他还没有自动化的企业去做比较简单的体力工作。行内专家评价，五株这项"精官简兵"+绩效考核的改革,在行业内是很有建设性和指导示范意义的。虽然改革牵一发而动全身,但这一"牵",让整个五株都动了起来,活了起来。

改革说到底首先是思想上的变革,没有"壮士断腕"的决心和勇气,改革必定不彻底也很难取得最终的成功。这是一项关乎五株未来的重大举措,蔡志浩首先与主要核心骨干进行交心讨论,让他们充分领会改革的意图和智能制造的可行性,让他们找到方向找和目标,打消疑虑,放手推行各项工作,对无法履职的管理干部建议转岗。其次,对于没有思路和方法的骨干,进行价值评估,如果是技术型可以继续发挥作用的,就降低待遇,重新定职位、定待遇、定工作清单、定工作目标。这是每个人必须面对的选择和留用的理由。

力度颇大的则涉及人力资源这一块,对所有技工待遇以上的薪资,这一改革都将按新的劳动法和工资标准进行行业调研、行业对标,重新制定职务工资和其他福利津贴,特别是工艺工程师、品质工程师、设备工程师、工程部、MI人才等技工待遇的中级专业人才,在智能制造改革中,都是要重新评估、考核和精简的对象。再次,人工效率成本、品质提升和市场价格调整这三个大项目,每个岗位、每个部门务必落到实处。对于没有改善项目、没有改善效果的部门负责人,一律淘汰。另外,蔡志浩要求每个部门必须认认真真重新进行工作项目、工作清

全自动垂直涂布烘烤线+LDI曝光机连线

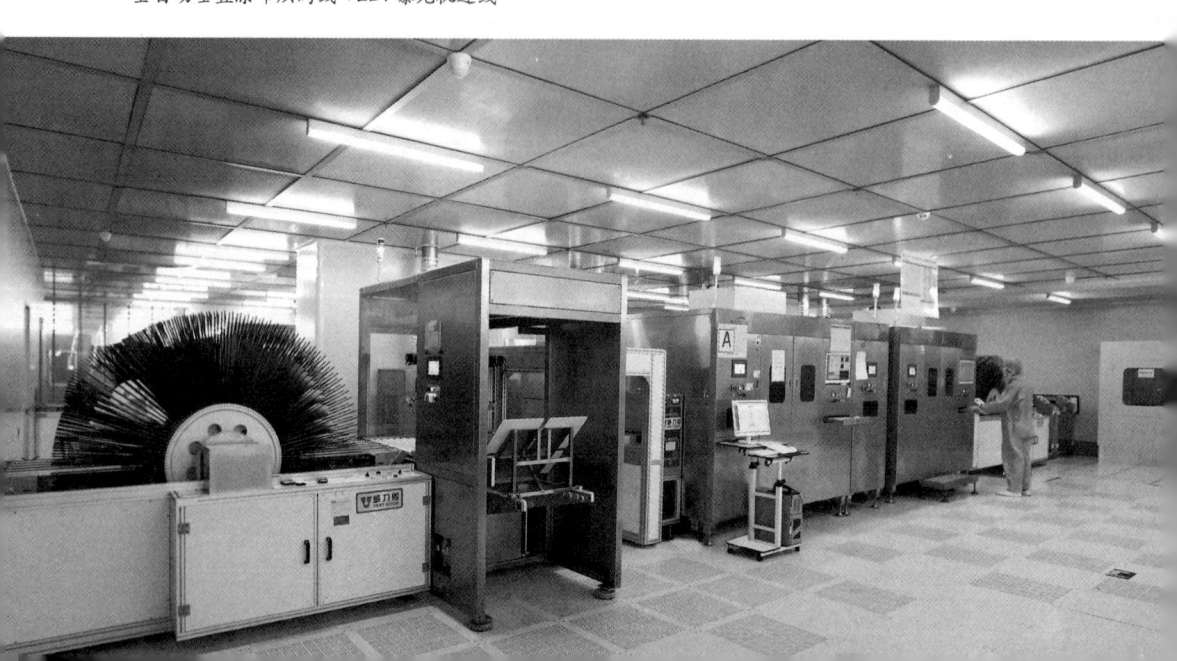

单、工作流程的梳理，然后按照"精官简兵"的原则，干部一律优化压缩50%编制，员工实行多岗多能，重新定员定岗、定工作清单、定人均产值、工作指标。要制定各职能部门（市场信息、客诉、工程、样品、产品流速时效、工具准备时效、异常问题处理时效）各岗位的工作时效指标明细，纳入考核项目。

这次绩效考核大规模改革，同样体现了五株一直以来奖惩分明的原则。蔡志浩明确，对于主动配合这次经营危机整改，有思路、有方法、有行动的职能部门负责人，要论功及时奖励，并作为重点培养人才，给予更高职务，把有激情、有思路、有方法、有行动、有业绩的人才调整到公司各部门关键岗位。对于各区域各事业部核心人才，更是体现重奖原则，强调只要有思路、有方法、有激情、有行动，主动参与，并配合集团公司改革行动的，都要签订绩效合同，共同分享经营利润，达到红线利润指标后按照合同条款及盈利额比例奖励核心骨干，如主动与公司签订三年盈利目标绩效合同的，将获得公司股权激励。

解读五株"智能制造"

"智能制造"不只是一句口号，也不只是一个构想，而是五株当下的奋斗目标。2022年8月19日，蔡志浩董事长为了让管理层干部更加明晰智能制造的内涵及具体实操，专门组织召开"智能制造管理前移"培训会议，江西志浩、江西威力固、超洋化工管理干部参加会议。为提升江西志浩的管理水平，宣布将组织三个模块的干部考核：第一是五株文化，第二是干部解决问题、输出方法的能力；第三是对标公司经营指标，干部履职能力及履职目标。进入培训主题后，董事长全面讲解了数字化工厂、智能制造该如何实现，为与会干部补上了智能制造的理念和方法这一课。

设备稳定。设备运行无故障，设备在正常保养的情况下至少要无故障运行一个月，按规范进行设备的保养，工厂要对设备的运行情况进行跟踪，对于不稳定的设备要从根本上解决。树立设备是第一员工，作业员工是设备的第一维护人的理念，作业员工要懂得设备的校正、开机、关机、排水、加料、维护保养，必须经培训考核才能上岗。

全自动二机连印＋烘烤连线

工艺稳定。人力资源联合工艺部对干部员工进行系统性培训，让员工了解工作的需求及目的，员工工作需要懂得原理，比如显影、蚀刻药水有哪些成分、起什么化学反应、发生反应的条件是什么；药水的浓度、温度控制范围、喷淋压力多少等。工艺参数稳定，不是简单的定期补充药水、定期保养。只有设备稳定、工艺参数稳定，首板检查，员工培训到位，才能达到设备、工艺、岗位人员三稳定。工艺稳定，流速流量才能稳定，每个岗位都进行设备工作原理（包括化学原理、物理原理）、关键工艺参数的培训，并将内容增加到"一岗一表"当中等。

分线分拉、打码读码。这是智能制造工厂另一个重要前提。分线分拉的目的是对产品进行有效的产线分类，减少料号切换，减少员工对跨线生产的产品工艺参数调整，让生产更稳定，效率更高。分线分拉是智能制造的重要标志。公司决策取消主管职位，设置拉长，变横向管理为纵向管理，目的是保证产品工艺参数稳定，减少更换料号的时间，让管理者工作更加轻松，管理者自己管控整条拉的设备、工艺的稳定性、可靠性、流速、流量、节拍保证，按照工厂规划的节奏走。这是公司订好的规则，工厂必须严格执行，绝对不允许混线生产。混线生产流速流量无法统计，质量无法追溯，考核就无法执行。

没有分线分拉就没有智能制造，没有打码读码就没有品质追溯，三化三稳三保证、分线分拉、打码读码、流速流量是智能制造工厂最基本的前提和运作模式。

设备是第一员工。"智能制造"的一个显著特征，就是"机器换人"。为此，蔡志浩反复强调设备是第一员工，要保证设备满负荷运行，要让设备长期处于工作状态。一条产线投资动辄上亿元，最大的浪费是设备停线。

管理干部要制定流程规则，积极参与智能制造，从基础面抓起，从三化三稳三保证抓起，从生产运作中"五确认、反确认"抓起，从首板、样板检查抓起，从现场作业与系统文件一致性抓起，保证生产运行中的一切品质活动有佐证并上传系统，分层分级分类管理，做到可随时查看，管理有依据。

蔡志浩董事长深有体会地说，智能制造不是老板的心血来潮，而是"老板工程"，这是涉及五株未来生存与发展的重大决策，是企业管理意志的集中体现。智能制造工厂生产运营靠的是流程规则，所有干部都要提升自己的思维能力、行为能力和制定流程规则的能力。这是一场管理大革命，对所有人都是挑战，包括老板本身。

江西五株总裁温美霞作为负责整个集团公司智能制造全面落地的执行高管，深有感触地说，智能制造是董事长的战略构想和重大实践，事关企业的转型升级和高质量发展，意义十分重大。按照董事长的要求和规划，到2022年底，江西五株要达到全线全流程的智能制造，实现人员精简、管理优化。梅州、东莞和江西三个区域的智能制造在战略方向上要有统一性，最终目标就是智能制造、精准追溯！让员工手工作业的应用被自动化替代，滤油、文字、钻孔、压合、包装等用人工作业多的都要用机器替代。

虽然江西五株已经有1.0版本的自动化系统，但在智能化方面与规划上仍有不小差距，因此必须在现有基础上，按照行业一流企业的标准，对现有的生产系统进行真正的智能制造流程优化，重新按照无人工厂、无人车间的规划，把生产系统从自动化提升到智能化；从IT化提升到数据化、时效化；培养生产线工人转型为技术员、工程师；让所有干部、员工从靠动手转型为靠动脑；让公司从缺员工转变为缺专家、缺人才；将现在的生产节拍由4片/分提升到5片/分、6片/分；大幅度提高设备稼动率和产出，提高资本回报率。这是一个既庞大又艰巨的系统工程，要投入大量的人力物力。按照集团公司2022年的经营目标，要实现增量10%～20%，实现公司盈利目标2亿元以上，这需要三个区域三个团队全体五株人的共同发力，用劳动和智慧才能结出成功的硕果。

雄关漫道真如铁，而今迈步从头越。2022年是集团公司真正实现智能制造转型升级的关键年，蔡志浩董事长豪情满怀地表示；五株科技、志浩科技在原来部分自动化、智能化1.0的基础上，准备用2023年、2024年两年时间将江西志浩新车间按照全流程、全自动化、全智能化，基本实现无人车间，将现在4片/分的生产节拍提高到6片/分，将产能提升50%，品质更加稳定，并实现全流程品质追溯，人均产值超过15万元/月，采用一拉一工厂模式，引领电路板智能制造的产业革命，成为中国乃至世界效率一流、自动化、智能化最先进的工厂。这个蓝图已经绘就，只要大家凝心聚力，坚持两年时间就能开花结果。这是比赚钱更有意义的个人生命价值、企业社会价值的生动体现。

思想之旗领航向，人间正道开新篇。蔡志浩董事长深情寄语全体五株人：要继续发扬五株以往优良的传统和作风，砥砺奋进新征程，全体同仁同心同德，奋发有为，共同谱写五株更加美好的新篇章。为行业、为社会作出更大的贡献。正所谓长风破浪"正当时"，直挂云帆济沧海。蔡志浩笑着改了原诗句中的两个字，以表达他的心境。

下篇 五株追梦人

五株"少帅"蔡诚

蔡诚：五株"少帅"笃信"道不远人"
——五株科技集团总裁兼东莞区域总裁蔡诚访谈

  他有一位慈父有一位严母，曾经在五株领过1500元的基本工资而无法如期转正；他曾经让东莞五株从亏损几千万到赢利上亿元；他知道自己的远方任重而道远，但是他身上有着五株新生代的力量：阳光、睿智和自信。他就是五株科技集团总裁兼东莞区域总裁蔡诚，一位年轻有为的"少帅"。2019年11月24日上午，在东莞五株蔡诚的办公室，冬日的暖阳洒满整个厂区，感觉是那样的温暖，记者在香茗氤氲中，和这位年轻的企业家像拉家常一样进行了一番交流。

  记者：您能介绍一下从读书毕业到选择五株就业的过程吗？

  蔡诚：我从读书到工作（并未出国留学）的过程比较传统，一直以来都在国内环境下生活和学习，加上我的父亲是一个比较传统的人，当时并没有对我有一定要出国留学的要求。大学读的是电子计算机专业，一个比较偏向培养逻辑性的专业，我觉得还是很适合我。我2007年进入五株，那年我22岁。

  记者：五株是大学毕业的第一份工作吗？

  蔡诚：我当时上大学的时候就已经开始思考，出来之后要不要先去外面历练一下自己再进入公司，后来还是觉得，父辈身上有太多宝贵的经验值得学习，有了父辈的指引会使自己少走弯路，所以还是说服了自己，没必要过于硬气和固执。

记者：你进入公司的第一个职位是什么？

蔡诚：我进入五株时并没有像外界想的那样直接担任公司要职，最开始在工厂的样品组学习和锻炼，主要是全面了解线路板的工艺、生产流程。当时在公司的人力资源部跟所有刚入职员工一样拿1500元的底薪，公司规定三个月转正，可是那时候没有人敢跟老板说我应该什么时候转正，所以我从2007年8月入职，直到2008年8月，等了足足一年才获得转正机会。（说起这件事，蔡诚朗笑起来，一个"小插曲"也足以考验他当时的耐心。）

当时父母并没有让我工资交家，我会把收入作为一种劳动所得储蓄起来。有意思的是，那些转正员工的工资甚至比我的要高得多。后来我在董事办待过一段时间，在市场部（深圳）做了两三年的跟单，学习跑市场。这个是大学问，锻炼的是和客户的接触。

记者：这些历练对你日后的影响主要体现在哪里？

蔡诚：这些历练，锻炼了我的情商，因为要去了解别人的需求。在工作时，往往自己觉得自己好也没用，不真实，要在外面听到别人说你好，才是真正的好。在工厂里从内转到外，与人打交道，到后来2010年下半年我们公司买下破产的雅新厂建成东莞五株，当时那边的设备有些是我们没有涉及的领域，所以由我带领一个团队把事业部设立起来，主要精力都放在搞软板厂（FPC）。

记者：五株企业创办近30年来，你的父母可谓二十多年如一日专注于一行，你在耳濡目染下成长，估计你从小到大接触最多的就是"电路板"这个词，这种感觉对于你的成长过程，包括到今天的就业，有没有什么感慨或者体会？

蔡诚：首先这种耳濡目染的是一种他们身上的精神：这种精神包括对家庭的负责、对家族的负责、对社会的负责。至于当时为什么要选择留在公司就业而没有另择他处，是因为父辈辛苦了几十年，作为家族的一分子，我们这些晚辈在他们创造的价值下，过上了很好的生活，如今到了出来工作的时候，不能只顾着自己，要有一份责任感，不能只是想着去做什么比较轻松的工作，坐享其成。既然我处在这样的环境下，享受了这种生活，肯定要有相应的付出，要有承担和担当。而且这几年工作担子越来越重、范围越来越广，就越来越感觉到我的父母二三十年来的压力是相当大的，他们身上拥有常人没有的意志力，确实不是一般人可以承担的。

记者：他们身上的这种创业精神，你觉得可以借鉴的，或者说最让你得益的是哪些方面？

蔡诚：是坚持。对行业的坚持，对遇到困难的时候如何积极面对、如何去打开局面开拓未来的坚持。

记者：你作为家族的成员，父母的创业过程你是非常清楚的，就面对的困难来说，你觉得他们在挑战哪个困难的时候，特别令你记忆犹新的？

蔡诚：创业没有一帆风顺。五株一路走来，父母可谓呕心沥血，经历千难万险。这些困难的出现大多数时候不是我们一起面对，反而是他们自己在默默面对和承受。比如说在我读书时期，他们绝不会在家中提起工作的事情以及困难，不带回任何负面的情绪，所以我一直是在一种比较轻松的环境下成长的。当自己出来工作时，在听说企业过去发生过一些事情的时候，才知道当时经历了如此大的困难。因此我在想若换成我自己的话，是否也能做到这个样子，所以我觉得这是我父母非常了不起的地方。当然，也可以从另一个角度说，这是一种对子女的爱，因为他们不想在子女成长的过程中，让子女柔弱的肩膀去承受这种困难，所以他们选择默默承受。（说完这话时，记者从蔡诚的眼里看到了"感恩"两个字。）

记者：五株从当年的五里亭小厂到如今几千人的国际知名度比较高的线路板标杆企业，你的父母艰辛创业带领第一代的五株人，现在你作为企业副总裁，他们带出来的团队对于你今后拿起接力棒，有什么样的启发？

蔡诚：首先就我父亲来说，他对于整个团队的包容心是非常强的，因为他有这种容人之心，跟汉末的曹操一样，用人唯才是用；而我的母亲事事必定亲力亲为，一个是把握大方向，一个是关注细节，他们的这种搭配确实是比较难得的，他们带领出来的团队的这种精神值得我好好学习。公司一步步发展到现在的几千人，有些基本的理念是不会变的，比如团队唯才是用，现在还是一直坚持这种传统的理念；同时再结合一些比较新的、科学的管理方法，新老结合，五株的团队就能保持鲜活和战斗力。

蔡诚伉俪

记者：刚才说到的科学管理方法，因为你是五株的年轻一代，很多管理理念，包括现在你接手企业的一些管理工作，肯定会和父辈有一些不同的看法，或者在规划某些事情方面有所不同，那么如何去求同存异？

蔡诚：这个确实磨合了好几年，在一个很有成就的长辈面前要获得一定的认同度，是要讲究技巧的，不是说单纯地去说，因为单纯的沟通可能会引起经验和理论的碰撞，因此需要准备充分，也需要时间。首先来说可能要结合行业的一些报告，或者从长辈那里吸取一些建议，如果方案有理有据，是可以获得支持的，而且也不会因为我是晚辈，我的建议比较新而被认为一定不对。老一辈的经验足以证明，有些地方也有我的不足之处，这是客观事实，从职业经理人的角度，要和老板多互动，经常报告，需要做更加充分的准备，逐渐让自己成长和成熟。

记者：当年轻的团队碰撞思路时，在得不到一定认可的情况下，有没有比较委屈的时候？

蔡诚：这种事情别说是父与子之间，就是在任何的公司、上下级之间都会有，我坚持和而不同、违而不犯的原则，正确分析正确面对就是了。

记者：面对自己的上级是自己的父亲，这就不能排除纯粹的上下级关系，其中会不会夹杂着其他的想法？

蔡诚： 工作上如果带着父子的情感，事情就不知道该怎么处理比较好。如果是面对工作，就是单纯的上下级关系，就事论事，上司会不认可你的论点，目的都是为了企业的发展。换作其他公司或者其他上下级，下属有什么样的想法提出来，上司都有可能会说你这种想法哪里哪里不成熟，予以否认这样的现象。其实无论什么关系，自己的观点被否定心里难免会有失落，但这是一个正常的事情，需要用平常心去面对，不能因为上司是自己的父亲就一定要支持自己。大家都是为了公司工作，如果觉得你这个建议是对的，就会予以支持；觉得你的观点不够成熟，就需要再思考再研究。

再说，父亲打造的这个平台我觉得是社会性的，以后一旦我们的公司上市了，我的工作做得好，能够胜任，我就有可能成为新的掌舵人；要是做得不好，那么我的身份就只是一个股东。不要觉得说以后我一定是管理公司的人，管理得不好，也照样让位，一定不要觉得什么都是理所当然的。

记者： 董事长在几十年的创业过程中说到"做人负责，做事用心"这个理念，极能反映五株人的精神。你觉得在实际工作当中，有没有自己的工作理念或者信奉的一句话，作为自己的座右铭来指导自己的日常工作或者为人处世？

蔡诚： 信奉的比较多，因为人都是由方方面面集合成的，价值观也有各种各样的，所以我觉得涉及不同的面的时候会有不同的准则。在做人上，"做人负责、做事用心"是对我影响最大的一句话，既要这样讲，也要这样做，对公司、对工作和对家庭都要做到这一点，值得我用一生去实践。在工作上，一定要靠团队，慢慢地，现在新的环境可谓是量变引起质变，以前一两个厂可以让老板每天都去巡线，如今五六个厂每天巡线就比较困难，不可能一天东南西北地跑，所以肯定要靠团队和制度，个人英雄主义就会慢慢淡化。因此在我们这个区域建设中，我都会比较淡化我个人的色彩，去了解我们这个团队现在还缺少什么，团队和制度应该如何去建设，这才最能够体现团队的力量。

记者： 刚才你说到"做人负责"特别是体现父辈们这种对员工、对家庭的负责。那么在你的眼中，你的父亲到底是一个怎样的父亲？

蔡诚： 慈父。因为他在我小时候就一直在外面打拼，所以他心里会觉得用在我们子女身上的时间很少。他回到家时，就是慈父的角色，没有一点大老板严肃的样子。所以我也半开玩笑地说，我怕母亲多过于怕父亲。（说到这里，蔡诚端起茶杯，开心地笑了笑。）

记者：那你的母亲在你眼里又是怎样一个角色？

蔡诚：严母。她的严体现在对于我从小到大的三观形成有着严格的要求。她从来不会无缘无故地教训我们，有时在教训完我们之后，必然会让我们清楚地知道我们错在哪里，为什么犯错，算是一种启发式的教育。至于为什么有些畏惧她，是因为要是你跟她讲歪理，她就会一点一点地跟你解释清楚，不给你留一点余地，是让你知道错了就是错了，你就必须承认，要心服口服；她从小就让我懂得了是非分明，让我成为一个正直的人。

记者：在我采访的高管中，他们都认为董事长是一个好老板、好丈夫，对于这样的评价，你是否觉得合适？

蔡诚：我觉得是。对企业负责，对员工关心。一直以来他对于企业的各方面都非常关心，时不时会亲自突击检查。他认为员工一定要吃好、住好，才能工作好，他对这方面一直都非常用心。

作为丈夫他是合格的。他的社会地位做到这种地步，世间的诱惑千千万万，到现在为止我们的家庭能达到现在这种氛围，是非常难得的。比如每年情人节、我母亲生日，他都会给我的母亲送花、送礼物，很注重仪式感，甚至还会来几首打油诗。（蔡诚一边笑一边为父亲竖了一个大拇指。）

记者：现如今你已经成家立业了，那么你有什么个人的爱好？

蔡诚：（浅笑了一下）因为工作压力大，我的业余爱好从小一直延续至今，偶尔玩玩模型和打打游戏，拼拼乐高还可以使自己的心静下来，想事情就容易许多。不过我这爱好与年龄无关，纯粹为了减压。

记者：你作为一个年轻的"少帅"，在这个行业中如何规划FPC的前景？

蔡诚：子曰：道不远人。我笃信这个道理。按现在来说，我们的线路板设备可以做大也可以做细，可以做软也可以做硬，但是因为我这12年来都偏重于市场，工厂业务这方面相对来说实力较弱，所以还是要把握当今消费者想要什么样的消费品,从而引导我们的设计者如何去设计,再然后就要变成我们的线路板要做成什么样的东西,去满足这些设计者和消费者的需求。就如现在我们的手机可能追求薄,耳机追求小,功能又要多,或者鼠标又要如何的智能,那么它们都会变成集合的功能越来越多,所以留给线路板的空间就会越来越小,那么就迫使我们要朝着软硬结合板的需求方向努力。所以现在我们的规划,是根据市场所需的资源进行调配,把我们的设计、我们的工艺提前准备好,当他们想要出新品的时候就可以拿出自己的产品,而不是等到他们想要出新品的同时才思考要做怎样的新产品进行迎合,那样必然会落后,无法在这一行站稳脚跟。所以我们五株的未来,就是永远打有准备的仗,赢得先机,方能抢占市场,才能真正引领潮流,这就是五株未来的"道"。只有久久为功,锲而不舍,方能春华秋实,结出梦想的硕果。

追梦

温美霞：带着感恩的心去工作
——记五株科技集团绩效考核副总裁温美霞

25年前，她是一位普通的打工妹；25年后，她成为公司的高层。

她就是五株科技集团绩效考核第四副总裁温美霞。一个在少女时代就投身五株，与五株共同成长，一个曾短暂地离开又重新选择回到五株身边奉献她所有工作热情的客家女性。

究竟是什么驱动着她在五株事业的征途一直走下去，又是什么让她在离开后毅然决然地重回五株的怀抱呢？

结缘五洲创业倍艰辛

1993年4月3日，年仅25岁的温美霞加入位于梅城江北五里亭的五洲电路板有限公司，在那间简易甚至略感寒酸的工厂里，她成了工厂一名普通的包装部员工。在此之前，她曾在顺德一家电子厂打工，漂泊加上年龄的原因，让她回到家乡。但她根本不会想到，她的命运会和五株紧密相连，会一直走到今天。

她仍然记得，她第一天去五洲小厂面试时，面试人是蔡志浩的父亲蔡天宏老人，蔡伯和蔼可亲的形象、慈祥的话语让她找到了家的感觉。她毅然留下来，加入了这个当时只有不到20人的小工厂，在包装部从一名普通员工做起。

当时的五洲电路板厂工作条件可以说相当简陋，因为厂址是梅江区城北粮管所的地方，厂房都是由猪圈和旧仓库改造而成的，之后由于生产规模的扩大，又把猪栏旁边的水塘填埋起来扩建了厂房。当时的工厂是这样运作的。因为工厂的业务基本都来自深圳，蔡志浩老板就驻扎在深圳宝安，在那里成立了一个简单的办事处，由他负责去市场上跑单和接单，再把订单捎回梅州生产，生产好后，再把货物送到车站托运到宝安，再由蔡总分发给客户。可以说蔡总负责对外业务，干得也非常辛苦。而工厂的内部管理方面，则由蔡伯这位梅县造纸厂的老厂长负责日常管理、流程布局以及制度建设。他非常有经验，公司的发展和壮大离不开蔡伯的辛劳与付出。老板娘张晓华是个非常有人格魅力的女性，她聪慧勤勉，为人温文尔雅，负责工厂的生产管理和财务收支，在这样的运作模式下，公司上下齐心努力，当时的生意还是不错的，每天托运到深圳宝安的货物都有100多箱。

在包装部工作期间，温美霞工作认真负责，蔡伯和老板娘都对她的能力给予认可。两个月后，她就升为领班，负责整个工厂产品的质检和包装，当时的品质部只有八九人，工作相当繁重，大家在那样艰苦的环境下依然团结协作，互相帮助，并不像现在的工厂，工人在自己的岗位上各司其责，守好一亩三分地就行了。当时的工作几乎是交叉的，帮工现象天天都在发生，就是哪里缺人手就到哪个岗位帮工，大家都不讲价钱，有苦有乐。

温美霞在做质检领班的时候就深知，产品质量是企业的生命，是企业品牌的象征。在她当上了品质科科长后，更是把这种理念应用到实实在在的生产过程中，严抓质量。在质检时，只要是有一丁点问题的产品，她都不会让它出厂。如若负责出货的员工不肯服从她的意见，她会一屁股坐在不过关的产品包装箱上面不让工人搬走问题产品，直到员工把产品改进达到应有的标准她才同意交货。当时有员工称温美霞很"拽"，后来也正是有了一个个像温美霞一般"拽"的员工，才让五洲的产品经住了市场的考验。

温美霞坦言，有一件事让她终生难忘。1994年温美霞结婚了，两年后盼来了自己的第二个孩子，由于间隔年份不够，但很喜欢小孩的温美霞还是希望把小孩生下来。当时正值严抓计划生育的时候，有关部门人员到五洲厂来找温美霞，当时身怀六甲的温美霞急得像热锅上的蚂蚁，走投无路之际，是蔡总夫妇把温美霞

追梦

温美霞（左二）在指导工作

巧妙地"藏"起来躲过一劫，后来孩子得以顺利出生。温美霞全家为此事一直对蔡总夫妇心存感激和感恩。

别来无恙不再说分离

1999年，一直在深圳市场前端的蔡总，考虑到当时公司已经积累了一定的客户资源，有较好的市场前景，同时为降低运输成本和提高响应速度，于是在深圳宝安西乡创建了五洲制品厂，当时还在梅州五洲小厂的温美霞受到了蔡总的赏识，有意让她到深圳制品厂去做厂长助理。温美霞考虑到自己的两个孩子还小，可又出于对蔡总的感激不愿辜负蔡总的好意，内心非常纠结，多日来为拿不定主意而寝食难安。蔡总深知她的顾虑，就亲自找她谈话，站在兄长的角度为她分析事情的利弊，让温美霞渐渐消除了内心的不安。1999年10月2日，温美霞离开丈夫和年幼的孩子只身前往深圳厂做了厂长助理。

两个月后，由于原厂长调离，作为助理的她实际上行使着厂长的职责，管理着100多名员工，负责着日常的生产管理。兢兢业业地工作了三年后，工作出色的温美霞再次被蔡总调到深圳五株总部任市场部经理。

两年稳定的市场管理工作让温美霞成长不少，也让她有勇气向自己的职业未来提出挑战。2004年6月，温美霞做出了一个让人诧异的决定，离开五株跳槽到深圳另一家电路板小厂做了厂长。这是温美霞职业生涯的一次转折，正是这个至今连她自己都不确定是对是错的抉择，让她再次感受到了五株人的有情有义。

有句俗话说得好，"不当家不知道柴米贵，不养儿不知报父母恩。"尽管温美霞在做厂长助理和代理厂长时积累了一定的管理经验，但作为一家陌生小厂的厂长，需要统筹的事情并不如外人看得那么简单，更重要的是，温美霞与厂家老板的管理理念相差甚远，很多方面难以达成共识，工作也就没办法如意展开，也难以实现她的事业蓝图。这让她感到难过、无奈和无助。

这期间，让温美霞颇为感动的是，五株并没有因为她的离开而对她不闻不问，蔡总一家一如当初地关心她关注她。老板娘张晓华更是时常与她电话联系，亲切与她交谈，询问她的工作情况，像知心姐姐那样倾听她的苦恼。在小厂的多番不顺，本就让温美霞极为怀念过去，夜晚回想起与五株共同成长的日子，回想起蔡总一家对自己的照顾，让温美霞内心充满感激的同时更有些许的愧疚。她甚至开始怀疑，自己离开五株这个温馨的大家庭是不是一种错误的选择。

在度过了多个不眠之夜后，她心里想着希望能回归五株怀抱。老板娘似乎能读懂温美霞的心声，她亲切地对温美霞说："如果在那边干得不顺利不开心的话就回来吧，五株依然欢迎你，你回来吧。"这句话如同沙漠中的甘泉，滋润了温美霞，犹如寒夜里的松明，温暖着她的内心，让她不禁热泪盈眶。2004年10月，温美霞辞工重新回到了五株，12月，她被调到老板娘身边，成为采购部的经理，主要跟随老板娘学习采购业务，得到老板和老板娘更多的言传身教，让她得以迅速成长。

感恩五株一生终不悔

2007年，为实现管理的信息畅通，蔡总在梅州成立了管理部并提出把温美霞调回梅州工作。好不容易在深圳安定下来，与家人团聚的温美霞并不情愿再次离开已经在深圳就读小学的孩子和已在深圳安家的丈夫。可一想到蔡总多年来对自己的栽培，特别是在自己离开后依旧能接纳自己给自己成长的机会，温美霞还是怀着一颗感恩的心答应了蔡总的要求，带着几位助手回到梅州做了梅州区域的管理部副总，用客家女性特有的勤勉与努力，为五株事业开疆辟土，和员工共同度过了2008年的全球金融风暴，让五株事业在逆境中坚定前行，逆势发展。

2009年，五株迎来了跨越发展的一年。这一年，蔡志浩董事长投资2亿元在梅州创建了第二家工厂——梅州志浩电子科技有限公司。随着时代的发展需求，专业制造HDI手机板、多层板，五洲事业领跑在市场的最前沿。

温美霞说，蔡总是个很有人格魅力的老板，对员工极为关心。他总是一心栽培下属，倡导对员工"少罚多奖，少罚多鼓励"，每次从外面工厂回来总是第一时间召集管理层开会和培训，和员工之间没有距离感，也不会像一些大企业的老总一年难觅其身影。蔡总是老板，但更是可亲可敬的兄长。

对于温美霞来说，志浩电子公司的成立既是五洲的一次蜕变，也是她的一次蜕变。2011年10月，温美霞正式出任梅州市志浩电子有限公司总经理，成为企业的高层。这一天，对她来说，颇有梅花香自苦寒来的感觉。2012年9月，集团为了实现HDI厂的资源共享，同时实现对市场部门的统筹管理，温美霞再履新职，出任东莞和梅州HDI两个厂区的营运总监。

温美霞于2014年春节后从梅州调到东莞负责这一块的工作，当时是以集团的运营总裁身份调过来的，主要负责生产运营的监督、数据分析和公司文化的推动这一块。2014年5月的时候因为人员变动，董事长就让她兼任了东莞区域总经理直到2015年。她接手时，东莞五株的总体业绩是相当不错的，但是由于12月份的一场火灾（原因是电器方面存在的问题）让公司损失惨重，业绩又有所下滑，但在困难面前，温美霞感言非常佩服董事长临危不乱的大将风度，可以说那场火灾是五株发展历史上的一个大坎，但是董事长冷静沉稳的处事作风让所有的五株人佩服不已，他一方面安抚客户，另一方面同步考量策划新车间的设备和工作安排，发动公司所有员工对火灾场所进行清理。这场火灾使温美霞临时被调到营运办进行协助。因为董事长思维超前，再加上有些公司已经有了网络营销这一方面的业务，前景也非常好，因此那时候她也参与了一段时间的市场网络营销。效果也很可观，每个月有一百多个客户，每个月有一两百万的收入，这成了当时新的经济增长点。到后来的2016年，董事长成立了市场商务部，温美霞调到这个岗位工作，既要承接市场前端的信息，也要对后端工厂的运作进行管理，成了真正的"双面手"高管。从某个角度说，温美霞在协助处理火灾事件中让董事长看到了她另一方面的能力，而五株遇到紧急情况不逃避，临危不乱的态度也起到了积极的宣传效应，增加了在客户眼中的诚信度，所以说是坏事也是好事。后来，在董事长的运筹帷幄下，仅仅用了两个月东莞五株就恢复了正常的生产秩序，让业界对五株再次刮目相看。

温美霞认为，自己有今天的成长，离不开董事长这位职业生涯中的良师益友，让自己能在实际的市场管理和工厂管理这一块得心应手。她说，董事长写有三本书，其中《激情无限，潜能无限》对于公司的管理策略以及根据不同时期包括东莞几年时间内的管理问题等，总结出了管理思路以及管理的方法，形成了独特的五株文化。老板书中的一些方法和指导策略，经过实践检验，马上就见到了成效，特别是老板发表的三篇文章中提到的"两个制度，一个习惯"成效就更大了。再有《天天班务会 人人学管理》的文章，对两个批准制（分别是下班批准制和问题的解决制）、一个习惯（就是阿米巴的核算习惯）的实际运用起到了很好的指导作用，对于管理层简直就是一本教科书。

当记者问温美霞作为一名女性担任这个管理岗位，是优势还是劣势时，她自信地回答道：我认为作为一名女性担任管理岗位是有优势的。因为女性本身的个性就比较柔和，亲和力比较强，所以在东莞厂甚至整个集团来说，我的管理工作都受到了广泛的认可。同时结合跟老板学习的管理方法和自己的管理理念，去帮助下属解决问题，重点是从帮助、扶持、服务这一块做起。还有我经常听老板娘说，我们老板每天早上四五点就会起床，还有两个小时睡不着觉，用这两个小时思考公司的管理方法方面存在的问题。所以经常有今天刚跟老板讨论出一个管理方法思路，第二天他就将其形成一篇文章。他这种敬业精神以及对企业的管理提升感染了我和身边的每一个五株人，所以在大家眼里老板一直是兢兢业业的形象。

温美霞深情地说："我入行一直做PCB板，跟蔡董事长一家有了二十多年的感情,他们夫妻在我的人生过程中不单是我的恩人,也是我的导师,所以我经常说老板是我的师傅,老板也经常开玩笑说我是他的好徒。由于PCB这一行业的发展前景也非常好,再加上五株优秀的管理文化和企业文化,对员工来说是一个幸福型企业,所以我早在2014年就把小孩介绍到五株上班,是一个非常正确且明智的选择。小孩也非常愿意,因为他知道我在五株待了二十几年,每一个阶段老板对我的栽培和帮助,确确实实让人感动。"温美霞曾对蔡董事长认真地说:"我会跟着老板步伐,做到回家带孙子。"

曾国权：让"方向盘"的价值最大化
——记五株科技集团行政副总裁曾国权

在采访五株的几十位老总中，有一位老总的故事，记者在采访之前就颇为好奇。他仅仅是老板的一位司机，但是今天他却成长为一位行政总裁，并做出不凡的业绩。他的工作从服务老板一人到对内服务几千名员工的吃喝拉撒，对外服务政府等相关部门的业务；他的人生轨迹和蝶变让人赞叹，但更为让人叹服的是他的贵人蔡志浩董事长，因为他的唯才是举任人唯贤，成就了今天的他。他就是五株科技行政第六副总裁曾国权。

"方向盘"里的学问

1984年出生的曾国权，不到20岁就成为一名职业货车司机，在梅州当地的一家贸易公司送货卸货，每天起早贪黑干得很辛苦，虽有一技之长，但也和千千万万的打工仔一样生活在最基层。他以为这一辈子估计都是跟方向盘打交道了，但随着时间的推移，骨子里不服输的性格再加爱面子的心理促使他想：我不能这样子一直干下去，同样开车，我也得换一种方式。于是他开始寻找机会。

机会属于有准备的人，这一回曾国权是真信了。2007年3月13日，这一天，对于曾国权来说具有十分重要的意义，因为这一天他正式进入五株。当初他是看到了五株的招聘启事，知道五株的老板正在招司机，心想做货车司机实在太辛苦了，并且还是个体力活，如果能给老板当司机，虽然同样开车，但面子上还是过得去的。他记得当初是蔡志浩董事长亲自面试他的，因为他当货车司机的时候，基本都是在梅州本地跑，加上当时也没有导航，因此他对深圳的道路并不熟悉；因为老板需要的是梅州和深圳两地跑的司机，曾国权的愿望落空了，五株虽然吸收了他，但并不是当老板的司机，仍然是在五株干他的老本行，当货车司机送货，只不过工作地点从梅州换成了深圳。曾国权刚来到深圳时，虽然感到很新奇，因为干的还是原来的货车司机，工作强度却比之前更大了，而工资却比梅州当货车司机的时候低了。他记得很清楚，在五株当货车司机，他当时每月才拿700元，而在梅州同样当货车司机，他每月能挣1000多元。愿望的落空，加上收入的降低，使曾国权感到十分失落，人是来到了深圳，但并不如意。他坦言也曾萌生打退堂鼓，重新回到梅州去，但一想到如果自己"打转水"（客家话意即打退堂鼓），是很没有面子的事情，在亲朋面前抬不起头。经过内心的短暂煎熬之后，曾国权还是决定留下来等待机会。他觉得既然换了环境，还是得认认真真地对待当前的工作。

在干了半年左右的货车司机之后，曾国权的工作也得到了主管领导的认可，他趁机向领导毛遂自荐想当一名商务车司机，给自己减减负。这回曾国权如愿了。时间来到2007年9月26日，机会再次降临。这一天董事长找到曾国权，跟他

曾国权（右一）
在指导工作

简单交流了一下，询问了他的工作情况，并肯定了他的表现，并告诉他给他换个工作岗位，当老板的司机，并安排他国庆载老板回梅州。曾国权回忆说当他听到这个消息时，兴奋得几天睡不着觉，捏着手指数着日子，盼望着国庆那天早点到来。到了国庆这一天，却又发生了一个小插曲，老板因为出差去了香港，但老板娘要回梅州。老板娘当时叫他跟车回梅州，从梅州返回深圳时，点名让曾国权开车。到深圳之后，老板娘对曾国权的驾驶技术表示满意，虽然第一次载的不是老板，但是也算经过了"测试"。10月23日这一天，蔡志浩老板正式让曾国权成为自己的专职司机，并当天就叫他从深圳黄田的工厂载他回住家。曾国权笑着说，他第一次载老板的时候，记得很清楚，虽然路途不远，整个过程他都开得稳稳当当，但手握方向盘的他内心却很紧张，当他把车开进车库停好，才发现自己由于紧张过度手心都已经出汗了……

曾国权告诉记者，自从他成为老板的司机之后，他就很珍惜这个职业和机会，因为老板要求开车要又稳又快，所以他对自己的要求是时刻保持最充沛的精神状态。只要自己在开车载老板的路上，任何电话都不接，因为他觉得没有什么比老板的安全更重要。其二是从2007年9月到2012年年底，在老板身边开车的五年多时间，他滴酒不沾，就算把老板送到目的地，或者周六日或者节假日，他从不拿酒杯，因为他很清楚，老板的工作事务很多，计划有很大的不稳定性，往往到了这个地方可能临时决定又要去其他地方，所以他觉得一个职业司机应该有这种最基本的服务意识，就是在工作的时候不能有任何松懈，每时每刻都要保持工作状态。

创业之路就是长征

有一组数字，曾国权默默地记在心中，他给蔡志浩董事长开车的五年多里，他开的第一辆奔驰车三年跑了17万多公里，一年差不多跑6万公里。正常人开车，一般一年都是1万公里左右，而他开车的路程是常人的六倍之多，五年的总公里数超过了30万公里！可以这么说，从2007年到2012年，他和老板几乎每天都在路上。特别那一年梅州志浩科技筹建期间，最多的时候连续十几个星期每天都从深圳往梅州跑；曾国权有时会想，老板创业是何等的不容易，创业又何尝不是一次人生的长征。老板经常是凌晨4时起床，5时出发，8时赶到梅州吃早餐，然后还要参加工厂正常的升国旗仪式并做重要讲话。曾国权笑言，给老板开车的那段时间里，老板和我相处的时间比老板娘还多；有时在路上看到老板一直在忙于工作，电话不停指令不断，还有各种各样的事情等着老板去处理去决策，虽然老板是个不折不扣的工作狂，但毕竟也是年过花甲的人。直到实在扛不住了，他才会在车上安然睡着。曾国权有时会从后视镜里看到老板拿着批阅的文件安然睡着的样子，他除了高度集中注意力把控好车速之外，心中会自然升起一股对老板强烈的敬佩之情，同时又会非常地心疼老板，深深地觉得五株的创业是何等的不容易，而作为管理几个地方的工厂和数千人的员工，牵涉到数千个家庭的这样一个大企业老板，肩上的压力又是何等重？而这一切，又有几个人能理解？又有几个人能分忧？而曾国权很多时候是看在眼里记在心中，他只能以自己的服务，用细心贴心和忠心来回报老板对自己的信任。

人生的华丽转身

对于曾国权来说，在替老板开车的几年时间里，其实他对自己的将来并没有多想，只是觉得自己服务的老板很信任自己，自己的任务就是把车开好。但是让曾国权没有想到的是，他工作时表现出的忠诚和机灵早已给老板留下了深刻的印象。2012年12月的一天，老板对曾国权说：国权，你也给我开了五年多车了，表现很不错，但是你不能一辈子为我开车，你还可以到其他岗位上发挥自己的才华。这样吧，我任命你为行政副总，你去管理岗位上好好锻炼一下。听到老板对自己的任命和新的工作安排，曾国权惊讶地把嘴张成了O形，有点心虚地对老板说：老板，是不是我车开得不好，你不要我开了？再说让我去做行政副总，我怕我自己不行。蔡志浩董事长听后笑着对他说：男人大丈夫不能对自己说不行，你要拿出手握方向盘的那种自信，相信你在新的管理岗位上同样也能够抓好这个方向盘。就这样，曾国权走马上任，从老板司机转变为一个行政岗位上的行政副总。曾国权回忆说，他非常感恩老板对自己的信任，他觉得从此自己的人生将书写新的一页，自己相比老板的很多任司机，可以说是最幸运的一位。他暗暗发誓一定要把工作做好，不能辜负老板对自己的信任，也不能让同事们瞧不起，不能让别人笑话自己是墙头草。

曾国权深知自己底子薄，在行政管理经验上可以说是一片空白，但是他又很庆幸自己在老板身边工作的五年多时间，其实老板就是自己最好的老师，经常对自己言传身教，同时自己也算是个有心人，耳闻目睹老板的一言一行，深受老板的教诲和点化，所以曾国权出任行政副总，还真有一点古时"学成下山"的感觉。但理论和实际总是有一定差距，在实际的工作中，虽然曾国权拿出了十二分的精力，但在处理很多对内对外的事务中，总是有很多欠缺考虑的地方。因此，在他上任初期经常会受到老板的批评，有时曾国权也深感委屈，觉得自己很卖力，又不能把工作干好。老板批评之后，他也会在心里反思自己，下面的员工做得不好，同时也反映了自己的管理水平不高。于是，为了提升自己的综合管理能力，曾国权抽时间到一些管理大学和知名企业充电学习。实践证明，学习的成效是非常显著的。他山之石可以攻玉。之后，曾国权慢慢熟悉了五株的行政管理程序，管理能力得到了大幅度提升。2016年，他被提拔为行政总监，2018年再次被提拔为行政总裁，真正手握五株企业的行政管理方向盘，实现了方向盘价值的最大化，也擢升为五株企业的一名高管，成为一名出彩的五株人。

曾国权指着自己的头发告诉记者：这几年工作压力非常大，头顶上的这些白头发都是熬出来的，但是我觉得很值得。行政工作对内相对好处理些，对外工作一般都是对接政府相关职能部门，所以理顺企业和政府的关系显得尤为重要。我有时也会跟老板开玩笑说，行政工作比业务员的工作更难开展，因为业务员如果跟某个企业客户没有谈好，他可以换另外一个客户合作，但是跟政府打交道，比如消防部门环保部门等，这些部门只能去理顺，没有理顺则会给企业带来负面的影响，所以服务只有唯一性没有选择性。因为自己的前任离职后，很多政府相关的关系并没有交接好，所以自己接手后，一切从头开始一点一点去衔接，一点点去疏通，到现在政企方面的关系已经非常通畅。曾国权感慨地说：五株企业这几年的发展，离不开当地政府的大力支持，所以这两年我们企业在董事长的关心下，经过我和团队的努力拿到了数千万的政府专项资金支持，我个人也受到了董事长的表彰和奖励。因为老板的信任和栽培，给我提供了一个这么好的平台，我有今天的一点作为，是因为老板身上那种雷厉风行和敢打敢拼的工作作风感染了我激励了我。老板是一位对事业无比专注的人，他不像其他老板，他不玩股票也不碰房地产，而是几十年专注于线路板行业，最终成为行业翘楚。

曾国权接着说了另外一番肺腑之言。他引用古语说，良鸟择木而栖，士为知己者死，知遇之恩是人生最大的恩，他会把这份恩情化作前行的动力，只争朝夕，不负韶华，在五株的这艘巨轮上，握好自己手中的岗位方向盘，和它一同劈波斩浪，一同拥抱未来。

李时宜：从水泥厂业务员到五株财务大臣
——记五株科技集团资金管理副总裁李时宜

从一个创业者的角度来说，李时宜无疑是成功的。在他追梦的路上，他把握了机遇找到了平台，实现了自己的人生价值。他从一名乡镇水泥厂的业务员，如今成为五株科技股份第五副总裁，一名名副其实的财务大臣。当他回过头去看自己走过的路，正如他的名字"时宜"，让他不禁感叹，机缘巧合，正合时宜。

与五株的缘分有些神奇

当记者和李时宜聊起五株，身材高大善于言谈的他打开了话匣子："说到这个缘分，我是确确实实觉得有些神奇。我1994年到1998年年底在梅县白渡的一个乡镇水泥厂做会计，1998年年底水泥厂在走下坡路，当时我在水泥厂工作时还同时在做一些小生意，碰巧生意上也遇到了失败，在诸多原因之下我离开了水泥厂，离开有两个原因，一是当时与我有合作的一个丰顺籍的老板欠了我几万块钱跑路了，而我因为收不回货款也还欠着别人的钱，所以也没办法在当时的水泥厂再待下去。从某个程度说，我也已经破产了，那时候的我是一个20出头的小伙子。之后为了找到那个债主，我到广州一家物业公司做了9个月，后来觉得自己在水泥厂做会计有多年的经验，自己也是学财务的，有所不甘，再加上没有找到那个债主。而这个时候还在梅州工作的妻子不忍心我在外面过着居无定所的漂泊日子，让我回到梅州，然而回到梅州的我失去了工作。

"时间来到2000年，一天我捧着简历来到现在梅城江北东门塘举办的招聘会，刚好听闻梅州五株需要招会计。就是这一天命运之神眷顾了我，我清晰地记得蔡志浩老板亲自面试我，当他看了我的简历，发现我曾在白渡水泥厂上班，他是白渡人，以为我跟他是'同乡'，所以对我有了好感。就这样，我打了一个'老乡'的擦边球幸运地进入了梅州五株。后来在梅州五株做了三个月后，老板又把我调到了深圳五株厂工作，至今一直在五株，从未离开，一转眼就是20年。"李时宜侃侃而谈，他和五株的缘分应了时下的那句话：转角遇到一生的爱。

帮五株管好"钱袋子"

进入五株后，李时宜重操旧业，从一名普通的会计做起，工资一个月800元，虽然和当时在乡镇水泥厂做会计时的工资差不多，因为之前有一定的工作经验，所以他刚入职的时候给财务的运作过程和系统提了很多建议，受到了老板的赏识，第一个月的工资就直接加到了1800元。这让他感到很兴奋，因为这在当时已是一个很不错的工资标准。更让他感到意外的是，老板还给了他一个财务部副部长的职务，一进五株就碰到"升官发财"的美事，一时让他感觉到心情舒畅。李时宜很珍惜老板给他的这个机会，经过几年的适应和磨合，加上在五株这个平台上不断自我学习，在他的努力下，企业的财务部有了一支不错的团队，越来越具备现代企业的会计理念，这是以前不具备的。随着五株的不断壮大，对于财务的要求也更加多元，不再像之前单一的财会核算，更多的是如何客观把握企业的资金链和融资问题。资金链是企业的血液，如果资金链出了问题，后果不堪设想。李时宜坦言在老板身边工作这么久，被老板称作"嫡系

李时宜（左二）给来访客人介绍公司概况

部队",所以他深知资金的安全可靠对企业良性运作的重要性,总能保持清醒的头脑。

谈到如何为五株守住"钱袋子",李时宜说,他认为做这份工作是日积月累的一个过程,在筑牢企业本身的基础的同时,最重要的是和银行打好交道。自从进入五株,他见证了五株每年的增长率都达到20%甚至以上的高速度,而且这种高速发展非常良性。这么多年来他积累了很多金融界朋友。他还透露了一个秘密,在他的手机通讯录里面有2700多个联系人,超过2000个联系人都是银行、租赁公司和券商方面的人。这一帮兄弟朋友,不管走到哪个行业,都想着还要继续和他所在的这个企业合作,因为五株的底子好信誉好,加上私人关系的原因,这么多年来李时宜帮五株攒下了一大批金融界人脉,这些人脉都可以为五株开疆拓土提供有力的支撑。

说到这里,李时宜特别强调,他的成长完全得益于老板的栽培。蔡志浩董事长是他最崇拜的企业家,崇拜他创业的人格魅力,像老大哥一样给下属这些兄弟无微不至的关怀,让一大批员工忠心耿耿地追随他,他也是忠实的追随者之一。他坦言自己从小家庭生活条件艰苦,在水泥厂的工作也不算是成功,来到五株以后才觉得自己真正有了用武之地。如今他的一个妹妹和一个哥哥都在五株不同的工厂工作,这其中的原因是,他把五株的这种幸福感传递给了家人。

佩服老板总能临危不惧

当记者笑问李时宜最佩服老板的是什么时,他不假思索地回答,佩服老板在创业的道路上总能临危不惧,比如冒着很大的资金风险于2010年买下东莞原台湾雅新电子集团,改造后的东莞五株2011年开办的时候老板曾说:"东莞厂不赚钱,我就一直住工厂里边。"接着老板就把工厂的干部宿舍重新粉刷了一遍,一家人就住在那里,以厂为家。这让很多的员工都肃然起敬,佩服自己的老板对事业的执着和对困难的坚韧不拔。

2013年东莞五株已经有了起色,不料天有不测风云,2014年东莞五株发生了一场火灾,那场火灾使得工厂顿时陷入低谷,直接导致企业损失了几千万,隐性损失更是不可估量。赶巧的是，那天刚好是李时宜儿子出生之日，所以他取消了陪产假就马上回到公司救火，也幸好企业平时有进行火灾演练，所以员工在火灾中毫发无损。火灾现场，李时宜看到了一位具有大将风度临危不惧的企业家形象，虽然当时很多人都很害怕，但听到老板坚毅的声音，大家感到了一种力量和安全感。所有的员工那时候都感叹：咱们的老板杠杠的！那场火灾也激发了老板的灵感，因为火灾烧毁了一些老厂留下的老旧的线路板设施，他意识到了现在的电子产品应该向高端智能化方向发展，发现了五株的定位应该主攻手机电路板，因此就有了后来五株的产业转型升级，同时也有大量的新鲜血液涌入，招来一些台湾的有识之士和其他高端人士为五株转型升级推波助澜，这是老板化危为机的独特之处。直到2016年年底2017年年初，东莞五株终于走出低谷开始赚钱，老板一家才搬到新的住处，兑现了一位企业家的特殊诺言。

痛过才能够更清醒

李时宜在五株看似一路顺风顺水，殊不知，2006年发生的一件事，差点让他离开五株。事情是这样的，当时他刚刚接手融资工作不久，一家合作了两年的银行的1000万贷款业务手续没办好，导致五株第一次出现了短暂的经济危机。

在李时宜的张罗下，因为之前两年和该银行对接的1000万借贷业务都无误因而选择继续合作，当第三年合作的时候刚好遇到银行本身的内部改革，银行就想从中收回500万贷款资金，而在此前的沟通过程中银行也一直给他和老板一种信心十足的态度，所以李时宜对于此次的续贷并未觉察有什么异常。其时五株企业也处在高速发展期，刚和华为建立合作不久，需要大量的流动资金和增添新设备，业绩上升速度很快。按常理，在这种情况下银行一般是不可能抽贷的，只会增加。但是因为那时候五株贷款对于该银行来说只是一个小企业贷款项目，银行就有了抽回贷款的想法。蔡志浩老板获悉情况后，不容置疑地对李时宜说：我不希望员工工资被拖欠、员工堵路、供应商堵厂的事情发生在我们身上。那天很少发火的老板非常生气，结结实实地把李时宜骂了个狗血淋头，虽然老板语气强悍，放出了如果不把事情解决好就炒他鱿鱼的狠话。不过老板的本意还是希望李时宜和企业风控部的负责人联起手来妥善处理好此次借贷危机。后来在蔡志浩老板的牵线搭桥下，李时宜通过努力争取到了另一家银行的3000万借款，成功化解了此次危机。关键时刻，也正是老板这一睿智的做法，使得五株企业免于"金融危机"，也让李时宜得以在财务管理这个岗位上继续工作。事后李时宜说有种劫后余生的感觉，在难过和庆幸中他也意识到，如果这次危机没挺过去，他也没有脸面再在五株待下去，更会对老板心存愧疚。同时，这次事件也让他真真切切地体会到资金链对于一个企业的重要性。

自那时起，李时宜仿佛给自己戴上了一个紧箍咒，对于资金链的管理变得更加全面并且小心谨慎，每次都会先提前做出预算，预多不预少，额度批得多实际上运用的额度不会有那么多，保证了企业资金的安全运行，真正做到防患于未然。五株这样的工作方法在2015年至2016年间的那次金融低谷中得到了验证，事实证明，事先做好充分的准备，对于这样的突发性危机也能化险为夷。经过多年的打磨和历练，以及李时宜主导推行的稳妥财政预算方法，如今老板对李时宜的工作是信任和放心的。为了给企业节省成本，李时宜也偶尔为让银行降息而在饭局上喝得醉醺醺的。他经常和老板开玩笑说：我这个部门不是给你赚钱的，而是专门为你省钱的。也有很多银行老总和老板开玩笑说，我们和客户合作都是我们定价，而和五株的李总合作时都是把我们的价格压得死死的，究其原因就是，有太多银行想和五株合作了。

采访临近结束时，李时宜颇有感触地说，其实换个角度想，他的很多同学都是一名创业者，他也是，只不过他最初的创业失败了，等他加盟五株后回过头来看那些曾经和他一样的创业者，相比之下因为有了五株这个有底气的平台，他好像也走在通往成功的路上，离梦想更近一些。

廖磊：坚守人生的定力就有职场的"铁饭碗"
——记五株科技集团财务总监廖磊

　　采访五株科技财务总监廖磊，几乎排在数十位访谈老总的最后。主要原因是他这段时间确实处在高速运转中，五株科技上市进入最后的冲刺阶段，所有财务报表和数据都需要按照证监会的要求，规范完整，详细上报，所以廖磊和他的团队几乎是加班加点日夜奋战。2020年7月底，就在五株科技成功递交所有申报材料后不久，记者连线了廖磊，对他进行了一个多小时的电话访谈，听他分享了与五株不同寻常的缘分以及苦中有乐的职场经历。

放下铁饭碗闯荡江湖

　　廖磊是湖北襄阳人，1990年大学毕业赶上了国家分配的末班车，被安排在当地的审计局当了一名公务员，拥有一份让人羡慕的铁饭碗。廖磊在波澜不惊的机关里一待就是6年，感觉这种过于平淡的工作，在逐渐磨灭自己内心的激情，他也逐渐意识到，这不是自己想要的人生状态。深思熟虑之后，他觉得自己应该尝试一些有挑战性的事情，于是他留职停薪放下铁饭碗南下广东打工，赌了一把青春。

　　怀揣梦想的廖磊先到了东莞一家台资厂，当时台资厂的干部基本上是台籍的，他在这家工厂凭着自己的努力当上了财务科长的职务，虽然在这里他只做了三年的时间，但是可以说是廖磊刚出来学到东西最多的三年，因为这是以前在机关里面做审计工作所感受不到的，企业的工作氛围和工作状态是完全不一样的。

当记者问廖磊目前他的发展状态是否与自己的想法吻合时，廖磊坦率地说："从我的经历上来讲，辞去公务员的职务出来闯荡我是没有后悔的，虽然也经历了很多痛吃了很多苦，但是我认为我学到了更多的东西，我刚出来的时候到台资厂打工，一个月的工资大概是1300元，我在单位的时候是七八百块钱，虽然挣钱不多，但是获得的锻炼是在机关无法比拟的；当时台资厂的老板属于教授型老板，他的管理经验非常丰富，而且喜欢跟我们这些年轻打工者谈心聊天。我进去半年时间就做到了副经理的职位，在这家台资企业里面能做到经理职位的大陆干部当时只有我一个，也可以说，我能做到这个位置说明我的能力得到了老板的认可，当然我也付出了很多。我当时进去的时候，厂里面发工资都是通过手算发现金的，每个月发工资的时候工作量就非常大，不仅要手动计算工资额，还要从银行里提出现金再进行整理分发，那时候每个月我经手的钱大概有100万，都是手点钞票，因为当时公司电脑并不多，并且使用的时候还得专门申请。我来到这个台资厂以后，为了减轻发工资的工作量，自己去学电脑编程，然后编写发工资的程序，用电脑的方法来计算工资额，因为电脑使用时间有限，所以我只能在晚上利用业余时间来做这件事情。记得有天晚上我在电脑房写程序的时候，刚好老板从外面回到公司，他发现电脑房还亮着灯后就悄悄地走进来看我在干什么。他在我身后站了足足一二十分钟，而他刚好也懂这个程序。他发现我在利用业余时间为公司加班后非常感动，之后他很快为我升了职，可以说是因为自己的勤奋敬业而为自己赢得了一次职场的晋升机会。

"对于当时的苦，就是住宿条件不太好，之前在机关工作条件是比较舒适的，出来打工以后住的是集体宿舍，而且相对偏僻，和在机关的环境形成了很大的反差，而且还要忍受和妻子两地分居的煎熬。但是我不后悔，既然选择了就要往前冲。二年之后我去了另外 家东莞的台资电子厂，当时也有管财务，但是主要还是做总经理的财务助理。我在1996年之后到进入五株之前，总共进入过四家工厂，两家台资厂，两家港资厂。"廖磊淡淡地讲述着。

廖磊（中）在会议中

进入五株找到职场归宿

在放下铁饭碗南下广东闯荡的10年间，廖磊进过四家工厂，其中最后一家工厂他待了较长一段时间。那是一家比较大的服装工厂，总共有3万多名员工，在全球很多地方都有生产基地。因为2008年爆发的金融危机，很多工厂都选择了裁员以维持生存，当时他负责的是财务经理这一块的工作，工厂由于金融危机造成的订单较大流失，集团就将之裁撤，与其他厂进行合并，所以廖磊无奈离开了这家工厂。他离开之后辗转了两家小厂，做的时间都不长，过渡了一下。时间来到2009年六七月份，廖磊通过网上投简历的方式，找到了五株，通过了面试。廖磊说："记得当时是老板亲自面试我的，我们的交流并不是很多，老板询问了我之前的工作经历并且谈了对今后发展的期望和方向。因为进五株之前也在几家工厂磨炼过，但我内心明白，这些企业并不是我想要的职场归属地，提供不了我所希望的发展平台，来到五株以后我才真正觉得我到了适合我的地方，这个地方对自己充满了强大的磁场。"

如果用"先抑后扬"来形容廖磊的职业生涯，还是很贴切的。当时梅州志浩厂刚建成，需要一个好的财务经理，在他去之前也找了很多个财务经理，但是老板一直不满意。

有个背景是，2009年的梅州发展状况还是比较差的，当时通知廖磊去梅州工作的时候，说实话，他的内心落差还是很大的。环境和深圳相比较之下还是差别很大的，当时甚至还有些后悔。到了梅州工厂之后，工厂的同事和老板对他都非常热情关心，让他逐渐适应了这里的环境，后来他的爱人也跟随一起来到五株工作。

当时梅州志浩厂已经连换了好多个财务经理，轮到廖磊接任的时候，老板对他的工作能力很是认可，后来索性让他管理梅州两个厂的财务工作。廖磊深有感触地说："老板让我同时管理两个厂的财务也是一种管理创新，实现了高效和规范管理，这个想法是老板提出来的，但是后续如何拆分合并重新调整的具体操作，都是我去负责落实，事实证明这个管理创新是成功的，同时我也得到了老板的信任和赏识，这一点我是很感恩的。"

躲过低潮就是人生的涨潮

在梅州的财务管理岗位上做了差不多6年的时间，到了2014年，这一年对于廖磊来说是在五株比较低潮的一年。造成"低潮"的原因并不是廖磊在工作上有什么失误或者犯了错，而是因为一些人事上的原因造成的。因为当时东莞五株来了一位新的财务总监，他对梅州像廖磊这些老财务经理产生一种排斥的心理，逐步想把这些"老人"和其他财务经理边缘化甚至排挤走。廖磊是位坚持原则、不搞圈子文化的人，就算这样，他的日常工作也遇到了很多人为的阻力。当时他看到这种情况内心也产生过想要离开五株的冲动，他也跟蔡志浩董事长提出了想要离职的想法。没有想到的是，廖磊打算辞职的消息传出，公司有很多高管来劝他，还向老板建议不要让廖磊走。老板心知肚明，派了人力资源总监和董事办的同志一起到梅州来给廖磊做思想工作，劝他不要走。这让廖磊很是感动。

山重水复疑无路，柳暗花明又一村。这句话放在廖磊身上又应验了。就在廖磊陷入去留不定的挣扎中时，老板给他出了一道选择题，说白了，这道选择题"奥义无穷"，而廖磊做对了。当时老板想让廖磊去安徽铜陵的新项目厂工作，目的也是为了不让他受排挤，老板是非常希望他留下来的，出于对他的"特殊保护"将他异地安置。在董事长的格局里，廖磊是个人才，关键时刻还是能派上用场的。好在廖磊心领神会，服从安排，远赴安徽那边继续为五株工作。在那边待了半年到2015年年中，老板就把廖磊召回了，归来，即从职场的低潮转向涨潮期。老板告诉廖磊，计划让他着手接管整个集团的财务工作，先从集团的财务副总监进行过渡，闻言廖磊感动莫名，欣然听从老板安排。廖磊坦言，良鸟择木而栖，士为知己者死，五株，自己这辈子认定了。

逆水行舟不进则退

老板把廖磊召回来后，对他面授机宜，告诉他要准备接手整个集团财务的目标。原来，那个财务总监的团队已经把集团财务系统搞得有些混乱了，不太受控，老板深思熟虑后决定召回廖磊逐步接管。廖磊从财务副总监开始过渡到2015年年底升任财务总监。说起那非同寻常的半年，电话那头的廖磊停了一下说："说实话，这半年是挺难熬的半年，除了要应付工作问题，还要应付一些人事打压，幸亏当时因为老板的信任一直支撑着才使我走下去，这半年里面，我学会了冷静冷静再冷静。在刚接手的这短短两个月时间，我还带领团队完成了集团成本核算方面的工作，因为这项工作一直被拖延。我当时是顶着重重压力才完成的，也是一个突破。"

廖磊语气缓了缓，接着说："在我接手五株财务总监之后，因为原来那个财务总监的管理比较乱，公司的财务系统和整个财务核算都做得不完善，甚至整个集团的合并报表都没有做出来，我接手以后也没有收到过一份合并报表，这对于我来说是基础必要的东西。在老板的信任和指导下，到现在整个公司的财务系统，包括财务报表的合并都是我接手以后才慢慢建立完善起来的，相当于从无到有。

说起五株科技的上市工作，廖磊提高了说话的语调。他说："现在企业上市的要求比之前更加严格，需要我们搜集整理大量的资料，才能够符合信息披露的要求，必须涵盖各个方面呈现给公众和审核员，还不仅仅要公告出来，还得一项一项地去解释去分析企业的发展过程，用数据将其反映出来，证明自己的数据是否匹配合理，结合企业的发展前景等等方面，都要通过数据来说话来检验。我以前也没有做过IPO上市这项工作，等于是新手的第一次挑战，内心有一些忐忑，但是通过边做边学边干，从不熟悉到熟悉，过程虽然很辛苦，但是学到了很多东西，很有成就感。这份工作压力给了我无形的动力，所以我觉得我还是很有信心完成这项工作的，作为一个为企业服务这么多年的员工来说，看到自己的企业慢慢在走向资本融合发展的道路，是非常欣慰和开心的，作为此次的参与者和见证者，我非常享受这个过程。目前企业上市工作正稳健推行中，这是每一位为五株发展付出辛劳汗水和智慧的五株人所共同拥有的荣光。"说到这里，可以明显感受到廖磊语气中的那种幸福感和成就感。

坚守职业底线不碰红线

从2015年担任五株科技财务总监至今，廖磊在这个岗位上也干了五年。这个岗位的重要性毋庸置疑。廖磊深有感触地说："财务总监是一个非常需要老板信任的角色，因为说白了就是老板的管家。我作为一位外省人能够得到老板的信任，去当他的这个'管家'，我非常感恩老板能给我这样一个平台和无比的信任的。老板是位很有原则的人，他非常关注公司员工廉洁的问题，特别是我们做财务工作的，老板就会更加关注你这个人的人品和职业操守，所以这个在我看来也是非常重要的，我也非常在意，保持自身廉洁，这是我必须坚守的底线。同时我也非常珍惜这份岗位，所有贪腐的行为我都不会沾边，以身作则，所有的财务行为都公开透明，每一笔收支都做到了向董事长汇报得清楚，交代得明白。我在五株财务工作十多年，扪心自问，没有贪过老板和公司的一分钱，这是我可以用人格来证明的，同时我也坚信，坚守人生的底线就是端稳了职场的'铁饭碗'，我想这也是老板对我高度信任的原因之一。"

拥有今天的平台和职业荣誉感，廖磊对蔡志浩董事长的感恩之情溢于言表。电话那头廖磊深情地说："老板是一个非常有战略眼光、非常大气的老板，我很佩服他的眼光看得很远。我们只看到一步的时候，他可以看到五步十步。公司的战略长远规划，他是非常清醒并且拿捏得非常准的，这是我们这些跟他一起打拼的高管们非常佩服他的地方之一。我的余生会和五株同甘共苦，享受这个成长的过程，享受这个职业带给自己的独特人生体验。"

赵尚萍：选择服务五株只因一句话
——记五株科技董事会秘书赵尚萍

在五株的诸多精英中，不乏女性的身影。她们忙碌在五株不同的管理岗位上，干练的作风，敬业的精神，专业的能力，斐然的业绩，展现着巾帼不让须眉的风采。五株科技董事会秘书赵尚萍就是这样一位出彩的女性。她和五株的缘分，其实是一种一见如故的感觉，她选择了五株，五株也选择了她，这种奇妙的缘分，很像一场成功的"恋爱"。

我赵尚萍不是"花瓶"

赵尚萍是最后一位接受记者采访的五株高管。作为董事会秘书的她，2020年上半年的工作几乎是在夜以继日、黑白颠倒中度过，为了五株能够早日上市，她自嘲说天天都处在打了"鸡血"的状态。记者在8月的一天晚上约定采访赵尚萍，因为她工作的原因，我们的采访时间被安排在晚上10点多，虽然她忙碌了一天，刚回到家中，但和记者电话连线的一个多小时里，记者丝毫感觉不到她话语中的疲惫感，这就是五株科技的巾帼精英，这也是记者对赵尚萍的第一印象。

2004年从贵州财经学院毕业的赵尚萍，把自己的择业梦想选择在了深圳。因为家中只有两姐妹，她排行老二，但她父亲并没有太把她当作女孩看待。加上她家中是做生意的，还在读书阶段，她就帮着大人给工人发工资，每个月经她手发

赵尚萍（中）在会议上指导工作

出去的工资就有几十万，没有出过错。说起这事，电话那头的赵尚萍还咯咯笑起来，不忘自己表扬一下自己。也许是这种从小耳闻目睹家族生意的原因，从懂事起，她就对金融和数字颇感兴趣，所以在选择大学专业的时候自然就选择了财务。赵尚萍认为，女生长得好看只是外表，真正的资本源于自身的底气。赵尚萍大学毕业后选择了深圳的一家集团公司，她看好的这家公司非常优质，瞄准的岗位更是有点吓人：集团财务经理。要知道，当时竞争这个岗位的有30多位有相关经验的对手，一些现场的对手看到风姿婷婷的赵尚萍，还以为她只是个来凑热闹的"花瓶"，但是当笔试成绩公布出来之后，一些大老爷们傻眼了，赵尚萍硬是以第一名的笔试成绩挤掉了所有对手，成为这家公司的集团财务经理。职场第一仗，堪称完美。旁人眼中的赵尚萍绝对是一个大美女，身材高挑，笑容甜美，当记者调侃她问道：你长得那么漂亮，在与人打交道时，有什么优势吗？没想到她一语惊人：有啊，想请我吃饭的人可多呢，毕竟大家都喜欢美女啊……话音刚落，电话两头的我们瞬间都哈哈大笑起来。职场干练女性的魅力显露无遗。

选择服务五株只因老板一句话

五株科技作为新基建行业一个优质的民营大型线路板标杆企业，近几年的成长和业绩有目共睹，而让五株早日上市，则是所有五株人共同的梦想。因此早在2012年前，五株就启动了上市的筹备工作。因为自身的经验不足，以及没有物色到合适的上市中介团队，更没有物色到一个出色的董事会秘书，因此五株的上市之路走得颇为缓慢和艰难，这也是蔡志浩董事长心头的一个结。这个"结"在2018年因为赵尚萍的加盟而得以打开。

在此之前，赵尚萍也服务于一家上市企业，并有助推一家企业成功上市的丰富经验和人脉。后经人向她介绍，五株科技正在筹备上市，需要找一位经验丰富的董事会秘书，赵尚萍听了之后表示有意愿进一步沟通。求贤若渴的蔡志浩董事长后来在深圳华侨城亲自约见了赵尚萍，而这一次会面也决定了赵尚萍决定选择服务五株。说到那次印象深刻的会面，赵尚萍至今仍感到开心。她说，当她了解五株的成长和发展历史，她就觉得蔡董事长是一位了不起的实干家，而她心目中最敬佩的人就是实干家，所以心中也萌生了希望自己能助五株一臂之力的念想。当然，会谈中蔡董事长一句推心置腹的话深深打动了她。这句话也像暖流一样，荡漾在她心头，让她觉得选择服务五株，是当下最正确的选择。她清楚地记得蔡董事长对她说："你会有很多选择，但选择五株将是你最亮丽的一张名片，五株会增加你的社会地位和个人价值。"

事实证明，赵尚萍的选择是正确的！2018年8月23日正式加盟五株，两年以来，在赵尚萍的努力下，五株科技加快了上市进程，使企业的资本融合发展之路越走越宽广，而她本人在职场上所展示出来的能力和魄力，也赢得了董事长的认可和同事们的尊重。

为五株拼得"人憔悴"，值！

赵尚萍是一位对工作非常专注的人，一旦投入就是全身心的投入。为了让自己更快熟悉五株企业，她还在未正式入职五株前就开始了大量的前期工作，比如拜访各个股东，积极维护投资者关系，拜访律师事务所、会计师事务所，保荐券商团队各个主要成员及领导层，频繁开展高效率的社交拜访，力求为公司挑选最好的团队以协助公司上市。而赵尚萍入职两年来更没有休过一次假，她让自己每天都处在精神饱满的状态，常常在周末还和不同的投资基金谈合作，和券商、律师、会计师分别约时间碰头开会，向董事长汇报工作，积极走动与维护和交易所、和政府上市金融办、和证监局等监管部门的不同领导的人脉关系，全力推动公司上市工作。

赵尚萍至今还记得2018年9月18日"山竹"强台风袭击广东，在那样的恶劣环境下，她不顾个人人身安全奔赴投资机构处谈合作，结果因为狂风暴雨被关在宾馆一天一夜回不了家……出差成了家常便饭，去北京、上海、安徽，常常夜晚10点还在途中；加班也是平常之事，每天工作基本超过12小时，常常加班到晚上9点才回家吃饭，也常常当天开车来回4个多小时车程，接送投资人，全天又当司机又当解说员……赵尚萍心存内疚的是，父母孩子生病时，她为了手头的工作没请过一次假，更没休过一次假陪伴家人……说起今年刚上六年级的女儿，赵尚萍更是感觉到作为母亲对孩子的一种亏欠。她没能像其他的母亲一样，经常带小孩去看电影逛公园吃肯德基。

对小孩的教育，她很推崇"授人以鱼，不如授人以渔"的理念，在生活中，她对孩子的教育基本就是言传身教，把自己的一言一行作为榜样让孩子效仿，所以女儿从小就养成了独立的生活和学习习惯。小孩经常一个人在家，但是她能够自觉地学习，自觉地有规律地作息，饿了就自己点外卖。成绩优秀性格独立的女儿在学校也非常受老师的喜爱，得知女儿是处在这种教育环境下成长的，连班主任都对孩子说：我很想认识你妈妈……那种拼劲十足的状态，连她都觉得自己每天都像打了鸡血一样。入职以来这么大的工作强度，她最终挺过来了，说不累，是假的。为了让五株早日上市而自己累点，为了验证董事长说的那句话，让五株这张亮丽的名片早日在自己手中擦亮，这一切的累，她都觉得值了。

入职五株两年，比起那些老员工，赵尚萍还觉得自己是个新人，要融入团队，融进五株这个大家庭，她只用行动替自己说话，用事实证明自己存在的价值。而她也用自己的拼劲和担当，为五株交出了一份沉甸甸的成绩单。

随着江西志浩这艘巨型航母的发力,同时带动东莞、梅州两地工厂并驾齐驱,在掌舵人蔡志浩董事长的带领下,在所有五株人的共同努力下,未来三到五年,实现五株科技创造500亿的市值目标一定可期!对于赵尚萍这番表白,记者毫不犹豫地选择了相信。

李国超：让五株品牌闪闪发光的策划人
——记五株科技集团企宣部总监李国超

说起李国超，大家都叫他超哥。在五株，同事们会尊敬地叫他"李总"，他总会手一摆，说：叫我超哥就可以。说起超哥，他和五株的缘分着实不浅。他曾经担任梅州市电视台广告公司副总经理，从业时间长达25年，是拥有一定江湖地位的资深广告人，思维敏捷，口才了得，业务水平更是高。他还是一位有着丰富设计策划、摄影经验的摄影发烧友，因为早年和蔡志浩董事长就是旧交，所以五株企业的大小活动都可以看到他的作品以及出自他的策划，他把才华和能力真正融进五株企业，那是在2013年。因为对五株的那份热爱，以及董事长的真诚邀请，他义无反顾地从国企到民企，放下家庭只身前往东莞五株。他摇身一变却能够华丽转身，在担任五株企业企宣部总监的六年时间里，他和他的团队擦亮了五株品牌，传播五株的企业文化，开辟了自己追梦路上的另一条事业跑道。

超哥的"超能力"

虽然记者和超哥也是相识多年的老友，对他的转行并不觉得奇怪，但是他转行之后到了民企还是不是当年的超哥，记者还是有很多的好奇和猜想。在东莞五株的企宣部，记者见到了超哥，见到了他带出的团队，也看到了他的文化作品以及他转行民企六年间所展现出来的超能力和超水平。

企业文化是彰显一个企业灵魂和活力的重要载体，在五株这个多达七八千人的大型线路板民营企业，作为董事长的蔡志浩对企业文化的建设一直非常重视。早在2002年，就在他的主导下，五株企业创办了属于自己的企业报纸《五洲人》，为了办好这份企业报，董事长对报纸的定位和内容框架都做了规划和要求。基于当时企业擅长这一行的人才缺乏，于是董事长坚持专业的事要交给专业的人去做，没有人才就"借脑"。往哪里借？而此时，超哥出现了，他向董事长推荐了《梅州日报》的专业编辑，而他自己则利用多年从事广告的经验，自荐担任了《五洲人》的主编。后来报纸更名为《五株科技报》。从五株的编外主编到编内主编，他这一干就是17年。得益于这10年间作为编外主编的身份，对五株文化的了解和认知，由表及里。在东莞五株企宣部的办公室，记者不禁眼前一亮，哟，好家伙，一个模仿专业电视台的演播室呈现在面前，不仅有电视后景板，还有专业主持台，富于时尚动感的WZTV字样分外醒目，两架专业的摄像机架在前面。这就是在董事长的关心下成立的五株企业电视台。李国超充满自信地介绍道，目前，除了他这个企宣部总监，还有三位助手，一共四人，这就是他的团队。而他们的四人团队，能拍能写能编能录制能剪辑。五株这个内部电视台，采编播录所有工作均由他们四人完成。当记者听完他们的工作流程和工作效率，除了内心为他们点赞之外，深感超哥带出来的这个五株企业文化的宣传团队，堪称一支五株的"铁军"。

让我们来看看这个五株铁军的工作风采吧。一年365天，几乎每天都在工作状态中，自从超哥担任企宣部总监，他的工作干劲和热情堪称一个"好汉"，他的"三个帮"，一位是负责文案撰稿、斯文秀气戴着一副眼镜的丹琴。这位小美女内才不俗，在2018年还协助公司荣获东莞企业品牌故事大赛故事话本金奖，获奖的这个故事话本《五株传奇》正是反映董事长真实的创业故事，以成功收购东莞雅新资产，筹建东莞五株，并演绎"机器换人"的传奇故事为蓝本，展现了董事长深思远虑、高屋建瓴的战略眼光，故事真实感人，最终一举夺魁。另外两个帮，一位是具有专业水平和专业精神的青年摄影师义强，还有一位是专门负责设计，善于思考、创意频出的青年设计师敏仪。经过多年的磨合，超哥和他们之间

李国超：让五株品牌闪闪发光的策划人

李国超（左）与蔡志浩董事长合影

属于黄金搭档。他们之间分工有序又协调合作，一年365天，每天早上坚持通过企业内部网络传播正能量，向干部员工发送职场励志金玉良言，激励员工；每月固定采访企业评选出的优秀干部员工，并制成视频通过内部网络进行传送。除此，他们每月还要编辑出版《五株科技报》，向政府、社会各界、客户和员工介绍公司的文化、产品以及传播品牌文化。还有每月的《集团内参》，通过通报各部门的品质指标达成情况，起到了警醒和激励的作用。随着企业自动化的不断推进，企宣部响应董事长"一岗一表一视频"的思路，深入生产一线，制作各部门的生产操作视频，让员工培训工作更加直观明了。另外，他们还要负责企业的宣传画册、文化墙的策划和推广工作，同时还要担任企业的活动策划及宣传报道工作，包括公司到上海、深圳等地参加各大展会的策划。完成的水平之高，不仅得到了企业内部职工的高度认可，也得到了政府、客户、供应商等的一致好评。以蔡董事长二十多年管理经验为核心设计的文化墙，就在东莞五株获评市政府质量奖并获得100万元奖励中起到了锦上添花的作用。集团新生产基地江西志浩的投产庆典更是在行业中史无前例采用实时直播方式，让社会各界人士跨越时间和地域的障碍，收看隆重的庆典仪式，直播收看率达14万多人次，一炮打响新厂区知名度。满满当当的工作，却难不倒超哥和他的三个帮，他们的合力形成了"超能力"，展现了一个超水平的文化五株。

企宣部，顾名思义，是负责企业文化宣传的部门，超哥向我吐露了一个心声，其实这个"心声"也包含一点"苦水"的成分。因为企业是讲效益的，在这个拿经济数据比业绩的大环境下，企宣部的工作性质和职能决定了它是一个花钱，甚至烧钱的部门，很少人能够真正理解这种非增值部门所创造的隐形价值和对企业品牌价值的贡献，所以一些人对企宣部多少存在一些误解甚至讥讽。起初超哥和他的团队都感到了一份莫名的心理压力和委屈。但是他们把这份压力转变成工作的动力，随着五株品牌一天天提升以及五株文化不断走出去、叫得响，加上董事长对企宣部工作的肯定，让很多当初对企宣部工作有看法的员工也渐渐转变了态度。恰巧在2018年江西志浩筹建阶段，一个机会让超哥大展身手，用实打实节省下来的20多万元成本以及呈现出来的亮眼效果让众人心服口服，打了一个漂亮的翻身仗。当时，江西志浩采购部正和装修公司洽谈展厅的设计工作，方案提交至公司高层一看，仅仅一个展厅就需要30万元的设计装修费，简直是漫天要价。于是，高层找到超哥，将此工作交由企宣部完成。在超哥的策划下，展厅的所有设计均由企宣部一手包办，再由装修公司制作成品后安装完成。装修公司原规划使用材料也在超哥的考量和调研下全部用物美价廉的材料替代。不足一月的时间，展厅设计装修工作大功告成，展现在大家眼前的是一个结合传统和现代元素的高端电路板展示厅，包括了电路板发展史、老式电路板电器博物馆、现代高端电路板展柜等，两种风格巧妙过渡，让人眼前一亮。展厅也得到了政府领导、客户、供应商等各界人士的高度称赞，成为江西志浩的一大亮点。最令人赞叹的是，眼前这个高端大气的展厅设计装修费用，仅仅花了不足两万元！直接为企业节省20多万元。这是一次超哥和他的团队通力合作的结果，也是一次把文化变成生产力的结果，更是一次文化转化成价值的体现。

超哥的"超能量"

你可以看到，在每周一的清晨，太阳初升，在东莞五株都有一个重要的仪式，那就是升国旗仪式，数百名主管人员整齐列队，集中在大门广场，踏着正步的保安队铿锵有力，动作标准，当鲜艳的五星红旗和五株旗东莞旗冉冉升起的时候，大家齐声唱国歌，浓郁的爱国情怀和企业文化气息迎面扑来，每个人心中都充满着一种向上的力量。在这个仪式上，董事长或者其他高管均要发表充满正能量的讲话，布置一周新的工作。这个坚持了多年的周一升国旗仪式，主要由超哥负责策划，并对升旗仪式的细节不断完善。每次这项活动一结束，企宣部的几个年轻人马上行动，即刻制作成视频新闻，当天上午即发布到企业内部电视网络，供大家观看学习，确保第一时间传达董事长的指令，以及企业的各项规章制度。这项活动不仅赢得了社会口碑，还形成了五株文化的一个亮点。

超哥的超能量还体现在他对团队的时间要求上，这个要求得益于当年他在广告行业抢得时间就是赢得客户的经验上。他在实际工作中按照专业电视台的操作规程，要求团队对企业的大会报道四个小时之内必须制作完成，并形成新闻报道；对企业中小型会议，要求在两小时之内必须完成新闻报道。抢时间抢速度，李国超从国企那里带到五株的专业和敬业精神，受到了董事长的充分肯定和表扬。

企宣部的办公室，又是演播室，两个工作区合二为一，让人一站在那里，就能感受到一种满满的能量和工作氛围。就是这个五株自己的内部电视台，这个演播室，他们对每个月固定从整个企业推选出的优秀干部和员工进行电视专访，从拟定采访提纲到专业的摄制和后期制作，全套工序像线路板的生产工艺一样，毫不含糊。一位位企业的高管和一位位优秀的员工被请到这里，通过这个平台，讲述自己的管理经验，讲述自己和五株这个大家庭的故事，而优秀员工则更多地讲述自己的工作经验和工作方法；虽然是企业的内部电视台，但还是让很多被请到这里的高管和员工感到一丝紧张。事后，他们纷纷发表自己的采访感言：这份"紧张"包含的更多的是职业的荣誉感和对五株企业文化的认同。通过这个平台，董事长先进的管理理念和企业的规章制度得到广泛传播，而优秀员工分享的工作经验，激励了更多的员工在各自的岗位上奋发图强奋勇争先，为五株的品牌增光添彩，为创造职业生涯不凡的业绩而努力拼搏。这个演播室虽然只有一二十平方米的空间，但是在董事长的关心下，在超哥的策划和他的团队的共同努力下，他们把这份"超能量"发挥得淋漓尽致。记者在东莞五株采访的几天里，不少高管和员工均表示，企宣部的工作在超哥到任之后，时速从火车速度提到了高铁速度，无论是每月一期的《五株科技报》的新闻策划还是工厂文化墙的包装设计，甚至是生产车间的制度量化墙，以及一个个由团队制作的新闻视频和专题报道，均赢得了社会各界对五株文化的认可和员工的一致称赞。不少外界的专业人士在深入了解五株企业文化之时纷纷表示，不是专业的报社体现了专业报社的策划能力，不是专业的电视台体现了专业电视台的专业精神，不是专业的广告公司体现了专业广告公司的敬业精神。

超哥的"超情怀"

在不少人眼中，超哥好像是那种粗线条的人，说话快、嗓门大。其实做起工作来，他是个很注重细节的人。进入五株的六年间，虽然工作很忙很累，但是他觉得很充实，虽然远离梅州远离妻子只身一人在东莞，住在工厂的宿舍里，已过知天命之年的他也会在得与失之间找寻人生的价值。他真诚地告诉记者，因为早年结识董事长，深深感受到董事长身上的人格魅力，感叹于他的创业精神，所以他最终决定来到东莞，把自己在国企里积攒的广告策划和企业文化的工作经验带到这里。在五株，工作强度更大了，工作节奏更快了。然而，他在这个强度和节奏中，看到了充满活力的五株，也看到了激情无限、潜能无限的五株。

超哥说，五株的品质已经跻身国际先进行列，而五株作为国内大型线路板行业的民企，品牌文化根植中华。在董事长蔡志浩身上，他所主导的企业文化就是家国情怀的文化。董事长是一位极具民族情怀的爱国企业家，企业也一直以"爱我中华，爱我五株"为精神内核。没有国就没有家，唯有国泰才能民安，唯有国富方能民强。只有在繁荣稳定的国度里，民企才能永远拥有发展的春天。

九万里风鹏正举。超哥坦言，他和所有的五株人都将秉承"做人负责，做事用心"的五株精神，在新时代的春天，继续为擦亮五株品牌奉献自己的"超能量"。

卢丽霞：从普通文员到高级经理
——记五株科技集团董事办高级经理卢丽霞

　　五株是她的第一份工作，也是她迄今为止唯一一份工作，也是她从未想放弃的一份工作。2005年刚满18岁的她从梅州市财贸学校会计专业毕业，从一个"先天不足"的中专生成长为五株科技集团专门招聘高级人才的高级经理，从当年一位不谙世事的羞涩女孩成长为能独当一面的职场干练女性。她在五株这个百花园里采撷到了属于自己的梦想之花，芬芳而娇媚，氤氲而动人。她就是五株科技集团董事办高级经理卢丽霞。

小文员职场奇遇记

　　卢丽霞在学校就是一个乐天派，性格开朗，身材高挑。兴趣爱好广泛的她，在财贸学校读书时就加入了学校礼仪队，因而时不时也会参加一些社会活动，比如社会上的一些剪彩和庆典活动，做礼仪小姐。人们经常说，爱笑的女孩运气不会差，这句话在卢丽霞身上也得到了应验，爱笑的她加上参加礼仪活动时的认真和专注，得到了当时梅州的资深广告人、现任五株企宣部总监超哥的认可，觉得她是可塑之材，对她留下了深刻的印象。卢丽霞在毕业前有个实习期，机遇在这个时候悄然来临。在超哥的引荐下，她有幸见到了蔡志浩董事长，董事长对她进行了简单的面试，觉得她挺机灵，就安排她在梅州的五株厂当一名文员，实习一个星期后，表现不错的她得到了董事长的赏识，更得到了一次特别的待遇，有幸坐着董事长的专车直接到深圳黄田的五株厂董事办当了一名文员。这一天是2014年11月11日，是卢丽霞正式进入五株的日子。这一天对她来说意义重大，第一是很多中专毕业的同学还在四处奔波找工作时，她已经拥有了一份心仪的工作；其次自己来到梦寐以求的大都市深圳，与自己在东莞经商的父母距离更近了，家人团聚更方便了。所以对于当时的卢丽霞来说，心情如花飞扬，心里憧憬着自己的未来。

在办公室工作了三个月后，董事长又给了卢丽霞一次锻炼的机会，让她去当一名报关员，因为当时五株的材料和产品需要进出口，她的工作就是去海关填报关单。这项工作卢丽霞从未接触过，但是她很珍惜这样的工作机会，学得很认真；幸运的是，她的师傅也很耐心地教她，让她这位初出茅庐的小女生有了更广阔的工作视野。卢丽霞的勤奋和努力让她很快熟悉了这项业务，几年下来，工作没有出现什么大的失误和差错。

一个人的成长，不可能一帆风顺。卢丽霞说，刚来深圳董事办当文员的时候经历了一件事，可以说让她刻骨铭心，也让她明白再简单的工作也要经过学习和实践才能够真正成熟起来。有一天下午，董事长和一位高管正在办公室和一位重要客户谈事情，时间到了下午6点半，当时办公室里其他同事都有事外出了，只有她一个人，当时她心想，已经到了下班时间，老板是不是忘记了？于是她做了一件十分幼稚的事情，她走到董事长办公室门口敲了几下，打开门之后，她对老板说：老板，现在已经6点半了，该下班了……话刚出口，坐在董事长旁边的高管狠狠地瞪了她一眼，而董事长还是很礼貌地对她说了一句：哦，我知道了。卢丽霞顿时觉得大事不妙，刚退出董事长的办公室门，心顿时狂跳起来，没走几步就被刚才瞪她的高管叫住了，然后劈头盖脸地把她骂了一通，大意是说她是怎么在办公室学的，连最基本的礼貌都没有，你没有看到老板正在和客人谈事情吗？再说老板该什么时候下班需要你来提醒吗？怎么连这个规矩都不懂？……高管骂完她之后转身离去，只留下后悔的泪水在眼眶里打转的卢丽霞。

第二天，卢丽霞为自己犯的错付出了代价，刚来上班就接到办公室的通知，调她到工厂菲林房去上班。接到通知的卢丽霞一肚子委屈无处可说，眼泪再次夺眶而出，心里无力地在呼唤：老板，你为什么要这样惩罚我？我刚来又是第一次犯错，为什么不能给我一次改正的机会？……但是，骨子里好强的卢丽霞还是很快擦干眼泪，淡定地走进工厂车间。当时她安慰自己，自己还年轻，到不同的岗位上历练一下也许并不是坏事。就在她准备收拾心情，在工厂好好工作的时候，第三天，她又接到办公室的电话，告诉她老板让她重新回到办公室上班。接到电话的那一刻，她百感交集的同时感受到了董事长对她的关心和爱护。事后她才知道，把她"下放"到工厂并不是老板的意思，而是那位斥责她的高管，董事长认为把她这个小女孩放到车间不合适，她的能力优势不在那里，所以还是把她调了回来。这短暂的一落一起让卢丽霞又惊又喜，通过这样一个经历，她渐渐明白，身在职场，需要不断学习，更要谦虚谨慎。

青春一定要敢于吃苦

　　2011年，已嫁作他人妇的卢丽霞刚生完孩子，就被调往东莞五株董事办上班。刚开始，她主要参与CPCA行业协会的相关工作以及活动的策划。这个时期也是卢丽霞职场的成长期，因为在董事长身边工作，得到老板更多言传身教，各方面的能力也迅速得到了锻炼。2013年3月28日，五株企业举行20周年厂庆活动，活动圆满成功，但是卢丽霞却为此次活动的筹备策划付出了两个月严重失眠的代价，那两个月负责筹备厂庆期间，她每天都是凌晨3点后才能入睡……她感慨地说，董事长是做人做事的表率，自己在他身边虽然学到了很多东西，但也是压力山大。比如那次厂庆活动，她的压力就是因为老板很相信她，但是她就是怕自己会因为工作疏忽，哪些方面会做不好。幸好她的努力没有白费，工作得到了老板的肯定，不久便被提拔为董事办经理，2017年被提拔为董事办高级经理，专门负责高级人才的招聘。回过头再看，卢丽霞从当年刚走出校门的中专生，经过15年的沉淀，成为线路板行业标杆企业的一位高级经理，她收获了职场上的成功。蔡志浩董事长有时会开玩笑地对她说：丽霞，当年你还是一位流鼻涕的小女孩，现在你已经是一位部门负责人了，还是一位可以独当一面的高级经理……

让精英都能留在五株

卢丽霞担任高级经理后，肩上的压力更大了。这份压力跟以往不同，目前的压力，是因为她要为实施五株未来的人才发展战略而努力，希望用五株这个平台网罗天下豪杰和精英共谋大业。卢丽霞谈道，在她实际的招聘工作中，发现高端人才其实并不难招，因为五株科技的品牌影响力和开出的薪资待遇是非常有吸引力的。难招的其实是中端人才，这种中端人才就是工厂的主管和经理这个层面。因为这个行业的中端人才在市场上流动性并不大，而五株的中端人才很多是从老板当年带出的"子弟兵"中一步一步培养出来的。在招聘工作中，针对有些人质疑五株人才流动性很大的传言，卢丽霞总会用自己的现身说法让对方心悦诚服。她会告诉对方：我在五株工作已经十多年了，这里是我的第一份工作，也是我唯一一份工作，我从来没有想过要离开这家企业，因为我有很好的发展空间，有很好的行业前景，在五株，像我这样经历的管理层至少有200人，何来人才不稳定之说？……

与和和卢丽霞一同走出校门的很多同学相比，无疑她在实现人生梦想的舞台上是幸运的，当然，这种幸运有她自身的努力。如今在五株7000多名员工中，有很多像她当年刚进五株时青春无敌的追梦人，她觉得在每个青年人追梦的路上，机遇虽然重要，但平台更重要，五株是她人生最大的机遇，也是她事业最大的平台。她最喜欢的一句话是，吃得苦中苦，方为人上人。她很想用这句话与五株的年轻人共勉，用努力和拼搏浇灌而结出的事业果实，总能先苦后甜。

李明：用"工匠精神"在五株安身立命
——记五株科技集团副总裁兼梅州区域总裁李明

他是一个爱家的男人，为了家庭可以调整事业的方向；又是一个在工作上堪称拼命三郎的人。他视"工匠精神"为自己工作的最高准则，把它当作在五株安身立命的法宝。他，就是五株科技第一副总裁李明。

本地媳妇外地郎

1999年，风华正茂的李明刚20出头，当时他在广东中山的一家台资厂上班，并担任该企业的工程课长，可谓事业上踏出了美好的一步。而在此时，他也收获了自己的爱情，认识了一位同在企业工作的梅州平远籍女孩。未来的岳父岳母对李明这个小伙子印象不错，但知道李明老家远在江西婺源时，却在心里犯难了。要知道，二十世纪九十年代初，那时从梅州坐车去婺源需要两天时间，得知爱女要远嫁江西他乡，爱女心切的岳父岳母深感不舍，多次在李明面前流露出女儿嫁太远，见女儿一面都不容易这种难以割舍的心情。虽然知道女儿远嫁他乡将成为不争的事实，两位老人也只是无奈地讲一讲，但李明却把这句话深深埋在心底，并向未来的岳父岳母许下一个承诺，只要有机会一定会在梅州安家。

为了这个心中的承诺，李明开始有意识地寻找机会。他先是用更多的业余时间了解梅州，了解梅州的企业。1999年年初，当他了解到梅州的五里亭有一家线路板企业时，毅然前往求职。当他踏入工厂时，眼前的情景让他颇感失望，因为五里亭的厂是蔡志浩老板租用猪圈办起的一家小厂，刚刚起步，且设备简陋，相比自己在中山的台资厂简直是天壤之别。但李明心想，既然来了还是感受一下。李明只留了五天，在这五天时间里，他其实更多地是去了解一个创业者的经历和品格。他很佩服蔡志浩老板能在如此艰辛的环境下开展不屈不挠的创业，毕竟自己是为了梦想而来，所以他觉得这里不适合自己长期发展，但他却对蔡志浩老板心存钦佩。正是因为这一点，李明在离开五里亭的工厂前夜，为这个刚刚起步的小厂写了一份问诊报告。报告剖析了工厂的问题和不足，结合他在中山台资厂工作的经验，对品质系统等方面提出了一些建议，没想到的是，报告转给了远在深圳的蔡志浩老板。蔡总看了之后很高兴，虽然知道了李明要离开的消息，但还是打电话让财务包了个红包，以示奖励。其实，李明写这份建议报告的初衷，只是为了给创业中的老板一些不成熟的建议，来的时间短并没有做什么工作，对于奖励确实感到意外，这让李明在冥冥之中感觉到，这次的离开并不是真正的离开，他和五株的缘分还在。

离开五株的李明重新回到中山的台资厂，虽然没有实现梦想花开梅州，但和梅州的缘分更深了；时间来到2002年，李明已和自己的未婚妻牵手走进婚姻的殿堂，成为梅州女婿。来中山打工之前，李明在江西老家的一家国企上班，婚后他和妻子离开了中山台资厂，回到了老家。在家中待了两三个月之后，李明深感到在国企上班，虽然稍微稳定，但这种平淡的日子并不是自己想要的事业。有一天，李明无聊地翻着手机通讯录，无意中蔡志浩老板的名字映入他的眼帘，猛地勾起了他的回忆，同时还想起自己对岳父岳母的承诺，他居然难以安静下来……最终他鼓起勇气给蔡志浩老板打了个电话，并询问五株企业的现状。电话那头的蔡志浩老板热情地告诉他，他刚刚买下一家新的工厂，专门做高中端线路板，如果李明有兴趣可以过来看看。心头一阵感动的李明放下电话，随即和妻子商量再去梅州五株看看。准备再次踏入五株的李明这回是否真的会选择留在五株，留在梅州，在实现自己事业梦想的同时，完成自己给岳父岳母的一个承诺呢？

李明：用"工匠精神"在五株安身立命

李明（中）在会议上指导工作

五株爱梅州情

再次回到梅州五株的李明实地察看了新厂后，内心深感激动。这家原梅州港龙制衣厂，比起五里亭的工厂无论是规模还是设施，都要好很多很多，从长远规划来看，这也是李明梦寐以求的一个发展平台。他接受了蔡志浩老板的邀请，决定留下来，接着家也在梅州安顿下来，并在梅州买了房。这个时候，最开心的莫过于李明的岳父岳母。

新厂建立后，李明把主要精力都投入到适应新环境之中。李明自认为是一位在工作时全力以赴的人。他在大学学的是计算机专业，到了五株之后，工作能力得到了老板的认可，不久便担任了梅州五株的副厂长（线路板单面厂）、常务副厂长。虽然工作上李明有百倍的热情，但毕竟自己在台资厂熟悉的是工程和品质这一块，在梅州五株担任了常务副厂长之后，面对生产和市场等领域的专业问题，经常感到力不从心，压力巨大，而又无法实现自己追求的目标。这个时候李明陷入了痛苦的抉择之中，五株不是国企可以混日子，虽然老板器重自己，但是在企业要想扎下根，还是要有自己的担当。自己是选择留下还是急流勇退？现在自己在梅州安了家，如果要退又要退往何方？一系列的问题摆在李明面前。李明经过深思，于2003年年初再次离开五株，前往厦门，在厦门的一家小型线路板厂担任总经理。李明坦陈，选择厦门这家小型线路板厂，他看重了两个方面，一是这家线路板厂虽然规模小，但是超过10年工龄的老员工占了绝大部分；其二，就是这家企业准备建设新的厂房，加上地处沿海城市有比较好的发展空间。当然最大的原因还是觉得自身的底蕴不够深，希望到不同的平台再历练一下。从2003年到2010年这七年时间，李明一直在这家小企业担任总经理。他坦言，企业虽然小，但他学到了很多之前没有或不具备的能力。这家企业有两块业务，除了线路板业务之外，还有一项重要的业务就是生产销售箱包。在这七年间，李明用敢于创新的精神成功解决了有关线路板粉尘大的问题，改进了生产装置。更令人称道的是，李明还利用箱包有国际标准色卡的特点，把它应用于线路板的阻焊颜色上，实现了一个很大的创新。此时，李明进入了事业发展的平顺期，但顾家的他还是在心头有个疙瘩，虽然通过关系小孩被接到厦门上了公立小学，但是初中阶段想上公立中学，几乎是不可能的。因此，考虑到小孩将来的读书问题以及当初给岳父岳母的承诺，李明决定重返梅州重返五株，因为他相信经过七年的历练，如同一个游子，在闯荡天下之后，总会回到自己梦想起航的地方，那就是他一直难以割舍的五株科技。缘分往往就是如此奇妙，阔别七年之后李明终在2010年6月重新回到五株科技的怀抱。

老板是长辈又是老师

重新入职五株的他担任了品质部高级经理一职，李明之所以拒绝到深圳总部上班，选择来到梅州，因为在他的价值观里，家庭还是第一位的。他之所以要给自己的妻子和岳父岳母一个承诺，就是因为他的岳父岳母非常疼爱这个女婿，不仅在梅州买房装修等事宜，包括平时生活上的事情，岳父岳母都想得很周到，甚至李明妻子的哥哥为了帮他装修房子，考虑到他工作上的原因，还专门住在梅州两个月，每天跑上跑下帮他装修房子……这些都让他这位外地郎深为感动。他深深感受到妻子娘家人浓浓的爱。

重新回到五株的李明在工作上如鱼得水，干劲十足。他真诚地说，他骨子里是一位不懂就问不懂就钻研的人，并且对新生事物充满好奇敢于挑战。他先后自学日语、会计，学过钳工、电工和木工等，在他的世界里从来没有不懂装懂这个习惯，不懂就得弄到懂、不懂就要拿出工匠精神。李明认为，工作上有十分的精力就要拿出十二分的钻研精神来。李明说这是他的工作准则，从某个角度上说，他的这种性格跟老板很合拍。在他的眼中，蔡志浩老板首先是位令人尊敬的长辈。说到这里，李明毫不掩饰自己对老板的钦佩之情。他说，蔡志浩老板是他见过的综合素质最全能力最强的企业家，没有之一。在他眼中老板的管理能力、技术水平以及胆魄都是令他膜拜的，在老板身上他学到了很多东西。老板的人格魅力是整个五株有目共睹的，一个小小的例子就能说明问题。有时老板从江西回梅州通知管理层开会，会让办公室补充通知会议要推迟一两个小时。老板事情多这本是很正常的事情，但这个"推迟"却藏有乾坤，因为一个偶然的渠道，他获知了这个秘密。老板推迟会议时间是身体不适的原因，他要去医院打点滴，打完点滴才过来给大家开会。说到这里李明感慨地说，有这样拼命的老板，下面自然跟着一群拼命的员工，有这样的火车头，自然就有动力十足的五株。说到与老板的交往，李明更是情真意切。他说，他父亲因为患重病，老板百忙之中经常打电话，询问父亲的病情并关切地问他要不要派人过去帮忙，或者帮忙联系医院等等。这些关心和问候，让李明全家如沐春风，温暖无比。

作为五株的高管，李明深感老板的知遇之恩，深感责任重大使命光荣。面对五株的发展和明天，他充满无比的自信。他认为五株科技无论生产工艺还是企业体量都达到了同行业中的先进水平，企业目前正走在上市的发展大道上。上市之后，企业还将有更大的梦想，也许其他有潜力的分厂都会单独上市，他们企业的这些管理层会成为职业经理人，而老板会变身为投资人。到那时，五株科技将真正遨游在深蓝色的海洋，在新时代发展的大潮中，敢立潮头唱赞歌，敢做新时代的弄潮儿，一代代的五株人将接过梦想的接力棒，成为有担当有作为的追梦人。

刘亚辉：五株让我找到人生的价值
——记五株科技梅州区域副总裁刘亚辉

2008年8月入职五株企业的刘亚辉，给人的感觉是沉稳内敛忠厚实在。在金秋的一个午后，暖阳照在位于梅江区东升工业园的志浩科技办公区，虽然是周六，但作为五株科技集团第二副总裁兼梅州区域制造总经理的刘亚辉，在他的办公室里依然伏案工作。见到记者到来，刘总连忙起身握手，寒暄坐下之后为记者沏了一壶上好的红茶。我们聊起了他在五株的工作经历，聊起了他的团队，聊起了蔡志浩董事长，聊起了关于五株的未来……他坦言，一个成功的人并不是看他具体拥有多少金钱和财富，而是看他是否在一个事业的平台上实现了真正的人生价值。对于他而言，五株就是成就自己人生价值的最好平台。

情系五株初心不改

属虎的刘亚辉1997年于国有企业下岗之后，从老家陕西西安随南下大军来到广东，在广东闯荡时间达到22年，先后在惠州等地的线路板企业工作。2007年，攒了一些积蓄的刘亚辉和另外几个同伴抱着青年人的追求和梦想，在叶挺故乡惠东办起了一个小型线路板加工厂。当这几位年轻人准备大干一场，憧憬着人生梦想的时候，不料时运不济，2008年金融风暴来袭，没有经验没有业务来源的小工厂瞬间被吹得支离破碎，最终倒闭了，刘亚辉也匆忙结束了自己的第一次创业，虽然当初他提前预判到了这一点。幸运的是资金没有多大损失，只是赔进去了自己一年辛辛苦苦挣来的血汗钱。这对刚出来独立创业的刘亚辉犹如当头一棒，沮丧不已。

调整了一段时间之后，刘亚辉拿出身上藏着的虎气，成功应聘到梅州的五株厂，因为有十几年的类似工作经验，所以一进五株就担任了技术部经理。他记得当时志浩科技正在兴建中，生产的都是国内先进的HDI电路板，在那么早的时期生产这种电路板，可以说在国内民营企业中是第一家，这种电路板简而言之就是高精密细线路多层板。刘亚辉当时就觉得五株企业的蔡志浩董事长高瞻远瞩，虽然梅州地处山区，但是董事长却敢于把这么高端的电路板放到梅州，这一方面体现了他爱家乡的情结，第二是展现了一位企业家的眼光和抱负，所以他觉得自己在五株找到了事业的根基，自己想要的事业平台就在这里。于是刘亚辉很快全身心都扑到工作中。刘亚辉骨子里就是一个对工作专心专注的人，他负责志浩厂产品的生产品质管理以及技术改造等，利用自己在线路板行业的工作经验，在五株的岗位上，结合实际，为工厂节能增效做出了贡献，能力得到了董事长和同事们的认可。

刘亚辉笑言，在五株虽然自己是在企业工作，但是却找到了一种"当老板"的感觉。那是因为他觉得在五株实现了自己的人生价值，找到了理想的方向，成就了自己在这个行业的"江湖地位"。刘亚辉同时感恩地说，拥有这一切，是董事长的栽培，是五株的给予，正如他自入职五株起就找到了自己的"根"，并把这个"根"扎在这里，同时也把家安在了梅州；因为爱上五株，因为恋上梅州，所以他十年初心不改，并坦言此心非五株莫属。他说，现在不时有一些同行企业的猎头想来挖他，但是他从来不为之所动，因为这跟金钱无关；他觉得一个人要懂得感恩，就像一个家庭培养了你，你不能背叛家庭一样，道理就这么简单。

董事长是"管理艺术家"

刘亚辉入职五株，在董事长的器重之下，先后担任梅州五株厂的副厂长、厂长、总经理，后来东莞工厂成立之初被调到资源部当"援军"，不同岗位上的锻炼，也让他日益成熟起来。有一件事让刘亚辉铭记至今，因为这件事深深地触动了他，让他感受到老板身上的人格魅力，更感受到蔡志浩董事长是位真正的"管

追梦

刘亚辉（左二）在生产现场对员工进行工作指导

理艺术家"。也因为这件事，延续了他和五株恒久的情缘。刘亚辉喝了口茶，整理了一下思路，动情地回忆了这段往事。

那是2012年，当时刘亚辉刚担任梅州志浩科技厂制造副总，也刚从技术层面转到管理岗位。这一次的岗位调整让他很不适应，也许这是他多年形成的工作习惯，他热衷于产品研究，而对管理方法及资源整合等都比较欠缺经验，加上当时工厂面临产品升级等诸多问题，管理的人员比较多，面临的问题一大堆，内部经常出现一些不和谐的状况，在当时技术领域做得顺风顺水的他，这一个岗位上让自己很是头痛，并且感到无比焦虑。也可以说，那段时间是刘亚辉在五株最消沉的日子，他觉得自己无法胜任这个岗位，萌生了退出五株的念头。就在这时，明察秋毫的蔡志浩董事长找到他，跟他促膝谈心了两次。他记得当时董事长语重心长地跟他说："亚辉，我知道你想把工作干好，但是你不要心急，要一步一步来。"因为刘亚辉心中还有怨气，一开始董事长的话他根本听不进去，甚至还负气地请董事长把他调回原来的技术岗位，如果不同意就打算不干了。没想到董事长听完他的这个要求，微笑着对他说：我既然把你提起来，就不会放弃你，我一定会扶持你。现在你遇到了困难，这样吧，我给你一个缓冲的过渡办法，你去梅州五株厂当制造副总，干一段时间适应一下这个角色。因为董事长对刘亚辉的不放弃和信任，后来他到了梅州五株厂历练了三年，实践证明董事长的眼光是锐利的，刘亚辉也从制造副总这个角色中找到了新的感觉和自信，通过对工厂的产品改造和升级，梅州五株厂第二年就在集团中冒尖，并且2015年至2017年连续三年成为整个集团的标杆，净利润每年实现接近20%的增长。刘亚辉成功了！他也真正感受到了董事长当初的良苦用心，刘亚辉的努力与付出，董事长一直看在眼里喜在心里。

2017年春，刘亚辉被重新调回志浩科技担任制造副总，同时管理梅州两个厂。而此时的刘亚辉已经不再是三年前的他，通过在梅州五株厂的三年历练，他成长了也成熟了，那份从容那份自信写在他坚毅的脸庞上。面对今天拥有的地位和荣誉，刘亚辉常常心怀感恩，他觉得蔡志浩董事长就是一位杰出的"管理艺术家"，如果当初不是董事长的提携和帮助，让自己克服内心的障碍，自己当初面对跳不过的那道坎，可能就放弃了，可能今天也不在五株这个大家庭了。而今天他不仅仅失而复得，感觉自己的工作经历，就像一只拳头，收回来再打出去更加充满力量和自信；而这一切，感恩于董事长对自己这块钢的再造。说浅白一点，董事长就是自己职业生涯中的引路人和指路明灯！这盏灯一直温暖地照耀着自己，砥砺前行，对五株永不言弃。

给力的五株团队

闲谈中，刘亚辉透露了自己能取得今天成绩的一个秘密，就是得益于自己服务于一支优秀的五株团队。而这支五株团队最让五株人膜拜的"掌门人"就是蔡志浩董事长。刘亚辉感叹地说，他了解过很多的企业老板，大部分企业家在企业的资金投入和建设方面会很用心，但是在培养人才上都是很欠缺的。而蔡志浩董事长是属于两者兼得的掌门人。比如五株在电路板行业不仅是行业标杆，处在全国前列，这是其一；其二是董事长在培养各梯队人才方面除了事必躬亲外，还会根据个人的特点，给予不同的人文关怀和不同方式的栽培。回想自己还处在经理位置的时候，也时常得到老板的教诲，而现在身处高层，几乎每天都可以得到老板的言传身教，至少每天有一通电话跟董事长交流，每个礼拜会有面对面的汇报交流。老板在百忙之中还撰写了大量的经验文章，特别是《激情无限，潜能无限》那本凝聚着董事长心血的经验文集，简直就是一本从事线路板工作的教科书。

这本书中的文章，董事长会花大量的时间一点点给管理人员讲解其中的要领和细节，让他们受益匪浅的同时深受感动。交流时老板更像一位老师和兄长，他会告诉你如何与人沟通，如何与客户打交道，会把自己积累的经验和方法毫不保留地传授给大家。这样跟老板的密切接触，让刘亚辉在五株的不同岗位上充满自信，就算在当时并不擅长的运营岗位，现在也能驾轻就熟。他觉得，自己今天的成长离不开董事长这种润物细无声的栽培和教导，而这种经验的获得是其他企业老板所不具备的。他记得董事长经常对他们这些企业高管说：我和你们之间的关系就是"师徒关系"，你们可以叫我"师傅"。每次听到老板这样说，他心里都会感到一阵温暖，因为由此他会联想到《西游记》中的唐僧师徒四人，何尝不是一支优秀的团队，他们历经千难万险，终于取得真经。究其原因，其中师徒之间最大的一个特点就是，同心同德。在他看来，蔡志浩董事长让他们这些高管叫他"师傅"，这种关系早就超出了一般企业的雇用关系。这种对企业管理人才"穿针引线"式的培养模式，是五株企业管理文化的一大特色和亮点。

在刘亚辉看来，一个人的成功一个人的价值，绝对不是自己一个人能够成就的，那是来自团队之间的合作，来自团队对自己的信任。刘亚辉开心地说，自己在五株的10年间，招进了不下100位大学生，而他们当中的30%现在都成长了，都在五株不同的管理岗位上发挥了才华。而在他的团队中，有超过80%的主管是外地人，而这些主管中，又有80%的人在梅州五株落地生根，安居乐业。对自己的团队，刘亚辉坦言很给力，他觉得他们就好像是自己带出的学生，套用董事长的话来说，这些人也是自己的"徒弟"。当团队的力量拧成一股绳，合成向心力，这个企业就能够越过所有的沟，爬过所有的坎，攀上事业的顶峰，笑到最后。

谈及五株的发展愿景，刘亚辉自信地说，作为一名五株的管理层，要按照董事长提出的"国内标杆，世界名牌，百年企业"的目标而努力，要把董事长博大的企业管理思想转化成标准化的程序，运用到实际的工作中。当前五株要克服自己的短板，在软件操控力和网络沟通力方面继续深度开拓，加大人才储备，加入对外沟通和信息产业的互动，在万物互联的时代，做大做强五株这艘巨型航母，让每一位五株人都能在企业发展的道路上分享幸福的果实。

张满良：梦想之花在五株盛开
——记梅州志浩厂制造副总张满良

从宁夏回族自治区到深圳，再从深圳到梅州，人生有时就是做一道奇妙的选择题。梅州志浩厂的制造副总张满良在逐梦的路上，为自己的人生事业做出了一个完美而无悔的选择。

和五株不同寻常的缘分

梅州志浩厂的会议室，初见张满良，这位从宁夏回族自治区扎根梅州五株的汉子，真诚而质朴，像大雁南飞，在和笔者简单的叙聊后，张满良深情讲述了和五株不同寻常的难舍之缘。1994年张满良大学毕业后，随着南下逐梦的大潮，来到了深圳打工，一开始在深圳一家合资线路板厂上班，先后从事过多个工作岗位，一直到管理层。时间来到2005年10月，当时张满良所在的企业因为投资方资金出现问题，张满良审时度势认为自己继续在这个企业待下去已经没有多大意义。其实，经过深圳10年打拼的他，已经有了很丰富的线路板行业管理经验，也对线路板行业有了很深的感情。再选择新的公司，他还是希望能够继续自己的老本行。于是他通过市场考察，发现当时的深圳五株企业在电路板行业已颇有声望。考虑过后，他向五株投出了自己的求职简历。没过多久，他就接到了面试通知，面试他的正是五株董事长蔡志浩。蔡董事长在了解了他的工作经历之后，对张满良非常赏识。

入职五株之后，蔡董事长想历练一下张满良，便安排他到梅州五株厂上班。张满良接到通知后，因为没有来过梅州，只知道梅州在粤北山区。所以张满良在第一时间搭乘了一辆公司的发货车前往梅州，但这一趟梅州之行给他留下了难以磨灭的印象。那天他从上午11时坐车，一直到晚上10时才到梅州，一路几乎都是山路，路上连路灯都没有，黑咕隆咚的。张满良坐在摇晃颠簸的车上心情很是复杂，从繁华的深圳大都市来到一个偏僻的山区，反差实在太大了，当时心里还真打起了退堂鼓。第二天张满良到工厂参观之后，感觉五株企业虽然在梅州，但各方面运作都很规范，企业这边也根据董事长的意思，对张满良给予关心，任命他为梅州五株厂的生产部长。张满良到任后的三个月，根据企业的发展情况，对工厂的生产流程和生产质量等方面做出了一些调整和改变，也起到了一定效果。但他在实际操作中仍然感到困难重重，更让张满良内心煎熬的是妻子这个时候还留在深圳，两个小孩，其中大的才上三年级，小的还在待产。此时的妻子需要陪伴，小孩需要照顾，而自己却远在几百公里外的山城梅州，形单影只，还有就是梅州厂开出的工资也比深圳少了至少一千元。想到这里张满良打退堂鼓的念头越来越强烈。在这个节骨眼上，蔡董事长对张满良这个有用之才表达了诚意，提拔张满良为梅州五株厂的副厂长，工资也由2500元涨到4000元；张满良感受到了老板和企业对自己的关心，二话没说选择了留下，并得到妻子的支持和理解。这一干一直干到2007年的10月。

张满良坦言，自己是一个比较顾家的男人，此时因为远在宁夏的父母年事已高，身体病痛缠身，再加上小孩的教育问题也摆上了议事日程，妻子一人已难以挑起这副重担。经过反复思考之后，张满良做出了一个非常违心和痛苦的选择：离职五株。

重回五株已是桂花飘香

离开梅州五株，在北上的列车上，张满良的心情五味杂陈。之前的熟悉和美好都要放下，此时的他却无心欣赏窗外的风景，因为他知道，离开五株，自己将面临人生的又一次失业。回到宁夏，张满良在处理好家里的一切事务，并在老家陪伴家人一段时间之后，时间已经来到2008年4月。掐指一算，张满良在老家待了有半年之久，这半年张满良过得有些失落，因为他要重新找一份能够养家糊口的工作，路到底在何方？

深思熟虑之后，张满良毅然南下，回到自己熟悉的深圳，梦想起航的地方。面对茫茫人海的深圳，张满良一时感到无措，夜阑人静之时，他想起自己离职之前，董事长跟自己讲过的一句话：以后遇到什么困难，还可以回来找我。张满良心想现在自己面对的最大困难就是失业，就是要找工作。想到这里，张满良拿出手机给蔡志浩董事长发了一条短信，短信只是简单地告诉董事长他已经回到了深圳。短信发完之后他渐渐进入了梦乡。让他没想到的是，第二天他就接到了五株公司管理人员的电话，转达了老板的意思，称张满良如果还想回到五株的怀抱，老板还是欢迎他的。放下电话的他内心激动不已，他望着窗外，依然一片盎然生机，远处飘来的阵阵桂花香沁人心脾。他想着自己和董事长交往的细节，不经意中发现自己的眼角居然闪烁着泪花。

几天后，张满良在深圳见到了老板，在董事长办公室，张满良的内心有些忐忑。然而，让他没有想到的是，董事长温和的脸上充满着一如既往的笑容，温暖的大手握着心神不宁的张满良，对他说，欢迎你重新回到五株，你回来后还是去梅州，职务和待遇都不变。董事长的一席话如沐春风，让张满良感动不已。

扎根梅州，无怨无悔

2008年4月，张满良带着感恩的心情重新回到了离别半年之久的梅州五株厂，继续担任副厂长。重新回到工作岗位的张满良把自己全部的工作热情都投了进去，但天有不测风云，重回五株上班一个月后，他的身体出现了状况，迫不得已需要住院治疗。实际情况是，张满良刚回来，家里情况也不是很好，加上身上也没有什么现金，住院治疗需要一笔费用。正在苦恼之时，董事长闻讯一方面鼓励他安心治病，一方面拿出1800元现金，让他先拿去治病。那一刻，让张满良的内心温暖无比。张满良住院一个月以后，身体还没完全康复，但想到董事长的关心，想到同事们的支持，他一边吃药一边坚持出来工作。他从规范生产流程入手，从节约成本上下功夫，此举让工厂逐渐显现成效。

　　张满良的努力，董事长看在眼里。2008年8月，张满良被提拔为梅州五株厂厂长，待遇也得到大幅度提高。2014年4月，由于张满良工作出色，董事长把他从梅州线路板单面厂调到双面厂担任厂长。在这期间，他工作勤勤恳恳，在促生产创效益方面都展现了个人的才华。2015年5月，蔡董事长再次对张满良委以重任，把他从五株厂调到科技含量更高的梅州志浩厂担任厂长一职。厂长职务没变，但肩上的担子更重了，生产的线路板也从双面板升级到了HDI板。此时，这对张满良来说是一个全新的挑战，因为双面板的生产流程比较简单，作为厂长的自己更多的精力还是在管理上。但是到了梅州志浩厂后，一个问题就摆在他的面前，因为他对管理HDI技术这个层面还是比较生疏的，为了尽快进入角色，张满良用了大半年的时间沉下心来，虚心向技术人员学习生产流程、材料运用和设备等相关技术，认真分析生产流程和市场前景等。在担任志浩厂厂长期间，张满良的管理水平得到飞速的提高，志浩厂也成为集团旗下公司的一个生产榜样，多次受到集团的通报表彰。

　　2018年，由于工作出色，张满良被提拔为制造副总，成为一名企业高管。他坦言，这些进步离不开董事长对自己的栽培和指导。他清楚地记得2009年的一天，他到董事长的办公室汇报工作，董事长对他说了这样一句话：当管理人员就

张满良（中）在指导生产工作

是做员工的勤务兵。这句话对张满良日后的生产管理工作有很大的启发，他也时刻提醒自己，自己是在为员工创造服务提供服务完善服务。为此，他一直把这句话当作金科玉律，铭记在心。

在五株工作了十几年，张满良深情地说，自己的身心已经全部融进了这家企业，也已经把五株的事业当作自己的事业，早就没有觉得自己是在为老板打工，而是为自己打工。

为五株服务做个新客家人

张满良坦言，自己的大本营在深圳，妻子孩子和三个叔叔等亲人都在深圳，之所以会选择五株来到梅州工作，就是看好五株的品牌和前景。在梅州张满良没有一个老乡，从某个角度讲，他是孤军奋战，但是他的内心却从来没有感到空虚和寂寞，因为五株是个温暖的大家庭。直到2015年张满良的妻子从宁夏来到梅州，一家人才得以团聚。目前张满良的两个孩子大的在重庆上大学，小的在梅州上初中。说到这里张满良开心地说，梅州的环境很宜居，他很感谢周围的同事和梅州的朋友，客家人热情好客，很淳朴很有包容心，不会像有些地方对外地人有歧视心理。张满良说，现在他们一家对于客家的饮食也已经适应了，他对梅州的腌面和肠粉特别喜欢。他已经把梅州当作自己的根，家也安在梅州。

雄关漫道真如铁，而今迈步从头越。张满良充满自信地说，在五株工作了十多年，目前企业在董事长的引领下，在五株人的共同努力下，正处在强劲的上升阶段，五株企业在塑造国内标杆品牌、打造国际品牌的征途中，可以说市场前景光明，但任重而道远。为了实现五株人共同的目标，张满良认为，当前五株科技可以在引进高端人才，提高竞争力方面下更大的功夫，同时在健全人力资源系统、推行薪资均衡发展和科学的人才规划等方面，坚持以人为本不断完善的战略，这样会给五株人带来更幸福的未来。

龚少华：用人生姿态实现每一次转型
——五株科技梅州区域市场总经理龚少华访谈

蔡志浩董事长曾经有这样的评价，在五株，龚少华是职场岗位转型升级做得最好的一个例子。他的职业角色从一个财务人员到市场总经理，从里到外，以静制动，岗位做到完全跨越，不仅实现了个人价值的转变，同时与五株共成长。

见到龚少华时，给记者的感觉他是一个很精明能干的人，个子不是很高的他，给人一种睿智和踏实感。他的职务是五株科技梅州区域市场总经理，但是由于工作性质，他必须在深圳、东莞和梅州三地跑，所以记者采访到他，还是在东莞的五株工厂内。

记者：龚总你好，请你讲述一下在五株的工作经历。

龚少华：我是湖南永州人，于1995年来到广东，2006年2月进入五株。我来广东之前在深圳一家港资企业做财务，因为大学所学的专业也是和财务有关的。当初我是通过应聘进入五株（深圳黄田），首先也是任财务一职。在五株做了一年的财务后，蔡董事长高瞻远瞩，很有忧患意识，企业成立了集团风险控制部，把我从财务部调到了集团风控部做总监，一直干到2012年8月，之后被调到市场部做总监至今。

虽然龚少华轻描淡写地用几句话说明了自己的职场经历，但是他的理性和成熟告诉记者，他在职场中的每一步都充满挑战。

记者：你离开原来的港资企业是什么原因？

龚少华：（梳理了一下自己的思绪，轻叹说）当时自己任职的港资企业有三个股东，后来由于股东之间关系不和、管理不善造成企业内部矛盾，使财务工作难以进行下去，所以我选择离开。

记者：你进入五株后，从财务到风控部，甚至到后来的市场部，职务跨度大，当时会不会觉得难以适应？

龚少华：说实话，当时从财务部转到风控部的时候，自己有些想不通，感觉压力很大。后来董事长找我谈话，说不是因为我的财务工作做得不好，而是因为我财务做了好多年，当时公司发展得也比较快，客户、货款和往来管理这一块是比较不规范的，董事长就觉得现在企业正在慢慢变大，需要成立一个风险控制部门，将外围的风险通过风控部来做一些判断和控制；因为我之前在港资企业工作也对风控部有所了解，风控部对于企业的作用是非常重要的，所以我认为这是一个很前卫的举措。再有将我从财务部调到风控部做总监，对我来说不仅仅是职位的提升，更是一种新的挑战。风控部的工作有一些需要用到财务的知识，因为要评估客户的风险必须先从财务方面去了解客户的经营状况，是我专业的一种延伸，更能让我知道每一项合同能否立得住脚、对方客户是什么背景等等，都要通过财务数据对对方企业发展情况进行分析了解。

记者：你到风控部后是如何开展工作的？

龚少华：我在风控部的时间，从2007年到2012年整整五年。风控部主要是针对客户风险，经常要跟客户打交道。风控部的第一项工作就是规范内部操作流程，并且给所有的业务员、跟单员制定风险控制的一些制度，例如业务员在开发新业务的时候，需要走什么样的流程，先进行评估，然后设置并填写评估表，其中表上有客户的很多基本信息，之后再由风控部给出意见，决定客户的付款账期。

记者：你在风控部这五年有没有成功化解企业风险的案例？

龚少华：（喝了口水，稍作停顿接着说）有。我在风控部这几年，有几个项目就是通过风控部商讨以后终止了合作的，其中2010年，我们的一个合作客户某手

龚少华（中）在会议上指导工作

机品牌在当时的国内市场口碑不错，合作时要求结账时间为90天，而当时市面上手机品牌一般的结账时间只有30天。当时从风控部的角度来看，我认为这个回款时间跨度过长，相比其他企业来说存在的优势好像并不明显，不过当时考虑到这家企业的市场情况还算不错，就同意合作。但是到了90天结账的时候我们企业并没有收到钱，甚至结账时间被拖延到了120天，这下我意识到不能再继续合作下去了，理由分析肯定是对方企业现金流有问题，后来在余款结完以后，我们马上提出终止合作。实践证明，我们的预判是正确的，该手机企业也在2017年倒闭，受其资金拖累的企业相当多，有的随之走进困境，甚至倒闭。

因为性格比较中性，以前以为自己只适合做财务工作的龚少华，在风控部的工作依然非常出色。可以说董事长搭了一个平台，他唱了一出好戏，也实现了自己职场岗位的第一次华丽转身。

记者：你2012年到市场部之后，再次挑战自己的岗位，这一次你觉得自己有没有什么新的变化？

龚少华：（听到记者这个问题，笑了笑说）幸好当时自己在风控部这几年，基本上是在外面，虽然自己的性格不属于外向型，但是岗位逼着自己慢慢改变，再有责任心也让自己在办公室坐不住。因为坐在办公室里谈控制风险，纯粹是纸上谈兵，还容易被业务员误导，对市场了解会非常片面。工作性质决定必须跟客户接触，跟客户沟通了解他们的状况、战略发展方向等等。财务数据往往都是滞后的，不能根据一两个月的情况就否定这个客户，这样显得过于片面，因此只要谈到账期问题的时候，我一定会跟业务员一同前往，让自己亲自下到一线去和客户进行互动，了解真正的市场动向。在了解客户风险的时候，我和业务员的角度是不一样的，业务员更在意客户拥有多少订单，价格多少，比较直接；我则会从风控的角度去考虑，不会过于直接。我会更在意对方的背景，拥有什么样的资质和客户群，以及未来的发展和产品、企业规划怎么样，从整个宏观方面延伸地去看这个公司能跑多久，再决定要不要跟它长期合作。

记者：你从风控部到市场部，能否评价一下自己的性格有什么变化？

龚少华：（笑了一下）具体点说，我的性格是中性偏活跃一点的。在五株工作岗位上，从里到外激活了我那份偏外向的性格，这归结于董事长有远见会用人，将每个人的特长用到极致。

记者：这些年你一直在五株工作，从未离开，最大的原因是什么？

龚少华：（直了直身子，真诚地说）一方面，1995年我到深圳以后，在港资企业上班，也是从简单的会计开始一步步晋升职位的，后来从港资企业离开后到五株工作，心里就默认了五株是我工作的最后一站。因为我是一个不愿意频繁更换工作岗位的人，我喜欢稳定，刚好在这里就找到了让我安心稳定的基础。因为蔡董事长是一个非常了不起的老板，他在企业规划上面很有前瞻性，也非常重视人才，善于利用人的优点，并给他一个合适的岗位进行发挥。董事长还说过，企业要转型，人也要跟着转型，他还经常在开会的时候把我的经历当成人才转型最成功的事例来启示大家。我认为人生一定要去经历不同的东西，可以激发出自己更多的精彩。另一方面，蔡董事长两年前和我们说的一句话非常打动我："不管是哪个部门的领导，对下面的员工一定要去培养、培训、关心、关怀。"我进入五株这么多年来，董事长也一直不断地在培养我，不断地让我把自己的长处发挥出来，同时在工作和其他方面上给予关心，让我感动到不想离开，有一种家的感觉。

记者：你身边有没有一直被你作为榜样的人？

龚少华：蔡董事长就是一个很好的榜样。他从一个电工开始，慢慢到自己当了老板，学习的东西其实也非常多，学营销、学财务管理、人事管理和电路板技术、设备的管理，甚至电路板设备技术的发明和改造等等，跨度非常大，也正是他能成就今天的五株的原因。

记者：董事长知人善用，对你工作上的关心过程中，你最大的体会是什么？

龚少华：工作上，通过董事长一点点的提拔，我得以把我认为最擅长最优秀的一面展示了出来。因为有了五株这个平台，实现了我也没看到过的自己，能在职业生涯中挑战不同的角色并且成功。

记者：你在五株最大的收获是什么？

龚少华：在同一个岗位待这么久的，对于五株的员工来说是少数，而我就是其中一个，很大原因是我一直都用董事长所说的对下属要进行培训培养和关心关怀的话语来勉励自己，所以我的团队一直都很稳定，所做出来的业绩也就稳定。这样我的整个部门的作用就得以充分发挥出来，说到底其实很平凡。同时善于发现下属的长处，将董事长培养我的方式传递给下属，并把他们分配到相应的工作岗位上，让他们发挥自己的潜能。

记者：可以问一下，这十几年对你而言最大的转型是什么吗？

龚少华：格局。通过这么多年的转型，我觉得自己的格局和胸怀放得越来越大，以前看事情没有现在看得这么远、这么高。现在觉得自己想做的事情，只要努力并且方法对，就可以成功。（说这番话时龚少华的眼神里充满坚毅，充满自信。）

赖裕芬：为五株当好人才的"守门员"
——记五株科技集团人力资源总监赖裕芬

二十二年前，她毕业于嘉应大学中文系；二十二年里，她和五株科技一起栉风沐雨共同成长；她用二十二载的青春年华诠释了一个职业女性的价值观。从创业之初的五洲电路板厂办公室的一个文员，到梅州区域人力资源行政部经理，她执着无悔地走过来了，走出了风采走出了豪迈。用她的一句话说就是："一个人应当摒弃那些令人心颤的杂念，全神贯注地走自己脚下的人生之路。"她就是五株科技集团人力资源总监赖裕芬。

一份报纸与五洲结缘

赖裕芬从嘉应大学中文系毕业后，先是在政府的一个部门做临时工，后来因为机构改革失业在家。那是她毕业后的第三年，一次很偶然的机会，她闲着无事去报刊亭买报纸，无意中在《梅州广播电视周报》上看到梅州五洲电路板厂招聘文员的广告。

"当时的我从没听过这个厂的名字，也不知道城北五里亭在哪里，就这样拿着买下的报纸一路问路过去了……"回想起当时的情景，梳着齐耳短发、干练健谈的赖裕芬咯咯咯地笑了起来。

应聘成功后，年仅23岁的赖裕芬于1997年5月正式入职，成为五洲电路厂办公室的一名文员。"我清楚地记得，当时工厂的环境和办公条件都很差，办公室设在葡萄树架下，八面来风，一下雨，大家就到处找脸盆接水……"回忆起这些虽然艰辛但终生难忘的旧事，赖裕芬又爽朗地笑了。

"当时工厂刚刚起步三年，我的工作是负责办公室的事务、员工招聘工作、给员工计算工资。当时计算工资是以计件的形式，生产部门每天把各工序个人计件日报表交到人事部，人事部按单价乘以数量得出工资数字，当天就要结算出每个人的工资是多少。而大家的工作时间也是没日没夜，当时的我也觉得一天的工作时间特别漫长。还好，我选择留了下来，在文员这个职位干了五年。

"在那五年中，确实是公司最辛苦的五年，无论工作环境还是待遇，当时自己每个月的工资只有400多元。我也有想过去找别的工作。我本身是蕉岭人，很多大学同学毕业后都当了老师，他们都劝我别干了，说实话我也曾有过离职这个念头。"

在当时，"转行""跳槽"这些字眼都强烈刺激着赖裕芬的神经，那到底是什么原因让她最终选择留下来呢？

中文系毕业的她，虽然生产方面的知识她并不懂，之所以能在这个岗位坚守五年，除了公司给了她一个锻炼的平台，重要的是五洲这个大家庭的团结和睦每时每刻都在感动着她。"蔡伯、蔡总夫妇非常照顾大家。虽然环境差了点，但其间没有老板和员工之分，其乐融融，相互帮助，共渡难关。"回想起那段日子，赖裕芬深情说道。

"在五年时间内，我可以很明显地感受到公司的变化。"赖裕芬说，"我刚去公司的时候只有那么一点的范围，可是接下来每年老板都会对厂房进行投资建设。一开始是租地，后来是买地，总之每年都在变化。"赖经理笑着说："当时大家都觉得很奇怪，这里明明是电路板厂，怎么基建工程队天天都在施工。"

2002年，高瞻远瞩的蔡志浩老板买下现在东升工业园位置（原来港龙制衣厂）占地39亩的厂房，进行改建，成立了梅州五洲电路板有限公司。同年5月，梅州五洲从五里亭搬迁到新的厂区，这是五洲的一次飞跃。赖裕芬也成为第一位到新厂区工作的办公室人员，负责新厂区的办公室事宜。

"蔡总平时工作很忙,很少回梅州。搬迁庆典设在雁南飞,那天,蔡总找我以及办公室的另外一位文员谈话。他非常肯定我们的工作,也针对我们的工作提出意见,告诉我们怎么去提高。那一次的谈话,我感慨良多、受益匪浅,对我今后的工作帮助非常大,也坚定了我留在五洲和大家一起奋斗的信心。"

2003年,工作认真的赖裕芬得到大家认可,正式出任人力资源部副经理职位。五株在一步一步蜕变,赖裕芬也在一点一点不断进步着。

"企"字"人"为上

任何一个成功的企业家都知道人才的重要性,人力资源是企业最大的财富,一个以人为本、重视员工的企业没有不兴旺的理由。反之,一个人才匮乏,员工涣散的企业也是很难发展壮大的。其实,我们的老祖宗在造出"企"这个字时,已经告诉了我们这个博大精深而又浅显明了的道理。"企"字上面一个"人"字,若"人"字去掉,就只有"止"字。我们从这个拆字法中不难懂得一个道理,一个企业若失去人才的支撑,这个企业的发展也就停止了。

赖裕芬深知这一点,因为随着五株的发展壮大,对员工和专业人才的需求也越来越多越来越高,她的重点工作不再是简单的"员工招聘"那么表面,人才招聘工作就是做好企业的"守门人",为企业挑选到适合企业发展也适合个人成长的人才。赖裕芬形象地解释员工招聘工作就是为企业"输送子弹",因为企业与企业之间的竞争相当激烈,说到底也就是人才的竞争,企业要想在竞争中赢得漂亮,当然就得靠"杀伤力强的子弹"——人才啊!她回忆道,迄今为止,从她手中招进公司的员工不下万人。可在她看来,能为企业选到优秀的员工,让他们在自己的岗位上不仅为企业的发展添砖加瓦,同时也能实现自己的劳动价值,让他们感觉五洲是一个"大家",那也是她做人力资源工作最幸福的时候。

在招聘的过程中,她遇到过形形色色的求职者。她总结了自己从事招聘工作的"心经"。

"一般说来,招聘的过程有三个步骤。第　是面试,在通过人力资源部的初试之后;接着是班组长面试,我们会带员工到工厂进行试用。这是一个双向选择

赖裕芬（中）在为新员工培训

的过程，我们可以看员工是否适合这个岗位，员工也可以对他的工作环境和工作内容有个初步印象。如果双方都满意，那么第二就是办理入职手续。第三进行岗前培训，其中包括公司的厂规厂纪、相关制度等等。"

在五株的各个工厂，新员工入职的第二天会有一个"师徒礼"：老员工通过"每日一课""师带徒"等形式毫不保留地向新来的员工传经送宝，让新来的员工在短时间内熟悉自己的岗位和操作技能，整个工厂也形成勤钻研、好学习的积极氛围。这是五株一直坚持的好传统好做法，实践证明，这也是非常奏效的。五洲20年来一直坚持这样以人为本的管理方法，即便在金融危机时期，五株员工的流失率都不超过8%，远远低于其他企业。

一个成熟的企业，吐故纳新必然是一种常态，企业发展需要引进人才，而怎么留人，更是一门学问。但在五株，有好大一部分员工，他们选择把"根"扎在五株，很多人更是"十年磨一剑，英雄方崭角"，在为五株贡献自己青春与汗水的同时，也在五株找到了"家"的感觉，收获了事业与爱情，获得了幸福与快乐。

两个满满的信心

2010年3月，为了保证饭菜质量，在蔡伯的建议下，五洲集团决定将承包在外的两个员工食堂实行自主管理，这意味着人力资源行政部工作量的增大，但大家丝毫没有怠慢。不仅如此，人力资源行政部还每天派出行政主管到批发市场、

赖裕芬：为五株当好人才的"守门员"

肉菜市场参与采购，确保了食品源头的安全。同时更是在色香味和菜式上兼顾外省员工，比如有湖南员工喜爱的湘菜等，一天五餐，每餐公司补贴餐费，不会因菜价上涨而肉菜"缩水"，保证了员工吃得开心，吃得放心。

随着五株的发展，公司加大了员工福利措施的投入，现在五洲各个工厂都有员工活动中心，员工活动中心设有台球室、乒乓球室、篮球场、报纸杂志阅览室和网吧等设施。这些设施丰富了五洲员工的业余生活，营造了和谐、向上的企业文化氛围，增强了企业团队活力。

赖裕芬说，她最感谢的是蔡总一家人，是他们给了她平台让她不断成长进步。二十多年来，工作上有失误、有委屈，但老板给自己的更多是包容、谅解、帮助。她经常怀着感恩的心情在工作，她早已经把五洲当成了一个"家"。因为按照公司管理规定，管理层干部要进行轮岗，一般情况下，赖裕芬要轮岗到深圳等地上班，但是老板考虑到她要照顾老人孩子的家庭实际情况，对她做了特殊照顾，还是留在梅州公司担任管理岗位。说到这点，赖裕芬内心充满了无比的感动。

虽然身为集团人力资源总监，但她坦言有压力也有动力。"对于生产，我虽然是'门外汉'，但是我的岗位就是当好为企业输送优秀人才的'守门员'，这同样是很重要的事情。今天的五株，已经成为电路行业的国际品牌企业，特别是在2016年至2017年期间，认真学习了蔡董事长为企业发展撰写的《十年目标 百年战略 国内标杆 国际品牌》，蔡董事长数十年如一日，情系电路板行业，以高瞻远瞩和高屋建瓴的战略眼光对人才战略提出了新的要求，未来公司要发展需要哪些人才以及哪些是关键人才，哪些人才需要淘汰等人才课题都值得自己和团队认真思考。根据公司发展规划，未来三年将通过外部招聘人才（大学生、专业人才），内部培养人才，提升现有人才的整体素质，制定了中、长期人才储备团队引进与培养计划及关键人才梯队建设培养计划。这些也是自己未来的工作重心。我对五株的发展前景有着满满的信心。同时我也对自己对五株'一见钟情'的选择无怨无悔，对选择五株作为自己毕生的事业有着满满的信心！"说完这句话，赖裕芬的脸上流露出自信的微笑，美丽而真实！

徐雨联：点赞五株的本色员工
——记梅州五株厂网房领班徐雨联

初见徐雨联，是在客天下一个初夏的周六上午。因为在这本《追梦》书中，选定了几位当年见证五株企业成长的基层老员工，徐雨联是其中的一位。来的时候，梅州五株的人力资源总监赖裕芬给我来电话，告诉我接到被采访通知的老员工都很紧张，我笑着告诉她，请她转告被采访的员工，采访就是聊天，不用紧张。但是当记者见到徐雨联的时候，有十多年一线从业经验的记者还真没有见过如此紧张的采访对象。

在记者的工作室落座之后，短发齐耳、穿着红色短袖的徐雨联显得很朴素、干练，两只手一直放在膝盖上，自始至终我们的聊天，就在这样一种状态下进行。聊天中可以看出，徐雨联属于性格很内向的一位。虽不善言谈，但只要记者问起她所从事的工作，以及在五株二十多年的工作经历，她的两眼瞬间充满了热情，话也逐渐多了起来……

徐雨联可以说是梅州较早一代的产业工人。她1990年就在梅州最早的电路板厂嘉宝厂当了一名生产线上的检验工人。工作上兢兢业业的她，话不多，但是工作起来认真细致。她的这种工作精神和工作作风被当时在嘉宝电路板厂当电工的蔡志浩看在眼里。而徐雨联也在工作之中，认识了同为工友的蔡志浩，当时对这位思想活跃、工作肯干又拥有一技之长的青年电工很佩服。作为一名农村女青

徐雨联:点赞五株的本色员工

年,徐雨联骨子里一直有很强的家庭观念,她以为自己的生活将按照这样的方式一直延续下去,像千千万万的客家女性一样,但就是她身上这种朴素无华的性格,让当时身为电工的蔡志浩记住了这位朴素的女工。时间来到1993年,当时,不甘现状、一心要出人头地的蔡志浩在梅州五里亭利用猪圈办起了最初的五株企业。在企业创办之初,招兵买马是当务之急,一直给蔡志浩留有好印象的徐雨联成了第一批被邀请加盟的员工。当徐雨联收到蔡志浩的邀请之后,果断地做出了自己的选择,原因很简单,第一是五里亭的工厂离自己家近,照顾家庭方便;二是跟着蔡志浩老板,相信会有更好的明天。因为她觉得蔡老板是一位事业心强、具有开拓精神的人。这个干脆的决定让徐雨联在五株坚守了25年,从未改变初心。说徐雨联是五株的本色员工,一点都不过分。她二十多年来一直从事线路板生产的最基本工作,从检验包装到网房,她做得一丝不苟,毫不懈怠。她见证了五株从当年利用猪圈办厂,一步一步,从小到大,从弱到强,再到今天成为PCB行业翘楚。企业在变大变强,但是徐雨联作为五株一名基层员工的本色不变。她在梅州五株厂做得最久的基层岗位就是"网房"一职。提起这个工作,她好像有说不完的话,跟之前神情拘谨的她判若两人。她说,这个岗位虽然很普通,但是很重要,在电路板的生产环节中是一道重要的关卡,这道关卡把好了可以确保产品的外观品质,为企业节省材料,减少耗材,提升产能。从网房到绿油再到文字生产工序流程,制网的过程烦琐,需要员工的细心耐心。整个制网的流程,包括检查网纱到拉网到上胶到封胶到上浆到烤干到菲林晒网,再到目视检查到标识型号版本检查等。每一个环节都环环相扣,要求做到一丝不苟。值得一提的是网房工作车间的环境并不是很好,且味道比较大,但网房车间的几位姐妹跟徐雨联相处甚好,把单调烦琐的工作当成一种责任和快乐的事情。每天,徐雨联都会骑着电动车从家里到工厂,两点一线,风雨无阻。在她心中,五株就是她的青春,就是她的希望。

在五株集团表彰20年老员工的名册上,徐雨联作为一名基层的老员工名列其中。在领奖台上,她抱着公司为这些老员工颁发的大电视,感慨万分又感到非常荣幸。虽然在五株二十多年的工作经历中,她仅仅从一个普通员工升到主管,但

徐雨联在工作中

她觉得这不是最重要的。她自嘲自己是那种本身比较传统的人，属于那种做一行专一行爱一行的人。她庆幸自己能在一个充满人文关怀与充满希望的企业工作至今，并见证它的成长和壮大。一晃二十多年过去了，2019年4月，年满50岁的她到了光荣退休的年龄。但是企业鉴于她的工作能力和优异表现，重新返聘了她。儿子对退而不休的妈妈，不解地问道：在五株干了一辈子也该歇歇了。然而，徐雨联的回答还如当年那样干脆：我感恩五株，感恩老板，只要五株企业还需要我，只要身体还允许，我就会一直在五株干下去。徐雨联感慨地说，在五株工作的二十多年，见证了企业风雨中的成长，见证了公司领导愈挫愈勇的眼光和抓住行业发展的胆魄，能够不断完善自己，不断转型升级，不断发展壮大，成就今天的五株，她作为其中的一分子，参与其中，为企业的发展壮大贡献自己的绵薄之力，这是她一生最无悔的选择。如今自己年纪大了，企业还依然看重自己，这是一种内心的温暖，自己感到很知足。

王秀忠：五株是我心中的"国企"
——记梅州五株厂冲床员工王秀忠

从1994年8月踏入五株，他就是一名最基层的冲床员工，到今年他已经在这个企业工作了整整25年，然而他的岗位还是一名基层的员工。时间冲淡了很多但没有冲淡他对这家企业的热爱，没有冲淡他当初的执着和初心。他就是梅州五株厂的冲床员工王秀忠。

遇见五株一见钟情

1994年8月22日，这是一个特别的日子，王秀忠如记住自己的生日那样一直把它铭记在心。这一年，王秀忠24岁。之前他在一家农机厂上班，因为企业倒闭，他怀揣着另一个梦想通过应聘走进了五株在江北五里亭的那间让人难忘的小厂，那用猪圈围起来的小厂。进入这家工厂，没有多少线路板从业经历的他，因为性格内向淳朴被蔡志浩老板安排在一个相对辛苦又重要的冲床工的岗位。来自梅县雁洋镇一个小山村的他深知父辈的辛劳，也懂得只有生存才能发展的道理，于是王秀忠二话没说愉快地接受了这项工作。但是让王秀忠自己也没想到的是，这个岗位一干就是25年。直到2017年，因为企业要对线路板进行品质提升，产品需要转型而原先的冲床岗位已逐步被智能化替代，所以王秀忠目前的岗位是压合，但还是最基层的岗位。当记者笑着问王秀忠，为何对五株企业情有独钟，并且是从一而终？王秀忠一脸真诚地望着记者轻轻地说：自己25年来一直选择在五株打工，虽然过得很平淡，但很充实，也很快乐。如果说找一份工作养家糊口，自己是个健康人，并不会很难，但为何自己会这么死心眼，一直选择在五株，那是因为自己有一份情怀，这份情怀就是内心感恩老板。感恩老板对自己的关心，另外就是自己亲眼目睹了五株企业从小到大、从大到强的发展过程。自己虽然是一个最基层的一线员工，但能够亲身参与一个企业的发展壮大，感到很开心；另外就是因为五株企业的人性化管理。在五株上班，除了不用担心企业的货源和订单，除了工资以外还有五险一金，还有固定的节假日，工作很稳定，很有保障感。说实话这么多年来，加上自己也不是那种好高骛远的性格，所以觉得五株企业就是自己心中的"国企"。

在五株收获爱情

虽然在基层岗位工作波澜不惊，但就是这种看似平淡的日子里王秀忠收获了自己人生最大的喜事。因为他在这里收获了爱情，遇到了自己的妻子王运珍。1996年王运珍进入五株厂，比王秀忠大两岁的她在工作中和王秀忠认识并熟悉，王秀忠内敛和朴实的性格俘获了少女的芳心，他们在五株相知相爱最终牵手一起。王运珍也是一名基层员工，她从事的是图转工作，在五株一干就是二十多年，一直到前两年满50岁退休。但是她退而不休，同样是因为她扎实并且任劳任怨的性格，退休之后重新被五株企业返聘，现在仍然在员工食堂工作。因为王秀忠家庭负担比较重，家中老人常年患病，所以他和妻子都很珍惜目前这个工作岗位，尽心尽责，勤勤恳恳，工作上从来没有出过错，受到同事的肯定和老板的认可。

让王秀忠夫妇感到欣慰的是两个小孩都逐渐成才，大女儿目前在深圳从事幼教工作，小儿子今年参加高考虽然没有考上本科，但是专科也考了自己喜爱的计算机专业，王秀忠认为只要孩子有志向，将来哪怕出来打工，也会有自己发挥所长的地方，也可以成为有用之才。他们夫妻也特别感恩五株企业，因为他们夫妻都在五株上班，企业考虑到这些夫妻员工，专门在工厂内建了一栋夫妻宿舍楼，免费提供给他们夫妻居住，夫妻房三房一厅，每月只需交些水电费就可以。王秀忠真诚地说，这种待遇，在梅州估计只有五株才有。夫妻楼居住的夫妻员工大概有八九十户，他们都以厂为家，把这里当成了自己生活的一部分，如今他们舒服地在夫妻房居住了十几年，非常习惯。这几年因为考虑到孩子大了才在梅城买了一套二手房，如果不是考虑这些因素，夫妻在五株上班连房子都可以不用买。更让其他打工者羡慕的是，在五株上班，连吃饭都是免费的，就这样算下来，夫妻两人的伙食费和住宿费，一个月节省的开支，可是一大笔费用。王秀忠说，老板对员工的关心和照顾，他们都记在心里。

五株之爱润物细无声

说到在五株工作的二十多年间，有一件难忘的事一直萦绕在王秀忠的脑海，让自己感动至今。那是自己入厂后的1999年，有一次自己因为牙疼发作无法上班，于是请假在家休息。让自己没想到的是远在深圳的蔡志浩老板对这样一件小事竟然惦记上了，他让厂长带着水果和慰问金来看望他，这件事对王秀忠触动很大，他觉得自己只是小病，同时也只是一个普通工人，但是却得到老板的关心和牵挂，还让厂长亲自登门慰问，让自己非常激动。这也足以看出老板的人情味。

也是在同一年发生了另一件事，确切地说，这是一次生产事故，并且事故是由他造成的，那是在一次冲床操作中，因为上一手的员工在操作时，机器齿轮已经存在故障。按操作流程，应停机检查，但王秀忠忽略了一个操作之前应该检修的程序，在没有进行检修的情况下继续操作冲床机器，由于齿轮故障，把整个冲床的中轴都顶弯了。事故出现后，王秀忠吓得说不出话来，因为维修冲床需要至少五万元，试想，在1999年，五万元对于一个普通工人，简直是天文数字，如果这笔费用要他来赔偿，后果简直不堪设想。但让王秀忠感动不已的是，老板考虑到王秀忠平时工作勤勉，于是网开一面，只是象征性地对他罚款100元作为处罚。这件事也警示他在日后的工作中要认认真真，一定要按照操作规程，全力以赴不容出错。

王秀忠感慨地说，这两件发生在自己身上的事，虽然已经过去整整20年了，

王秀忠在工作中

但感动常在，感到更多的是五株对自己的爱，老板对自己的关怀。这也是让他选择一直留在五株奉献五株的最大理由。

在2019年5月，王秀忠体会到了做一名五株人的幸福，那是他获得由工业园区主办的表彰工作20年老员工贡献奖。王秀忠说，当时站在颁奖台上心情万分激动，奖品是一台55英寸大电视，梅江区委书记亲自为自己颁发证书。看着台下欢呼的员工和同事，回想自己二十多年在五株走过的路，感受着五株给自己的爱，内心除了感动还是感动，除了开心还是开心，幸福感溢满全身。

曾志：在我眼里五株是"红色"的
——五株科技集团营销副总裁曾志访谈

1981年出生的曾志，正如他的父母给他取的名"志"，也许就对他寄予了厚望，希望他有志气，志存高远。而曾志也确实是一个很有志向的年轻人，家在梅州的他1999年高中毕业后进入五株，至今整整20年，从当初一名普通的冲床学徒工到市场部运营总监，而后2020年再次升任集团第九副总裁，他用自己的名字诠释了职场的奋斗之路。

记者对曾志在五株的成长之路是充满好奇的，毕竟20年的时光，他一步步走来，从一名最基层的员工到企业的高管，这种身份的蝶变确实闪耀着"打工明星"的光环，而这里面又有多少鲜为人知的故事呢？曾志就相关话题接受了记者的专访。

记者： 你在五株从之前的冲床工转行去跑市场，这其中的转变是为了什么？

曾志： 我1999年进入梅州五株厂，这是我的第一份正式工作，刚开始是当冲床学徒工，在冲床这一块做了半年以后，当时王明堂厂长号召需要一些梅州的员工去深圳五株厂开工，当时我一方面想趁年轻多学习一些技术，也想去大城市大工厂看看，于是就报了名。2000年3月我来到深圳厂，也是做冲床工作，因为我个人还算比较努力，后面基本上半年就升一级，从普通员工到领班、主管、总管到经理，最后到夜班总管；过了几年，2005年时由于自己身体的原因，我主动和老板提出更换岗位，然后被调入深圳五株市场部，主要负责华为客户方面的服务、跟单。

记者：你从对内的技术岗位到做对外的销售服务，当时能适应吗？

曾志：当时我在工厂负责管理这一块已经有五年时间了，从做制造到做销售的过程中，刚开始心态还是经历了一段时间的转变适应的，因为原本我并不是一个外向的人，对于我来说确实是一个挑战，同时也是董事长对我的信任。当时我跟华为的单数量并不大，后来逐年翻番，三年以后就从跟单员升级为跟单经理，到了2010年升到了业务副总。2004年那时我和华为签下的订单一年只有800万左右，后来到我做业务副总时和华为的订单额已经达到了1.5亿左右。除了老板认同了我的能力，我也得到了客户的肯定，其间也代表五株服务团队获得了华为颁发的最佳供应商奖项和进步奖。到了2011年，因为我有工厂的经验和市场这块的履历，提升为深圳工厂的常务副总，到2012年再次提升为深圳区域的总经理。当时我32岁，手下管理着1400多号人。

记者：当时有没有感受到自己获得了事业的立足之地？

曾志：有。五株给了我一个很好的平台，让我们身边这些有能力、有潜力的年轻人把自己的想法和才能施展出来，对于自己来说是一个机会和考验，更是一种挑战，当然也希望通过这个机会能够对企业也好个人也好，做出一份贡献，创造出自己的价值。可以说，我们从刚进来的一张白纸到现如今这张纸上已经画满了各种颜色，这些都得益于企业的培养和老板的言传身教。

记者：你觉得对于你来说这张纸上最美的"颜色"是什么？

曾志：红色（回答这两个字曾志几乎是脱口而出）。印象最深刻的是想起当年董事长讲红海战略蓝海战略的时候，会议上显示屏都是红色的。红海代表当时市场竞争方面的区域，蓝海代表深海，是远航的领域，同时红色也代表着警告和危机。当时我感受很深，这提醒着我们立足于当下的同时要有足够的危机意识，也要有眼光，从红海转为蓝海，风物长宜放眼量，这需要具备一个任重道远的战略思想。这个红色一直影响着我十几年，在做各种工作方案预算时，会将可能出现的危机情况先过一遍。

曾志：在我眼里五株是"红色"的

曾志（右一）在指导工作

我2012年到2015年都在深圳厂做总经理，其间，2014年获得集团最佳区域团队奖，获奖理由主要是我带领的整个团队完成了老板给的目标：全年产值4.5亿，达到了4500万约10％的年利润。后来东莞的HDI市场端和营销端管理这一块有空档期，鉴于我在工作上的表现，老板于2015年6月把我调到东莞五株至今，主要的工作是负责整个HDI事业部的效益、营销、产值和业绩，职务是营运总监。我接手后，从2015年到2019年由一开始的月产值5000万上升到月产值七八千万的水平，目前来说是整个五株集团中最大的HDI事业部。

记者： 你从一开始在深圳管理工厂到现在在东莞管理一个体量那么大的工厂，你觉得收获是什么？

曾志： 从工作角度来讲，之前在深圳做的是产品结构，面对的市场是华为的工业计算机、高频天线以及服务器的通孔板，它们的应用领域和客户领域是不一样的。来到东莞以后这边做的是HDI，所面对的领域是全新的，它的客户领域是需要归类的，以前做的是基站类，现在做的是接收基站信号的手机终端，比如平板、笔记本电脑和手机这些终端，是需要消费者面对面购买的产品，所以从产品角度来说是一个跨越，产品工艺也不一样了，HDI相对来说更加复杂，客户群体和体量也不同。之前深圳厂面对的客户比较单一，东莞这里的盘子比较大，8000万的产能需要同时和十几家客户进行合作，客户领域不断在增加，产品领域也在不断变化；东莞厂的体量大概是深圳厂体量的1.3倍。

记者：从一个冲床的员工到今天这个管理高层的职务，有没有那种从士兵到将军的感觉？

曾志：（笑了一下）有。这也是老板经常对我讲的。

记者：通过自己20年的五株工作经历，自我评价一下，你是一个好的将军吗？工作上有没有难忘的经历？

曾志：（略微停了一下）有两次，一次大一次小。第一次是在2013年管理深圳厂的时候，因为面临这几年国家最低工资上涨，水电费成本上升，包括所有的经营成本、厂租租金等都在上涨，可是我们当时的客户群体和利润空间并没有一个往上走的趋势，长期不改变持续下去，工厂利润越削越薄，迟早面临转型。当时我通过市场调查与研究，定下了专攻4G基站天线板与中小批量订单市场策略，经过各方面努力与团队的配合改善了经营状况，2014年的时候成功转型，完成了公司下达的盈利目标。

第二次是在东莞这边，2015年我过来的时候这个厂的HDI客户还是停留在比较中低端的层次上，基本上贸易公司、方案公司和ODM工厂这些，品牌大客户相对较少，这里就需要对工厂进行一个比较大的调整。我来的时候这里只有两个厂，一个厂是硬板厂，另一个是软板厂，软板厂里面既有做通孔板的，也有做HDI板的，也有做厚板的。我来之前也和老板建议一定要进行行业对标，做通孔板的和做HDI板的要进行拆分，一个厂分为两个厂，但是也带来一个问题，当时来说这种举措是比较麻烦的，因为这边的盘子要比深圳那边大很多，当两个厂没有拆分前产值是7000万左右，进行拆分后整个体量都会上升。由此拆分带来的管理团队成本要增加，经营成本也要增加，同时还要导入客户群体，但这样的好处就是专业的产品放在专业的生产线制造，避免交叉生产以及不断地调整设备的参数造成不稳定，且能提高产能和效率，减少质量隐患以及很多不必要的麻烦。分开以后薄板的做薄板，厚板的做厚板，这样的话两边的质量管控和产能效率都能提升。2015年下半年我过来以后，从人力到物料到车间，从整个团队到客户，我把这两个厂硬生生地拆出来了，到今天回过头去看，仍然觉得这个举措是对的，但这个过程挺难忘。

记者：20年在五株可谓一往情深，你能不能从一个老大哥的角色对现在的五株新员工说一段话？

曾志：（感叹时间过得快）五株是一个非常好的平台，老板敬业，上下同心，行业前景非常光明，对现加入或者准备加入五株的各位朋友，非常欢迎大家的加盟，也非常荣幸能够和你们一起共事、一起创造更美好的辉煌。大家一起胜者举杯相庆，败者拼死相救，一定要把公司的业绩做上去；同时也要保持自己的初心，不要把平台的力量视作自己的本事，有平台才有我们，先有公司才会有我们。

记者：说到初心，你的初心又是什么？

曾志：（自信的神情一直写在脸上）起初进入五株打工只是为了维持生计，把这份工打好。从工厂再到市场，接触了很多事物以后逐渐学会挖掘自己的潜力，见识到行业的宽广，一步一步想得更远。到后面越来越有事业上进心，拥有了更多的使命感。现在我的想法一是跟着老板的思路和战略方向走，打造以公司为平台的营销模式，为民族PCB企业在历史的舞台上贡献一份责任和力量，二是工作中把自己当作一个"小老板"，自己要有老板以及主人翁的心态去看待和考量各种事情，管理境界和心态才会提升，才能和公司一起成长。

李元华：把"下课"当成人生最好的一堂课
——东莞五株软板事业部厂长李元华访谈

"下课"，对于职场中人来说，不亚于一次滑铁卢，有时甚至代表着失业和丢掉饭碗。当记者采访东莞五株软板事业部厂长李元华时，他毫不掩饰自己曾经有过"下课"的经历，但同时又表示，他能在五株这个大家庭里"下课"是一种幸运，甚至是一种幸福；如果换成其他企业，那"下课"就可能意味着失业。而他在五株的"下课"经历，可以说是他职场生涯中最重要的一堂课。

李元华给记者的感受是，他是个很坦诚的人，面对记者单刀直入的提问，他的回答很从容很直率。

记者：你在五株的工作经历听说很不一般，能否简要介绍一下？

李元华：我老家是湖北荆门的，1998年大学毕业来到广东进入雅新厂工作（后被蔡老板买下，就是今天的东莞五株），我在线路板行业的从业时间超过20年，后来雅新厂破产，因为丢不下对线路板这个行业的热爱，仍想重操旧业，于是我在2010年8月15日以应聘的方式进入梅州五株厂。

记者：10年前的东莞是经济很发达的二线城市，梅州那时候还比较落后，为什么你愿意选择从东莞来到梅州？

李元华：当时我没有想得很复杂，觉得到哪里都是为了工作，把它当成一种挑战就是了，加上梅州五株厂那边人手很少，正需要一些人员过去；那边绿油房的有些工作周转不过来，而我又是在绿油方面经验比较丰富。同时我想如果这个时候我过去能帮上一些忙，还是可以证明自己的能力的。我过去梅州之后，半年左右就把这件事梳理得比较顺了。在梅州工作了一年的时间，至蔡志浩董事长收购东莞雅新厂之后，那边绿油房的工作又出现了不少问题，董事长想到了我，于是又把我从梅州五株调回东莞五株继续从事绿油房的工作。这里需要说明的是，我2010年已经结婚，妻子也是在梅州五株厂，比我稍迟一些时候进厂。后来我2011年来东莞以后，董事长为了照顾我们的生活，就把我妻子也调了过来，让我们夫妻得以团圆，所以这些年我能成长能安心工作，要真心感谢董事长。2011年时董事长将二厂工序细分为前段和后段两部分，我管的是外层的后段工序。2017年3月，感谢董事长的信任，我担任了东莞五株的生产副厂长，并在2018年8月份升任厂长。

记者：是什么原因让你曾经"下课"？

李元华：（嘴角笑了一下，显得有些不好意思）是2019的4月份，因为二厂的业馈数据做得不好。主要问题第一个是当时订单比较多，产能跟不上去；第二个就是电镀异常，出现了较多的返工和报废现象，直接导致出不了货，客户投诉风险加大，造成延误交期等问题。究其原因是因为之前规划得比较好，定式认识估计不会出现这样的问题，可以说犯了经验主义错误。到了2019年的时候，因为没有及时和董事长进行汇报交流，加上规划方面也有疏漏，导致了生产问题的出现。董事长后来就把我放下来了，让我到董事办进一步学习、培训，再视情况上岗。

记者：面对"下课"，当时心里怎么想的？

李元华：（李元华的手刚拿起茶杯，面对记者的这个问题，他停下了喝水）虽然面对"下课"，面子上多少有些过不去，但同时又想，自己当下的一切都是董事长给的，相反还心存内疚，在企业订单形势很好的时候自己没有发挥出应有的担当，为企业创造出应有的价值，没有把握住这个好机会，所以感到内心十分愧疚。后来在董事办学习的过程中我一直都很感谢董事长，因为无论在生活中还是工作上他都没有抛弃我，给予了我很多帮助和教导，当时经常因为这件事睡觉都

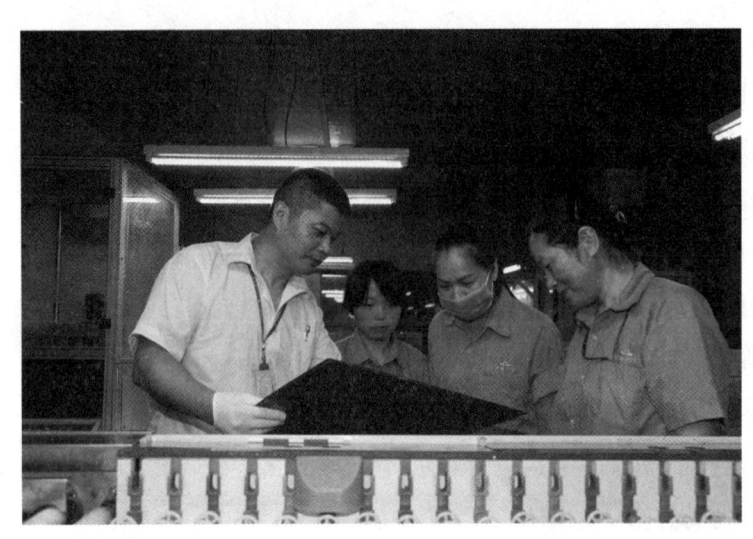

李元华（左一）在给员工作生产指导

睡不好，总想着自己的失误非常大，现在应该趁这个机会认真地进行二次学习，好好反省自己的过失。当时厂长被免了之后我没有过多在意同事的议论和看法，在心里不断提醒自己，想着自己失败了就是失败了，但是失败之后最关键的是要懂得怎么去突破。但也没有想要离开和逃避，我选择了留下来，因为我依然对董事长和五株企业存着感恩之心，董事长当初能把我提到厂长这个位置，也肯定是经过再三斟酌才做的决定，现在把我放下来也是客观的。我当时最直接的想法不是气馁，而是觉得这正是一个使头脑变得更加清醒的时候，在当旁观者的时候看事情会更加清晰。于是我重新振作起来，每天早上7点钟照样进工厂，然后晚上八九点钟才下班，就是按照以前在厂长位置时的工作作息时间来完成董事办的工作，工作第一件事情是先看文件，读懂文件，查缺补漏做检查工作的汇总，以待将来有机会再上任的话就可以积累经验方法。让我万万没想到的是，我仅仅"下课"了一个礼拜，就重新回到了厂长的位置。当时是被"下课"一个星期后的某个下午3点多，董事长在电话跟我沟通一件事后就叫我到他的办公室，当听到老板说他愿意再给我一次机会让我回到原先工作岗位时，说实话我的心里非常激动。我记得董事长当时对我说的话，他说这几年他花了一些心思来培养我，就是希望我能够好好干下去。我听到这些话的时候，心潮澎湃，心情难以用语言表达。我那时候觉得董事长既然给了我这个机会，我就一定要尽全力再战一次。

记者：当时下岗然后重新上岗，你和你妻子分享这件事时，你妻子对你是什么态度？

李元华：当时被"下课"之后，我的妻子对我说不要气馁，不管你做什么工作在什么岗位上，我都会支持你，你都是人到中年的成年人了，做工作也不应该让别人哄着做，哄着做是不会成长的。"下课"以后可以自己试着总结很多东西，需要经历一些事情才能让自己得到提升。如今老板重新给了你机会，我觉得是在历练你考验你培养你。

当记者听完这番话，表扬李元华的妻子完全不是一般"妇人见识"。他也承认，妻子在这件事上确实比他想得开、想得远，当了一回自己的"人生导师"。说完，李元华也不禁笑了起来。

我们的交谈在愉快中继续。

记者：回过头你有没有去想想自己这次"下课"，是不是会觉得坏事变成了好事？

李元华：我也认为是这样的。如果不是这次给我机会调整一下自己的话，可能自己还是当局者迷，错误的理念和形式就可能一直不断地重复。我相信董事长有他自己独到的管理方法，让我及时"悬崖勒马"，在和其他管理界朋友交流的过程中，那些人也总会夸赞老板发表的很多文章中所阐述的管理方法是非常实际有用的。

记者：重回厂长岗位以后，自己有没有改变？工厂之前的面貌又改变了多少？

李元华：首先我觉得在厂长这个岗位上最重要的是懂得去帮助下属，而不是去指责下属，过多的指责只会导致整个团队工作激情下降，所以我每次在和他们解决问题和开会的时候总是会跟他们说："有什么问题就摆在桌面上来讲，看看谁能够出多少力，谁的办法多，大家一起把这个任务往前推。"第二个是这次回来之后在温总（董事办主任温美霞）和小蔡总（蔡诚）的直接指导下，工厂在5月份产值就创了历史新高（7000万，"下课"前产值一般是三四千万），在他们的带领下我们整个生产部的士气都非常高昂。实话说，"下课"这件事并没有对我造成很大的心理阴影，从某个角度来讲，这次教训使我调整并看到了更好的自己，更负责任也更有干劲了。

记者：你在五株的下一个梦想是什么？

李元华：经过这次"下课"经历，给我的思想和心灵都上了一堂最好的课。我现在最大的梦想就是希望在以后的工作中少让老板操心，当然最好不让老板操心，能为企业创造更大的价值，在提升企业价值的同时也创造自己的价值。

陈玉祥：五株是一所成长的大学
——记东莞五株硬板事业部厂长陈玉祥

作为一个80后的异乡人，作为东莞五株硬板事业部的厂长，陈玉祥与五株的缘分不浅，他与世界客都梅州的缘分更不浅。因为他在五株找到了自己的事业方向，在五株的大本营梅州找到了自己的人生另一半，可谓爱情事业双丰收。

为梦想远航的年轻人

陈玉祥是湖南邵阳人，2000年6月高中毕业后选择了当时大部分年轻人的淘金路线，到了深圳。后来经人介绍到深圳黄田——五株企业向外拓展的第一站，当了一名普通的手动钻孔工人，这也是他的第一份工作。成为普通钻孔员工后一直工作了两年，因为公司进行系统升级，公司的管理人看到他工作态度认真，就把他调到办公室去整理报表，从普通员工升为办公室的资料整理员。高中毕业的他，一开始连电脑的基本操作都不会，那时才开始慢慢对电脑知识进行学习摸索。到了2003年，这时工厂生产计划调配有很多岗位变动，主管经理看陈玉祥头脑灵活，就让他去当了跟单员，在深圳举目无亲的陈玉祥，很珍惜这些工作上的机会。他知道自己学历低，知识有缺陷，好在他在工作中不断地学习和钻研，后来又利用业余时间进修了大学文凭。他知道梦想就在前方，唯有努力前行，才可能达到理想的彼岸。努力进取的陈玉祥得到主管领导赏识，2005年他当上了主管。

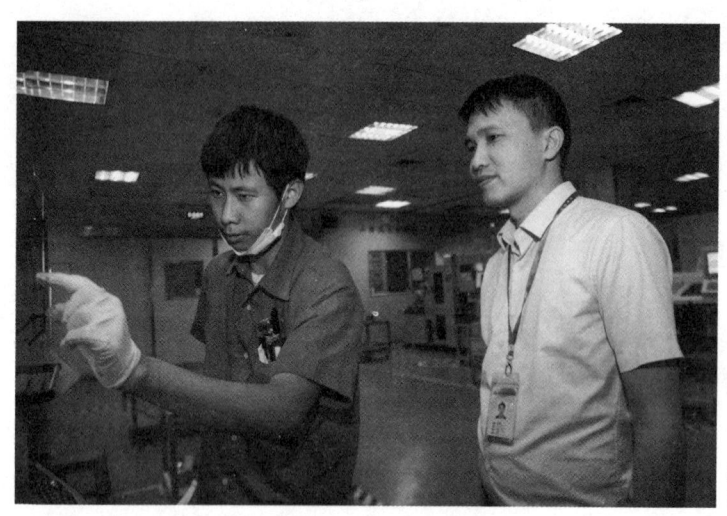

陈玉祥（右）在指导员工进行机器操作

因为董事长是梅州人，所以当时深圳的五株厂有不少梅州工人，陈玉祥在这个工作环境中，因为务实肯干也得到了一位梅州女孩的爱慕，最终他们牵手一起。他在五株的第一个收获就是娶了梅州女孩做老婆。2005年的时候，陈玉祥和妻子一块离开了五株一段时间，因为他的妻子待产，一同回了湖南老家，他在妻子生完小孩后安顿了家里的生活，后来又回到五株继续工作。

之后陈玉祥的妻子也回到了梅州，而此时梅州五株厂需要人手，董事长为了照顾陈玉祥的家庭，便提出把他调到梅州五株。虽然从东莞来到相对落后的梅州，可陈玉祥心里没有心生不快，反而觉得一家人能在梅州团聚是件再好不过的事情。2007年他满怀希望来到梅州五株厂，一直干到2012年，其间一直担任计划部主管。2012年到2014年陈玉祥被调到梅州志浩厂任计划部经理，主要负责订单的统筹和交付，还有生产线的一些安排。那时候刚好赶上HDI生产大潮，董事长以超凡的眼光，抓住了发展机遇，刚好梅州志浩厂也是HDI工艺刚起步阶段，可以说当时的HDI就是"印钞机"，效益可观，所以梅州志浩厂业绩非常好，一直是集团的标杆。在梅州工作的7年是陈玉祥成长最快的阶段，他从当初一名普通的员工成长为一位企业的管理人员，工作上任劳任怨，以出色的业绩赢得了同事和董事长的认可。时间来到2014年，由于2012年开办的东莞二厂缺少生产调度这方面的人才，董事长再次把他调到东莞协助公司协调各部门之间的人员调配工作。这几年陈玉祥还在一厂二厂之间不断变换着工作岗位，但他总能服从安排尽力去完成各项任务。在陈玉祥看来，一个年轻人的成长，一定要脚踏实地做一行精一行，少说空话多做实事，这样梦想才不会成为空想。

五株是我成长的大学

陈玉祥坦言，在五株工作了那么久，特别是长期在生产一线，自己从当初懵懵懂懂的基层员工，借着五株这个平台，使自己得到成长，自己虽然没有走进真正的大学，但是五株就是一所自己成长的大学，教会了自己做人和做事，特别是董事长的"做人负责，做事用心"金句，时刻鞭策着自己。另外，目睹了五株品牌从五里亭的小厂做到现在国内线路板行业的标杆，自己真的很有感触，企业的成长也伴随着个人的成长。陈玉祥说，那时候的五株最初的工厂完全靠人工作业，效率很低，生产成本也很高；现在的工厂完全实行自动化、智能化并一直高质量发展，可谓天壤之别，从原来的成本主要投向人力到后面投向设备技术，顺应了生产的大趋势，符合时代发展的潮流，实现了"机器换人"的现代企业新模式。所以，董事长的思路是非常超前的。

陈玉祥接着说，他从踏出校园进入五株，是五株培养了他，让他在五株成家立业，他在五株认识了他的妻子，一起工作，组建了自己的家庭，一切都非常有缘分。他要感谢董事长的帮助照顾，老板一直在不断培训、关心着和他一样的年轻人。陈玉祥说，现在他的爱人虽然在梅州居住，而他在东莞五株上班，还是两地分居，周末有空时才能回去相聚，但是他仍然得到了家人的支持和鼓励。他们一家人都有同感，认为公司的待遇很好，并且五株给了他一个很好的平台和空间，值得自己好好珍惜。

陈玉祥顿了一下，非常真诚地说，董事长是企业管理方面最好的老师，长期潜移默化的熏陶，他向董事长学到了很多管理方面的知识，比如每个月每周都要反反复复学习董事长撰写的文章和管理书籍、制度等等，并且把这些方法运用到公司管理方面，落到实处，简而言之，就是一本线路板行业的实操手册。这些经验和方法可以指引自己面对各种管理情况时如何应对，还可以解决很多管理方面的实际问题，这种收获和成长，在其他企业是很难有的。所以五株是一所让自己成长的大学，这一点毫无疑问。

从客户变化看五株

作为长期身居生产一线的老员工，陈玉祥对五株客户的变化是深有感触的。他介绍说："公司发展初期接触的客户没有像现在这样的国际大客户，而现在与我们合作的都是像华为、中兴和三星等国际大客户，合作的平台眼界都不能同日而语，五株的品牌效益也得到很大的提升。像现在二厂做的华为终端，每年差不多占了40%到50%的份额，华为手机的副板我们占到了50%到60%，这是一个非常了不起的体量。我们深知，这一切都来之不易，归根结底缘于董事长对品质和品牌的精益求精的追求。"

陈玉祥说，客户会跟我们合作，买我们的产品，第一是看重我们的品牌，我们的品牌是由品质铸造起来的，而品质的铸造就在我们的生产一线。作为生产一线的管理人员，就要清楚地掌握生产一线上的动态，一定要自己先弄清楚，然后和老板保持动态沟通互动，要第一时间得到董事长的认可和指导：怎么来做以及方向在哪里等等。所以董事长对我们支持非常大，生产线有什么异常或者有什么紧急事情需要处理时，董事长也都会及时帮助我们解决。

接着，陈玉祥讲述了一件让他难忘的事。他在2014年调到东莞的（2014—2016年都在东莞一厂做生产副厂长），当时这个厂的效益不怎么好，虽然他很卖力但并没有抓上去。董事长就让陈玉祥去董事办锻炼，实际上是让他好好反思和总结。经过董事办温总和董事长的培训重新上岗，任生产计划副厂长。陈玉祥感激地说，这里特别感谢董事长给了他又一次"重生"的机会，让他学到了很多新的管理方法和经验，认识到自己的短板，再一次回到主战场，实践证明董事长的思路是正确的，是对他的提升和栽培。重新上岗后，他负责的工厂业绩就得到新的突破，每月都实现新高，订单多了客户也多了。这里最直接的原因就是五株品牌品质的声名远扬所带来的，而作为生产一线的管理人员，陈玉祥认为，一定要守土有责，守土担责，守土尽责。说完这番话，他脸上的神情变得很庄重很自信。

聊到后面,记者和陈玉祥聊起了家常。他表示,虽然自己是湖南人,但是对这边以清淡为主的梅州客家菜已经完全习惯了;因为妻子是梅州人,他还发现客家妇女非常纯朴贤惠。因为五株让他爱上梅州,爱上梅州的妻子,爱上这里的生活。陈玉祥感恩地表示,在五株这些年的发展进步中,他越发坚信自己的选择是正确的。他会像当初怀揣梦想出发时那样,初心不改,不惧风雨,鲜衣怒马,归来依旧是少年。

李水根：坚信人品就是产品的道理
——记江西志浩二厂副厂长李水根

李水根是位心直口快、坦率真诚、对工作高度负责的人。这是记者跟他见面交流时留下的第一印象，随着采访的深入，这个印象一直保留至今。

三次辞工方进入五株

1972年出生的李水根，老家是江西吉安，在30岁时就来到了深圳五株，虽然时间过去了差不多19年，但他依然记得进入五株的日子是2002年6月7日。当时他在深圳龙岗一家生产测试机和测试架的公司上班，工作能力也得到企业老板的肯定，但是后来为什么要辞工到五株，这里有个原因。用句开玩笑的话说，是被"挖墙脚"挖过去的。

没有跳槽之前，李水根在工厂从事的工作是高压测试机，而当时的五株厂用的还是低压测试机，而低压测试机在使用过程中就会产生许多漏测、程序检测不到问题，给客户造成很大的困扰。因为李水根所在的工厂也有向五株厂提供设备，和五株负责测试机方面的人也相互认识，后来因为五株需要他这样的人，于是五株的负责人就向董事长推荐了李水根，并向他伸出了橄榄枝。加上他以前在校学习的也是有关电子行业方面的知识，出来工作多年都是从事相关工作，积累了不少行业经验。李水根在原先的公司工作也很稳定，但他考虑到自己还年轻，家庭负担也比较重，而五株给出的薪酬福利要好一些，为了寻求新的事业发展平台，于是李水根选择了辞工。为了辞职进五株厂，他向领导辞了三次才被"放行"。李水根印象很深的是当他第三次辞工的时候，一直在领导办公室等到他给签了字才离开。

严于律己就是最好的"测试"

李水根坦言，他是个对工作严于律己的人，这一点，可以从他这些年的上下班打卡记录和请假记录中发现。他很少请假，每天都准时打卡上班，因为他觉得干一行就要爱一行，爱岗敬业是非常重要的，是做好工作的前提。

虽然李水根是线路板方面的专业人才，但2002年他到深圳黄田五株厂的时候还是一名技术员，从普通工人开始，那时候他的主要任务就是做测试机器，比如负责组装、物料的规划设计、机器的图纸勾画、软件和硬件的升级以及做好之后交付给工厂使用等，这种测试机器，单是他就做了一百多台！同时还要给新员工进行培训，因为公司在这方面人才相对紧缺，而这一方面刚好又和生产出来产品的质量息息相关，所以他就负责着很多工作，公司品质也有所保障。而李水根的热情付出也得到了董事长的赏识，对他进行了一些额外的嘉奖和鼓励，这更激发了他高昂的工作热情。2005年6月，李水根被晋升为工程师，董事长也让他在测试架这方面作为工作重点，其实公司之前也做过测试架，他在原先工厂里面就做过类似的工作。测试架在整个电路板生产过程中担负着模具的作用，不但要有好的设备，也要有好的测试架，有好的测试架按照他挂在嘴边的话说就是，这样才能检测出所生产的电路板OK还是不OK，是否符合生产标准；因为这些工作李水根在原来的厂做过，所以在五株厂做测试架就显得驾轻就熟，把这件事情做得很好。当时公司在导电胶方面的工艺是不成熟的，于是李水根自告奋勇说自己这方面有一定的经验，董事长很欣赏他的做法，便很放心地让他去从事这一块。李水根也没有辜负董事长，经过潜心研究，后来他就把测试架和导电胶都做出来了，为企业省下了很大一笔钱。李水根的担当和贡献，让董事长看在眼里喜在心上，对工作认真敢于担当的他颇为赏识。李水根在测试这块领域的出色表现，也完成

李水根（右二）在指导员工操作机器

了他个人人品就是产品的"完美测试"。后来董事长让他负责对整个线路板生产测试流程的整理整顿和技术优化，李水根同样以饱满的工作热情对待这项新的工作任务。由于他和团队的努力，他所在的整个部门在所有物料的回收利用这一块做得非常好，打个比方，这个零件这个生产线用不到了，那就可以拆下来在另一个领域继续使用，因为零件里面的铜套和扭角，还有一些比较好的针管等等，在设备升级更换模具后可能就用不到了，经过客户和市场评估后确定这个零件在这里发挥不到作用了，他们就会把它拆卸，把旧的物料用到新的模具上去。单单这方面李水根和他的团队又为企业省下了很多钱，再次受到董事长的嘉奖。说到这里，李水根颇有感触地说："我的观念是这样的，一个公司的存在，并不是因为某一个人独立存在就会飞黄腾达，这种思想我一直都不会有，当团队被公司认可，并且给予了一个好的平台，那么这个平台对于这个团队的发挥和公司的发展就至关重要，而五株就是一个非常好的平台。这个平台的总设计师就是蔡志浩董事长。"

以数据说话毫不含糊

在五株工作的这些年，有两个字时时镶嵌在李水根的心中：数据。在他看来，品质数据、成本数据，这些数据都可以体现出你的团队是什么样的。他经常跟他的团队灌输一种理念：不要凭空说大话，只用数据说话。

到现在为止测试架这方面还是李水根在负责，随着企业的发展，虽然他的工作量和工作压力也在不断增加，但是李水根反而是越做越踏实，因为当他经过努力做出漂亮的生产数据的时候，他明白这也是一种人生的价值。李水根带领团队的这些年，一直有一个价值观：团队在现在这个社会，不像以前了。在以前一个工厂招两个人，可能排队的有上百号人，那个时候是非常难找到工作的，所以当时的管理方式，就算你管理方式再粗暴，这个岗位还是会有人愿意做；但到现在已经完全不一样了，慢慢地在向"人选厂"的趋势发展了，如果企业的管理思想和管理模式还停留在以前那种粗暴简单的做法的话，这个企业是一定会被时代淘汰的，所以他喜欢和推崇人性化管理。人性化管理靠的是思想，思想教育包括对员工心理的疏导和沟通，达到思想上的统一，能够认识到自己的价值到底在哪里，主动为公司生产服务，这才是他真正倡导的团队价值观。

谈到员工所创造的价值问题，李水根很认真地说：一个人如果在我的团队里面没有产生价值，那么即便他个人再有价值，我都觉得这种人在团队里面存在的意义不大。如果有员工和我提出加薪要求，那么我会询问他觉得自己哪方面的工作或者其他理由能够让自己获得加薪，必须要有数据摆在台面上，不然从来都不是无缘无故加薪的。一般来说员工在做满一年以后就会有加薪的念头，那么对于我来说我会问他，为什么想加薪，理由在哪里？如果他去年的业绩是1800，今年才1600的话，数据摆在这儿，我是一定不会同意的。对老员工也是这样，如果去年业绩是1800，今年同样是1800，但是在产品品质方面进步很大，报废率下降很多，那么我会同意加薪。还有就是在这个熟悉的岗位同时兼做另一个熟悉岗位时，形成岗位多元化工作，那么这种情况下我也会给予加薪。

在很多员工眼里，李水根有些铁面无私，或许说有些古板，但这就是他在工作上一直秉承和坚持的"数据原则"。

眼里容不得"沙子"

李水根刚正不阿的工作作风，在五株是出了名的。2018年的时候他负责锣房工序，当时这里的业绩数据是比较不理想的，报废率高，但是有个主管认为自己非常了不起，还是老员工；于是他经常提醒这位主管要转变工作态度，让他以身作则，遵循低成本高效益的公司理念进行生产。当时李水根对这位主管提出了具体的工作要求，但是这位主管有些自大，没有去做，一天到晚待在办公室也不去现场指导生产，可以说对于工作这方面没有尽到一点责任。李水根记得董事长有句经常挂在管理层嘴边的管理名言："兵熊熊一个，将熊熊一窝。"所以对于这样的员工，李水根还是以教育和谈话的方式给他一个机会，但遗憾的是，直到约谈了该员工三次都还没有看到他有丝毫的改变，更令李水根感到生气的是，谈话之后这位主管一直以为他说的是假话，三个月后还是没有看见他的工作态度有什么转变。最后一次李水根跟这位主管放出郁结心头好久的"狠话"：一个人没必要把自己看得太重，你只是个井底之蛙，能在这个平台上只是你的荣幸，不要把公司对你的信任当作骄傲的资本；你要明白公司请你来是干什么的，如果说你在这里、在这个位置上不作为的话，带来的影响不是个人的，而是影响了整个团队的士气，所以我不允许这种现象发生。如果一个管理人员没有责任心，不管你在工厂做了多久，和谁有关系，后台有多大，人脉有多广，都不关我的事，在我管辖的范围内，我就不允许有这种现象发生……

后来李水根痛下决心，把这个主管踢出了他的团队。可以说，他做出这个决定之后也引起了不小的波澜，当时他顶的压力也是非常大的，别人可能会认为他把这个主管换了以后，团队会往下坡路走。之后李水根就开始自己着手管理锣房生产，把现场设备的摆放做了调整，到2019年5月的时候报废率低至0.08%，创了历史新低。之前报废率最高的时候还到过0.4‰。由此，2019年3月份老板把他升为了副厂长。眼里容不得沙子的李水根再次以自己的务实和对企业负责担当，赢得了董事长对他的认可，也得到了同事们的信任。2018年，他对人员进行了调配，员工工作作风得以改善，到2019年年初，他所在的部门全年客诉率只有两单，这也是工厂史无前例的一个数据。

李水根性格耿直，对他不太了解的人以为他和别人争吵几句就是对那个人有意见，其实不是，因为他只对事不对人。在他看来，工厂生产的很多问题可以在争吵和讨论的过程中得以更好解决，如果不争吵的话有些问题可能不会被说出来，往往在争论中就找到了问题的解决办法，所以工作中的争吵，好处有时妙不可言。

当说到自己的团队，李水根无比自信地说：我对自己带出的团队充满自信和自豪，我不敢说自己的团队水平如何高，但是我的团队做出来的数据、团队积极性以及思想的正确性绝对是不容置疑的。我之所以这样认为并且这样做是因为我觉得人品决定产品，我要对得住五株对我的培养和董事长对我的信任，以及团队对我的支持。这是我的职业底线，必须一直坚守。

赵承来：我们共同的身份叫五株人
——记原东莞五株韩国籍制造总经理赵承来

在没有采访赵承来之前，就听说了他的大名，他是五株企业唯一的韩国籍高管，也是一位线路板领域资深制造专家，来自韩国著名的三星公司。他和线路板这个行业的缘分不浅，和五株的缘分亦不浅。

这次采访被安排在东莞五株职工宿舍的一个接待房，工作人员很周到，准备了鲜花、水果和茶水，营造了一个很轻松的采访环境。赵承来还没有到之前，因为记者不懂韩语，心中还有些纳闷，交流起来会不会很吃力。工作人员告诉我，这一点不用担心，赵总出门身边一般都有翻译。果然，按照预约的时间，赵承来准时来到接待室。我们在接待室门口握手寒暄。五十开外的他浑身上下透着一股儒雅亲和之气，身后一位清秀可人的美女翻译立马为我们做现场翻译。可以说，这位美女的翻译水平无可挑剔，中文表达非常流利，完全打消了我的顾虑。落座之后，我们开始开心地交流起来。说实话，从采访开始到结束，我感觉我们之间的采访就像是朋友之间的聊天，赵承来关于五株的讲述，关于他在五株的经历以及他的家庭，讲了很多，给我留下了深刻的印象。

韩国专家五株情

记者和赵承来聊的第一个话题，就是关于他的姓名"赵承来"。记者问他，取这么中国化的名字有没有什么渊源？赵承来估计没有想到记者会问这个问题，笑了笑提醒了一下身边的美女翻译。他告诉记者，这是他爷爷给他取的名字，因为在以前，韩国的小孩出生以后，都会由爷爷或其他长辈给小孩取名字，而取这样的名字，是因为韩国人对中国文化的喜爱和对中华文化的认可，所以一般韩国人都会起一个中国化的名字。

赵承来说，他是2016年第一次来到五株，那时候他还带着韩国的团队，在五株担任制造总经理这个职务。由于当时的订单不是很多，其间曾短暂回国一段时间。2018年，受蔡志浩董事长的邀请，他再次回到五株担任制造总经理。其实，赵承来在线路板行业可以说是位资深专家，他从1994年3月21日踏入这个行业，从事线路板工作一直到现在，足足25年。进入五株之前，他一直在韩国工作。记者问他为什么会离开韩国选择在五株工作？如何评价五株以及董事长？赵承来听到记者的这个问题，怔了一下，然后笑着说：在韩国，董事长的地位是至高无上的，作为下级评价上级是不尊重的行为。当然，我跟董事长蔡志浩打交道的过程中，学到了很多。董事长最大的特点，就是为人非常热情，像他写的那本书《激情无限，潜能无限》一样，我在五株学到了阿米巴等先进的管理模式，在工作上也获得了很大的帮助，之前在我们韩国企业，没有特别去实行阿米巴的管理，2016年我初次来到五株后，就开始接触这种模式，后来回到韩国我还把这种管理模式运用到了企业实际管理中，取得了很好的效果。同时我觉得在五株学到的管理文化也有很多；在很多企业，董事长亲自撰写经验文章的做法并不多，董事长工作那么忙，还要用心良苦地把自己创业二十多年来的工作心得和经验转化成文字用以指导实践，这种做法太难得了。我非常喜欢和欣赏五株的这种管理文化，说浅白点，用这种文化管理的企业是很有竞争力的。说到《激情无限，潜能无限》这本书，赵承来说，平时他通过翻译看了书中的很多文章，很有现实指导意义，他觉得这本书不管过多久，都可以当作教材，供后人学习和借鉴。

我的身份是五株人

赵承来说：我2016年进入五株，有段时间回到韩国，再次回到五株和董事长

赵承来（左一）在指导工作

见面的时候，我依然记得那一刻，那是让我难以忘怀的一刻。虽然我和董事长国籍不同，语言不同，但当我们再次握手的时候，我觉得用中国的一句俗语说，就是"缘分"。我跟董事长交流过有关民族文化的问题，给我印象非常深刻。我记得当时董事长说，每个国家每个民族都有自己的文化，中华文化源远流长，浩瀚博大，中华民族是伟大的民族，也只有伟大的民族才能催生出伟大的民族文化。同样，每个企业也有自己的文化，在五株工作生活了几年，我现在非常认同五株的文化，也很愿意按照这种文化和管理模式去做，同时我也会让我随行的韩国团队认同并学习五株的这种企业文化。因为在五株，我和所有的员工一样，只有一个共同的身份：五株人。

赵承来介绍说，他从韩国带来了包括他一共四个人的团队，他认为他的团队很给力；因为在一个企业里，团队的组建和战斗力是很重要的。作为线路板行业制造和管理专家，赵承来在五株的工作是非常忙碌的。他每天早上6点30分左右就到了东莞五株厂，来到工厂的第一件事就是换上静电服，然后到各个车间进行巡线检查。之前上班第一件事需要开早会，后来开早会的时间挪到上午10点左右，所以赵承来就有了更充足的时间去确认工作上的细节问题。当巡线检查完毕后就要做一天的工作计划，之后便到了召开会议的时间；因为赵承来有一项专项任务，所以每周三和周六的下午都要举行一次专项会议；会议上，有阿米巴的数据专员会拿来相关的数据进行现场分析，研究实际状况，现场可以解决很多问题，一般下午要再次到各个车间进行巡线，一天的工作要一直忙到晚上8点30分才能全部结束。

赵承来说，他非常喜欢也很信奉董事长提出的"做人负责，做事用心"的企业精神。这句话包含了做人做事的基本道理，也是企业对每位员工的基本要求。来到五株，了解了五株的发展历史和创业历史，感受到五株企业从弱到强、从小到大的发展历程，这个历程充满了艰辛和曲折，也可以深深感受到董事长夫妇呕心沥血为企业打下今天坚实的基础是来之不易的。他作为五株其中的一员，身披五株的铠甲，非常愿意为五株的未来发展贡献自己的一份力量。

人在中国家在五株

赵承来说，在中国生活了多年，语言沟通已不再成为问题。记者与他聊天的话题也越来越轻松，我们聊到了他的生活聊到了他的家庭。他满脸幸福地告诉记者，他有一个很爱他的妻子。因为在东莞五株上班，他和妻子在东莞的东城那里租了一套房子，妻子在家做全职太太，照顾他的起居饮食；因为上下班的路熟了，所以他每天都是自己开车到工厂上班，除了中午在工厂吃饭之外，晚上下班再晚妻子都会在家做好饭菜等他回来一起吃，他们的晚饭时间一般也都在晚上9点后，但他的妻子从来没有任何怨言。

虽然记者没有采访到赵承来的妻子，但从他朋友圈晒出的夫妻合影和他脸上的表情，记者都能真切感受到他们家庭的幸福和温馨。他们有三个孩子，都在韩国。两个孩子现在已经出来工作，还有一个孩子正在读大学。为了支持丈夫的事业，只有赵承来的妻子随行来到了东莞。在韩国的孩子和家人们都很支持他在东莞五株工作，加上他也挺喜欢中国，董事长对他也照顾有加，所以他在五株非常安心。赵承来还说，在中国生活了几年，饮食方面他们都已经基本适应了。虽然东莞没有像韩国那样的炸鸡，但赵承来乐呵呵地说，他最喜欢吃的中国菜就是火锅，那种热气腾腾的感觉，很带劲。赵承来这样一说，把记者也给逗笑了。

当记者问赵承来，还会离开五株吗？和五株的缘分可以维系多久？赵承来坐直了身子，眼镜背后是炯炯有神的眼睛。他真诚地说：用中国人喜欢讲的一句话就是看缘分。同时他表示，五株目前在多地都拥有工厂，特别是江西的志浩厂，厂房占地就将近600亩，设备达到国际一流，产品面向未来5G市场，发展前景是非常可观的。他觉得，无论老员工也好新员工也好，大家齐心协力把五株的事情做好，这是每个人的事业。每个人的努力加起来就会构成企业磅礴的发展动力，再加上生产设施系统不断完善，他相信，五株的明天一定会越来越美好。

2020年年初，赵承来因为自身的一些原因再次遗憾地离开了五株这个大家庭，但是重情义的蔡志浩董事长还是坚持把这篇采访文章收录进《追梦》这本书。在董事长看来，人走不是茶凉，赵承来对五株有过贡献，这份情谊比什么都珍贵。

涂恂恂：不用老板操心的市场老总
——五株科技集团营销副总裁涂恂恂访谈

学以致用，学有所用，学有所为，是当下很多年轻人的梦想。涂恂恂，一位80后五株追梦人，东莞五株三厂市场部销售总经理。都说腹有诗书气自华，这句话用在涂恂恂身上是十分妥帖的。因为他在五株这个充满潜力的平台上，不仅实现了学以致用，而且实现了学有所值。涂恂恂是个很自信的人，无疑，是五株锻造了他这方面的品格，面对记者的提问，他从头到尾的回答都充满了自信。

记者：你大学毕业为什么会选择到五株就业？

涂恂恂：我是2000年嘉大毕业的，当时学习的专业是行政方面，我老家在梅县梅西镇，因为家庭条件不是特别好，还没有正式毕业的时候就已经来到五株了。2000年7月份我进入了深圳黄田五株厂，做的是技术员岗位。当时老家有小煤窑，父母还有一些经济来源，后来煤窑整顿失去了这方面的收入，父母基本上就没有什么经济来源了，再加上家里还有其他弟妹要上学，只能牺牲自己提前出来工作。

记者：你从大学到工厂，能适应这种工作要求吗？

涂恂恂：当年刚好进了一个很好的部门，是做电路板的全流程样品技术员。就是样品部，之所以说这是一个很好的部门，是因为这个部门可以让我学到所有电路板的工艺流程。我刚进来的时候就对电路板很感兴趣，工作热情像干柴被点

涂恂恂（左二）在听员工汇报工作

着，让我整个身心都扑在对电路板的研究学习中，每天工作十五六个小时都不觉辛苦。当时对这项工作很痴迷，因为整个电路板流程都很复杂，有化学物理反应、光学和一些数学计算，和我们以前高中所学的知识有些相似，加上我本身是一个喜欢思考的人，所以感觉此时的五株才是我真正想要上的大学，对摆在面前的线路板知识和问题就非常想去钻研弄懂弄透。后来一位工厂的外地师傅教我开料，全流程的工序一个个地学，一个工序一带就是三五个月，我的内心至今都很感激这位启蒙老师。当时做双面板有十几道工序，所以学习的时间要长一些，在样品部待了将近两年的时间，这段时间也是我真正全面了解线路板生产全流程的宝贵经历。由于样品部是电路板研发比较前端的部门，2003年我就被调到生产部做图形转移的主管，主要做的是线路曝光，利用光学原理把图像转移到电路板上去。我在这个部门干了两年半，调到夜班总管做了半年多，这段经历也很难得，让我学习到电路板生产一线的经验，可以控制当时夜班的所有生产调度以及品质问题，还有一些工艺问题等等，刚好能够把工厂整个核心的技术了解得更加全面，对核心的产品能够更熟悉一些。现在回想起来，在五株几个岗位的学习和锻炼对以后的成长实在是太重要了。

记者：你在五株真正得到老板赏识是什么时候？

涂恂恂：（笑了一下）2006年10月，我在深圳当厂长的时候，才和蔡董事长比较频繁地互动；也就是说，我刚进五株的六七年，老板是不太认识我的。2008

年调回梅州做梅州一厂的副总，待到雅新厂买下来大概是2011年，在梅州待了四年多，一开始做副总，后来志浩厂开了没多久就兼两个厂的区域总监，负责两个厂的资源协调等等，在那几年和董事长的交流比较深入，会在一起探讨消化重要信息，针对客户对品质的需求进行沟通，得到董事长的教诲也很多。如果说之前的学习是知识层面的学习，那得到老板的教诲和指导则是工作方法上的学习，是不可多得的学习。2009年我做了销售总经理，做了三年半的销售；2011年年底在东莞五株HDI当副总，负责管理工厂四年多，由于这四年多业绩比较好，2014年的时候职务是FPC事业部的营销总经理，当时对FPC（软板）还不是非常了解，更多的是对硬板了解比较多，当时是和小蔡总一起搭档。2015年到2017年换了几个岗位，从营运到制造都有涉猎。到2020年已经是在五株的第20年了，一直在五株工作没有离开过。20年的五株工作经历对我来说，这是一个加法，这个加法有两层含义，一是我对电路板行业的学习和认识是一个加法的过程；第二个是我在五株的成长是一个加法的过程。

记者：你那么年轻，一直选择留在五株的原因是什么？

涂恂恂：第一个是感恩老板和老板娘对我们这些年轻人的培养和鼓励，他们的创业热情感染着我，他们对PCB行业的高度热情和奉献也深深感动着我。在五株的发展过程中，以三五年就开一个厂这样的节奏发展着，就给了很多像我一样的年轻人一个机会去施展自己的才华。董事长会给我们制定目标、管理方法和管理方案，再加上不管是对销售也好，对工厂也好，五株都有一套自己的管理模式，这种管理模式是很有磁性的，可以让年轻人真正地学有所用，学有所值。另外一个很重要的原因就是，一路走来董事长一直是激情澎湃的，事业越做越大，给我们这些年轻人树立了一个很好的榜样，因此让我们不离不弃地留下来，感觉有盼头，梦想可期。

记者：你在五株工作的20年中，从一名普通员工到企业高管，有没有觉得老板的哪些理念在工作中特别行之有效？

涂恂恂：有的。我对老板的一篇文章《工厂管理三板斧》印象深刻。第一板斧是要组建团队；第二板斧是要跟行业对标，对标后要转成一些方案去执行；第三是绩效考核奖励，做得好的该奖励下属的就奖励，做得不好的该让谁承担就该让谁承担。这个"三板斧"的工作理念一针见血，在我看来是线路板行业的金科玉律，非常实用，很有指导性。有时我想在五株工作是一种幸福，特别是工作上，从某个角度上讲，有时你根本不用去创造，只要把老板说的写的贯彻好落实好，就已经足够让你出色了。

记者：假如用一个比喻，老板比作"元帅"，小蔡总比作"少帅"，你认为他们身上有什么异同点？

涂恂恂：蔡志浩董事长作为五株的开拓者和掌舵者，最吸引我的是他对于电路板的前端很有眼光很有前瞻性，他的认知是非常高非常敏锐的。这些年来他选择的客户越来越高端，工厂也随着客户的高端变得越来越高端。同时他身上好像永远都有用不完的激情，这些都时刻鞭策着我们影响着我们。说到小蔡总，我现在的搭档就是他，我觉得他除了有朝气有活力之外，是青年才俊，相比于老板来说对一些事情更容易冷静下来处理。因为对于老板来说，他背负的社会责任重得多，以及每天面对大量的信息和高节奏的工作，使得老板处理一些事情也会比较急，甚至出现疏忽也很正常。但是老板相对来说知识和经验储备量更加丰富，决策力更加果断，你向他提出问题他一定给你一个答复，如果他无法立刻解决的话，他也一定会给你一个合适的方案。跟小蔡总搭档这些年，觉得江山代有才人出，以后他会是一个很出色的企业领导人。

记者：人生当中最重要的就是选择，你从大学开始因为种种原因没有毕业就选择了五株，你觉得你这个选择题做对了吗？

涂恂恂：（顿了一下）应该这样说，我觉得现在的自己还有很大上升空间的，还要继续跟着董事长的目标继续奋斗。现在来看，和别人相比较，不敢说自己的职位有多高，但是幸福指数可以名列前茅。所以，我认为这个选择题我是做对了。

记者：现在面对的最大压力和动力在哪里？

涂恂恂：从工作上来讲，我和小蔡总面对的一个压力就是市场的销售前景，不过目前来看客户群体还是很明朗的，另一个重大的压力就是工厂的管理、品质和交期这一块，因为软板相对于工厂的硬板起步要稍微晚一些，到后面还要加上一些投资和扩产之类的项目，对我们来说还是一个大的挑战。

说到动力，就是蔡总这几年一直专注于PCB和FPC并不断投资，2020年老板还计划开办一个PCB事业部，FPC我们在市场上做得比较前端的领域第一个是汽车能源类；第二个是穿戴类，比如说电子手表；第三个是高端显示类的产品，使屏幕可以更清晰更省电；再有一个是软硬结合，比如说手机的电池板，计划在2020年开始发力，这是一个前景可期的领域。FPC事业部所搭配的激励政策和销售力度对我们来说都是一个很大的机会和动力，同时老板自己也是认定了要把这块做强做大，这就是给我们的压力和动力。简而言之，压力和动力并存，机会和挑战共生。我们五株人，敢立新时代的潮头，为未来而战，做五株追梦人。

袁成福：在五株把黑夜当白天的人
—— 记东莞五株硬板事业部夜班经理袁成福

在五株有一个被人亲切地叫作"阿福"的人，他是五株的拼命三郎，是五株当之无愧的劳模。他作风干练，为人真诚忠厚，在很多员工望而生畏的夜班工作中，他坚决服从安排，勤勤恳恳，连续五年在工厂上夜班毫无怨言；他是个把工作职责放在第一位的好员工，是一个把黑夜当成白天的人。他就是东莞五株二厂的夜班经理袁成福。

哪里需要就去哪里

袁成福的老家在江西宜春，父母都在农村，家庭条件不好，1994年高中毕业，抱着改变家庭环境的初衷，随着一大群南下广东淘金的年轻人到了东莞，进入一家港资线路板厂打工。这个选择也注定了袁成福跟电路板结下了不解之缘。他在这家企业先后从事线路板成型和冲床工作。线路板的生产流程具有多样性和丰富性，这让刚出来打工的袁成福，对它充满了好奇，多了一份来自心底的热爱。他在这家企业上了几年班之后，因为家中有事回了江西老家。时间到了2003年7月份，在老家不甘寂寞的他，因一个偶然的机会，进入深圳黄田的五株企业，重操旧业干起了线路板成型和冲床工作。袁成福保持着自己真诚憨厚、勤恳务实的工作作风，在冲床和成型岗位上一干就是5年，在工作中埋头苦干少说多做，给五株的同事和管理层留下了深刻的印象，其中一人就是蔡志浩董事长。

时间来到2008年国庆，鉴于袁成福在工作中的出色表现，再加上梅州五株厂要加强线路板的品质管理，他被调到梅州五株担任主管，主抓线路板的成型和冲床。虽然从深圳大都市到梅州山区，生活和交通存在诸多的不方便，但是他二话没说，表示坚决服从公司安排，毫无怨言地来到梅州。在梅州五株厂工作了不到三个月，因为孩子逐渐长大，江西老家的房子破损不堪到了不得不重修的地步，所以安顿好家庭已成了摆在他面前的首要问题。三思之后，他向当时分管领导涂恂恂提出辞职申请，涂总认为袁成福是个难得的干才，如果因为家庭原因离职五株，将是五株的一个损失，于是他找到袁成福，跟他促膝谈心，并破例给他批了两个月的事假。袁成福坦言，他当时非常感动，表示自己回家盖完房子就会返回五株。于是袁成福带着不舍于2008年12月暂时离开五株回到江西老家。

信守承诺的袁成福，于2009年4月重新回到梅州五株厂，一直干到2012年4月。此时，因为家中父亲身患重病，家庭责任感很强的袁成福不得已做出回家照顾父亲的决定，无奈地辞工了。在梅州足足生活了三年的他，心底对五株产生了热爱，这份热爱也维系了他以后跟五株这份难以割舍的情缘。

把黑夜当成白天

缘分的奇妙在袁成福身上得到印证。2012年12月6日，这一天袁成福记得很清楚，因为这一天是他重新加入五株大家庭的日子。而这一次进入他就再也没有离开。

在东莞五株他干的还是线路板成型和冲床，工作上的勤快和认真得到了大家的认可。2014年12月，因为东莞五株的产品需要转型升级，为了提升品质管理，厂长找到他希望他能到夜班去工作，把这项更重要的工作负责起来。袁成福心想，这是领导对自己的信任，虽然上夜班黑白颠倒很辛苦，但是既然别人能够做到，我为什么不能够做到？于是他当即表示，坚决服从安排，并表示一定会把工作做好。当他回到家里，把领导安排他到夜班工作岗位的决定告诉妻子时，妻子只是淡淡地说了一句：老公，我支持你。带着感动和温暖，袁成福从2014年12

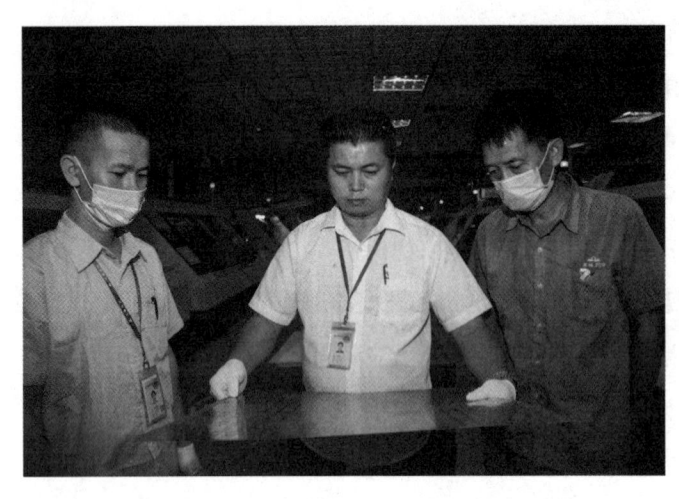

袁成福（中）在指导工作

月到现在，足足五年把黑夜当成了白天。袁成福坦言，刚上夜班的前半个月，因为时差的颠倒累到真的有点吃不消扛不住，但是心里的信念一直告诉自己，不能辜负领导的信任，不能让妻子担心，不能当逃兵。于是他咬着牙坚持了下来，也挺过了适应期。毕竟上夜班的时间是从晚8点到第二天早上8点，在这个时间段里面，不像机关工作，可以待在办公室里面安稳地坐着，对他来说，他的夜班工作就是动脑动手和动腿的工作。他从夜班主管一直干到夜班经理的岗位，袁成福笑言，从某种程度上他还要"感谢"这份夜班工作。因为工厂各个部门的主管，他们熟悉的业务只是自己分管的一亩三分地。自从他担任夜班主管之后，有了更多的学习时间，其中他最想学习的就是弄懂线路板的全部工艺流程，这样在生产管理上他才有发言权。每天晚上8点袁成福到达自己的工作岗位之后，首先根据各个工序，进行生产人员的调配，然后按时召开晚班生产计划会议，再跟进处理关键设备的维护与使用，协调辅助部门与生产工序的沟通，及时传达公司的各项信息指标，并落实执行。如果发现异常情况，就现场改进和处理设备的维护和使用，包括监督公共资源水、电、气的正常运行，确保夜班生产顺利。

袁成福介绍说，夜班工作还有一项重要的内容，就是协调跟进生产线上的特级科号，重点关注它们的生产进度、品质状况及各工序出数的情况，确保完成公司下达的生产任务。刚做夜班主管时，他会带着问题到各个生产现场先做学生，后当师傅，不懂就问，并且一定要弄个明白。很多没有上过夜班的员工以为夜班只是纯粹的时差颠倒，时间难熬。其实对于袁成福来说，夜班工作没有那么简单，除了上面所讲的那些既定的工作任务之外，他所担任的夜班经理还是个体力活。因为在夜班工作中有一项保留节目就是巡视。巡视工作非常重要，要求在夜班工作期间，不定时巡线检查生产车间，及时处理过程中发现的5S安全、纪律等各种问题，同时要清楚工厂的运作状态，随时掌握生产进度，如果发生突发事件，还要及时组织人员分析和现场解决，并进行产品的追溯，确保异常事件对产品品质及进度的影响降到最低。这就要求每天晚上的巡视工作要带着强烈的责任心，保持清醒的头脑，不停地走不停地看。由于东莞五株厂区域很大，晚班上班的工人多达500号，一圈巡线工作下来，大概要花一个半小时，而一天晚上要巡线四遍。所以说夜班经理这项工作绝对是个体力活。

袁成福笑着说了件事，前不久有一位江西老乡到工厂来找他，打电话埋怨在办公室找了他三四次都没看到他人影，好不懊恼。袁成福听罢笑着解释道：我的夜班工作不是坐在机关坐办公室，哪有空坐在板凳上，车间和生产线就是我的上班地点……

五株就是我的家

五年的夜班工作让袁成福把黑夜当成了白天。一开始他在早上8点下班时会赶紧到家吃个早餐，冲个凉去休息，但总是睡不好，在晚上上班的时候感觉精力不够，后来有夜班工作经验的师傅告诉他下班后不能那么早休息，应该在中午12点开始休息，一直睡到晚上7点起床，雷打不动吵不醒，接着马上可以准备上班。果然，这位老师傅的经验被借鉴过来之后，袁成福非常受用，因为睡眠质量得到极大改善，在夜班工作时就不再犯困了。当被问到这么多年来都坚持上夜班，没时间陪家人出去玩或者休假时，袁成福坦言，企业是允许员工休假的，但是自己从一名夜班主管调到夜班经理这个岗位时，就认为，自己是一位负责人，别的员工可以随时休假，而自己应该起到带头示范作用，责任告诉自己不能随便休假；如果自己没有把工作处理好就回去睡觉，也一样睡不着。

袁成福笑着说了另一件事，他觉得五株就是他的家，工厂的生活和工作环境都非常地熟悉，也习惯了，有时朋友会约自己出去游玩，睡在舒服的宾馆里，自己居然一个晚上都睡不着，而躺在工厂的房间里却睡得那样踏实。当问到为什么会有这种感觉时，袁成福的感恩之情写在了脸上。他说，当年自己在江西老家的生活条件非常差，自从进了五株，现在无论是收入、职位还是发展平台，不仅改变了自己，也大大改善了老家的生活条件，如今自己在老家的生活水平已经超越了很多人，所以他感到这些都是五株带给自己的那种家的幸福。

接着，袁成福无比真诚地说，自己是个平凡人，当年也是个农村出来的苦孩子，很感谢五株很感谢董事长，给了千千万万像他这样的平凡人一个实现梦想的机会，一个事业发展的平台。他说，只要五株还需要他，就会一直选择留在这里，用自己的青春和热血，为五株事业的大厦添砖加瓦。

王明堂：说五株道五株 道不尽的是爱
——记梅州区域董事办主任王明堂

正如唐太宗时期的鼎盛离不开贤相房玄龄的辅佐，也如乾隆时期的名相纪晓岚……一个成功的企业家，同样也离不开他的"左膀右臂"。而在五株，王明堂，就是其中的一名"良臣"。

良鸟择木而栖

1996年10月，王明堂从嘉美洋参制品有限公司辞职。

当时，嘉美洋参在梅州算得上是一个比较有名的企业，而且，王明堂在其中很受老板赏识。这从他离职时老板数次挽留和离职后老板亲自为他设欢送晚宴可见他的角色非同一般，炒老板鱿鱼还能让老板请客送别，不得不说他是 个人才。

1991年，王明堂从梅县药材公司停薪留职后供职于嘉美洋参公司。由于他为人处事干练老成，凡事以企业利益为上，很快便受到老板的赏识，被提拔为副经理。

1994年，又一个机遇摆在王明堂面前，梅州市政府某部门领导发现了他这个人才，想把他调到机关，并且档案已经调到组织部，只等他从嘉美洋参公司辞职，就可以自此进入政界。可是，嘉美洋参的老板多方挽留他，就是不愿放人。一方面通过升职、加工资等手段挽留他，一方面不断地叫他的亲友劝阻他。最

追梦

王明堂（右二）在指导工作

终，难却情面的他还是留了下来。

1996年的一天，一次散步中他遇到了早就认识的梅州五洲电路板厂老板蔡志浩；彼此谈起现状，蔡志浩说他的工厂人才短缺，现正是求才若渴的时候，极力邀请王明堂加盟五洲。

王明堂有点心动，回家后多方打听了解五洲电路板厂的现状。最终，他得出一个结论：这个工厂虽然起步不久，可是行业和企业很有发展前景。况且，所在企业这几年由于缺乏良好的经营管理理念，人心浮躁，已经开始走下坡路，让他感到前景迷茫。他觉得自己要趁着年轻尝试一下新的角色。俗话说，良鸟择木而栖，也基于蔡氏父子的为人口碑，考虑再三之后，王明堂决定跳槽。

1996年10月，王明堂离开嘉美洋参，正式加入梅州五洲电路板有限公司，任职行政经理。

从"空调房"到"葡萄架下"

初到五里亭的梅州五洲电路板厂，他大失所望。简陋、狭窄的厂房不算，连他的办公场所也从"空调房"搬到"葡萄架下"，这其中的落差让他顿生一种"冰火两重天"的感觉。

当时，五洲电路板厂的办公室就设在"葡萄架下"。因为原先那块地是行人通道，两边砖柱上面架几根横过去的水泥横梁成为遮阴挡日的葡萄架。后来因为生产场地所限，便把办公地方移到室外通道，在水泥葡萄架上盖上铁皮，四周简单砌上砖墙，就成了五洲电路板厂的办公室。办公室非常简陋狭小，里面摆放了两张办公桌，一张是给蔡伯用，一张给蔡志浩老板和王明堂共用，老板回来就让给老板办公。这样的"办公室"，闷热异常，加上打印机和复印机等办公设备就放在身旁，散发的热气叫人难受，一到夏天，人待在里面就像待在桑拿房般，苦不堪言。

由于人员紧缺，王明堂在五洲厂的工作任务异常繁重。他身兼多职，行政、外协、人力资源、安全生产、后勤管理等等统揽一身。后来因工作需要还当了生产厂长。晚上加班是习惯，经常晚上10点多还得待在厂里。每天晚上都要拼命赶货，把当天计划出货的产品装上车，安排好晚班工作，一切都弄完后，他才能长长舒一口气，拖着疲惫的身体回家休息，也总是一冲完凉就倒头睡去。而且，由于厂里的设备简陋、陈旧，经常会出现问题，而这些都要他负责找人维修。除负责生产效率、产品质量，保证完成每天的出货计划外，还要协调员工的情绪。在厂里的一天到晚，就像陀螺一样，几乎没有片刻闲暇时间。

王明堂曾经为这样的工作环境和压力感到疲惫，也产生过离开五洲的念头。可是，蔡伯的鼓励以及蔡总的信任都令他很是感动，最终还是选择坚持了下来。他对工作从不敢敷衍，不敢放松半点，兢兢业业。他觉得这是他的性格使然，也是他给自己定下的工作准则。

王明堂的辛劳和付出终于得到了回报。仅仅一年多，蔡志浩就对他的敬业和能力做出"表示"，在当时梅州最热门的地段沿江半岛给王明堂买下一套三房二厅的房子，前提是希望他留在公司好好干。收到如此"厚礼"的王明堂激动无语，他第一个念头就想到了那句话：滴水之恩，当涌泉相报。

做人负责，做事干净

入职至今，王明堂未曾被老板大声呵斥过一句，这对于绝大部分员工而言是不可思议的事情，但这就发生在他身上。他和老板的成功相处并不是偶然，是他二十多年的努力点滴积累而致。他真诚地说，一个人在企业谋职，一定要树立把企业的利益放在第一位的观念，做事一定要干干净净，光明磊落，即使是再挑剔的老板也找不出你半点毛病。试想一下，如果你全身心地投入到事关企业核心利益的工作中，哪个老板会无端责骂这样的员工呢？不得不说，这也是王明堂做人的成功和精明之处。

从小王明堂的母亲就告诫他：做人要懂得知恩图报。这也是他当时留在嘉美洋参的重要原因。而当王明堂将蔡志浩老板为他买房的事告诉母亲之时，母亲语重心长地告诫儿子，今生一定要对得起蔡老板，要努力报答他。母亲从小就是王明堂心中最重要的人，而他也从来未违背过母亲的教诲。因此，对于老板的恩情，他只有选择殚精竭虑，忠心报效。

作为企业高管，王明堂明白只有体现价值的人才能受到别人的尊敬，谁也不例外。他常常告诉自己，五株并不是国企，只有不断地展现自己的能力，为企业为老板创造更大的价值，才对得起自己，对得起老板，才能拥有自己脚下的一席之地。为此，他常常反省自己，你还有被老板看中的价值吗？以此来鞭策自己，努力提高自己，用最大的热忱投入到工作中。

可以说，王明堂是电路板行业的全才。他在五株工作24年，先后担任过行政副总、生产厂长、市场部副总、董事办主任、董事会秘书等职务，除了目前高端电路板专业一些技术领域之外，像行政后勤、生产品质、市场管理、质量体系、项目策划、企划宣传、业内业外协调等方面，可谓行家里手，身经百战，实践经验十分丰富。他写文章还颇有文采，蔡志浩曾夸他是"五株一支笔"。

在2011年4月29日东莞五株投产举行的开业庆典活动中，王明堂身兼数职，全程策划，撰写串词，庆典指挥，流程执行，主要由他来协调统筹。开业庆典的成功举行，彰显了五株科技的影响力和美誉度，得到了蔡志浩董事长和外界的好评。

忠心耿耿的"老臣"

在一个企业中，常常都会碰到这么一种情况，老板的决策出了偏差，而你恰好发现了问题。这时候，有些人会直接视而不见，当作没发现任何问题。有些人会很不客气地直接否定老板的决定，反驳老板，让老板下不了台。也有一种人，会委婉地表达自己的意见，客观地帮老板分析其中利弊，给老板留下做决断的时间。王明堂就是这么一种人，永远把自己放在较低的位置，适时地提出自己的建议，做好老板的"参谋"角色。

王明堂很难忘记那次"委曲求全"的经历。2009年2月，梅州五株厂由于历史原因遭遇当地一些村民的误解，导致工厂被村民围堵，整个厂房被围堵了三天两夜，公司的生产运转被迫停止，原材料无法运入，产品无法运出，客户追货十万火急。更糟糕的是，老板夫妇出国考察去了，公司失去了主心骨。就在人心惶惶之时，王明堂挺身而出，顾全大局，内部稳定人心，对外向政府部门汇报，请求政府支持，以求尽快平息事端恢复生产。他会同其他管理人员积极劝说村民，最后为了公司利益违心赔礼道歉，最终才解决问题。不得不说，王明堂在这件事的处理上是"委曲"心酸的。原本并不是公司的错，更不是他的错，但为了息事宁人，维护公司利益，他背这个"黑锅"也是值得。蔡志浩董事长知道事情真相后，对他的老成持重，把公司利益放在首位的处事方法给予了高度赞扬。

说说老板的"短板"

王明堂说，毕竟金无足赤，人无完人，自己跟随在蔡志浩董事长身边二十多年，深深感受到他身上干事创业的魄力和人格魅力。但是老板也是一步步走过来的，也是在不断地成长和成熟中壮大自己和企业的，在这个过程中，难免会出现一些因为自身性格和决策原因造成的错误，或者说是老板的"短板"。但老板是位很大度的人，在这里说说也无妨，说完王明堂自己先笑了起来。

其中之一就是老板对人才的态度问题。特别是1998年，深圳五株创办当年老板尝试过一年之内炒掉七个厂长。客观地说，不是这七个厂长都一无是处，这其中的缘由因为当时老板有些心急，需要马上出效率，其实回过头去，人才也需要在岗位上有一定时间的沉淀，没有一挥而就、立马取得效益的人才。包括在东莞五株招聘人才的过程中，也不乏行业中有能力的人才和五株失之交臂，与五株无缘。

应该讲，老板对人才的期望值非常高，随之要求也是很高的，因为他给这些有能力的人配备好的福利：汽车、房屋及补贴，甚至公司股票等都在所不惜。但是如果这些招进来的人才没有达到他的要求，他也是会毫不留情地将其炒掉，没有商量的余地，可以说这是"两个极端"。我认为，人才主要有两种，一种是带着一帮团队过来的，这种人往往比较难融入到五株原有的团队之中，因为原有团队都以"子弟兵"为主，新团队一来到就取代了他们的位置，且新来者往往又对五株的生产管理以及企业文化不太了解，有些甚至拥有的福利待遇比"子弟兵"还要高得多，无形之中产生对立，这样新进人员融入团队之中就比较困难。第二种人才是自己单枪匹马进入五株（最多带一二人），这种人刚来的时候比较谦虚，经过一定时间熟悉以后，靠自己的专业知识和管理才能征服下属，靠自己的人格魅力树立威望，展现自己的能力。一般来说第二种人才容易得到企业老板的认可，在五株立足的概率很高。前几年公司招聘过台湾的管理团队，还有行业某知名企业的团队等等，因为团队难以融合都先后离开了。所以说老板也曾为五株的人才问题而焦头烂额，经历了好长一段时间的总结和摸索，采用"专业人才加子弟兵"等用人经验后，才让五株拥有更多专业精英，人才队伍日趋稳定和合理。

　　在用人方面，老板也是吃过亏交过学费的。有时候公司招人也遇到过"庸才"，这种人来了之后，就会空口白话地挑别人的毛病，从来不主动找自己的问题；照搬别人的管理模式，把行之有效、具有五株特色的东西否掉了，有的甚至泄露公司内部信息，给公司造成损失。老板有时候不能及时分辨，导致这些庸才在公司里待了很长一段时间，做了很多对公司毫无益处甚至对公司有害的事情。所以在用人方面老板还是有一些短板存在。

　　王明堂最后动情地说："得益于五株这个大舞台，自己和企业一起进步，使自己的人生价值得到体现，也使自己的家庭生活越过越好。特别是从老板身上我学到了为人之道。"

杨东强：今天的销售不以"酒量"论英雄
——东莞五株集团营运中心总裁兼任江西志浩营运总裁杨东强访谈

初见杨东强，他朗朗的笑声和职业经理人特有的气质，吸引了记者。他是个善谈的人，这得益于他的销售职业，和他的交流很愉悦。在五株他有两重身份：一是和董事长有亲戚关系，第二是员工的关系，但是杨东强更看重第二种关系。他在五株打拼25年，能够说明一个最基本的问题，一个职业经理人的成长靠的是打拼。

记者：杨总您好，你是五株的老前辈了，你能讲述一下你在五株的工作经历吗？

杨东强：（笑了笑）好的，我不用刻意去避嫌，我和蔡董事长是亲戚关系，我的爱人和董事长夫人是亲姐妹，而且我和董事长之前都曾在同一个国营单位（梅县造纸厂）工作过。我是1989年进入造纸厂的，蔡董事长比我要早一些。后来我1995年离开造纸厂来到五株，先开始担任梅城五里亭工厂的副厂长，那是五株的诞生地。1998年之后我就在深圳五株负责销售方面的工作，至今已经在五株工作了25年，从青年时代一直工作到现在，从来没有离开过五株。可以说，这是亲人之间的缘分，也是自己和五株的缘分。

记者：有没有觉得自己的两重身份，第一自己和老板是亲戚关系，第二对老板而言你也是一个员工，如何在工作中平衡这两者的关系？

杨东强： 从本职工作上来讲，我是以一位员工、一个管理者的身份来做本职工作的，但是因为另外一种亲戚的特殊关系，当发现一些非本职工作范围内的公司在管理等方面不足的地方，我会主动去跟相关人员交流并改善这些不足。可能有人会说这件事不是我部门的事情，不属于自己管的范围就视而不见，但是我的身份不同，我会去发现有哪些方面做得不对，哪些方面需要改进，这会让我有更多的大局意识来维护五株事业健康发展。

记者： 如果让你以员工身份看五株，你觉得它最大的特点是什么？

杨东强： 从开始到现在我认为五株最大的特点就是蔡老板的前瞻性思维，他的眼光看得很远。包括这次挥师江西志浩的时候，他的前瞻性都很强，他自己亲自主导从厂房设计到智能化自动生产线，都是超前行业五年的先进性。在市场方面，针对三年以上甚至更远的未来制定了各种对市场应变的相关对接方案，使五株在工厂智能化、自动化等方面，我们的产品能够跟上市场变化的节奏。另外，在PCB这一行业，他很专业，在技术上已成为专家。老板刚开始接触电路板也是在工厂的车间里面工作的，后面出来做业务，经过自己的拼搏和不断积累市场资源，凭着应有的胆识和能力、积累，就出来自己创业了。一般的老板没有他这么专业，也没有他对专业的极度专注。

记者： 25年来你对这个行业最大的感触是什么？

杨东强： 最大的感触是产品的变化和市场的变化。因为我从1995年到1998年一直在工厂做副厂长，很了解电路板的产品现状。那时候的产品是非常简单的，是简单的单面板和双面板，不像现在的产品，已经做到了二十几层的线路板，技术的日新月异想都不敢想。因为我后期都在负责市场方面，所以我个人对整个电路板没有像老板那么专业。但是有一点感触就是对每个新产品我们也都会进行详细了解，因为这是做销售人员最基本的要求，销售人员必须了解自己所销售的产品有什么样的特点。技术上不一定很懂，但是我们要知道这个产品的基本要求和市场发展趋势，了解它的应用领域、要卖给什么样的企业、终端消费者是谁等等。我在销售行业也潜移默化地学到了很多有关这方面的知识。

记者： 销售这方面其实很多人会很怕，一方面要与人打交道，另一方面要去

杨东强：今天的销售不以"酒量"论英雄

杨东强（中）在会议上做讲解

开拓市场，在二十多年的销售经历当中有没有心得体会？

杨东强：我们早期和台资企业、韩资企业和日资企业合作比较多，业务往来上经常有饭局，我印象最深的是客户提出来的"一杯白酒给你十万块订单"的要求，那时候为了赢得订单和扩大合作关系，我不假思索就把酒喝了，当时根本没去想会不会喝醉，最后这个客户被我的诚意打动，从一个月十几万合作到几百万，有了将近十倍的业绩。可以开玩笑地说，之前的业绩都是"喝"出来的。但我现在的销售理念不太一样了，以前是吃吃喝喝的饭桌销售，现在就完全不同了，从我个人的经验来讲，我们现在跟这么多客户打交道，首先他们认同的东西并不是你们某些人，而是认同五株，认同一个企业在电子行业的品牌、产品的品质和技术能力。因为现在产品越来越高端越来越难做，别人看重的就是你的企业规模和实力。那我们的销售观念就要随之改变，因为人家有了这样的订单量和技术来找你合作，大家就是共赢的合作关系。建立起这种共赢关系以后，自己在这个基础上做好服务，尽量和客户互动，满足双方的诉求。之前是一边倒，客户说什么我们就干什么，现在不一样了。今天的销售更不是以酒量论英雄了。（说完这句话杨东强自己大声笑了起来。）

记者：有没有因为你一手建立到现在都还有合作的大客户？

杨东强：有的。ZTE、FIH等就是我一手策划起来的，客户最早都不是我开发出来的，只是我在后期接手管理，建立合作关系是从2005年开始一直到现在。

但在开始的几年中每年只有一两百万的订单，现在每年至少有二到三个亿的合作了。

记者：从销售的角度看，对于制造业这一块来说，你如何看待五株的发展前景？

杨东强：基础设施的投入是对企业长远发展的一个最基本的硬件要求，特别是老板在江西厂的基础设施投入是很大的，渗进了他的很多发展理念。按照他的讲法，江西志浩厂的设备比业内设备已经超前了三到五年。正因为老板的前瞻性思维，使得五株能在这个行业取得领跑位置，再加上这样的基础和硬件条件，我们做销售的就知道我们的市场到底在哪里。虽然现在电子行业日新月异，但是我们有这么强大的工厂、智能化、自动化的管理、强大的研发能力和工艺技术能力做后盾，我们很有底气也很有信心，毕竟，市场要靠产品来说话。

记者：问个比较私人的问题，在工作中老板会不会因为和你是亲戚关系，有些工作上的事情，若你做得不对，他会批评你吗？

杨东强：老板是位很有修养的人。在工作中，我认为他还是一个很有耐心的人，不管是个人还是部门存在不足的时候，他都会亲自指导或培训，比如在我分管的销售业务这一块，他会很严肃地提醒我要注意销售业务中的财务风险，业绩下滑的时候会帮你一起查找原因，问题严重时该批评的还是会批评，毕竟大家都是为了工作为了企业的发展；而且老板在很多方面确实想得比一般人长远。比如，老板独具慧眼，五株在15年前就成立的风控部就为我们销售部门筑起了一道防火墙，让我们把犯错的概率降到了最低。

记者：换一个角度说，您是老板的亲戚，如果从家人的角度来评价老板，您觉得老板身上最大的特点是什么？

杨东强：（朗笑了下，几乎是不假思索地说）我认为生活上的老板是一个真正的大孝子、好丈夫、好父亲。因为是亲戚的关系，又在五株工作，基本上一直在老板的身边。我拿一个比较特别的事例来说，在创业的前几年，他的父亲也曾参与管理公司，他跟他父亲时不时会因为公司的一些事情发生争执，吵到一个礼拜甚至十天半个月都不讲话的那种都有，但是老板和他父亲在工作上的争吵和赌气，都不会带到生活中来；由于他的父亲蔡天宏是老工程师，是知识分子，他对于父亲还是非常敬重崇拜的。老板平时工作很忙，他的老父亲年纪也大了，但只要家里一个电话说老父亲身体不太好，老板每次都二话不说就开车从深圳或东莞赶回梅州去看望老人家，就凭这一点，就让我们这些家人非常感动。

记者：老板的这种"孝"对于你来说有没有什么触动？

杨东强：肯定有，这对于我来说就是个榜样。最近他还将我们的岳父岳母接到深圳身边居住，生活上给予两位老人很好的照顾，工作之余也会抽时间陪伴他们，让我们亲人之间多了许多相聚的温暖。老板就是这样，在工作上，他是一个不折不扣的企业家。但是在家庭中，他是一位大孝子，又是一位好丈夫和好父亲。他对五株的爱对五株的负责，以及对家庭的爱对家庭的负责，以润物细无声的方式影响着所有五株人，成为五株人心中的明星和榜样。

说完这番话时，杨东强再三重复，这是他的心里话，不是奉承。

古增昌：一位销售精英的成长之路
——东莞五株市场部开发副总古增昌访谈

在五株的很多岗位中，销售这一块是极富挑战性的。要在这一个领域成为精英，需要长时间的积累和积淀。而五株市场部销售精英古增昌，他的成长之路颇有传奇色彩。半路出家的他硬是凭着摸爬滚打的执着和敬业，为五株的品牌销售杀出一条光明之路。在古增昌不大的办公室里，他和记者分享了自己的成长体会。

记者： 听说你在五株做销售是半路出家，能讲讲其中的原因吗？

古增昌： 好的，我是1982年出生的，一开始我是在深圳宝安从事印刷行业，做了一年多时间，也想过换一个岗位。后来我进入五株，这里有一个原因，我是董事长外婆家的亲戚，所以受到亲戚引荐我于2001年10月就进入了深圳五株，至今从未离开过。这里需要说明的是我从第一天进入五株就明白，要在工作中有业绩，就要靠真本事，而不是靠关系。我在五株的第一份工作是在样品组，做了三年后调到工程部，然后去了测试部。应该这么说，这几个岗位都是线路板生产的工艺流程方面的，和我之前做印刷类工作是完全不相关的，所以对于我来说是一个挑战。这是我的第一次"转行"。

当初进入五株我有幸分配到样品组，这是因为样品组能够学到的东西很多，最主要的是能全面了解到线路板的全流程。经过几年的生产一线的磨炼，董事长觉得我是个比较善于思考的人，于是对我的工作做了180度的调整，让我去做市场管理。我还记得当初听到这个决定自己内心非常煎熬，因为从工厂生产到市场管理，这是两个完全不同的概念，是一个从里到外的过程，脑子里所要考虑的东西是完全不一样的，工厂生产想的是单纯的生产流程，部门与部门之间的沟通，和客户之间的信息的梳理和消化。然而，市场部是完全不一样的，它就像个信息枢纽，要处理好工厂、客户与市场这三者的关系……但是最终自己还是想通了，因为一定要趁着年轻主动挑战新的岗位，不能故步自封。从工厂生产到市场管理的岗位，可以说这是我的第二次"转行"，对于我自己来说也是个再学习的过程。我当时在市场管理部担任经理这一职务，在深圳五株做市场管理做到2016年。

记者：做销售不能靠单打独斗，而是需要靠团队力量，你是怎么构建这个团队的？

古增昌：是的。转行之后，我在深圳五株做市场管理也有很长一段时间，团队比较固定，也延续了五株的企业文化，这段时间也是自己的磨炼阶段。董事长在2010年买下东莞雅新改建成东莞五株厂以后，要求尽快搭建新的销售团队，于是我就来到东莞五株厂组建团队，与这边原有团队相衔接，组成了一个比较完善的东莞五株的市场管理机构。

记者：在这个组建过程中有没有遇到什么阻力？毕竟两个厂的体量不一样。

古增昌：阻力肯定是有的。这个阻力一方面是资源，毕竟东莞五株厂处在刚刚起步阶段，深圳五株厂毕竟是相对较早的企业，所以需要以老带新，因此，在当时团队的资源配置中还是出现了好些问题；二是在团队衔接过程中，东莞五株这边新的团队对五株传统企业文化的了解是相对较少的，工厂的流水线和工作模式也需要磨合。推动合作的时候起初也会有一些阻碍，所以，当时在团队的构建中，这两方面的问题也比较突出，但经过努力也得到了妥善的解决，最核心的团队也发挥了应有的作用。

记者：你在五株的18年中大部分都是面对市场的，作为市场部的精英之一，你在面对市场的过程中有没有令你印象深刻的经历？

古增昌：可以说，五株从小企业逐渐成长为这么大规模企业的过程中，所面

古增昌（左）与本书作者合影

对的客户面，打个比喻，就跟面对之前的中国和现在的中国一样，完全是今非昔比。现在的五株让我们更加有底气"走出去"；对于客户方面，以前是做小客户，现在面向的都是品牌大客户，以前和现在做出的产品价值也是完全不同的。比如一开始与一些客户接触的时候，因为大家对于彼此来说都是陌生的，所以合作得不那么默契甚至产生抗拒心理，到后面能够相处成为很好的合作伙伴，是令我非常有成就感的。

我印象最深的一件事是，2014年7月份的时候和台湾华硕公司的合作，那时通过朋友介绍我开拓了这一市场，华硕一开始是做电脑硬盘、组装电脑和笔记本电脑等为主的电子产品公司，那时候是全球第五大笔记本制造商，因为当时华硕有做电脑主机板的基础实力。在2013年的时候华硕就想开拓像手机这种移动终端产品的业务，所以我们一了解到这一市场信息后就"冲"了过去，印象比较深的是当时台湾刚好是台风天，因为和那边的采购经理事先约好了时间，当天虽然是台风肆虐的天气，按惯例是不上班的。但是我们又不想失约，于是依然去到了华硕的总部。但当我们去到总部的时候，整个公司只有我和几个保安，然后华硕采购经理也如约而至，我们都很珍惜不同寻常的见面机会，就坐在公司楼下星巴克的吧台上谈生意，服务员也因台风天放假没来，整个场景冷冷清清，那个时候仿佛全世界只剩我和华硕的经理两个人，这种业务谈判的场景和感觉是从来没有过的。后来我们互相介绍了公司里的一些基本情况，相谈甚欢，最终在2015年确立了这个合作关系，并且一直延续至今。特别需要说明的是，一开始五株和华硕签的订单是一百万，到了2015年年底的时候已经做到一千万以上了。

记者：从这样一次不同寻常的业务谈判，你有什么独特的体会？

古增昌：从这次和台湾客户打交道的过程中我总结到，对待客户一定要用心，用足够的真心，在合作的过程中一定要服务到位，展现出自己本公司良好的形象。和台湾客户达成合作当然不只靠一次沟通就能最终成功，还得靠很多后续的联络和实地考察等等，样品做出来以后也要经过测试评定才能获得认可。PCB是一种定制零件，不是现成的，是接到客户的定制订单以后才能开始生产的，需要工厂和客户之间相互信任，质量得到高度认可后才会合作。当然在市场的探索过程中一定要有敏锐的嗅觉，才能发掘出潜在大客户，还要分析自己的竞争对手，如何把握眼前的客户等都需要我们做出深思熟虑。

记者：你在线路板行业中，可以说经历了从外行到内行的过程，这个过程离不开老板的培养，对此你是如何看待的？

古增昌：老板1992年开始创业的时候已经名声在外，对我们这些老家的年轻人影响颇深，那时候已经觉得他是非常令人崇拜的企业家。后来自己进入五株后，了解了老板的为人、做事方式以及一些管理思维以后，和老板越走越近，加上老板的言传身教和悉心指导，自己得到了很大的提升。如果没有五株这个平台，我也看不到今天的自己。

记者：在你的工作过程中，和老板之间有没有什么令你印象深刻的事情？

古增昌：我认为老板对市场的敏感和对客户的亲和力都是非常强的，能给客户留下深刻印象的就是老板做一件事情的决心和给予客户的信心，使客户信任我们并且愿意和我们合作，老板身上这种强大的磁场令人膜拜。2003年前后，三星公司的代理人在市面上寻找有无可以匹配生产三星电视机的零部件，这个代理人找了很多线路板企业但最终都吃了闭门羹。当时代理人对于五株是不了解的，但是当他听说五株有一些可以生产这种零件的机器，就试着找到了蔡董事长。我到现在还记得董事长得知此消息后说的第一句话："别人做不到的，我五株可以做到。"一是老板愿意面对困难克服困难，二是一旦与三星这种大公司有了合作，对于以后双方建立更多方面的合作是非常有帮助的。果不其然，在之后的生产合作中，双方不断进行沟通，甚至有韩国过来的技术人员来共同建设五株，接着2005年的时候，三星公司的业务在五株都能做上一千万的业绩，这次成功合作助推了五株的高质量发展，也为五株在后面的发展中成功地"擒获"华为这个大客户埋下伏笔，同时品质和品牌得到前所未有的提升和拓展。

记者：从市场营销的角度你从中得到了什么启发？

古增昌：我觉得处在市场中，对于客户信息一定要及时了解掌握，时效性要强，对客户的技术难点要敢于突破，千方百计去服务好顾客，服务至上，这是市场营销的终极概念。等到服务客户到了一定时期的时候，你就能拥有合作的主导权了。

记者：作为一名销售方面的精英，有没有觉得五株已经是自己的事业归属地了？

古增昌：有的，从我步入五株开始就离不开董事长一直以来的培养，从原来的基层员工做到今天的管理岗位，从原来一穷二白的穷小子到现在结婚生子，生活条件越来越好，这一切都是在五株的见证下实现的。我对董事长充满感激，感谢他对我的认可。人一定要懂知遇之恩，我愿意在这里一直拼搏下去，与五株共成长。

戴琴虎：哪里有需要哪里有担当
——记江西志浩筹建办副总监戴琴虎

在采访的五株各位精英中，几乎都是当面采访，但江西志浩厂公共设施副总监戴琴虎却因为工作原因未能接受采访，之后记者跟他电话预约，但最终还是因为工作无法分身和记者说抱歉，也因而再次推迟了采访时间，直到第二次一个晚上9点的电话预约，才完成了我们之间一个多小时的空中连线。虽然未曾谋面，但在电话采访中，记者分明感受到，戴琴虎是一位敬业、务实的五株干将。

寻寻觅觅到五株

老家在湖北天门的戴琴虎，因为大学学习的是自动化专业，刚开始在湖北的一家电机厂工作，后来觉得自己还年轻，想走出来闯一闯，所以2001年来到珠海一家线路板厂从事这方面的工作，从刚开始的技术员一步一个脚印做到了工程师，从一个外行成长为线路板行业的内行。2007年，因为家庭原因，夫妻两地分居，让他增加了很多想家恋家的乡愁。为了离家近一些，戴琴虎去了韶关曲江，韶关和郴州相距较近，其间一直从事线路板设备维修行业。

戴琴虎真正跟五株结缘是在2010年，其实因为小孩长大了，他也想到广东沿海地区闯一闯，加之之前对五株有所了解，这时刚好在网上看到五株设备部招聘经理的信息，于是他前去应聘并和蔡志浩董事长进行了一番交谈。戴琴虎感叹着说，虽然之前他在很多工厂工作过，但是和老板见面的机会是非常少的。戴琴虎第一次见到董事长的时候，董事长温文尔雅的谈吐以及平易近人的态度给他留下了极其深刻的印象，那种印象是超乎他想象的。对于那天的见面，戴琴虎至今难忘，他甚至觉得和董事长有一见如故的感觉。当时他和董事长就设备这个话题进行了比较深入的交谈，董事长对他的专业知识也很认可，当时他心里想，能够在这样的老板领导下工作，是自己的荣幸。之后不久戴琴虎就接到了五株人事部的通知，要他去梅州五株厂上班。2010年8月31日，戴琴虎正式进入五株，担任设备部副经理。

"拆"出来的名气

2010年蔡志浩董事长一举买下雅新厂打造东莞五株，在业界一时传为美谈。雅新厂盘子大，原来雅新厂留下的诸多线路板设备，因为闲置多年，很多设备并不能正常使用，面临着拆解维修的大量工作。为了解决这个棘手的问题，2010年10月董事长把戴琴虎调到东莞五株，主要负责旧设备的拆解维修，同时让东莞五株重新展现活力。接到任务的戴琴虎，深感责任重大，但是他又深深明白，这是董事长对自己的信任，这也是展示自己担当的时候，所以他二话没说，当即表示一定竭尽全力保证完成任务。当时戴琴虎组建了大概十个人的团队，这些团队成员也是从各个区域抽调过来的，都是搞设备这块的人才。戴琴虎作为这支团队的负责人，带领团队成员迅速深入厂区，分成几个片区，每天加班加点，起早贪黑，周六日也放弃休息，白天大家都铆足干劲把当天应该拆分的设备全都拆完，因为旧设备拆完以后还需要做一些文字标识，晚上回到工厂宿舍以后还要赶制一些清单和报表，工作量是相当大的，每天身上都是脏兮兮的。戴琴虎坦言，那段夜以继日的工作经历，真的很苦很累，但是一想到董事长对自己的信任，这种信任又给他增添了克服困难的动力。他心里明白男人一诺千金的道理，既然承诺要完成任务，就必须拿出担当精神，才对得起董事长的信任。

虽然工作非常辛苦，但是戴琴虎却认为这次工作经历是他的荣幸。因为他以前从来没有如此透彻地了解过一台设备从分解到组装的全过程，连做设备标识也

戴琴虎（左三）在指导工作

要进行仔细研究，虽然他从事设备工作多年，但这一次如此巨量和完整的设备拆解工作，成了他最好的临床经验。拆解设备的目的就是把这些旧机器进行拆分组装后重新投入使用。戴琴虎当时负责一楼设备的拆解。让他印象深刻的是有一条棕化线拼了很久，加上时间也很赶，把整个设备从拆解到修复最后到投入使用，前前后后时间花了不到三个月，这个修复速度也可以说是创造了业内奇迹。最终通过戴琴虎团队的能工巧匠将厂内几百台大小机器设备拆解修复重新使用，整个工厂重新焕发生产活力，也为企业省下了一大笔资金。戴琴虎在工作中表现出来的敬业和担当得到了董事长的高度认可，"设备专家"的美誉在五株不胫而走。

是金子在哪里都能发光

戴琴虎圆满完成东莞五株设备拆解修复工作以后，服从公司安排，于2011年又回到梅州五株工作，扎在梅州就是整整7年，虽然从大城市到了山城梅州，但戴琴虎一点都没往心里去，他认为哪里有需要哪里就是责任，工作地点的改变，不会影响自己的工作热情，自己还是要把工作一件一件地落实好，一件一件地做好，这也是他对"做人负责，做事用心"五株精神的深刻诠释。他刚调回来时是在梅州五株厂担任设备部经理，到2012年年底2013年年初的时候就开始担任梅州五株厂和志浩厂两个厂的设备部经理，肩上的压力再次加码。因为梅州志浩厂定位于先进的高端设备，戴琴虎主要把工作重心放在志浩厂，得益于东莞五株那段堪称艰苦卓绝的设备维修工作经历，他就像经历了一场大战之后，作战经验变得更加胸有成竹，这让他在梅州工作的这几年干得游刃有余，他扎实的工作作风和专业的工作经验再次得到同事的肯定和董事长的赞扬。

随着五株企业又一重大战略项目在江西龙南拔地而起，江西志浩这艘面向未来线路板行业的巨型航母鸣笛启航。是金子在哪里都能发光，2018年4月，戴琴虎再次接受任务，奔赴江西志浩。不忘初心不辱使命，戴琴虎接到通知时感觉惊喜，同时也有一种任重道远的感觉，他内心的兴奋和激动，是因为他从没试过在一个新厂从无到有这样做事情，不仅对当时所有江西志浩的团队是一个挑战，对戴琴虎这位拥有丰富设备经验的专家级员工也是一个全新的挑战。戴琴虎至今犹记得董事长说的"责任重大，使命光荣"这句话，他听到这句话的瞬间感觉自己热血沸腾，他很崇拜董事长写的《激情无限，潜能无限》这本书，里面的文章是他工作中的无形助手。江西志浩仅厂房占地就有575亩，规模之大体量之大国内罕见。戴琴虎赶赴江西后，立刻和其他设备人员投入到紧张的工作中。补充说明的是江西志浩的产品定位是面向5G新基建产业，设备是国际最先进的，产品也是顶级的。戴琴虎激动地说，从建厂到进设备到调试到现在的全线贯通，整个过程他都亲自参与过，这种兴奋之情不亚于一位母亲从怀孕到10月怀胎到一朝分娩的艰辛和喜悦。戴琴虎当时主要负责公共设施设备、工厂运行所有的动力设备，包括供电、供水、供气等，全部由他监督实施。

能够有幸参与到江西志浩的建设中，戴琴虎心中有很多感慨。他认为，董事长的眼光非常超前，因为江西志浩厂投入的设备全都是针对5G的，还有一个就是IC载板，这个IC载板是当前民营企业还没有尝试的项目，秉承着智能化自动化的理念，而五株科技决定自己先行研发，所以江西志浩厂也可以称为"第一个吃螃蟹"的民营企业。而江西志浩厂在刚开始建设前，董事长曾经给管理层讲过他的构思，当时他们听着还是一头雾水，后面看到董事长把自己的构思一步步实现的时候，觉得真的太不可思议了，董事长确实是一个很了不起的企业家，加上2008年梅州志浩厂就开始向HDI进军，这些足以证明蔡志浩董事长在线路板行业的高屋建瓴。

虽然这两年在江西志浩厂的筹建工作中，工作强度和压力很大，但是戴琴虎说自己也没有感觉到特别累，反而觉得非常充实，跟着董事长的思路学习一些新理念，对自己来说也是个很大的收获，人的境界和视野也得到了全新的提升。比如董事长提倡的"上级iPad和下级iPad"工作方式，使上下级达到高度智能化的交流，使得上级的指令可以准确及时地传达给下级，下级也可以将情况很精确地反馈给上级。"线路板的生产，包括它的工艺，更新换代可谓是世界潮流，我觉得董事长不仅仅是让工厂紧跟世界潮流，甚至想法还相当超前。"戴琴虎赞叹地说。

采访即将结束时，戴琴虎很深情地补充说，虽然他的爱人和小孩还在湖北天门，夫妻还属于两地分居的状态，但是家庭对他支持非常大，家人也很理解他的工作。董事长对他生活的关心也非常到位，经常说可以多休假，多回去陪陪家里人。不过他觉得五株就是他事业的全部，当下他的主要任务是把工作做好，毕竟能参与江西志浩新厂的建设，是他一生的荣光。

林利兰：五株有位"巾帼"不让"须眉"
——记江西志浩董事办主任林利兰

知道五株有一位女高管棒棒哒，很能干很厉害。因为她工作实在忙，为了早日采访这位五株的女能人，记者经过三次预约，才在2019年的最后一天采访到她。让记者感动的是为了这次采访，她特意从江西志浩驱车三个小时，在预定的时间晚上8点赶到记者的工作室．她怕耽误采访还放弃了吃晚饭，并坚持采访结束之后再用餐。她对采访工作的重视和认真，一开始就赢得了记者的尊重和佩服，不愧为工作至上的女能人。听五株的其他高管说，蔡志浩董事长曾在企业大会上毫不吝啬地表扬她：巾帼不让须眉，男人没干好的事情，她干成了！

她就是刚卸任江西威力固智能设备有限公司常务副总职务，走马上任江西志浩董事办主任的林利兰。

要打工就在五株

当记者第一次见到林利兰，中等身材的她和普通的客家女性并没有什么两样，干练的举止、斯文的谈吐让记者很难把她和一位叱咤风云的女老总相提并论，然而事实不容置辩，记者采访中从对她的好奇开始，而她的讲述则从她在五株的经历开始……

1994年林利兰从梅县职业技术学校毕业，如何选择就业是摆在她面前的一

林利兰：五株有位"巾帼"不让"须眉"

道选择题，而家住江北五里亭的她得知附近有一家知名度较高的企业五洲电路板厂，性格传统的林利兰觉得在家门口打工也不失是个好的选择。虽然自己中专毕业到工厂打工，在很多人看来不值得，但她并没有这样想。她认为，如果一个人在平凡的工作岗位上经过努力也会做出一番成绩来，于是1994年4月她以应聘的方式正式进入五洲电路板厂。刚进五洲，她是一线的工人，在QC岗位上负责线路板的品质检查等，这一干就是半年。1995年工厂逐渐实现电脑自动化办公，恰好林利兰在学校也专门学习过电脑操作，这便派上了用场。蔡志浩老板发现了林利兰的长处，便把她从一线岗位调到工厂计划部当了一名主管，从事统计和物控管理等工作，从某种程度上实现了从"灰领"向"白领"的迈进过程。时间来到2002年，一眨眼工夫林利兰已经在五洲电路板厂工作了八年，自己的工作地点也从当年的梅州五里亭换到了深圳黄田。八年间在计划部的工作使林利兰养成了做事有计划有步骤以及规范严谨的性格。她对工作的把握以及认真泼辣的工作作风也得到了老板的认可。然而，随着时间的推移，林利兰对安逸的现状渐渐感到了一丝不满，因而思想上也出现了一些波动。她觉得自己还年轻，应该去接受更大的挑战。于是，她做出一个大胆的决定：辞职。在这年的上半年，林利兰离开深圳五株回到梅州，在梅州另一家线路板厂当了一名总经理助理。这一次的离开可以说是暂别，因为半年后，五株的事业不断发展，在用人之际，老板夫妇心里还惦记着林利兰，于是向在梅州工作的林利兰发出邀请，请她重回五株，助力五株。接到老板夫妇的邀请，百感交集的她深深感受到老板夫妇身上的人情味。她觉得自己和五株的缘分真的很难割舍，于是在做了简短的考虑之后，于2003年9月重新回到五株。

重新回到五株的林利兰，感觉到了一种从未有过的踏实感，蔡志浩老板给了她更高的待遇和发展平台，让她从事五株企业的物料、设备采购等工作，并担任采购经理一职；而她所负责的工作，在很多人眼中也被认为是油水最多的岗位。在这15年间，林利兰没有辜负老板对她的信任，工作上雷厉风行，恪尽职守，认真细致，在这个容易"湿鞋"的岗位上，她坚守自己的职业底线，赢得了老板夫妇的赞赏。林利兰对很多人说过自己的职业感言：如果是打工，我就选择在五株，

林利兰（右二）检查设备情况

哪儿都不去。如果哪一天我离开了五株，那我一定是自己当了老板。

临危受命的女管家

五株管理层的人都知道蔡董事长对设备的喜爱和重视到了一个极致的地步，就像有些企业家喜欢高尔夫球一样，五株的老板却痴迷于设备。众所周知，线路板厂最大的投入就是设备，只有先进的设备，才能引领不断更新换代的市场，蔡志浩董事长深谙这个道理。2005年起五株就发扬自力更生、自己制造的精神，在蔡志浩董事长的主导下开办了威力固设备厂。威力固同英文谐音 Very good，顾名思义就是很好！董事长开办这个设备厂的初衷就是要让人知道国产线路板设备不亚于进口的设备，一样很好一样叫得响。威力固设备厂从成立到2018年的十几年间，在五株企业自用设备上发挥了积极的作用，但跟董事长的预期和目标仍然相差甚远，十几年间先后更换了十几任的老总（特别说明一下都是男性），但都没有把生产和品质抓上去。这一直是董事长的一个心病，因为随着2018年江西志浩这艘线路板巨型航母的启航，内需都是刚需，而这个内需还有巨大的缺口，如果这些设备全靠外购，将是一笔巨大的开支，如果威力固设备厂此时能够为企业分忧立下新功，将是一件具有里程碑意义的事情。2018年10月，经过慎重考虑蔡志浩董事长做出了一个重要决定，他找到林利兰跟她说，想调她到江西威力固设备厂担任制造副总，希望她能够扭转乾坤创造奇迹。在五株企业创业二十多年间，

林利兰：五株有位"巾帼"不让"须眉"

还没有一位女性担任工厂的一把手，并且这个一把手涉及设备制造，而设备制造又是线路板的加油站和命脉所在。如此重要的担子一下子要压到她身上，林利兰听到老板的安排，颇为震惊。但她内心经过瞬间的波动之后，还是很快调整过来。她心想董事长从来就不是一个心血来潮的人，他做事情眼光独到，用人不疑疑人不用，他做出这样的人事安排一定有他的道理，于是林利兰表示服从老板的安排。五株在人事上开了一个先河，而林利兰也成为在五株第一个吃螃蟹的人。她一个当初的设备采购员，如今要成为一个设备制造的老总，其间的巨大差异确实让林利兰感觉到了肩上的担子和压力。

林利兰走马上任之后，平时说话大声的她放低了声调，毕竟对于设备制造她自己承认还是个外行，所以她要先当一名"学生"。她在对设备厂的整个程序了解过后，也逐渐了解到威力固设备厂萎靡不振的原因。她到任之后并非一帆风顺，毕竟她是个女性，并且从没干过这一行，她还听到了一些对自己不信任的声音，在最初的管理上也遇到了一些阻力。而这一切林利兰都事先考虑到了。她不动声色地对整个工厂的物料摆放、生产秩序和环境进行整治。经过短时间的调整之后，整个工厂的环境面貌焕然一新。林利兰了解到，威力固不够"威力"的原因是没有构建起核心的团队，队伍比较涣散，因而没有战斗力。于是，她对整个威力固设备厂的管理考核制度、奖惩制度做出了新的细化考核方案，这个方案也得到了董事长的认可，在实际应用中起到了意想不到的效果。新的管理考核制度推出后，员工的积极性得到空前提高，产品质量也得到巩固和提升。林利兰和她的团队也不负众望，在不到一年的时间里打了一个漂亮的翻身仗，让人看到了林利兰威力的一面，业绩也由林利兰接手前的5000万产值，不到一年就已突破亿元，威力固实现了史无前例的超越，而林利兰也实现了自己前所未有的超越，同时也改变了大家对女性管理者的看法。在林利兰的身上，蔡志浩董事长又为五株做了一道漂亮的选择题。

现在的江西威力固设备厂，在林利兰的主导下，已经构建了完善的团队，竞争力和战斗力也大大提高，因为江西志浩处在大规模的扩产之中，对设备的需求也非常大，并且设备多面向未来5G市场。目前江西威力固设备厂正开足马力，不断加强技术研发和技术创新的投入，研发制造更薄更精密的HDI、MXAP、IC载板等专门设备，通过自动化、智能化、IT信息化的结合，致力于建设PCB行业的智慧工厂，成为行业领域整场解决方案的一流品牌提供商。目前威力固自主生产的PCB关键制程设备有龙门电镀、垂直电镀、VCP电镀、志浩龙电镀、普通蚀刻、真空1蚀刻、二流体蚀刻及PCB各工段自动化设备等。让人惊叹的是，如今江西志浩这艘线路板行业的巨型航母，高端设备的50%均来自威力固自己制造！威力固创造了一个行业的奇迹，而林利兰也以"巾帼"不让"须眉"的精神，成为五株一抹最艳丽的红！

面对成功地使威力固摆脱危机的林利兰，记者笑称她当了一回"救火队长"，可她却谦虚地认为，并不是自己多么能干，而是蔡志浩董事长给了自己这个发挥的平台，让她也看到了自己全新的一面。但她同时又愧疚地说，自己虽然在工作上算是一个出色的女性，但却不是一个出色的妈妈，她有一个女儿正在上中学，因为自己长期在外，很少在家中陪伴女儿，也没有亲自给她过上几个生日，更不能像其他妈妈那样，周末带小孩去游乐园游玩去旅游等等，甚至有时说好要回家陪小孩，可是因为工作计划有变，又不能如期回家，电话一打到家里，小孩第一句就会说：妈妈，又没空是吧？……说到这里，她就感到内心非常愧疚和难过，甚至想流眼泪……幸运的是家人都很理解她很支持她的工作，让她省心放心，能够专心在五株做好每一项工作。

2020年新年伊始，记者又听到林利兰履新的消息，蔡志浩董事长再次对她委以重任，调她任江西志浩董事办主任，虽然还是干办公室的老本行，但是范围大了，视野宽了。在此记者衷心地祝福这位五株"铿锵玫瑰"在新的岗位有新的作为，让美丽传奇继续演绎她的芬芳……

潘剑锋：屡败屡战仍然云水风度
—— 五株科技集团设备总监潘剑锋访谈

五株从诞生到一路发展壮大的二十多年间，企业自身的魅力越发显现。在五株企业的管理层中，一些功勋卓著的老将大都是从意气风发的青年时代，一直在五株干到不减当年的花甲之年。"漫道古稀加十岁，还将余勇作千篇"，就是这些五株老将的生动写照。他们从当初选择五株，有些虽经过短暂的离开，但最终仍然拥抱五株大家庭，这是五株企业文化的魅力，这也是五株掌门人蔡志浩自身的人格魅力，以及五株品牌在行业中的影响力共同造就的。五株老将之一、集团设备总监潘剑锋在五株的经历，就值得让记者大书一笔。

记者：听说你跟董事长是旧交，能否讲讲其中的故事？

潘剑锋：好的。我是梅县南口人，1999年就进入了五株，在这之前我自己办企业，投资水电站。那时候彼此的长辈都在梅县造纸厂上班。我那时候就认识了蔡董，1978年前后和他还是室友（笑了几声），那时候我才读初中，而蔡董已经出来上班了，那时候他还是电工。我和他相差了6岁，也是从那时候起我就亲切地称他为"浩哥"，因为老一辈的交情使我和"浩哥"也有了兄弟间的缘分。1980年我也进入纸厂工作，后来因为生活原因离开纸厂，承包水电站，同时也兼职一些工作，直到1999年春节时遇到了蔡董，他询问我的工作现状并邀请我进入五株工作。说实话我那时心还有点野，之后几次进进出出五株，没找到适合的平台。蔡董了解我的家庭现状后，我又回到五株。我进五株后主要负责的就是设备这一块，先是从设备经理做起，蔡董给机会和平台，经自己努力和付出升任集团设备总监。

记者：年轻时的想法是否会与蔡董的一些思路不对标，现在回想起来是否能够感受到蔡董当年的过人之处？

潘剑锋：在蔡董事长买雅新厂之前（2010年8月份左右，已经买了一批线路板设备），我还不知道老板的意图和想法具体是怎么样的，记得老板当时跟我说买了一套线路板软板设备想调回梅州五株老厂。说实话那时候我是不赞同这个方案的，因为一方面那个厂房地方太小没有发展空间，二是应该把厂房往外面大城市挪，而不是往小城市搬，这样才能更好地与市场接轨。老板收购的雅新厂是体量大功能全，步行走完整个厂区需要两小时。厂房已经放置了两年，当时的雅新厂不只是做电路板，同时也做一些手机配件和电视，老板用手上不多的现金，拍下雅新厂，成为当时的行业美谈。投产前的心情真可谓喜忧参半，拿下这么大的企业后还需要面对如何发展、如何进行资源调配等问题。到现在回过头去看当年老板的决策，我觉得不仅是正确的，而且是眼光非常独到的一个决定。

记者：买下雅新厂以后面临着如此大规模的厂房，所有的生产和设备是如何布控的？

潘剑锋：五株在2007年时做的HDI手机电路板在行业内已经有很好的名气，蔡董事长也一直朝着这个方向在发展。到目前为止行业内做HDI的企业中，五株可以说是领先者，尽管有很多大厂小厂的设备都比我们五株先进，但我们在手机板市场占有率是比较高的。

这些年来由于自动化的发展，在设备升级方面的投资比较大，随着产品结构和市场的要求，五株也确确实实在不断创新，在这方面老板也有着独到的眼光。要不是因为他独具慧眼，五株的发展是很难一直保持与时俱进，很难抢占市场的。

目前来说设备投入和产出是成正比的，现在的江西志浩厂就更换了全新的设备和工艺，水平线电镀线基本上都是自己的设备厂生产的。现在五株有个电镀线叫"志浩龙"，是老板自己构思、自己规划设计的，而且2018年时还申请了国家

潘剑锋（右一）在指导员工检修设备

发明专利，主要应用于线路板生产，解决了上板和下板需要人工的情况，减少了所需劳动力，解决了品质问题，提升了产品品质稳定性。其实五株今天能走到这个位置，与老板对设备的爱好是分不开的，现在的生产管理也都是按照他的指导思想来的，包括设备怎么保养、工厂怎么管理以及工艺如何优化等等，当出现问题时应该给出什么样的解决方法，有时候往往是老板的三言两语就能让我们茅塞顿开。还有一条生产线是自动沉镍金线，一开始还需要人工上板和下板，现在我们也研发出了将板放上去自动上板的工艺了，很了不起。目前威力固设备厂在生产线的设备生产上确实产生了非常大的作用，大大提升了自动化程度，节省了很多劳动力和所需开支。

记者：威力固设备厂目前能生产多少设备？能否介绍一下？

潘剑锋：大概厂里60％的设备都是自己生产的。威力固的技术人员有300人左右，工程师大概有三四十个，分为机械类和软件类工程师，工程师画出图纸后我们有专门的设备加工中心，基本都自己制造。可以说，威力固设备厂是董事长的大手笔大智慧的体现，因为自用设备主要由自己研发制造，为公司省下购买设备资金超过50％。所以老板非常注重引进制造人才，在人才方面很舍得投入，引进这些生产线后五株的产品质量确确实实比以前高出了一大截。这里需要特别说明的是，现在的很多设备，老板都会思考如何在原有设备上进行改良，要求工程师需要在哪方面进行优化等等。现在做二流体需要真空蚀刻技术，对于前几年的五株来说真空蚀刻还是个技术难点。生产时解决水渍效应，提升产品质量，在前两年真空蚀刻的基础上又增加了二流体的蚀刻，产品品质更加提升优化。

记者：企业生产机器从需要购买或者进口，到如今自己制造生产，为企业节省下了不少的费用，应该也是对企业起到了推波助澜的作用。

潘剑锋：刚刚讲了，五株能发展到今天这样的规模确实离不开老板对设备的钟爱。在做威力固这个品牌时，大概1999年的时候我就听他说过自己以后一定要做一个设备厂，而且厂名就叫威力固，和英文的very good（非常好）谐音，也象征工厂能够做得非常好非常棒。当时听着老板讲这个我觉得有点异想天开，感觉是不可能实现的事情，但是老板把理想变成了现实，这让人不得不服。按照公司的发展计划，就是要把整厂的设备向外推广市场。

记者：如何理解江西志浩的战略转移？

潘剑锋：五株最初从梅州起步，早期在深圳立足，后来是在东莞，现在又转向江西。深圳办厂的时候国家提倡环保，因此企业也会根据国家战略来估测发展方向，从而进行战略转移。为什么会去江西，有部分原因受大环境影响。这几年的产业转移我也参与其中，包括去现场考察场地等等。之前曾在安徽建一个厂，后来我们实地考察以后发现选址周围不适合建厂，就淘汰了这个方案。

相比之下江西志浩厂距离我们先前几个厂的距离较近，而且总共有近600亩地，规模非常宏大，有充足的发展空间；再有就是江西属于客家地区，文化底蕴基本相似。

记者：如何评价江西志浩厂？

潘剑锋：江西志浩是五株科技的巨型航母。目前来说在线路板自动化行业中，是非常节约人力资源的办厂模式，也就是达到了高度自动化、智能化水平。在江西志浩厂的建设中，老板提出"设备是第一员工"的构想，要舍得投入自动化设备，加上工艺流程优化，操作和现场工作人员的技术等因素，才能生产出高端的产品。

记者：你认识蔡志浩董事长的时间比五株的很多老员工都要早，并见证五株在他带领下不断发展壮大，在你的眼里他是一个什么样的人？

潘剑锋：我认为老板是非常有胆识有谋略的人，有胆识是因为他有丰富的历练，对行业前景的洞察力非常高，五株才能壮大。其实五株的成长也不是一帆风顺的，也经历过风风雨雨，做老板真辛苦。

第二件事就是购买雅新厂，老板顶着重重压力，破难攻坚最终演绎"蛇吞象"传奇。现在回想起来，五株发展的每一个阶段，老板的胆识和胆魄在其中起到决定性的作用，在爬坡越坎的发展道路上，作为掌门人，他肩上顶着巨大的压力，但是他总是能把这种压力转换成五株发展前进的巨大动力，让每一位五株人都能够跟着他一路走来，一路分享着五株发展的果实。所以我的内心和每一位五株人都一样，很佩服他也很感恩他。

宋胜：从车间工人到工厂总经理
——记江西志浩超洋公司总经理宋胜

说五株是一个培养人才的摇篮，一点都不夸张。在五株科技的一大批高管中，有相当一部分是从普普通通的员工开始一步步走上来的，他们有从外行到内行的，甚至成为专家级的人才。比如宋胜，这位80后的江西志浩超洋公司总经理，很多人也许想不到，他今天能够成为线路板行业药水化验和检测方面的专家，当年也是从零开始，仅凭对化学的兴趣就走上了和五株共同发展的道路。

坐在记者面前的宋胜，很阳光也很健谈。说他很年轻，不假；说他资格很老，也不假。宋胜1998年9月23日进入当时在五里亭的五株厂，可以说是五株的第一批员工。进厂至今21年来，宋胜一直选择服务五株奉献五株，不离不弃。

半路出家当"专家"

宋胜1998年到五株工厂后，当时的现实很残酷，厂里只有一个化验室和一名化验员，化验员的工作就是把整个工厂线路板生产中的所有药水按照它的分析频率进行一些简单的化学分析。宋胜是半路出家，虽然是中专毕业，但这方面的实践经验一点都没有，有的只是对化学方面的兴趣。当时进入五株有两个部门让他选择，一个是工程部，还有一个就是化验室，凭借当时的兴趣宋胜选择进了化验室。让他没想到的是，师傅在教了他十几天后就离职了，变成由他独自一人对工厂的药水进行实验分析，主要工作是化验一些金属含量和硫酸含量等简单的无机分析。对宋胜来说，那真是赶鸭子上架，不行也得行。1999年6月他被调到生产岗位做领班，蔡志浩董事长感觉宋胜这个年轻人头脑灵活工作扎实，在2001年6月又把他调到深圳五株，因为当时董事长高薪聘请了数字编码厂的两个退休师傅，于是让宋胜去跟进学习做药水。这个转变，等于把他从化验员转到了生产线。宋胜感言，非常感谢那个时候董事长提供的学习机会，才让他有一个难得的机会跟老师傅学习化验药水这一门技术，为日后的发展积累了宝贵的经验。宋胜在后面几年先后到各个岗位上锻炼，还做过电镀主管。2003年他23岁，由于董事长对宋胜的看好并加以培养，让他担任了生产计划部经理，手下管理着两三百号人，可谓春风得意马蹄疾。一直到2004年6月，因为家里的一些变故和内心情绪的变化，宋胜觉得要不断胜任企业的发展，自己的知识还存在一定的瓶颈。为此，他的内心萌生了想充电学习的想法。他的想法得到了董事长的支持，那年他回到梅州再次进行充电，提升自己的学历，报读了工厂管理专业本科课程。2004年7月到2005年期间，跟五株请了假就一直在啃书本，学习的过程让宋胜找到了自己的差距，也充实了自己壮大了自己。由于工厂需要，2005年年初宋胜提前结束假期回到五株，一边工作一边进修直到最后拿到了本科学历，圆满完成了自己的充电过程。

学成归来起"化学变化"

宋胜回到梅州五株工艺部当了半年的工艺部部长，由于以前的药水配置部门太单一，而且资源回收项目出现一些情况，行内人都知道，药水在线路板生产过程中的重要性相当于汽车的发动机油。董事长慎重考虑后，在企业内部成立了药水部，口头称作"化工厂"（现在的江西志浩超洋公司前身），让宋胜在药水部主抓药水的研发和生产。让人欣喜的是，如今除非是客户指定的药水，其他八九成都是使用自己生产的药水，这在业内堪称一个奇迹。宋胜笑着调侃道，如果没有那段学习和沉淀，估计自己很难在后来的工作中起"化学变化"。之前这个行业所用的药水几乎都是进口的，现在五株自己旗下的公司就能生产了，江西志浩

宋胜（中）在指导工作

的超洋公司，在董事长眼里就是要自力更生"超过洋人"的意思，这可以说是一位企业家的民族情怀。

如今，江西志浩超洋公司生产的药水，不仅可以供自己企业内部使用，还部分对外销售，如此一来，又节省了一大笔费用，直接给公司降低百分之二三十的成本；同时，节省下的成本可以加大科研投入，创造更好的配方技术。当记者问到为什么一定要自己生产药水时，宋胜介绍说，线路板制作过程中所需药水量大，所以做药水这一块是很值得自己去做的，而五株能实现这一点是一件很了不起的事，这跟董事长的决策密不可分；加上董事长的支持力度很大，同时宋胜和他的团队也比较争气，目前江西志浩超洋公司是药水的主要生产基地，工厂聘用了高端的技术人员和管理专家，团队成员几乎都是化学本科毕业，这是一个很大的人才投入，也是一个很值得的投入，因为药水这一行业的发展势头相当可观。宋胜接着说，五株在15年前就能自己研发生产药水，足可以证明董事长的眼光是相当超前的。随着线路板行业的发展，包括很多的这方面的上市公司，都意识到了自己生产药水的重要性，而五株在这一行业已经比别人快了一大步。

2020年6月中旬，记者专门来到江西志浩超洋公司参观，在宋胜的引领下，参观了科研大楼和生产车间，所到之处，一切都井井有条，从环境卫生到安全措施都做得细致入微，记者走进生产车间，闻不到一点化学品的味道，由此可见，宋胜对工厂管理措施执行很到位，这让记者对这位80后总经理所展现的担当暗自叫好。

年轻的老员工有话说

谈到自己在五株21年的工作经历，宋胜感觉自己有很多话想说。就现在的员工问题，他和记者做了深入的交流。宋胜认为，现在的工人和以前的工人有很大的不同，就社会背景来说，他们那一代的员工思想比较简单，一方面是为了打工，另一个是因为还有家庭的重担；现在的员工更多抱着一种实习的心态来工作，比较看重保障和福利。以前的员工不工作的话就没饭吃，有些甚至中午也不休息一直在工作；现在的员工知识文化水平高一点。以前的员工知识比较老套，但是心态要好一点；现在的员工承受力没有以前的员工强，责任意识也没有以前的员工好，但思维活跃开创性要强。所以在一个企业内一定要善于区分员工的特点，结合他们的实际能力，发挥他们的特长，让他们安心工作，这一点很重要。

关于如何让新员工尽快拥有老员工的品质，宋胜也颇有心得。他认为，员工也要分为几种，第一种是专家级员工，他们的年纪要大些，我们首先要尊重他们，在尊重中请教，谦虚地向他们学习，希望他们将丰富的经验和技术传授下来。第二种是新生代的技术型员工和劳力型员工，就劳力型员工来说，我们尽量满足他们的需求，有好的待遇可以让他们工作得更加认真卖力；对于技术型的员工，我们会给他们一个平台和目标，因为现在我们只用工资是远远不能吸引这些人才的，我们只有给他一个目标，比如说你学到了这个你能做好什么，你的目标在哪方面，当他达到这个目标的时候就会有成就感，进而能激励他的工作热情，为企业创造更大的价值。宋胜这一番对员工的深刻见解，让记者十分佩服。

当记者笑着问宋胜，这么多年来，你觉得自己最大的变化是什么？宋胜同样笑着回应：我现在看以前的自己，就像看一把很钝的只会砍木头的刀，现在感觉自己已经变成了一把能雕花的刀了，是一个从"拙"到"巧"的过程，不过与公司其他专业技术人员和董事长的要求对比，自己还有一定的差距。承蒙董事长和老板娘一直以来的教导和帮助，加上在老板身边工作时经常受到老板的言传身教和不断鞭策，让我得以成长。我们五株从一个小小的猪圈工厂到今天的明星企业，在同行业里比较，有如此之大发展空间的企业真是少之又少。按现在的角度看我并没有成功，我现在说成功是不对的，因为我的事业发展空间还很大，追梦的路上还要走很远，只能说取得了阶段性成功。最重要的是，我们要学习董事长对事业的执着之心，一心一意，一如既往，一干到底。

结束了对宋胜的采访，记者内心很不平静，心里生出一个感悟：五株这个平台对人才的培养，不仅仅是对人才事业上的打造，也是对人才品格灵魂的再造。

魏庆梅：五株创业之初的"左膀右臂"
——"老五株人"魏庆梅访谈

我们站在今天看五株，在它二十多年充满艰辛的发展道路上，总会有一些让我们感动和敬佩的五株人，伴随着无株的成长和壮大。他们有些人虽然因为各种原因离开了五株，但那定格在五株光荣榜上的记录，总会让我们由衷地对他们表达一种敬意。俗话说，一个好汉三个帮。今天这里要讲述的，就是蔡志浩董事长创业之初的"左膀右臂"，被五株人笑称为"四大金刚"之一的魏庆梅。为了见到这位五株人眼中的"四大金刚"之"二号人物"，在记者的工作室，我和魏庆梅有了一次愉悦的交流。

记者：你作为董事长创业之初的"左膀右臂"，大家还说你是五株"四大金刚"之"二号人物"，对此你是怎么认为的？然后讲讲其中的缘由。

魏庆梅：（听到记者的这个问题，魏庆梅仰头哈哈大笑起来，连连摆手说过奖过奖。）

魏庆梅（左）与蔡志浩当年的合影

现在再说就是讲故事了。他们所说的"四大金刚",其实是一个溢美之词,就是老板刚开始办企业的时候,除了我还有两位在他身边工作的骨干,另两位是吴腾奋和黄端吉。当时我在梅县嘉宝线路板厂(1988年成立)做管理人员,而当时我们是同一间工厂,当时的蔡董是在一个电工的岗位上。1991年的时候蔡董被安排去当业务员,我也离开了嘉宝厂,出来和朋友一起合作做一些生意。后来蔡董也因为嘉宝厂的经营状况不佳而离开了。

到1992年年底,蔡董有了一些想法,他第一个找到我,跟我说想自己开厂,希望我能够加盟帮助他,因为心中有一份感情,我当即表示没有问题,并表示只要他把工厂搞起来,我就会全力以赴去帮助他。当时的蔡董积累了一定的市场经验,对于工厂管理和生产以及设备方面是不太了解的,但是在我答应了他之后,他就把工厂所需的几个大设备订下来了。到1993年年初就开始策划车间如何布置等等,同时也让我去帮他检查设备,当时我去了之后发现设备非常少,场地也非常局限,除了蚀刻机,连试用金、网框等生产线的必备基础材料都没有,生产线非常简陋。尽管如此,工厂还是上马了。在之后的生产中我陆陆续续补充了许多设备,并且都拿回来自己组装和搭线。当时的工人只有十几二十个,所以也经常需要我亲自到生产线去帮忙干活,也接到一些订单,每天早上我都会比规定上班时间提前半小时来到厂里,将如何下单、如何操作等等程序再跟员工们交代一遍,基本上每天到晚上9点半才下班回家。那时候领到的工资是每月400元,对于当时来说也是一笔不菲的收入。

记者:能讲讲你当时跟随蔡志浩董事长创业的一些情况吗?

魏庆梅:(顿了下,稍作思索)应该讲蔡董那个时候年轻,加上办工厂压力大,脾气也不太好。可以说,从1993年到2002年这10年时间,无论是合作伙伴还是员工,全厂除了我几乎没有人没被他骂过(说到这儿,魏庆梅笑出了声),不过我也没有刻意去避免他的骂,这是因为我很尊重他,他也很尊重我,我也很了解他的内心和工作的想法。当时处在工厂危机的几个节点我也帮他想了许多解决方案。比如1994年年初的时候,他跟我说希望我帮他到深圳跑跑市场,因为他知道我白话和潮州话都会讲,和各种客户沟通起来比较方便,同时我也有一定阅历，沟通能力还可以。当时我听完心里的顾虑是很大的，因为如果要我出来跑市场的话，我担心工厂的生产该谁来管理，但他说没关系，可以用电话和其他途径实时沟通，最后我也答应了。来到深圳后，当时工作的地方距离客户商谈地点普遍都有一两个小时路程，每天都是坐着行驶在泥泞路上的车来回往返，很辛苦又浪费时间。后来我觉得长期这样下去不行，于是我对蔡董说，这样谈业务效率太低了，人也非常折腾，休息时间非常少。蔡董听从了我的建议，马上答应并且在两三天之内就找好新的办事处，使得业务商洽变得方便了，订单数量也明显上升了。

因为梅州当时工厂做的主要是单面板，量上去很容易，但是我又和蔡董提了一个建议，我说我们的工厂还是太小了，要是不再增加几台大机器设备，这么多订单到时候出货就会很困难，老板考虑后也同意了，我记得那天连夜坐车去潮州选设备，我刚谈完两台设备以后同一时间也有竞争者过去谈设备，就快一步，那两台设备还是被我抢先拿了下来，这两台设备对当时的生产起到至关重要的作用。还有一件事，在2004年的时候我对蔡董说，今年的产值尽力做到1000万，他听后很惊讶，但是我觉得我有信心，到了年末产值居然高达1200万，对于梅州五株这个1993年建厂1994年运营的新厂来说，已经是一个非常高的产值了。那年蔡董奖励他自己和我，各添置了一部价值两万元的"大哥大"，还买了一辆十几万的公司配车和一辆二手面包车，在当时风光了一把。（说完魏庆梅又是一阵开心的朗笑）

记者：创业肯定很难一帆风顺，能否讲一讲当时遇到的一些让你至今记忆深刻的坎儿？

魏庆梅：（喝了口水，整理了一下思路，用平淡的语气讲述）在我看来，有一个难关出现在1994年到1995年之间，当时这一行普遍在做电脑学习机，但赚不到什么钱。我开市场业务会的时候，提醒大家现在做业务需要谨慎些，我们的材料所搭配的产品已经不像1994年年初那样炙手可热了，因此我提议我们的产品要转型。事实证明，到1994年七八月份的时候，因原材料商不断催债，好多厂都因为欠钱倒下了，而因为我提出的转型以及我及时联系供应商进行以货抵款的方式，将那些做好了货因订货方没钱收购的产品给了供应商，缓解了资金周转压力，使得我们的厂幸免了这个风险，有惊无险。要是当时没有处理好这个危机，那么对1996年我们厂上双面板以及之后的运营都会受到很大的打击。我跟随蔡董的那些年，一直担任副总的身份没有变。

记者：除了上面讲的那个坎儿让你难忘，你和老板交往的过程中有没有比较难忘的事？

魏庆梅：有的。我记得有一件事我们两个闹了些不愉快，我觉得说出来写到书里也不是什么坏事（浅笑了下）。1999年深圳刚开厂，蔡董自己去订了一些设备，因为当时钱不是很多，他就找到一个刚制造设备不久的商家来订购，订的时候蔡董也叫我一起去看了设备，但是我到现场看了以后发现设备不是很理想，而且还和商家在交流上发生了一些不愉快。商家在听完我的看法后表示我的眼光过于挑剔，但是我随后立刻反问商家，我购置的这些设备，是你用还是我用？如果是我用，那么我是最有发言权的。后续我也和蔡董说，我对这批他看好的设备是不满意的，不能下单，但是蔡董在这件事上没有听我的建议，还是执意下了单，还为此生了我的气。结果设备送过来运行的时候，效果确实不好，后来这批也被废弃了，还打了几场官司使得两败俱伤，最后这件事不了了之，而我们公司也白白损失了一笔钱。

跟随老板这么久，一步步走来，从小到大，很不容易。我认为蔡董能够取得今天巨大的成功，是因为他有足够的胆识，他非常善于从失败中寻找经验，而且不怕失败。最让我感到佩服的就是他做到了从一开始的向供应商订购设备到后来发展为自己可以做设备，这点非常了不起。虽然在设备这方面他也是吃了很多亏的，也因为经验不足赔了不少钱。比如当时深圳双面板刚上线的时候，他就和我说他想要订购自动生产线，我说好，当时他就叫了一家公司来报价和出图纸，我记得当时那家公司报的价是400万，但是蔡董去询问番禺另一家公司的时候给出的报价只有300万，蔡董一听到报价整整少了100万就马上答应了和番禺这家公司合作，还有当时只是看图纸没有去实地考察，而图纸中设备和实际运用效果有一些是有漏洞的，结果在工厂实际运用的时候做的板并不符合标准，用了不久后魏庆梅：五株创业之初的"左膀右臂"

这批设备也被废弃了。这几次在设备上吃的亏也使得他开始思考要如何处理设备这类问题，也加深了他对设备的了解，也为他后来自己创办威力固设备厂埋下了伏笔。

记者：蔡董信任你，你为什么会离开五株？是什么原因？

魏庆梅：（轻叹了一下）那是在2002年2月份，因为一些工厂内部的事情，可能当时蔡董没有全面了解情况，就对我说：老魏，你不能每次都以权压人。我当时听了心里特别不舒服，因为当时我对工厂真的是尽心尽力，而且参与了很多工作，说实话心里是挺委屈的。所以我就找了一个理由离开了五株。我当时出来也是继续在其他厂做电路板，做市场做管理。后来老板也没有再叫我回去，但是好朋友关系还是一直保持了下来，并且他还会时不时让我给他提一些建议。有次他在闲谈中表示自己的儿子接管公司后有些地方做得还不够成熟，这个时候我就和他说，不能把自己的观点和态度强加在年轻一代人身上，要看到他特别的品质和长处，不能总是看到他的短处。很多人对小蔡总的评价是不错的，也要和同龄人进行比较，他最终表示认可。

应该说，当年蔡董的脾气很强势，有时也很固执，现在他的脾气比之前要温和多了。我虽然没有在五株上班了，但我们现在还会抽空聚一聚，叙叙旧情，他也经常会叫我去办公室喝茶闲谈，甚至去年还想让我回到江西志浩当高管，我也以年纪大而拒绝了，但是他之前开办的东莞五株等工厂我都亲自去看过了，内心非常感叹，当时小小的工厂变成如今这样大规模的生产线，成为行业标杆企业，一句话，我还是打心眼里佩服他，这是我的心里话。

王富纬：没想到梅州的腌面如此好吃
——江西志浩二厂总经理、台籍专家王富纬访谈

在采访王富纬之前，就听说江西志浩新厂来了一位台籍线路板行业的知名专家。于是，对王富纬的采访，让记者充满了期待，在梅州五株厂宽敞的接待室，见到专门从江西志浩驱车前来的王富纬。他的彬彬有礼，他的坦率善谈，以及他对线路板行业的资深认知都给记者留下了深刻的印象。

记者：你是台湾人，在五株工作这份缘分来自哪里？

王富纬：我老家是台北的，有四分之一的客家血统，在线路板行业，我可以说是位"老将"，从业25年。以前在台湾新兴等厂一直做低级板，2011年来到祖国大陆进入秦皇岛那边的富士康上班，2015年后在一些内地线路板大厂工作，2020年5月18日经人推荐加入江西志浩团队，目的是希望能辅导几家内地线路板大厂产品走向高级板。虽然说我在线路板行业从业时间很久，但在五株我却是新人。（说到这里，王富纬浅笑了一下，满脸都是憨厚的表情。）

记者：你从台湾来到祖国大陆，生活习惯吗？

王富纬：我很早以前就来了大陆，习惯。

记者：当时经人介绍的时候，你对五株的品牌了解吗？

王富纬：通过外界有一些了解，知道蔡董事长是一个全心全意投入PCB事业的老板。经过后来的接触，感触更深，一位了不起的企业家才能够造就一个了

王富纬（中）在指导工作

不起的企业。很荣幸得到董事长的赏识，现在我担任江西志浩HDI事业部总经理（即二厂）。

记者：江西志浩所处的龙南县跟秦皇岛比较，环境悬殊，那你过来以后会感觉失落吗？

王富纬：不会。就是江西龙南的饮食偏辣（直了直身子，笑了几下）。梅州这边的好吃，特别是腌面，吃起来很有饱足感，很带劲，我超喜欢。在台北我就很喜欢吃面食，没想到梅州的腌面如此好吃。

记者：台湾的面食怎么做？

王富纬：台湾的不叫腌面叫干面，吃起来跟现在梅州的腌面差不多，面条可能还没有梅州这么好吃，但是很类似。从这里体现出了一种文化的一脉相承，所以梅州的腌面吃起来有种家乡的味道。台湾跟大陆两岸都是中国人，同根同祖，不容置疑。（对王富纬如此坦诚的表白，记者很是感动，内心油然生起对他的敬意，作为台胞，他有一颗真正的中国心。）

记者：您的祖籍在哪里？您成家了吗？

王富纬：我的祖籍在福建漳州。说起来有点不好意思，到现在还是单身。因为我有一个毛病，就是工作时比较投入，很少聊QQ或者聊微信，如果在开会或者工作的时候有女孩子发信息来说"你吃饭没呀"之类的，我会觉得很不耐烦，没有这个耐心。可以说，在事业上的投入远比感情上的投入专注。老板和同事也会关心我感情上的事情，问我想找个怎样的对象，我说其实也不难，就是善解人意，其实这也是最难的。(说完这句话，王富纬自己也笑了。)

记者：梅州女孩子挺好的，如果你是在五株工作，还是可以留意一下。客家女孩子都是勤俭持家的。(记者随即为客家女孩打了一次广告。)

王富纬：在台湾的客家人很多是闽南人，台湾的文化和地域跟客家是最近的。我的家族里，爷爷是闽南人，奶奶是客家人。我发现客家人勤劳朴实，闽南人也是，做事很认真很投入，我受家里人先天的影响，在我身上，闽南人志在四方的性格比较明显。台湾客家人多，很多客家习俗和人文底蕴都和客家很相似。虽然我初到梅州不久，但是我可以感受到梅州客家妹很优秀，秀外慧中，能否心想事成，看缘分吧。(说完，王富纬显得有些不好意思。)

记者：你过来五株不久，是怎么融进这个大家庭的？

王富纬：首先要感谢蔡董事长的包容。他担心我过来会不习惯，所以他特别关心包容我；第二感受最深的是蔡董事长全心全意对我的指导，弥补了我在管理上的很多短板，董事长可以说是线路板行业很优秀的老师。

富士康是一个很讲企业文化的公司，郭台铭老板和蔡董事长的思维在某些方面是很重叠很相近的。第一个共性是对工作的认真，董事长从周一到周日，甚至国庆等法定假期，都是无休的，富士康的郭总裁工作时也是很拼，他们身上都有一种让人敬仰的事业情怀；第二个共性是有雄心壮志，有要成为世界第一的激情，永远都充满斗志昂扬的干劲；第三个共性是对人才的渴求，都是敢大胆用人敢放权，但是也很注重工作细节和结果。(以上是个人的观点，王富纬特意强调了一下。)

记者：你到五株后主要做了哪些工作？

王富纬：过来五株一开始我担任技术副总，对工厂边看边了解，解决了几个技术上的问题。江西志浩是我工作的第三家陆企，是真正有机会可以跟台资那些一线的高级厂比拼的，包括设备的配置、独特的自动化管理，这个不只是理念，还有实际上的布局。

过来几个月，主要是跟董事长互动，吸取老板的思维理念，把老板的灵魂注入工厂，让每个人都有向心力，跟组建好的一线团队对标。如老板所说，江西志浩就像看一部电影，一开始是杂乱无章的，没有灵魂，一步一步走来，现在步伐越来越清晰，看得到希望看得到前景。

记者：你个人的梦想是什么？你想协助江西志浩这个企业做到什么样的程度？

王富纬：我算比较幸运的，几份工作都有跟老板当面汇报的机会，接触不同的企业家。所以，对于自己个人的打算比较平常心，来到五株，我希望能全力协助老板，创立一个真正含金量比较高的民族品牌。我也给了董事长一个承诺，要把江西志浩厂真正做好！不仅是营业额，还有产品的定位和品质，打开这扇对接世界的大门。工厂把效益最大化，不可能只是靠省，最主要的还是靠产品的转型，除了开源节流，还要把产品的含金量做到最高。

记者：你跟董事长的互动多吗？

王富纬：说句心里话，在以前的企业工作，跟老板不会互动这么频繁，也会比较严肃，一般都是只汇报基本的工作。但是跟蔡董事长不一样，他给了我很多指导，对我工作上有很大的帮助，有时候是手把手地教，让我知道有时候工作不能硬碰硬，要讲究方法，老板的眼界是比较高比较宽的，帮助我突破了工作上一些没有注意到的盲点。这一点让我的内心一方面很感动，一方面很佩服。

总体说来，感觉跟董事长交谈没有很大的压力，因为他像一个长者般跟我互动。他用一颗很热切而且真挚的心在教我，让我工作上不会多走弯路，可以说自己出来工作那么多年，蔡董事长是第一个也是唯一一个这样全心全意教我的人，我认为他更像一个教练，是一个总工程师，能让我看到自己的盲区，甚至有时会提醒我，工作时下一步要怎样思考，要朝着怎样的方向发展。当然，老板这些经验也是他长期从业的一些心得和积淀。

记者：跟老板相处时有没有特别感动的事？

王富纬：感动的事情很多。最让我感动的是：我也是一个会犯错误的人，但是董事长观察入微，知道我犯错误后面对他时压力会很大，他反而会拉着我的手说话鼓励我，跟老板合作应该是很愉快的⋯⋯这些都让我有很多的触动。说实话，在工厂不辛苦不累是假的，尤其是在江西人生地不熟，很多东西必须自己去承受，虽然有台湾老乡，但是所处的位置不一样，就没办法像跟老板一样接触，毕竟我是直接的负责人，很多时候要去承接老板的理念，中间的过程有很多困难和瓶颈。有些时候董事长能够察觉到我好像有点扛不住了，他就会适时伸出那双手，给我温暖和力量，让我觉得又可以继续扛下去。（说完这些，王富纬的眼睛里充满感恩。）

记者：来五株几个月后，你觉得自己进入工作状态了吗？

王富纬：完全进入了。我是属于比较爱操心的人，现在带的这个团队要把老板的要求和公司进行对标，在变成一种常态化习惯过程中，所以我更不能放松，要把老板要求的思维、理念认真消化，然后系统化进行沉淀，达到长治久安。

记者：你家在台湾，出来闯荡家里人都支持吗？

王富纬：家里人都很支持我的工作。我们家的孩子都比较独立自主，凡出门都会跟家里报平安。两年前回过一次家。董事长在生活上对我也很照顾。俗话说在世谁非客，还家即是乡。在五株工作，我感觉很舒心，也很安心。五株是个大家庭，我感觉很温暖，因为这个温暖的大家庭有董事长这个大家长。

记者对王富纬的采访在愉悦中结束，临走时，他几次向记者鞠躬表示感谢，谦逊而真诚。握着他有力的大手，记者祝福他在五株的工作生活开心如意。

梁秀平："嫁"给五株终身无悔
——记梅州志浩二厂副厂长梁秀平

"真的没想到董事长会提名我增补为《追梦》一书的采访对象，感恩董事长给我这个特别的福利。"当梅州志浩二厂副厂长梁秀平接到记者的预约采访电话时，她溢于言表地激动，跟记者道出了她的心声。在记者的工作室，作风泼辣、性格耿直的梁秀平讲述了她二十年如一日选择五株服务五株，择一事终一生的职业情怀。

一次点名一生难忘

梁秀平是地道的客家妹子，老家在梅县程江，2000年毕业于梅州市工业学校。当时的情况是，毕业就意味着失业，后经熟人介绍，并写了介绍信，梁秀平才进入当时位于五里亭的五洲电路板厂。这是梁秀平的第一份工作，时至今日，也是她的唯一一份工作。梁秀平怀揣着刚踏入社会找到工作的最初梦想来到五洲，但当时五洲简陋的工厂环境还是让她感到不小的失落。因为其时这个猪圈里建起的线路板小作坊，每逢下雨天，工厂外下大雨，室内就下小雨，工作环境之艰辛可想而知，但是当时梁秀平毕竟年轻，经过短时间的适应后，很快就投入到工作状态中。梁秀平介绍说，她进入工厂第一个岗位是在绿油房当质检员，两个班组有20多人，大部分都是年轻人，大家相处得很和谐，工作上有商有量，虽然绿油房的味道重了些，但是大家还是很享受这种简单快乐的工作氛围，而忽略了环境的影响。时间来到2003年，董事长买下当时的港龙制衣厂开办了梅州五株厂，梁秀平作为"子弟兵"，继续追随五株前进的脚步，而那几年她在工作上的踏实和努力也给蔡志浩董事长留下了很好的印象。随着新厂的建成，她的工作也从原来的绿油房质检员调整为计划部主管，这个岗位让梁秀平对线路板的整个生产流程有了更为全面清晰的认识，职务的冒尖，加上能力的提升，也让她在工作上展示出女性更为泼辣的一面。梁秀平在计划部这个岗位上历练了十年之久，从计划部主管到计划部副经理再到经理。她坦言，十年间，可以说计划部这一块的工作非常劳累，但也很充实。工作的劳累体现在要操心的事情挺多，从人员、物料、设备到产品的进度等等，每一个环节都要去协调沟通和处理。

2005年，也就是梁秀平在任计划部主管的那段时间，虽然她很努力，但工作中的协调和管理仍然离自己想象的还有一定差距。因为当时工厂出现了交货不准时的情况，受到了不少客户的投诉，这个情况也传到了董事长的耳朵里。梁秀平没想到的是，董事长在一次工厂主管以上的会议中，竟然公开点了她的名，并进行了严肃批评。梁秀平清楚地记得当时董事长点名批评她的情形，董事长说："梁秀平，一个人的名字不是随便签的，当你签下自己名字的时候，就要对自己的行为负责，如果签了名，你做不到，那你就是一个没有诚信的人……"坐在台下的梁秀平，羞愧难当，恨不得找个地洞钻进去。梁秀平坦言自己是个自尊心很强的人，她从读书开始都没有被老师点过名，却因工作上的事情被董事长在大会上点名，确实让她一时难以接受。虽然她当时也觉得自己有委屈，因为造成交货不准时的情况，不是她一个人的责任，但转念一想，自己是这个岗位的主管，自己签了名，承诺了就要负责。后来她慢慢想通了，也逐渐把工作干劲提了起来，围绕着董事长提出的"做人负责，做事用心"的五株企业精神，也一直把这句话当作一直悬挂于心头的一面镜子，时刻警醒自己，反躬自己的言行，知耻而后勇。用这句话武装后的梁秀平逐渐养成了一个习惯，凡事都用心尽职去做，如果当天没做好的事，她绝不会轻易下班。

梁秀平（右二）
在指导工作

用行动证明一切

2018年9月，深秀平再次获得重用。在那个收获的季节，她被提拔为梅州志浩二厂副厂长。虽然职务晋升了，但她没有忘记自己普通员工的本色，在管理下属的时候，她最喜欢拿到嘴边的话就是：做一件事情就要用心用力去做，如果你做不到，那么我带着你做，你跟着我做，直到把这件事情做成。工作作风泼辣雷厉风行的梁秀平给同事们留下了深刻的印象，大家评价她是一个特别讲原则的人。梁秀平认为，一个企业管理人员必须思想和董事长高度对标，要忠实贯彻董事长的意图。在实际的管理工作中，虽然自己是女性，但自己也会采用"软硬兼施"的管理方法，先用女性柔和的一面，如果不行，再用行政指令去推动执行。梁秀平在回答记者女性管理人员会不会成为工作中的短板时，她哈哈大笑，回应道：不仅不是短板，而且还可以成为管理上的优势，总之，黑脸要唱白脸也要唱，目的就是把工作做好。熟悉梁秀平的同事都很佩服她，虽然她身为企业高管，但在生产现场，连最简单的粗活她都和基层员工一块干，丝毫没有觉得自己是领导干部的架子，比如她经常和普通员工一起大汗淋漓地抱着几十块板材进进出出车间。记者笑问她三四十块的板材有多重时，梁秀平显得有些不好意思，朗笑了下说：不重，也就五六十斤。她话语一出把记者吓了一跳，记者细心打量了一下梁秀平，虽然她长得也高大，很结实，但毕竟是女性，看着记者诧异的眼光，她表情轻松地说，自己是农村长大的孩子，从小干农活干多了，所以有一个棒棒的身体，因此也比一般的女孩子力气大。当问及梁秀平为何如此"接地气"时，她的回答简单明了：在工作中既然要求下属这样做，那自己就要做出榜样。既然我能做，他们就没有理由做不到，所以一定会跟着自己做，这就是用行动证明一切，用行动带动行动。说得好也做得好！记者不禁在心中暗暗为梁秀平点赞，梁秀平不愧为五株的又一朵铿锵玫瑰。

想对孩子说声对不起

梁秀平告诉记者，她的丈夫也在五株工作，在更基层的岗位，所以她工作忙碌的情况，她丈夫是非常理解支持的。他们有一个上高中的女儿，今年已经16岁了。说到小孩梁秀平眼圈略微发红，动情地说：因为平时工作很忙，根本没有固定的节假日，所以女儿的童年，他们做父母的基本上没有参与，也不可能像其他的父母一样带着自己的孩子去游玩，对于这一点，他们夫妇内心都非常愧疚，很想对女儿说声"对不起"。女儿生气的时候也会气冲冲地对他们说："你们只知道工作，心里根本没有我。"这句话像钉子一样钉在她的心坎上，那种痛，总是让她彻夜难眠。这个时候，她会强制自己平静下来给孩子更多的抚慰，尽量抽时间给孩子更多的陪伴。逐渐懂事的孩子也渐渐理解了父母的含辛茹苦和为了工作舍小家顾大家的情怀。当记者问梁秀平职务比丈夫高，家庭会不会不和谐时，梁秀平怔了一下大笑着回应：这倒不会，有的就是自己职业病严重，回到家里，有时嗓门会大一些，会以工厂里管理下属的语气对丈夫说话。每每此时，她的丈夫和孩子总是会委婉地提醒她：梁厂长，这里不是工厂，这里是家，请转换一下角色……

"嫁"给五株终身无悔

对梁秀平来说，她自2000年踏出校门进入五株，这份工作坚守20年不离不弃。当问及其中的缘由时，梁秀平真诚地说："这好比像嫁老公，嫁了老公就要一心一意对他好，我选择五株同样是这个理由，'嫁'给五株终身无悔。"梁秀平还补充说，有两件事情是她终身选择留在五株的重要原因。第一件事是2004年，她父亲去世，让他们全家没想到的是，当时公司派专人上门慰问并送了花圈，这件事感动了所有家人。因为那时她只不过是个基层管理人员，但公司的做法让人感到充满浓浓的人文关怀和人情味。另外一件事就是2007年，那时她被派到深圳黄田厂做短期支援，也就在那个时候，家里发生了一些急事要她回去处理。董事长夫人张晓华女士知情后，一边安慰她催促她早点回去处理家务事，并拿出1000元给她备用，这让当时孤独无援的梁秀平大为感动。她心想，一个企业的老板娘都能如此关怀员工，她没有理由选择离开这样一个温暖的大家庭。

择一业终一生，是梁秀平选择服务五株的信条。每天她在工厂忙得像陀螺一样，有时晚上十一二点才从工厂下班，回到家里洗漱完毕倒头就睡，但身居管理者的职责，让她无法熟睡。每天睡到凌晨三四点就会自然醒来，醒来后还经常打电话发短信给值夜班的管理人员，询问工厂的交货情况，同事们有时都会笑她是不用睡觉的"梁铁人"。付出总会有回报，2020年新冠肺炎疫情期间，企业受到的冲击可想而知，但梁秀平所在的梅州志浩厂，除2月份疫情最严重的时候略有亏损外，从3月份到8月份业绩实现逆势上扬，每个月的利润都达到上千万！单月产值从5000多万做到8000多万，书写了五株人的有为担当，展现了梁秀平和她的团队全情参与，面对困难，共克时艰，共同创造出的又一个奇迹。

陈诚：激情有多大潜能就有多大
——东莞五株软板事业部制造副总陈诚访谈

采访东莞五株软板事业部制造副总陈诚，是电话连线进行的。虽然未曾谋面，但记者对陈诚一个多小时的电话采访中，依然能感受到他在五株工作的那份热情以及他充满真情的讲述。由此记者也强烈感受到，一个有磁场的企业，它所凝聚的人才力量是不可限量的。下面是记者采访陈诚的实录。

记者： 陈总你好，请你描述一下自己的工作经历，在五株前从事的是什么行业，什么时候加入的五株？

陈诚： 我是1979年生，老家在江苏连云港，1999年毕业于石家庄铁道大学，学的是交通土建专业，就是专门做铁路建设那块的。在做PCB行业之前，我被分配在铁道部，就是现在的中铁局。我1999年至2001年在铁道部（中铁十四局），2001年到2012年在台湾欣兴集团（Unimicron）从事PCB行业，2016年3月加入了五株。

记者： 为何兜兜转转还是选择民营企业呢？

陈诚： 很多时候也是偶然机遇。恰逢2016年的时候五株正在大力招聘人才，经朋友介绍加入了东莞五株，先后担任工程总监、工艺总监和品质总监，然后在三月之前转战PCB的制造副总。

记者： 对于当时在铁道部拥有"铁饭碗"的你来说，转战PCB行业，相当于

"下海"了，你当时是怎么想的？

陈诚：体制内"铁饭碗"的工作环境对我们年轻人来说，不适合自己个人的发展。我的性格属于开拓型的，体制内的环境比较僵化，相当于熬年头耗时间，基本上是模式化的，这对于性格特点属于开拓型且是创造型的自己来说，长期下去就会把自己的想法、创造力消磨掉，所以当时想到了走出去。

记者：从铁道部到民营企业一路走来，现在回头看你觉得自己走得对不对呢？对的话有什么理由说服自己？

陈诚：我觉得肯定是对的（电话那头传来了轻松的笑声），首先是个人能力的提升、专业知识的提升，在体制内可能就是按部就班的工作，而在台资企业或民营企业的发展就是靠个人的努力；第二个是职场晋升的机会，在台资企业或民营企业竞争的机会是很多的；第三个是压力部分，实际上台资企业或民营企业比体制内压力大得多，从个人发展来看的话，是机会和挑战共存的，想要开拓的话，就是要承受大的压力。说到底，我不喜欢按部就班熬时间熬精力混日子的工作，觉得没意思，特别是自己是学技术这一块的。

记者：你2016年进入五株至今也有四五个年头了，你觉得跟其他民企PCB企业相比，五株的特点、优势，吸引你的地方在哪里？

陈诚：其实刚进五株的时候体会没有那么深，但来到这里三个月到半年后慢慢地对五株的看法完全不一样了。尤其是董事长提出的八个字"激情无限，潜能无限"，我是真正把这几个字看进去了，我也真正把《激情无限，潜能无限》这本书好好地看了一遍。

记者：你是怎么理解董事长的"激情无限，潜能无限"理念的呢？

陈诚：我的理解是，实际上就是要敢去想敢去做，就能达到。回想自己的过去，对生活、工作的要求有没有激情对未来做一个展望，然后激发自己的潜能有多少。其实不要太相信"目前这个我做不到"，对未来有期望就能做到。一个人的激情有多大，可能就会影响他的潜能发挥到什么样的程度。比如自己在铁道部体制内的时候，就是怀揣年轻时的一种理想、一份激情跑出来的，然后发现自己原来很多东西也是可以做的。我遇到的第一个难关就是专业不同，跟PCB根本不沾边儿，但我怀着这份激情去学习，最终在这个行业做通了，很多人学了这个专业都没有做得比我好（轻松笑了几声）。为什么我会仔仔细细地读董事长的书，就是因为这本书里写的跟我之前的经历是相关联的，所以有了提升和进步。我很赞同董事长提出来的这个思想，我们对生活和工作首先要有激情，要肯定自己、不退缩，然后就会激发自己的潜能出来。

记者： 其实从另外一个角度来讲，看董事长写的这本书，就是去了解一个企业的董事长，加深对这个企业的认知。

陈诚：《激情无限，潜能无限》里面还包含了很多内容，我是搞工程、工艺、品质等技术出身的，其实有一套大的管理体系在这书里，董事长是以带有五株特色的方法去描述它，把它进行翻译之后让我们更容易理解。比如"企业三板斧"，以前我也是做主管的，一直带团队到现在也做了有十六七年，数量越来越大，就是组建团队，跟行业对标，然后考核，都是这样的。读完这本书后找出了一些管理的规律，有一股亲切感。以前会感叹过去没人讲，讲了以后就觉得这就是我一直在追求的东西。

记者： 在五株的四五年时间里，从你职务的变化和晋升，你的贡献董事长也看在眼里，在工作岗位中，你感觉发挥了自己的潜能了吗？

陈诚： 从开始进来，学习、了解五株，然后到后面能够把董事长的思想和自己的认识相融合，这一块对自己来说帮助还是特别大的。特别是五株这个平台，有时候我也在思考，很多人都说五株有很多问题，但我觉得这些都不叫问题。第一，五株每四年左右就会新建一个工厂出来；第二，五株的发展速度在民营企业里没有几家能超过的，大数据就可以说明五株的发展是具有核心竞争力的，是完全符合这个市场要求的。

记者： 你现在跟董事长交流的频率是怎样的？

陈诚： 基本上每周都会跟董事长见面，基本是汇报工作方面的。大多是理念、管理方法上的一些交流。每次汇报时间一般是一个小时以内。

记者： 你说工作压力大，是不是因为经常晚上加班？

陈诚： 晚上工作基本都是常态化的，但不会觉得累。就像刚刚讲的八个字

陈诚（右二）在指导工作

"激情无限，潜能无限"，只不过看你想不想把这件事做好。我觉得自己多余的时间是在为企业服务，是在体现自己的价值，所以不会觉得累。董事长一直在教育我们"要以老板的心态来做企业"，不要老觉得自己在打工。比如今天晚上我会把事情做得很晚，但一旦有了成就，其实是很有职业荣誉感的。

记者：你的职务是东莞五株软板事业部制造副总，能不能普及一下软板技术这一块？

陈诚：（五株的）软板盲埋孔技术、软硬结合的HDI技术在这个行业处于领先地位，相比于其他家我们是有优势的。五株在民营的电路板行业，特别是在软板技术这方面是比较有竞争力的。目前我们比较大的客户上海和辉和华星光电，在显示屏方面在行业都是排前五的，都在跟我们合作，特别是软板盲埋孔工艺，我们的竞争优势就在这个地方。

记者：你目前在五株主攻方向是什么？

陈诚：目前主要是两大方向。主抓扩大战果，第一是盲埋孔软硬结合法技术，第二是汽车新能源技术。汽车新能源技术在这个行业也没有几家，未来的新能源汽车、电动汽车，会呈现爆发式的增长，目前已经跟国内第一大的宁德时代有了合作，我们跟它是配套的供应链厂商。在董事长的领导下，可以突破的话我们有望在东莞实现产值一个月1亿，目前是在6000多万，预计在2021年上半年，我们能达到8000万。

记者：对比做这行的企业老板，你觉得五株的董事长有什么不同吗？

陈诚：我们董事长跟其他老板不同之处就像他写的那八个字，他自己身上就具有"激情无限，潜能无限"这样的品质，他专一行、精一行、爱一行，这才是我所敬佩的地方。很多时候，他作为一个企业家，有很高的战略眼光，五株从小到大，从体量上到现在质量上，完全是不一样的。加上马上要走上上市的道路，所以作为其中一员，就会有另外一种职业的荣誉感。五株在进步，我们也在进步。

记者：问一个生活上的问题，你爱人也在东莞吗？家里人支持吗？如何平衡关系呢？

陈诚：不在东莞，在老家。因为孩子已经上初中了，要考虑他的稳定性，所以老婆要做些牺牲，在家里照顾老人和小孩。现在该调整的已经调整好了，家里人都支持自己。做任何事都是有困难的，总是要有付出才有回报。

记者：你觉得未来的五株在你眼里会是什么样的？

陈诚：我还真的认真评估过这个问题。我想，未来五株一定是高速成长型的公司。第一是有董事长的理念和要求在，五株一定是高速成长的公司；第二，五株的将来，我估计会形成大型的集团化公司，特别是江西建厂完成之后，上市之后我们可能会有更多的机遇和资金投入，特别是在民营企业里面，我估计会比方正强；第三是五株的品牌，特别是在HDI这个领域，我们的品牌已经打出来了，很多客户都离不开我们的品质和产能了，都是具有很强的竞争力，所以我很看好这个平台。除了国外名企和台企，我们五株在民营企业真的很优秀了。

记者笑着问陈诚：你说的这番话，是不是心里话？陈诚在电话那头提高了声调，肯定地说：绝对是心里话。

王年春：自动化设备专家的五株情
——江西威力固自动化收放机事业部制造副总经理王年春访谈

说到采访王年春，他是专程从江西到梅州接受记者采访的。在梅州五株厂天宏楼二楼的办公室，窗外是梅江一览无余的美丽江景，记者和王年春的聊天，就从他的经历说起。

记者：王总你好，能说说你进入五株的一些情况以及工作变化吗？

王年春：好的。我目前是担任威力固自动化收放事业部的制造副总经理，工作职责主要负责集团公司所有收放板机、清洁粘尘机、隧道烤箱、烤炉等自动连线配套的智能化设备的研发和制造管理工作。

我的老家在湖北黄冈市黄梅县，我是1999年9月21日进入五株的，到现在已经有20年了，中途从未离开。这其中也离不公司和董事长对我的栽培和厚爱，不断鼓励我栽培我，给予我良好的发展平台，让我的内心充满感激和感恩之情，才有了我二十多年立足五株，和五株一起成长，见证五株在蔡董事长英明领导下高速健康的发展，成为国内乃至国际行业标杆，很感动，也很自豪。

初来五株的第一个工作地点是深圳，主要从事单双面板成型的模具制作，从1999年到2005年在深圳五株工作了6年，2005年8月份由于工作需要公司将我调到梅州五株，担任梅州模具厂厂长，负责集团模具的制造管理工作。

记者：当时梅州条件是相对较差的，怎么会愿意来到梅州？

王年春：梅州是老板的家乡，也是我们五株发展创业的根据地，五株公司在不断地发展壮大，在梅州扩充产能再开分厂，公司的需要，工作的需要，这么有发展潜力的公司，当时的我肯定是义无反顾来到梅州，和老板以及公司各级管理人员一道投入新的工作场所和岗位，扎根梅州，同时感谢董事长对我的信任和栽培，任命我担任梅州模具厂厂长职务。

记者：当时过来的时候是如何适应这个岗位的？

王年春：自从我走入社会参加工作都遵守一个原则，只有我们适应环境，适应工作岗位，持之以恒在新的工作岗位上，与新的领导和同事，一起共同努力，友好沟通，相互帮助，相互支持，才能共同完成公司下达的工作目标。秉持这个理念，开始组建我的团队，将自己所学与团队成员共同分享，同时相互学习，吸取精华，去其糟粕，不断与行业先进技术、品质要求、工艺要求进行对标，快速带领梅州模具厂团队，从达标到优秀。

记者：如何评价自己在工作中表现出来的性格？

王年春：我的性格是比较开朗务实、实干的，平时我的话不多，但是我会默默地努力，把付出和奉献都体现在了我的行动上，无论遇到多大的困难，平静地迎难而上，彻底解决到位。在管理沟通上我的性格虽然没那么圆滑，相对激进，但是我仍然秉持雷厉风行和果断的态度当好这个管理者，努力工作，快乐生活。

记者：在五株这20年的工作时间里，有没有什么事情让你印象深刻？

王年春：有的，那就是我们随着公司的转型升级而转型升级，在公司发展的快车道上经历了两次成功转型。

第一次转型，2011年公司在东莞开始筹建软板生产线，因为工作需要，我又辗转到东莞五株开始软板模具的制造和管理工作。软板和硬板的区别实质上就是硬板属刚性，软板属柔性，就因为这刚柔之间的差别，在冲切模具的制作工艺上，细节配合上就产生了巨大的差异，从一次次的失败中找原因，总结教训，请教行业高手，在团队的共同努力下，在蔡董的宽容和大力支持下，终于一步一个脚印把软板模具做好，最后稳定成熟，技术上领先行业标准杆，为公司软板生产线提供强有力的生产保障，也实现了我工作中的第一次成功转型。

王年春：自动化设备专家的五株情

王年春（右二）在测量分析材料尺寸

第二次转型，2019年江西志浩投产，因公司发展需要，我从东莞五株来到江西威力固加入江西志浩的投产建设团队，由原来的模具制造到自动化收放板机等自动化设备的研发和生产管理工作，挑战，挑战还是挑战，团结团队，对标蔡董先进理念，对标行业先进技术，由学习到实践，付出到收获，在蔡董的英明决策指导下，我们的自动化设备在江西志浩各条智能化生产线上得以高效运作。太感动了，老板的胸怀，老板的鼓励和培养，让我又一次和公司一道转型升级，终生难忘。

记者：在你负责江西威力固自动化生产管理以后，你负责的设备是如何匹配工厂的自动化生产要求的？

王午春：首先，我们在制作新的设备之前，就要与我们的客户做详细的沟通、互动，满足客户的需求，满足自身的工艺需求，进行全方位的考虑和精心设计，细心制作，符合老板对工厂生产的整体规划要求，遵循董事长对威力固设备制造制定的三不原则："不熟悉不制造，不对标不制造，不超越不制造"。真正做到智能环保节能，美观耐用零缺陷，高效运作，让公司满意，让员工放心使用。

记者：你是如何带领团队进行自动化生产操作的？

王年春：俗话说"兵熊熊一个，将熊熊一窝"，特别是自动化新的团队要想强大，必须认真学习董事长管理精髓：企业三板斧"团队，对标，奖惩"，并运用到实际工作中。首先，引进和培养相结合，组建一支集研发、生产、客服于一体的有力团队，日常工作中环环相扣，从精心设计到细心制造，再从良好客服于一身的收集维护信息，每一个人从客观、信任、团结开始，保持初心，一个目标，团结奋进。其次是对标，和我们老板先进的自动化智能化工厂应用理念对标，通过对标，目前已完成创新项目：手动AGV精益台车，AOI，电镀分段自动连线。和行业先进技术对标，寻找行业新技术，新的设计理念，通过学习，目前已完成的项目有：侧向L架暂存机，粘尘机，小板收放板机。在研发制作中的项目有：开料后隧道烤箱。和客户的工艺流程需求对标，通过了解客户需求，目前已完工新的项目有FQC输送线。在研发项目有：离线AOI自动连线上下料，软板收放板机等。第三就是奖惩，奖惩是企业高效运作的发动机，有了好的团队和项目，要想保持团队高效运作，我们必须推行有利于生产经营的激励工具和完善的奖惩制度，通过考核奖罚分明，发挥员工最大潜能。目前我们推行实施的承包装配工时政策，有效发挥每一位员工的潜能和积极性，向优秀学习，目前我们自动化收板机事业部年产值可达4000万元。在董事长的精心策划和指导下，在全体员工共同努力下，研发和制作了一大批现代化、自动化、智能化的设备以及转运工具投入到江西志浩生产线，为江西这艘巨型航母增强磅礴动力。一句话，江西威力固设备厂就要成为江西志浩永不枯竭的加油站。

（听完王年春几乎是一气呵成的介绍，记者在心里暗暗为每一位为威力固设备厂奉献智慧和汗水的专家和技术人员点赞，因为没有他们的甘于奉献，没有他们的聪明才智，就没有江西志浩见证奇迹的时刻。）

记者：有没有觉得五株已经是自己的另外一个家了？

王年春：这个说实话，当我还在深圳五株工作的时候，已经把五株当成自己的家了，何况后面还经历了那么多，五株在我心中已经是个无法超越的地方；还有董事长对我的赏识，不断鼓励我让我去学习，对我工作职务的提升，还有关心我的家庭居住环境等等，让我感受到了无微不至的关怀，也让我能够在五株忘情地投入工作。

值得一提的是，2020年由于新冠肺炎疫情影响，我们这些湖北籍员工回不去老家，董事长在春节期间就为我们开了座谈会，了解了我们家乡的一些情况，给我们很多充满人文的关怀，让我们很多湖北老乡深受感动。

记者：能否说说董事长跟你私人交往中对你印象深刻的一件事？

王年春（略加思索）：最深刻的就是我在梅州时，刚好碰上2008年的金融危机，当时我在梅州已经工作三年多了，当时经济萧条，董事长也没有因为金融危机而将我们的生产规模和生产条件进行压缩调整，也没有降我们的薪水。我们团队知恩图报，渐渐地业绩也在困境中冲了上去，没想到那时董事长还特意跟我说可以在梅州安个家，于是私人拿出10万元支持我买房，可以想象，在2009年的时候10万块对于我来说是一笔多么大的数目，所以我也一直带着感恩的心来回报他，回报五株。

记者：在五株工作了20年且从未离开，你觉得五株的哪些地方吸引了你？

王年春：最具吸引力的就是我们敬爱的蔡董事长，董事长夫妇俩对员工宽阔的胸怀，以培养、鼓励的精神栽培我们，以严谨的做事风范教导我们，并且在企业创造价值的同时，和员工共享价值。同时通过大家一起努力，在董事长领导下五株已成为行业标杆，世界PCB行业排名靠前，具有良好的发展潜力，加上老板给予我们的良好发展平台，说实话真的从未想过离开，继续追随五株，追随蔡董共同创造五株辉煌明天。

说完这番话，记者和王年春不约而同地走到窗边，一排排五株的厂房倒影映在梅江的碧波中。他深情地讲述着五株这些年来的变迁，从他喜悦的表情中，记者可以深切感受到他作为一名五株人的幸福和知足。

王小时：希望见证更多的五株奇迹
——记五株科技集团工程中心总监王小时

其实，在初见王小时时，看到他略显拘束的样子，记者便和他先开起了玩笑。记者笑问他为什么父母给他起一个这么独特的名字叫"小时"？王小时接过话题也笑着回应：估计是父母在我的名字里寄寓有"一寸光阴一寸金"的意思吧。的确如此，1984年出生的王小时是五株科技的青年才俊，如今他是集团工程中心总监，这个事实足以证明他是一个很努力的人，也是一个爱惜时间的人。

一

王小时是安徽安庆人，说起来也算是一名五株的老员工，也就是董事长口中的"子弟兵"。他在2005年毕业于阜阳教育学院，学的是当年很热门的数学与计算机专业，2004年年底大三还在读的时候他已经出来实习了，那时在惠州一家台资电路板公司做了两年的工程部CAM制作，2006年又去珠海方正工作了三年多，珠海方正属于北大方正旗下的一家国企，他主要从事工程自动化和软件开发这部分的业务，主业也是做HDI方面的产品，虽然王小时大学学的专业和他大学毕业后所从事的线路板行业不太相同，但计算机基础扎实的他还是爱上了这个行业。

时间来到2009年11月，正是梅州志浩筹建之时，经人介绍王小时正式进入五株，入职五株后继续从事工程部自动化的开发工作。王小时笑着说，从2009年

王小时：希望见证更多的五株奇迹

到现在在五株也有11个年头了，中途没有离开过，感觉自己在五株的11年，工作岗位的变化，就像在五株"画了一个圈"。从梅州二厂到梅州一厂，2010年来到深圳五株，2011年到了东莞五株，2012年又调回深圳，市场方面的工作做了一年，2013年因为东莞软板厂开办，王小时又被调到东莞的软板工程部，从事软件开发这一块，之后就是负责整个集团的软件工程自动化；2014年董事长觉得王小时搞工程自动化搞了这么多年，又给了他一个新的平台，让他担任整个集团的工程中心总监。俗话说心有多大舞台就有多大。2020年3月，随着江西志浩的加速推进，王小时再次负重前行，领命奔赴江西，因为江西志浩这个国内民资线路板企业的巨无霸刚开办，新厂两个工程部都刚组建，需要进行科学有效的整合，董事长就让王小时协助这方面的事务。王小时二话没说，遵照执行。

2020年9月，集团成立了工程中心，主要职能是负责整个集团的工程部运作、新人培训和人才梯队建设等。董事长非常看重工程技术、人才这块的投入。王小时介绍说，现在整个五株总共有6个工程部，现在要主抓对新进入公司的大学生进行培训，形成人才梯队，还有就是对集团各区域的设计准则实施有机统一，达到各区域设计技术层面的整体提升等。

二

在交谈中，王小时告诉记者一个"秘密"，他从小就喜欢玩电子类的东西，还有开发音乐类的玩具，从小学阶段就开始拆电视机等，从那时起就培养了对电子产品的浓烈爱好。虽然大学里他读的是数学和计算机专业，然而毕业以后刚好就从事电路板行业，也是自己爱好和感兴趣的，虽然大学所读的和最后就业算起来还属"隔行"，但王小时因为有当年的基本功，所以很快就入了行，最终还成了行家里手。

王小时涉足PCB行业16年，在五株就有11年。说到选择留在五株的原因，王小时认为第一个原因是自己的民族情怀和董事长的个人魅力。因为五株是国内的民资企业，而他从事的第一家企业是台资厂，第二家是国企性质的，国企虽然待遇稳定，但是体制决定了没有五株这样可以快速施展的环境。而最大的不同

王小时（左一）在指导工作

是，进入五株后就有机会跟着董事长学习。让他没想到的是，董事长会一步一步根据他的特点培养他的能力和优势，从刚入职到现在所有的工程决策部署，自己的每一步成长都经过董事长一手调教，所以说是老板的"子弟兵"。王小时坦言，他非常珍惜跟这么大企业的老板直接沟通的机会，觉得这个平台是非常难得的，从五株一步步走来一起见证了许多奇迹的发生，见证了老板如何把不可能变成可能的事实，从而深深地被老板的胆识和魄力所折服。

"老板敢用人，我可以说是把最好的青春年华都留在了五株，同时我也感到是一件非常值得的事情，因为老板成就了我们，我们也是忠诚地不离不弃，和五株共进退。正因为五株这样好的民营企业，弥补了我在台资厂找不到存在感、在国企缺乏激情的工作动力，五株文化刚好和我的价值观契合，老板是我们的偶像，也是我们所亲近的人。我们的工作节奏也很快，打个比方，在外企可能审批一项决策需要几个月甚至半年之久，但是在五株，老板的一句话在当天就能决定并得以实施，这种决策效率之高有时候往往就是民营企业的一种优势，在激烈的市场竞争氛围下，布局调整快，对于顾客的需求也能很快给予响应，这是赢得市场的先决条件。董事长对工程的重视度也让我挺感动的，他的理念就是产品是设计出来的，而设计理念是第一站。"说完这番话，王小时的眼里充满了对董事长的敬佩。

三

在和董事长多年的交往中,王小时说有一件事让他特别难忘。

那是2009年的时候,当时志浩工程部刚刚设计HDI,很多人都不熟,老板亲自从深圳过来,召集了所有工程部的人,拿了个扩音器,亲自给大家开战略分析会,和大家一起商讨和传授经验,并且三番五次不厌其烦地和大家一起研讨。这在王小时之前的台资企业和国企是根本不可能做到的,所以这件事让他内心很受触动,除了感受到董事长的敬业精神外,还让他看到了五株团队的战斗力。还有让王小时印象深刻的就是五株可以申请"下课"的这种制度,如果确实因为个人失误而对公司造成了不小的损失,可以自己主动离开岗位进行后台学习,老板也会对这些"问题干部"进行批评与教育,而不会像别的企业立马炒人,这也让王小时感受到老板是个重感情的人,他不会轻易放弃人才,给人才留有成长的空间,严厉归严厉,但是他的内心是非常仁慈的。

说到这里,王小时讲了一件让他至今感到惭愧的事。2017年的时候,工程部给公司造成了七八十万的损失,王小时作为具体负责的工程师,负有直接责任,事情发生后,王小时觉得有可能饭碗不保,内心相当忐忑。但是董事长只是批评教育了他,并没有放弃他,而是把他换到市场部的岗位让他再去锻炼一下,可以说那时王小时内心是非常感恩的,从而更加坚定了他死心塌地留在五株工作下去的信念。

王小时说,这就是董事长的人格魅力,也是五株文化的强大磁场。

说到董事长在使用人才上的特点,王小时深有感触地说,善于用人敢于用人是董事长的一大魅力。他不像其他企业老板用人要再三斟酌,董事长的气魄和胆量比较大,尤其是对于"子弟兵",他可以无条件信任你让你去搞自己擅长的某项工作,也可以完全让你涉足你从未涉足过的新领域。他的管理思想真正做到了用其所长也用其所好。

四

当记者问王小时在之前两家企业工作以后,觉得在五株这些年工作方面有什么大的变化时,他真诚地回答道:"来到五株这些年,我认为我的激情变多了,梦想也变大了,干劲也更足了。我的激情放到工作上以后,价值就得到显现和提升,同时我的生活质量也改善了,在五株的这些年来我结婚生子买房买车,我爱人也在东莞五株市场部工作,我人生几个重要的节点都是在五株实现的,所以感到非常知足和幸运,说五株是我幸福的源泉都不为过。"

在采访快结束时,王小时谈了对五株未来的看法。"我认为五株的未来肯定会在自动化和智能化方面大有成就的,因为我们董事长有自己的设备制造厂,也有一支相当大的自动化设备研发团队有力支撑着,这是其他企业所做不到的。同时我们有自己的很多专利技术,再加上董事长自身对这些设备非常了解,所以他对五株的远景规划和线路板行业的预判能力会远远超越同行。我非常期待五株的未来,并希望见证更多的五株奇迹。"王小时信心满满地说。

吴德和：威力固就是 Very good
——江西威力固设备厂总经理吴德和访谈

现代企业，人力资源是第一财富。在采访江西威力固设备厂总经理吴德和的过程中，让记者感到惊讶的是，眼前朴实随和侃侃而谈的他，居然是北京大学在职研究生毕业。吴德和从事线路板行业二十多年，虽然在五株的时间才五个年头，但却是五株难得的一名干将。2020年10月的一天，记者在梅州五株厂的接待室专访了他。

记者：吴总你好，请您简单介绍下您来五株时的一些情况。

吴德和：我来自江苏无锡，1979年生，本科毕业于昆明理工大学，在职研究生毕业于北京大学，在这个行业从事了二十多年，来五株前在三个线路板的大企业工作过。1999年刚毕业时分配到香港OPC（东方线路板公司）实习，后在美国TTM集团任职，最后在北大方正集团工作，2016年加入了五株，现在职位是江西威力固智能设备有限公司第二事业部总经理。

当时董事长是通过猎头找到我的，因为当时要筹建安徽铜陵的新厂，但后来安徽的项目停了，我参与规划了江西新厂，当时新厂建设没有那么快，就让我做集团设备总监，负责东莞区域、深圳区域和梅州区域所有设备维修这一块。我2017年正式接手威力固，中间调回董事办、集团自动化、集团设备研发等部门，当时董事办要做公司生产运营管理、精益生产、阿米巴绩效考核、集团自动化提

追梦

吴德和（左）在指导员工进行设备检修

升等工作。2019年12月再次调回江西威力固任总经理。

记者：吴总，我们知道江西志浩厂的设备非常棒，可以说是世界一流，现在江西志浩有多少设备是自己制造的？

吴德和：（当记者这个问题一出，吴德和脸上随机展现出非常自豪的神情，并且提高了交流的声调。）江西志浩现在基本上百分之八十都是我们做的设备！（听到吴德和这句话，记者感到非常赞叹。）

威力固成立二十多年，最早是制作水平线、电镀线，在蔡董事长宏伟的战略指导下慢慢转型做一些高精尖的、高技术含量的智能化、标准化、模块化、自动化设备。董事长紧跟行业对标，甚至以超出行业的标准来严格要求我们，一方面满足我们PCB工厂的生产需要，另一方面成熟产品积极布局做好产品外销。包括价格比较昂贵、技术含量高的一些激光设备，市场上需要一两百万的设备，我们已经制作了一百多台在使用了，生产成本仅仅是市场销售价的三分之一。例如精密X-RAY钻靶机+转码+激光打码一体机，原本从意大利买需要150万以上，我们现在做下来成本只有30多万。所以，进口设备还是贵，虽然性能各方面比较好，但是不太能满足我们的一些特殊生产工艺要求，每次功能或软件升级都要花费数十万，且售后服务也不及时。自己生产的设备可以满足我们很多生产工艺定制化的需求，同时交付时效和售后反应速度更高。

记者：我们自己做出来的设备好不好用呢？

吴德和：好用。现在工厂在使用我们的自产设备中，生产很稳定，也能满足我们做一些高端PCB的需求。我们跟行业对标，从最初的单纯的模仿，到有自主研发创新能力。包括一些精密光学和视觉运动控制，在精密视觉运动控制这一块有了一些突破，对一些高精密的、高智能的设备，实现软件智能化、信息化和标准化。现在威力固已经有四五百项发明专利、外观专利、实用专利和一大批软件著作权专利，同时通过了高新技术企业的认定，完善的ISO体系建设，实现了对企业的软实力提升。

记者：总书记说："一个企业要有核心竞争力，就要有核心技术。"这也才能让企业行稳致远。您对威力固的专业人才如何评价呢？

吴德和：威力固现在差不多有380多人，核心技术专家有20多人。从初创公司梅州威力固一路发展走过来的老员工，很能吃苦耐劳，也很敬业，同时董事长也在吸引广大高端人才，新老结合形成一支新的狼性战斗团队。新生力量在技术研发和行业对标的一些高科技的技能技术上会更强劲一些，这样的话形成有效互补，同时在一些高精尖的精密光学、激光设备，像HDI激光直接成像技术等方面有很大的突破。

记者：如果从威力固的现状、发展空间看，它存在的短板是怎样的？

吴德和：我们威力固的最大短板就是，以前对外营销做的还远远不够，我们需要与市场对标，经得起市场检验。产品大部分都是自产自销，没有经过市场的锤打和检验。今年在董事长的宏伟运营战略指导下，我们开始组织专业销售团队对外营销推广，组建了华东、华南、中国台湾、韩国的销售网络，合同已经签了一部分了。加之我们在行业内有一定品牌知名度，在质量上经过集团内部PCB厂的不断打磨和提升，性能稳定，价格有竞争力，所以对外市场拓展前景很宽广。

记者：董事长作为一位企业家，有自己设备上的发明专利，还参与了你们的设计，这是行业内非常少有的，对此你怎么看？

吴德和：是的，现在很多应用设备都是董事长根据生产工艺需求提出构思和要求，并积极参与、指导，与我们共同设计完成的。其实一个好的设备制造商就是解决客户的需求。作为董事长，他既是客户，也是设备制造商，所以他更了解企业的需求，于是他在设计中会给我们提供设计要求、工艺参数和行业的动态及发展方向，或者是好的结构和原理的设计，给我们最有针对性的指导意见。而在具体实施中我们也会按照董事长的战略思想和设计理念去实现它。

记者：作为威力固的总经理，担子应该挺重的，要完成很多生产任务，现在的效益情况怎么样？

吴德和：因为正好赶上江西志浩新厂筹建，所以销售额达到历史的新高，订单暴增，本身集团内部PCB厂也有需求，基本上达到了2.5亿左右销售额。董事长是比较有胸怀的人，按照他的战略思想，未来准备成立一个威力固集团，为了做好员工激励和公司与员工共同发展，董事长把各个事业部打散成子公司，各事业部实行总经理负责制，独立运营考核，激发员工的激情，为自己打工，与企业共同成长，并享受企业发展带来的红利。这样的话，企业和个人会有更大的发展空间和发展动能。所以，董事长是一位很有格局、很有胸怀并且爱惜人才的企业家，而且高瞻远瞩，很有战略思想。

记者：在跟董事长的接触中，有没有让你最难忘的一件事？

吴德和：记得我来面试的时候，因为之前是在美资企业或者像方正企业这种大企业工作，这是第一次到民营企业来上班，当时看到五株的环境和管理方式存在的问题很多，便给董事长提了很多建议，后来董事长对我讲了一句话，"如果没有问题，我就不用请你来了，我请你来就是要你来解决问题的，这些问题对我来讲是问题，对你来讲是你解决问题能力和价值的体现。"所以董事长给我灌输的理念就是：你的价值就是帮老板分忧，帮老板解决所发现的问题；能发现问题的人很多，能解决问题的人，才是真正有能力的人。所以从面试那一天起我就深深记住了董事长的教导，把它运用到工作当中。

记者：董事长写的书您看过吗？您觉得写得怎么样？

吴德和：董事长的《激情无限，潜能无限》第一本和第二本书我都会定期看，每周组织员工学习。董事长写的书通俗易懂，可能没有华丽的辞藻，也没有繁杂的理论，更多的是老板创业这么多年工作经验的提炼和总结，很多是管理的精华。现在有很多从五株走出去的管理者，仍然会将董事长的书放在身边，作为管理的指导，在里面能够感受到企业管理实实在在的实践经验，有实操性、实用性。所以它跟外面销售的管理类书籍是不一样的，那些书籍相对地没有针对性，讲的一般是理论。董事长的经验是五株艰辛创业过程中的实际经验的总结和管理精华的提炼，很有指导性，甚至照搬都可以运用得很好，是PCB行业的标准SOP教科书。

记者：对我们威力固生产的设备，您有信心吗？是否会像五株产品一样，在PCB行业开辟出一番属于自己的天地？

吴德和：一定会的，现在董事长有统筹规划，请了销售团队，利用PCB行业平台来推广，而且现在有很多台资及外资企业的订单。慢慢地威力固会在PCB行业的品牌知名度、影响力越来越大，同时通过对行业、市场对标，我们在威力固的质量上、技术的先进性、智能化、标准化方面得到进一步的提升。

记者：您老家在无锡，你爱人他们都支持你吗？您在其他企业待了较长时间，在五株比较短，在您看来，五株与其他企业对比有什么不同？

吴德和：我老婆在这边全职带孩子，家里人都是支持我的。其他企业，比如TTM作为美资企业，它的体系规范可能会更加完善，工厂有标准的指引，照着做就好了，企业内大部分是外籍人士做高管，能够做到企业的经理已经是很高的层次了，可能就没有更多的发展空间，相对的工作比较单一、按部就班，没有创造性。而在五株，董事长会给员工更多的发展空间和平台，有更多发展创造的机会，潜能能够得到发挥。正如老板所讲的，激情无限，潜能无限，这是最大的不同。

以前在美资企业和国企都是按时上下班，而且国企是周末双休，来到五株感受到最大的不同是董事长的拼搏奋斗精神。曾经我跟董事长去韩国、中国台湾出差，基本是当天去当天回，出差经常是安排最早的班机，时间也卡得很紧，可能离飞机起飞一个小时才开始从会议室出发去机场，然后从VIP通道直接上飞机，哪怕飞机晚点了，老板都在拼命打电话，安排工作。有次很深的印象是跟董事长去韩国出差，回来时凌晨两点钟，吃完宵夜3点半了，早晨依然是雷打不动的5点半起床，从东莞直奔江西。（说到这儿，吴德和话语中充满了对董事长无限的敬佩。)

在董事长身上我们能够感受到他的不易和企业家的拼搏精神。所以我们基本上周六日也是正常待班，手机也是24小时随时开机的状态。老板一直把有能力的，包括梅州的"子弟兵"等人才用到极致，发挥到极致，通过激励机制使人的潜能激发到最大化。我们在董事长的领导下，也有了"以厂为家、吃苦耐劳"的敬业精神。在无形中感受到董事长都那么辛苦，我们做下属的，更是责无旁贷。

采访结束时，吴德和表示，董事长这么信任自己，在五株这几年经过董事长不断地培养，无论从职位、薪水和能力上都有很大的提升，所以自己非常感恩董事长，愿付出汗水与智慧，与五株集团和威力固共同成长。

图书在版编目（CIP）数据

追梦：五株科技创业纪实/蔡海光著.——北京：作家出版社，2022.10

ISBN 978-7-5212-1401-7

Ⅰ.①追… Ⅱ.①蔡… Ⅲ.①纪实文学－中国－当代 Ⅳ.①I25

中国版本图书馆CIP数据核字(2021)第067380号

追梦：五株科技创业纪实

作　　者：	蔡海光
责任编辑：	张　平
装帧设计：	意匠文化·丁奔亮
出版发行：	作家出版社有限公司
社　　址：	北京农展馆南里10号　　邮　　编：100125
电话传真：	86-10-65067186（发行中心及邮购部）
	86-10-65004079（总编室）
E-mail:	zuojia@zuojia.net.cn
http://www.zuojiachubanshe.com	
印　　刷：	三河市北燕印装有限公司
成品尺寸：	170×240
字　　数：	390千
印　　张：	25.75
版　　次：	2022年10月第1版
印　　次：	2022年10月第1次印刷
ISBN 978-7-5212-1401-7	
定　　价：	68.00元

作家版图书，版权所有，侵权必究。
作家版图书，印装错误可随时退换。